蒙太奇谋杀案

Montage Murders

马洪湉 著

中国致公出版社　知音动漫

知音动漫图书 · 时代坊荣誉出品

目录

故事一

索契的雪

The Snow of Sochi

11 月 9 日

“还有三个月，全世界冰雪爱好者的目光就会汇聚至黑海沿岸的冰雪城市索契，这座俄罗斯边疆区域的小城将举办第 22 届冬季奥林匹克运动会。本台记者届时也将前往大高加索山脉和黑海沿岸全程跟踪报道，敬请关注。”

干燥寒冷的晚风穿越大高加索山脉，跨过亚速海沿岸平原，爬过红波利那亚雪山，抚慰过西伯利亚夜幕下的针叶林，突破俄罗斯与格鲁吉亚的边界，唱着蕴藏在黑海深处的歌谣，温暖地涌了过来。

王粲走到电视旁，不轻不重地关掉了正在播放的体育新闻。

漫长而严寒的冬季降临后，滑雪场陆续开业。王粲早就在衣橱里准备好冲锋衣和滑雪服，天地间最纯粹的白色从秋夜露重时就开始令他魂牵梦萦。因此，他还特意斥万元办了张年卡，这件事的契机是从他家到滑雪场新开通了条公路，开车只用二十分钟。

他的心头挚爱是夜场。夜场游客尤为少，尤其是在非周末的时段里。他曾站在雪坡上向远处望去，夜晚白茫茫的雪就像要延伸到天际，掩埋了所有不为人知的肮脏和罪恶，在黑暗当中泛出如白昼般透亮的光芒。

王粲翻出滑雪服，准备去滑夜场。

夜幕降临时他开车出发，这座繁华的北方城市陷入了寒风的凛冽中。这是他在高速公路开通后第一次走这条近路，想到往常这个时段二环三环四环的堵车，从立交桥向下看，花花绿绿的车顶排成密不透风的长龙，他的心里惬意无比。

让你们堵着去吧，王粲这样想着，就愈发觉得这条路无比地舒心。这条从市内到远郊的寂静公路，远不及市区主干道高峰期那般灯火繁华，但他宁可在黑暗中泥泞前行也不愿被困车中寸步难进。

小学时的自然地理课上，王粲第一次在地图上看到了俄罗斯的版图。这个濒临北冰洋、波罗的海和芬兰湾的国家让他产生了深深的向往。乌拉尔山脉、中西伯利亚高原和大高加索山脉的风就像是梦境深处的呓语，伴随他度过了三十个严寒而漫长的冬季。

这地广人稀的清冷实在太合他的胃口，哪怕要忍受无边的寒冷与孤寂。

想到这里，王粲突然回过神来。前方的路开始变得幽暗而陌生，不知从何时起已不再有路灯照明。他的大脑急速运转判断当前的方位，却依旧不知前方是西还是东，只能感知到自己已经拐到一处颠簸的土路上，沙砾和石块刺扎着橡胶轮胎，两侧低矮灌木植物的尖锐枝干正随着他的迁移剐着车身。汽车颠簸得愈发剧烈，前方沉闷的触感骤然传来，他猛地停车，下车查看，随即愣在了原地。

四周陷入了无边死寂。

11 月 10 日

来自于北冰洋苔原的气旋登陆，永冻大陆的冰盖亘古不变地漂浮在深海之上，在斗转星移间见证着这片古老的冰雪帝国。

圣诞节前一个月，圣诞枞树和松树穿梭在繁华的城市中央。热烈明快斑斓色彩的各种装饰将寒冷凄清的冬季点燃，从橱窗望去，整片温带大陆似乎都笼罩在辉煌的灯火中。

“不如向左侧偏靠二十公分。”辛丽坐在吧台边，指挥着酒吧店员搬运圣诞枞树。洁白的吧台上堆满红绿色贺卡，辛丽正模仿不同字迹写下对喜乐的庆贺。常青树枝叶、蜡烛、金色铃铛和小甜饼都被整齐地包装在礼盒当中。

唱诗酒吧每晚 6 点开门，专门迎接前来祷告和唱诗的人。每逢此时，辛丽会亲自走上泛着陶瓷光泽的洁白圣坛，带领前来祷告的人们高声朗诵：

“起初神创造天地。地是空虚混沌，渊面黑暗，神的灵运行在水面上。神说，要有光，就有了光。”

虔诚的人们跟随辛丽一齐诵读出来，钢琴庄严的音色如水般流淌而出。祷告时的酒吧大门坚定紧闭，即使火灾和地震造访也无法撼动。每日这个时刻的唱诗，便是辛丽生而为人最值得骄傲的事情。

每晚唱诗祷告后，酒吧正常营业。穿过挂满铃铛和小花环的枞树，辛丽走进吧台打算完成她为基督弥撒准备的《旧约》抄写。

清脆的风铃声在门口响起，卷携来夜晚寒冷的风。

杜哲匆匆跑了进来，看着吧台上琳琅满目的贺卡，俯身靠近辛丽耳边低语：“老板娘，亚伯不见了。”

辛丽手中的钢笔在纸上骤然停顿，墨水渗透进纸张，形成了一小片黑暗的阴影。

亚伯是只猫。半年前的初夏，伴随着黄昏时清冷的细雨，辛丽穿过城中的棚户区，看到在混合着菜叶和鱼鳞的潮湿泥土上，一只孤独而高傲的猫站在那里。

黄昏时的细雨就像情人哀伤孤冷的泪水，而猫正傲立在泥泞之上。

辛丽放慢了脚步，她掏出一盒牛奶，小心翼翼地撕开盒口，放到了棚户旁。

二十分钟后，辛丽推开酒吧门，却没想到一路跟随的猫突然钻进酒吧。辛丽转头看了看外面初夏的黄昏，细雨仍在不经意间浸润着这座城市。猫像高贵的主人般跳到了钢琴上，它身后是弗拉基米尔·霍洛维茨《第三钢琴协奏曲》的琴谱。就这样，辛丽将它取名为亚伯，《圣经》中亚当的儿子。

放下钢笔，辛丽站起身。

"不用看了，各个角落都找过了。"杜哲急忙打断。

辛丽没有答话。以往白色亚伯喜爱慵懒地蜷缩在角落里，每次到人们喊它名字便会乖乖地走出来，帅气而英俊地伸个懒腰。但这次吧台和钢琴洁白如雪，却唯独少了那一只带有体温的生灵。

11 月 29 日

晚风抚慰着每位午夜归家的人，手风琴沉闷悠扬的声音像古老的歌谣，伴着气流与寒风从冰冷的大西洋传了过来。

陈莹刚打开家门，王燊就捧着一束挂满露珠的向日葵站在门口。

"欢迎回家。"王燊说道。

向日葵甘甜的清香顿时驱散开夜晚的凛冽。

陈莹笑了笑没说话，直接走进门。

"看起来这段时间你的生活过得不错。"陈莹边脱下大衣边说，她原本以为王燊会把家里搞得一团糟，现在看来简直是杞人忧天。

"但这不是你晚回来三天的借口。"王燊说道，"你直接去洗澡吧，饭好了叫你，弥补你上次临时回家我没能照顾的遗憾。"

晚餐桌上，王燊端上他准备了一下午的菜肴。陈莹是东北人，尤为喜爱东北炖菜，零食只对拔丝类甜食情有独钟。王燊把拔丝山药、拔丝地瓜和拔丝马铃薯做了一个大拼盘，端到了陈莹面前。两个人有的没的聊着电影，讲埃里克·侯麦还是让·雷诺阿更得己心，探讨法国新浪潮特吕弗还是德国新电影运动法斯宾德更注重人性。

陈莹喝了口酒，王燊照例滴酒不沾："苦的，一点都不好喝。"

陈莹突然说："剧组里死了个人。"

王燊夹菜的筷子停顿了一下，随即把菜夹到口中："哦，你电话里都说了，在那边要处理死者家属和剧组的矛盾纠纷，而且死者在你看起来还有些眼熟。"

"的确有些眼熟，先给你讲一下全过程。跟组编剧是北方人，本身也会游泳。临时协商好了河流现场后要改一场河畔的戏，他不知道南方此季节河流的结冰程度，就来到河边准备试探冰层厚度。没想到冰层凿开，跟组编剧一下子掉进了水里。一个路过的当地青年跑来，见状直接跳下水。编剧倒是上岸了，那个当地青年却没能再上来。"陈莹一边夹着牛肉一边说道，“光打捞尸体就用了四个小时。”

陈莹的牙齿很白，王桑看着一块酱牛肉被陈莹缓慢地送到口中：“见义勇为，家属不同意？”

“当然。家属说儿子是家中唯一劳动力。第二天我们也跟随家属去村寨看过了，贫穷得超越想象。”陈莹顿了顿，“我是说，贫穷得超越我们在电视纪录片中看到的所有想象。那些房屋在冬季根本无法住人，而雨季就仿佛回到了原始森林。据说死者还有个年纪相仿的女友在外地打工。那时我才真正感觉到，人类所谓的‘深明大义’都是和物质基础挂钩的。谁不想深明大义为世人称道？但是家里的经济来源突然中断，上层建筑也必然土崩瓦解。”

王桑只是听着，并不说话。

“其实那天晚上打捞尸体的时候，我和编剧就在河畔等。编剧凑到我耳旁低语，那个当地青年下河救他完全多此一举。编剧是一个大连人，从小玩水长大的，现在青年为了救他而死，他倒真是进退两难——当然，这些话可不能让死者家属听见。”

王桑看着桌上的碗筷，直到陈莹用筷子轻轻地敲了敲他的碗：“快吃饭吧，都凉了。”

11 月 14 日

一场大雪从午夜时分开始降临。来自遥远大洋彼岸的海水蒸发升腾，在气旋下随着风穿越山脉和峡谷，遇到冷空气凝结固化，纷纷扬扬地落到了人世间。

辛丽站在酒吧落地窗前，看着这片白茫茫的雪国大地。雪时的午夜最为寂静，日出之前满地闪耀的雪似乎拥有灼人的力量。

午后，雪在潮湿的空气中逐渐安详下来，满目苍翠的枞树上落满细碎的雪花，冰冷柔软得像是易碎的梦境。伴着梦境，风铃声响了起来。

杜哲满心喜悦地走进门，怀中抱着一只浅金色皮毛的小猫。

“这是？”阳光经过白雪反射到眼睛里，明亮得晃眼。

“亲戚家的猫生了一窝，我要来一只，还不到一个月。”低头看着怀中瑟瑟发抖的生灵，杜哲轻声说道，“老板娘，这次我们从头养。”

相比亚伯纯粹的傲气，这只更有着如阳光般的光泽，温暖却不灼热。

“老板娘，取个名字？”

“让我想想。”辛丽从杜哲怀中接过猫，再也没有放开，喃喃自语道，“叫什么好呢？”

黄昏六时，酒吧照例开始每日祷告。虔诚的人们齐聚在酒吧内，洁白的大理石地板就好像雪般反射出耀眼的光芒。小猫蜷缩在钢琴旁喝着牛奶，它已经有了自己的名字，叫作扫罗，基士之子。

祷告诵读完毕后，杜哲开始播放中欧童声唱诗班音乐，他回过头打量起酒吧：“今天人少。”

“毕竟天冷了。”辛丽从吧台取出一瓶葡萄酒，“要不要喝点？”

清澈的红色液体经由透明玻璃杯肆意流淌，摆放在洁白的吧台上，就好像雪地中的血。

中欧孩童天籁般纯粹的声音在空旷的酒吧里回响起来。酒经过口腔、喉咙、食道滑落入胃中，液体澄澈得就像是洗礼的圣水。

门铃声又响了起来。

“欢迎光临。”杜哲急忙放下和老板娘对饮的酒杯。

凛冽的风在门开启的瞬间肆意地涌了进来。

“真暖和。”来者叹了口气。

“喝点什么？”杜哲问道。

男人歪着头看着吧台上的辛丽：“基督教允许教徒饮酒？”

“只要不过度即可。”辛丽笑了，举起酒杯，“怎么，来一杯？”

男人摇了摇头，在空旷的酒吧里踱步打量：“人啊，假如犯了错误，不可宽恕的那种，接下来该怎么做呢？”

“当然是皈依主，主自然会宽恕我们。”

“要怎么皈依主？”

“信仰主，供奉主。心怀虔诚，自我救赎。”

“怎么救赎？如何赎罪？”男人皱着眉头问道，“通过祭祀？”

“《旧约》里，亚当的儿子就曾用羊头对主进行祭祀赎罪。而当万能的耶稣诞生后，他就代替了全人类的原罪，因此人类就不必再戕害动物进行祭祀了。”想了想，辛丽又补充道，“我们没有权利剥夺任何生灵的生命。”

“但是因祭祀杀害动物，主也会宽恕我们吗？”

钢琴旁的扫罗吼叫了一声，温软的声音在神圣的音乐中格外刺耳。

“你遭遇了什么不幸吗？”辛丽站起身。

“是又如何？”男人转过身向门口走去，“主又救不了我。”

辛丽似是还要追问，但男人已经走出门。

“人啊，只能自救。”关门前，男人这么说。伴随着寒冬凛冽的风，很快就消失在了漫天飞舞的白色之中。

“真是没有礼貌。”杜哲愤愤地说道。

辛丽没有说话，直直地看着酒吧大门的方向。

门铃又复归平静。

12 月 1 日

“观众朋友们，现在我的身后就是国家短道速滑队。为备战索契冬奥会，队员们的训练已经进入了白热化阶段。选手状态应该是大家最关切的问题，那么就让我来带领大家走进这片体育健儿们的冰雪世界。”

一场大雪之后，高速公路旁树立起雪场的广告牌。连同交通电台广播、当地报纸和电视台滚动字幕，大肆宣扬着雪场开业信息及会员优惠政策。

“雪国滑雪场，助力索契冬奥会，为中国冰雪健儿加油！”

“雪国滑雪场新会员优惠政策，详情敬请关注官网。”

“雪国滑雪场，带给你海拔 5000 米的激情。”

陈莹倚靠在窗前，午夜的雪已经将车厚厚地覆盖。埋葬在雪中的车就像是冰川上原始的洞穴，如同极寒地带的苔藓和地衣，亘古不变地见证着日出和降雪，崩塌与重生。

作为这部电视剧的制片，开拍不足一个月竟然牵涉进了命案。死者家属要走法律程序，等待他们的又将是漫长而冗繁的流程。

“他们就是想要钱呗。”王燊评价得言简意赅。

陈莹点了点头，却又摇摇头：“只是这个数目无论如何都协商不好。”

恋爱六年，激情也似乎随着阳光下的雪慢慢消融。

本想给一个象征性的拥抱，可就连这最陌生客气的一步都迈不出。想了想，王燊抽回已经伸出去的手臂，转而将一杯温水递给了陈莹。

“别想了，我带你去雪场滑雪吧。”王燊开口。

往常王燊提出去滑雪，等待他的都是强烈的反对和抗议。陈莹抵触一切极限运动，哪怕滑板少年像风一样在他们周遭穿梭，陈莹也都会皱着眉冷眼相视。因此，无论王燊如何解释滑雪并非极限运动，而只是如同长跑和搏击般的日常体育活动，陈莹都不加理睬。

但今晚，陈莹好像没有反对。

王燊又试探性地说了一句：“我办了年卡，我们去滑夜场。”

——果然陈莹没有再追究花了一万多办年卡的事。

当晚，王燊开车带上陈莹行驶向新开通的高速公路。整齐参天的树木在道路两侧让出了一马平川的平坦大道，伴随着雪后潮湿的冷风，陈莹的情绪看起来好了许多。

“听说咱们这里要申办冬奥会？”陈莹看着前方通向雪场的路说。

“破土动工，耗资巨大。”王燊评价道，“和张家口一起申请。”

“怎么不是东北？”

“张家口离北京近，又有夏奥会的场馆设施基础。”

“真是的。”陈莹似乎有些不满和沮丧，“无论是滑雪还是滑冰，国内冰雪运动肯定要首选咱黑龙江啊。”

“看样子，你还挺想在黑龙江办冬奥会？”王燊边开车边转过头看了陈莹一眼，“你还真是争强好胜。”

过了半晌，陈莹偏过头：“等过了这个冬天，明年咱们去索契玩一趟？”

王燊装作没有听见。

陈莹看了王燊一眼，也没再追问下去。

王燊一路开着导航，下高速后前方的光线已经逐渐暗去。林立的广告牌在疾驰的车窗外一闪而过，不知不觉间就来到了那条熟悉的土路。

果然有个岔道在前面，那天傍晚他应该就是从这里开始迷失了方向，进而走向岔路的另一端。王燊边开车边看向窗外，那条小路已与自己平行的方向渐行渐远，没有路灯的土路延伸向远方，暗无天日得就像是吞噬一切生灵的黑洞。墨绿褐色的干枯灌木植物带着锋利的枝干，将车身剐出条条伤痕。那里现在一片死寂，没有任何风吹草动。

——但是，真的平静了吗？

"小心！"陈莹突然用力抓住自己的手臂，再看后视镜，一辆运载着钢管的货车从后面追了上来。王燊猛打方向盘，货车从左侧继续向前驶去。擦肩而过的瞬间，司机一句"见鬼"飘荡在无边的夜色当中，王燊猛地在路边熄火停车。

"你怎么回事？"看着王燊用手揉着太阳穴，陈莹忍不住埋怨道，"开车最忌讳心不在焉。"

"对不起。"王燊长长地叹了口气，"刚才走神了。"

"怎么了？"陈莹问道。

"没什么，下次不会了。"说着，王燊一踩油门，继续向前方驶去。

12 月 2 日

受大陆气团影响，夜场的温度明显比白昼要低了许多。寒风夹带着雪粒，肆意地钻进衣领。

陈莹的滑雪技术进步得很快。最初王燊本打算亲自教她，但陈莹直言信不过男友的技术，王燊只得为陈莹在雪场专门请了位女教练。教练正纠正着陈莹的动作，而全身心认真投入的陈莹似乎也全然忘记了王燊的存在。

夜晚的雪场有着白昼时分没有的气氛，此时周遭一片死寂，苍穹天际都是纯粹的黑色。从雪坡高处向远方望去，整片白茫茫的雪场有着一种令人安详的寂寥壮阔。灯光不是非常明亮，却把夜晚衬托出更为宁静的韵味。

王燊用手中的烟蒂在雪地上画了个笑脸，随即又把笑脸的嘴画向下变成哭脸。

远处的陈莹正在教练的辅导下向中级雪道发起挑战，王燊观察了陈莹很久，确定她暂时不会想起自己，随即向雪场外走去。

他要重新回到那天的路。

一面巨大而无形的鼓在王燊心中躁动了起来，声音越来越大，扰得他心慌意乱。那阵轰鸣声变得趋于嘈杂和喧嚣，让他耳边萦绕起发动机般鼓噪的声响。

——鼓面裂开了，他到了。

大雪在土地上覆盖了厚厚一层，王燊把车停在土路不远处，当脚踩到二地上的那一刻，竟有种地面塌陷的幻觉。他扶着额头，小心翼翼地走在土路上。白色的雪在他走过的地方呈现出脚印形状，裸露出土地原本的颜色。

雪是新的，但总会融化，不是今天就是明天。

到时候，新鲜的土壤就会裸露出来，这一片土壤周遭的颜色肯定不同。王燊想着，突然被一种强大的力量所控制，他用手指捻起一小撮土壤，凑到了眼前。

手指间的土壤新鲜度和别处不一样。

——至少还要再等上两个月，等到草籽在此降落，自然风将土吹平整，再迎来几场降雪，这里就无法再通过肉眼辨别出来。他还要等，他知道。

不对。王燊突然注意到旁边土地上的一片和别处不同的区域，无论是土壤的新鲜度还是凹凸程度，都与其他地方有明显的区别。在这样一个夜晚，偏僻荒芜而贫瘠的土路上，王燊清楚地意识到——

这是一个脚印，这里有人来过。

一阵尖锐的声音突然响起，王燊吓了一跳，定神后掏出手机。

“我这边结束了，你不在雪场？”陈莹在电话那头催促他。

“我出来买包烟。”王燊擦了擦额头的冷汗，“你先进咖啡馆暖和一下，我这就回去。”

离开时，王燊回头暗暗留意了那块有着不易察觉痕迹的土壤。

在黑暗当中，裸露的大地沉寂而悲伤。

12 月 4 日

时光在雪中似乎停滞不前。

冬日的阳光午后，辛丽习惯坐在靠近落地窗旁的沙发上安详看书，两个星期以来她已经看完了陀思妥耶夫斯基的《卡拉马佐夫兄弟》和《白夜》。脚边的扫罗已经断奶了，完全没有亚伯的倨傲和狂狷。

“扫罗比亚伯接地气。”杜哲言简意赅地点评道。

午后酒吧不开门营业，然而门口的风铃声依旧不期而至。清脆的声音刺破了阳光温暖的沐浴，在这个安详的午后格外刺耳。

“警察。”陶放出示了警察证。

辛丽深吸了一口气，疑惑地问道：“有事吗？”

陶放用锐利的目光打量着整个酒吧。

这时，脚边的扫罗轻轻地叫了出来。

“11 月 4 日到现在，你丢过猫吗？”陶放问道。

扫罗乖巧地抖了抖身子，阳光下浅金色的皮毛格外柔顺。

陶放补充道：“白色的。”

正更换钢琴乐谱的杜哲愣了一下，乐谱直直地摔落在琴键上，砸出错乱的音符。

辛丽抬起头，正视着警察的眼睛："有。"

陶放示意身旁的警员拿出一张装在透明物证袋中的照片："是这只吗？"

昏暗的光线下，白亮的闪光灯将土壤之上的尸体赤裸曝光。白茫茫雪地上的血，就像无数个夜晚摆放在酒吧洁白吧台上的葡萄酒。

"亚伯。"辛丽张了张嘴。

"我们在灌木丛中发现了它的尸体，请松手。"陶放尝试着用力从辛丽手中抽出照片，"经勘查怀疑是一场杀人肇事案，嫌疑人犯罪后将猫杀死，并移花接木挪到现场，以便在车祸痕迹之上伪造出撞死动物的假象。"

"杀人案？"辛丽皱起眉头，手指关节用力攥紧了毯子。

"我们从监控看到这只猫在这一片活动过。所以，"陶放的语气异常从容，但仍旧凝视着辛丽的眼睛，"你最后一次见到这只猫是什么时候？"

辛丽沉默低头，她的侧脸在阳光下有种静谧的美。手指关节因用力而泛白，却最终无力地松开："好像是 11 月第一个星期四的傍晚，日期记不清了。当天祷告结束之后酒吧营业开门，亚伯照常跑出去，就再也没有回来过。"

11 月 4 日

影视城里，陈莹和导演、制片主任、摄影师、男女主演等剧组成员各拿着三炷香站在河边，向东南西北四个方向虔诚地鞠躬祭拜。随后，四十多岁的导演掀开了盖在摄影机上的红布，与此同时剧组点燃了鞭炮。鞭炮声在晚秋凛冽干燥的空气中格外尖锐，但这丝毫不影响他们喜悦的心情。

"早晨醒来听到有喜鹊在酒店外的树枝上叫，肯定是保佑拍摄顺利。"导演笑着说。

"老楚，你想多了，这里哪有喜鹊？"制片主任说道。

"非也非也，拍摄就图个心里吉利。心里吉利了，万事也就吉利了。小陈，你说是不是？"导演把话锋转向了陈莹。

陈莹笑着，不知该说些什么。

今天清晨醒来，她左眼莫名狂躁地跳动。不知为何有种不祥的预感，但眼下还是不要把这件事情说出来为妙。

第一天正式拍摄时，片场由陈莹助理盯着，助理很年轻，但做事格外认真。

陈莹坐在监视器旁，感觉到全身说不出的乏力。裹着军大衣，接过剧务递过来的热水，她掏出手机给王燊发信息："我好像感冒了。"

王燊没有回复。

监视器里，男女演员在寒风中冻得瑟瑟发抖。开拍指令下达后，他们却总是能瞬间露出如沐浴在黄金海岸的明朗面容，或喜或悲，仿佛周遭环境瞬间切换到了椰风雨林。

“都不容易啊。”看着镜头前光鲜亮丽的演员们，陈莹心中想。

这场戏为男女主角的初次邂逅。游轮上正在举行一场盛大的海上婚典，女主角是新娘的伴娘，男主角是新郎的朋友。两人举着酒杯，穿过甲板上熙熙攘攘的人群和色彩斑斓的气球，男主角的杯中酒不偏不倚地落到了女主角的礼服裙上。

“俗套的剧情。”陈莹伸出手指，同样的邂逅剧情，她至少接手负责过三部。

秋末的河流，冷风肆意地吹来。如此反复几条后，坐在监视器前的导演勃然大怒。

“稳住，稳住，这是喜宴，不是海难。”指责的话语经由对讲机冰冷的信号传递到现场制片的耳中。

“导演，演员们都很冷。”年轻助理的回复中带着哭腔。

“早拍完早拿钱，你再撑一会儿。”导演关掉了对讲机，将目光重新投射向监视器。可还没等他坐稳，连通至甲板的监视器屏幕中，整艘游艇一片混乱。

“妈的。”导演满脸怒气，站起身冲着对讲机大吼，“又怎么了！”

“导演，有人、有人落水了！”

11 月 7 日

落水昏迷的姜雨是位群众演员。吃力地对照着演员单上的明细，副导演称除了海上游轮婚礼的出席者外，她还会在接下来的两个月内饰演酒吧服务生、花店老板娘、邮政公司营业员和若干路人角色。

凌晨，制片主任赶到酒店，见陈莹戴着口罩低头不语，便把怒火全都转移到了年轻助理的身上：“成事不足败事有余，现场你是怎么盯的？”

陈莹摘下口罩，低沉着声音道歉：“是我不好，因为生病没有亲自上阵。”

制片主任无奈地抽起了烟：“现在情况怎么样？”

“还在昏迷，医生说情况不太好。”

“家属通知了吗？”

“通知了。”陈莹点了点头，“她家的情况可能比想象得还要复杂，只联系上了她在县城的男朋友，正往北京赶。”

制片主任突然放低声音：“她家不会招惹什么麻烦吧？”

被焦油熏染的手指间的烟雾，正在缕缕上升。

“应该不会，女孩出身农村，一直在电影厂门口跟组做群演。”陈莹会意答道。

“跟家属商讨赔偿事宜的事儿就交给你了。”

陈莹点了点头。

“还有，”扔掉烟蒂，制片主任用脚踩熄，“千万别让记者知道。”

11 月 10 日

午夜，电视正播放着体育新闻。餐桌上摆放着简单的宵夜，刚临时回家的陈莹正在吃玉米，王燊开玩笑般地说道："我说，剧组刚开机就死人，够晦气的。"

没想到陈莹听后放下了筷子，这一声可谓是不轻不重恰到好处，让王燊心惊胆战。离开餐桌的陈莹走进卧室，很快通话声就透过门板和水泥墙传了过来，掺杂在午夜体育新闻的播报声中。

待午夜新闻介绍完冬奥会主场馆，门开了。

"怎么了？"王燊急忙迎了上去。

陈莹快速地走到客厅取大衣："演员失踪了。"

"啊？"王燊惊讶地脱口而出，"怎么会？"

"剧组来电话，医院查房时发现病患失踪。"陈莹快速地穿好大衣，利落地取下悬挂在衣架上的背包，"我走了。"

灯光昼夜无息的医院内，年轻助理带着哭腔："陈姐，演员不见了。"

陈莹把包重重地往椅子上一扔，走向病床。病床并无异常，被子保持着被掀开的状态，床单上留有人躺过后的褶皱痕迹，一切就像是这个女孩刚刚起床离开。

"几个小时前，我接到医院电话询问是否接她离开。"助手紧紧跟随陈莹踱步，仿若抓到了救命稻草，"医院催促说如果真是离开的话，得先补齐住院费。"

"会不会是她的亲友接走的？"陈莹问道。

"我已经核实过，4 号以前没有任何人前来看望过她。"

"那就是自己走的。"陈莹低着头，凝望着床单上的褶皱，"她病情如何？"

"医生说昨天上午才恢复意识。"

陈莹沉吟片刻，拿出手机："你去找院方领导来，我报警。"

"报警？"助理惊讶地说。

"难道你有权力调取医院的监控录像吗？"陈莹瞄了一眼助理，把手机听筒对准了左耳。

11 月 16 日

一直以来，辛丽都在幻想天堂到底是什么模样。

望着一只领回的流浪泰迪，正在名牌上写字的杜哲叹了口气："老板娘，这可已经是第二十三只了。"

辛丽充耳不闻，权当没有听到。

她开始收留流浪动物，就像是那个细雨黄昏初见亚伯时的场景。这座繁华城市每天都会有动物死去，也每天都会有动物被遗弃。午夜的城市角落，它们聚集在最阴暗潮湿的地方，像是有灵性般地讲述着都市传说。

看着七只猫、六条狗、六只兔子、一只金丝雀和两只鹦鹉，杜哲写下编号 23，随后挂在了脏兮兮的泰迪身上。

“那个，”杜哲欲言又止，“又收到顾客投诉，太吵，也脏。”

辛丽拿出钥匙打开收银柜，抽出八张纸钞递给杜哲：“别劝我。”

“全天下那么多流浪动物，咱救得过来吗？更何况你曾经说过，仁慈不仅只有这一种形式的。”

“快基督弥撒了，能救一只是一只。”辛丽坐了下来，吧台洁白得没有任何尘埃。

“今天你都喝了两瓶了。”杜哲忧心忡忡，“‘饮酒不能过量’，你不是一直这么教育我的吗？”

“闭嘴。”辛丽皱起眉一饮而尽。

11 月 11 日

全天候二十四小时灯火不息如白昼的地方，除了监狱，也只有这里了。

“怎么了？”看着身边年轻警员不停抽着纸巾，陶放转过头。

“还是对消毒水过敏。”警员沮丧地说道。

“你这可不行，以后怎么出现场？”

“知道了。”警员低下了头。

在进行常规调查取证后，陶放授权医院调取出下午 16 时至晚间 19 时从病房走廊至医院门口的监控录像。

陈莹的眼睛紧紧盯着屏幕，她第一次意识到每天原来有那么多人进入医院。而其中一部分人，自进了这个门，就再也没有出去过。

“好像是这个哎。”负责看护姜雨的护士敲了敲屏幕。

陶放身子前倾，紧紧盯着画面中身穿病号服的女孩，只有全景背影：“确定？”

“的确是她。”陈莹点了点头，“我有印象。”

粗糙的画质中，姜雨脚步踉跄地离开医院，步伐时快时慢地走出大门，直至消失在监控画面中。

阴云迅速地笼罩在夜幕上空，将整片天际遮得密不透风。

“记录。”陶放敲了敲桌子，示意警员，“第一小组去调查姜雨的社会关系，第二小组顺着姜雨离开医院后的路线沿线排查，确定行迹方位。”

“我们可以做些什么？”陈莹站起身。

陶放眯起眼睛：“她老家的男朋友不是正在来京的路上吗？”

11 月 12 日

姜雨的男友来京，乘坐的是四十个小时的普快列车。而此之前的两昼一夜，他需要从县城辗转乘坐摩托车和大巴抵达昆明火车站。上午，陈莹亲自去北京火车站接他，年轻助理高举起写着何篱名字的指示牌，等候在形形色色的人群中。

列车比约定时间晚点一个半小时。等待熙熙攘攘的旅客们拖着行李出站后，一个二十多岁模样的男孩向他们走来。

“何篱？”陈莹迎上前去确认。

男孩疲惫地点了点头。

“先不说了，送你去休息。”说着，陈莹伸出手想要握手。

男孩低垂着眼睛，平静地说：“四十多个小时的火车，手还没洗。”

陈莹打量起这个男孩，身上穿着的是农贸市场上三十元两件的那种服饰，但除了鞋上有些许清理不掉的污渍外，衣服保持得整洁干净。

身边与他年纪相仿的助理收回了穿着阿迪达斯的脚。

“上车吧。”陈莹拍了拍男孩的背，助理趁机将行李从何篱手中提了过来。

“去见姜雨吗？”何篱问。

“不，先送你去休息。”

何篱停下了脚步。

“怎么了？”陈莹回过头。

“她死了吗？”

听闻此话的陈莹停下脚步，看着何篱平淡而坚强的脸：“我发誓，还没有。”

“放心，我承受得了。”

陈莹沉默了几秒，深吸一口气：“姜雨失踪了。”

11 月 17 日

偏远荒芜的公路无边无际，似乎要延伸向未知而古老的远方。昏暗的死角里魑魅魍魉涌动，却能够被画质粗糙的监控捕捉到。没有车水马龙的繁华街景，没有阳光冰原的壮丽景象。穿着病服的女孩独自向前走去，仿佛在冥冥之中被远方的神秘力量指引。

“这里距离医院十六公里，是西北方向。”陶放指着监控画面，“这是目前掌握的资料当中她最后一次出现的地方。”

“她要去哪？”

“假如继续向前走，四五公里开外的路口向东通向出五环的加油站，向西走则通向一个新开业的滑雪场。”

“滑雪场？”陈莹下意识地重复着。

12 月 8 日

洁白的吧台前，杜哲的视线越过电脑屏幕，偷偷地停留在坐在落地窗前的辛丽身上。

他烦躁而困惑地将目光收回，屏幕页面上显示着诸如“失神、反应力暂缓、健忘病因”的搜索条目。

下方评论道：

“是否有家族精神病史？”

“疑似精神方面出现问题，建议咨询相关人士。”

“还能有什么病因啊，神经病呗——”

杜哲愤愤地在键盘上敲打着：“我们老板娘才不会是神经病！”

可是，当光标移动到“发送”位置时，杜哲却久久按不下去。

他抬起头，午后的阳光均匀地洒在辛丽身上，整幅画面就像是文艺复兴时期的油画般圣洁美好。

——真的是精神方面出现问题了吗？

很小就成为孤儿的杜哲，自从被辛丽收养的那一刻起，便把辛丽当作了恩人。

他合上电脑，小心翼翼地走到辛丽身旁，伸出手在她的眼前晃了晃。

“看，亚伯。”辛丽眼神失焦，指着杜哲的身后说道。

“亚伯？”杜哲下意识地回头看去，但门口只有寒冷冬季的风。他叹了口气，蹲下身，“亚伯已经去天堂了。”

“是啊，亚伯已经去天堂了。”辛丽重复了一遍。

杜哲把散落在地的屠格涅夫和车尔尼雪夫斯基的书收了起来，起身打开了童声唱诗音乐。

“你说警察会找到亚伯的死因吗？”

“一定会的，老板娘。”杜哲兴奋地站起身，咬着嘴唇，“对于那些作恶的人，主早就说了，‘没有爱心的必受审判’。”

“主也说过，‘虚假谎言是耶和华所憎恨’。”

“对啊，还有‘魔鬼是谎言人之父’。”说着，杜哲突然抬起头，“等等，你是说警察在说谎？”

辛丽没有再说话。她转过头，久久地看着这片被阳光沐浴着的大地。

——阳光明亮，似乎可以照耀到每一粒土壤。

12 月 4 日

干燥冷冽的天空黑暗得像是被上帝抛弃一样，每逢清晨都笼罩在昏暗的云层中。灰蒙蒙的雾霾纷纷扬扬撒向世间，似乎要把水泥公路、钢筋铁甲和冰冻河流都笼罩在这座迷雾森林中。

凌晨5点，陈莹醒来，北方大陆还被黑暗吞噬着，就像是文明未经开化前的混沌大地。

这一夜又下雪了，大地白茫茫的一片，似乎要把这暗无天日的夜空映成白昼。倚靠在窗前，陈莹突然感觉肩膀被一双强有力的手抓住，她顿时被覆盖在这未知而又安详的境遇中。

“别动。”王燊说道。

陈莹回过头，享受着王燊温柔的抚慰。窗外是纯粹而寂静的白色，在这午夜时分格外耀眼。

“假如你遭遇了很大的困境，你会以生命为赌注去解决它吗？”陈莹看着窗外问道。

午夜的家中没有开灯，窗外昏黄的路灯光线透过窗户照射了进来，在陈莹的脸上投射出淡淡的暖色调阴影。

“我不会，但我知道有人会。”王燊说道。

“可世上还有什么是比生命更重要的？”陈莹抬起头，“真的会有人愿意为了某些事而赌上生命？”

陈莹想起跟随警察在潮湿而清冷的村寨中走访时的情景。芭蕉叶翠绿如春，不分昼夜开着家门的居民们正围着火炉喝烤茶，喂养着家禽的女人声音亢奋：“哎呀呀，不会记错的啦，他从小就会游泳。”看着被陌生脚步惊散飞蹿的家禽，妇人又补充道，“简直算是寨子里水性最好的青年。”

“你说，”陈莹抓住王燊搭在肩膀上的双手，“他会不会是故意跳河的？”

“什么意思？”王燊吓了一跳。

“他会游泳，水性又好，但是宁愿被淹死。”

“宁愿？”王燊瞪大了眼睛，“你是说，他自愿赴死？”

陈莹点了点头。

“为了什么？”王燊问道。

“正如刚刚你的回答，在他的人生中有比生命更为重要的东西，你明白我的意思吗？”

黑暗中，陈莹听见了王燊的一声叹息。

“但是，究竟是什么呢？”陈莹喃喃自语起来。

王燊扶着陈莹的双臂，直直地看着陈莹的眼睛。过了很久，他突然说：“莹，咱们要个孩子吧。”

陈莹哭了，随后摇了摇头。

12 月 5 日

河流进入了结冰期，持续的冷空气不断侵袭着城市。下午5点，天色深沉地暗了下来。夜幕已至，整座城市华灯初上，就像是点燃了万支烛火，以微弱而又顽强的力量，在冬夜里摇曳起舞。街上的行人没有因为低温寒冷而稀少凄清，反而热情地拥上街头，将自己与圣诞将至的氛围融合在一起。繁华的街头巷尾，人们流连于挂着圣诞打折标语的商铺，纸醉金迷、灯红酒绿的娱乐场所也在门前摆放起圣诞枞树，挂满了金色铃铛和小甜饼。

王燊开着车在水泄不通的公路上缓慢行驶，选择在晚高峰出行实在称不上明智。但看着家中逐渐笼罩在黑暗里，王燊当机立断带陈莹从忧郁的深渊中逃离而出。

原本打算找家餐厅的二人堵在路上，王燊心中涌起不安与躁动。直线距离称不上远，终点却显得遥不可及。

陈莹看着窗外：“那是什么？”

王燊顺着陈莹手指的方向看去，洁白的商铺招牌孤傲而清冷地立于街角，金色铃铛和小甜饼挂在圣诞枞树苍翠的枝叶上。透过玻璃橱窗，温暖的橙色灯火在夜晚模糊了眼睛，圣洁的合唱天籁般从门口肆意地流淌了出来。

“唱诗酒吧。”看着酒吧招牌上的字眼，王燊读了出来。

“原来都快圣诞了。”陈莹的目光停留在招牌上，“要不我们进去坐坐？”

王燊久久地看着陈莹的眼睛。

“怎么了？”陈莹问道。

“没什么。”王燊开口，“你要是想去，咱们就去。”

酒吧的每日祷告刚结束，来自于中欧童声唱诗班的歌声就伴随着钢琴的音色像水般流淌了出来。

风铃声响起，一只浅金色的小猫飞快地跑来，在陈莹脚边不停蹭着。

“扫罗，回来。”杜哲急忙跑出吧台，“不许对客人无礼。”

“没关系的。”扫罗依旧在亲昵地蹭着陈莹的裤子，而陈莹也怜爱地抚摸起它柔软的皮毛。

王燊退后了好几步。

“怎么了？”陈莹用余光扫到王燊的异样。

“对猫过敏，你忘了？”王燊紧皱眉头。

“没忘，可这种距离也不行？”

“可能是心理暗示吧，我先去座位了。”说着，王燊走向靠窗户的座位，餐前松饼正安静地躺在盒子里。

“二位要喝点什么？”待陈莹入座后，杜哲走了过来。

“一打啤酒，你呢？”陈莹看着王燊。

“一打？”王燊瞪大了眼睛，“不行。”

“我心里有数。”陈莹执意。

王燊便不再劝，他深知也劝不动。王燊从不喝酒，便点了杯苏打水。

一声细软的猫语又响了起来，浅金色的皮毛在洁白的大理石地板上格外显眼。

“这位女士好像很受扫罗喜欢呢。”杜哲笑谈着，过来收捡空酒瓶。

“那个人是谁？”陈莹问道。

杜哲顺着陈莹手指的方向望去："啊，她是我们的老板娘。"

"老板娘？"陈莹像是来了精神，微醺地站起身扬了扬手，"嗨，老板娘，能过来一下吗？"

王粲忍不住拽了拽陈莹的袖子，低语道："你神经病啊。"

辛丽端着葡萄酒走了过来，看着满桌的空啤酒瓶。

看着老板娘手中的红酒，陈莹疑惑地问道："咦，基督教义允许教徒喝酒？"

"《圣经》并不禁止人喝酒，只要不过量。"

"过量就有罪？"

"过量就有罪。"

"原来如此，谢谢啦。"说着，陈莹仰头将瓶中的啤酒一饮而尽，其飒爽之英姿，让王粲仿佛看到了几年前彼此初次相遇的情景。

一个做制片的女人在这个男权倾轧的领域喝倒了一桌男人，那时陈莹用手背擦了擦嘴角淌出来的酒，笑着说："那么这部片子的投资就说定了哦，下周一我带合同来。"

王粲由此没再阻止她，任由她喝了下去。

回过头，隔着洁白的吧台，辛丽的眼神似乎正在穿越黑暗的冷风，向他奔涌而来。

12 月 10 日

荒岭雪野一片寂寥萧瑟，零下十摄氏度的低温午夜，却闪现着无数耀眼的灯光。被低矮灌木丛包裹住的土地上，红蓝色警车灯在夜晚闪烁出危险的色彩，训练有素的警犬正狂吠着，戴着口罩全副武装的刑侦人员正紧锣密鼓地进行挖掘工作。

——几天前的一场大雪，覆盖了猫血和人血。晶莹剔透的雪将两种哺乳动物的血液混合在一起，并随着古老季风吹来落地的草籽和在贫瘠土壤中顽强生存的灌木残枝一起，覆盖住了血液和痕迹。

裸露的大地就像是个虔诚的教徒，忧伤而悲悯地唱起了古老的歌谣。

陈莹站在不远处。

"你不能来现场。"陶放眯起眼睛，看着陈莹。

"我发誓不接近警戒线。"陈莹保证道。

寒风呼啸，陈莹裹着大衣躲在警车旁，手指已经被冻得没有了知觉。事实上，就算是警方允许她自由出入，她也绝不敢靠近尸体挖掘现场半步。深冬的寒风在夜色中猎猎作响，陈莹突然闻到一阵令人作呕的气味，这种味道曾在她负责的电影片场中出现过。

前方车灯闪烁，刑侦人员们面不改色，就像是在堆砌一座沙滩城堡。前方黑色的大地开始露出了星点白色——

她知道那白色不是雪。

12 月 7 日

干燥龟裂的大地就像是炎热季节的沙漠。高速公路旁的加油站内，女员工穿着深蓝色的工作服，戴着套袖，手里还提着半桶水。

“那天的确有个女孩来过，长得很瘦也很白。我之所以对她印象深刻，是因为她穿着医院里的病患服。”女员工回忆道。

“她来做什么？”陶放问。

“打电话，她冲进来问能不能借电话一用。”

“你们同意了？”陶放挑了挑眉毛，“想必她没有带钱。”

“没错。”

“电话里说了些什么？”

“听不清，我可没有偷听他人隐私的癖好。不过还是听到了什么住院费、逃跑之类的话。”女员工望着警察的灼人目光，急忙说道，“真的只听到了这些，想必她故意不愿让我们听到，还用手捂住了听筒。我经过她身侧时她很紧张，我便匆匆离开去整理货架。”

“打完电话她去了哪里？”

“警察同志，我真的没有看到。”女员工满脸无辜，但随即又像想起什么似的拍了拍头，“对了，那天她还问过我这个加油站的方位，看样子似乎要去和什么人会合，还说过要沿着公路向西走走。”

“向西？”陶放转过头，将目光注视到那条延伸向滑雪场的公路远方。

过往的车辆停驻到加油站旁，南来北往的司机们也不敢吸烟，只好在车旁等待。年轻的员工们轻车熟路地给汽车加油，一辆又一辆。

11 月 9 日

临近傍晚，天色暗淡的公路似乎又陷入了无边冷寂。路灯在昼夜交替的瞬间亮了起来，昏暗的光线同时投射到死气沉沉的大地上。干燥的土地凄冷得没有一丝生气，偶尔过往的车辆疾驰狂奔，从来不会多停驻一秒。

姜雨前行的步伐开始变得越来越缓慢。这个季节，她却只穿了普通棉布材质的病患服，寒风驱暖如同飞蛾扑火，肆虐地钻进了衣领，拥抱着逐渐僵硬麻木的身体。

自从在游轮拍戏时不慎落水，这还是她第一次走出医院。恰逢生理期的身子坠入冰冷的河流，结冰期前的温度似乎无限接近临界点。

天色还亮，她路过了加油站。

“我可以借用一下电话吗？”姜雨低着头，“我没钱，如果以后有机会……”

穿着加油站蓝色制服的女员工打量着面前和自己年龄相仿的女孩，将一枚硬币放入她手心：“进去吧。”

“我逃出来了。”电话中，姜雨这么对男友说道，“我不知道手术费有多少，我只是个可有可无的小群演，剧组应该不会负责。”

“既然已经做了手术，剧组应该已经支付了费用吧？”男友心怀侥幸地试探。

“即使支付，应该也只是垫付。如果是哪个女明星落水，剧组肯定会负责的。而我只是个小群演，康复后必然要偿还。”

“你现在在哪里？”男友在电话那头倒吸了一口冷气。

身后商品被摆放时与货架的摩擦声响传来，姜雨用手捂住听筒，望向那位穿着蓝色制服的女员工：“姐姐，这里的地址可以告诉我吗？”

挂断电话后的姜雨走出加油站超市。暖和的室内温度让她清醒了不少，她可以顺着来时的路重新潜回医院，趁着凌晨人迹稀少，将病房内的手机和背包取出来。

夜幕降临，从小在村寨中挑水喂禽的姜雨很困惑自己何时变得如此弱不禁风。她出生在雨季，母亲生下她后第二天便下地为父亲分担农活。无论烈日酷暑或极寒天气，她和其他来自五湖四海的群众演员蹲守在电影厂门口等活儿，和其他三位同样农村出身的女孩租住在地下室。

“不想当明星来北京做什么。”潮湿阴冷的地下室中，一个女孩正用重金属超标的廉价口红往嘴唇上涂抹。

“做群演，肯定是为了当明星啊。”另外两个女孩也附和道。

——可是姜雨只是为了生存。

“不是吧姜雨，你这么没志气？”口红女孩放下手中的化妆镜，“你千里迢迢逃离大山来到首都，竟不是因为想当明星？”

姜雨摇了摇头：“赚够钱，回老家和男友结婚。”

化妆镜合上的时刻发出了清脆声响，却掩盖不住其他女孩嘴角的讥笑。

没有钱必然无法乘坐出租车，姜雨知道。而其实即使钱包在手，要不要支付车费也值得姜雨反复思忖。她抬起头，看到禁止进入的指示牌，环顾四周后跨越栏杆，跳进了一条布满泥土的小路。

距离滑雪场还有七公里，高悬的蓝色指示牌这么标注着。

这些车辆都是驶去滑雪场的吧？滑雪在姜雨心中是想都不敢想的，她无法理解任何物质以外的精神追求和享受。

就这么想着，一道无比刺眼的强光顷刻间涌向了她周遭的世界。整个人似乎逐渐被包裹在这束强光之中。就在这明亮的光线里，她却感受到了一种久违的温暖。

——真想永远处在这温暖和灼热当中，再也不要离开。

11 月 9 日

听到沉闷的声响，王燊走下车，几米外是个躺在血泊中的年轻女孩。

几秒钟后王粲缓过神来，他向四周环顾，周遭是无边的黑暗和冷寂，也没有任何监控探头。

弯下腰，王粲试探性地触摸着女孩的脖颈和鼻息。那个瞬间，他整个肌体凝滞，僵硬了许久。

王粲打开烟盒开始抽烟。大半支过后，他掏出手机拨打电话。

“我撞死了个人。”王粲说道。

半个多小时后，一个纤瘦的女人出现在他的视线当中。看着女人怀中白色的猫，王粲忍着因过敏而抽泣的鼻腔，低声从喉咙里挤出几个字：“对不起。”

辛丽把猫递给王粲后转过身去，喉咙里含混不清：“你来做吧，做好了叫我。”

庞大而深邃的陆地，从土壤的剖面来看，最下方隐藏着苍白的姜雨，土壤表层混合着两种哺乳动物的血液，而猫血只是为了将人血掩盖。

王粲期待着——

几天后降临一场大雪，最好下得人世间白茫茫一片，将所有的罪恶都隐藏起来吧。

他转过身看向辛丽，辛丽紧闭双眼。在胸前画十字的速度越来越快，最后已经走火入魔。

12 月 21 日

陈莹从信箱取出《当日晨报》，新鲜的油墨散发出特有的清香。打开版面，头条标题如期映入眼帘：《未获保险赔偿，青年甘愿坠河》。

“大家好，前几日发生在云南某地的何姓青年溺亡事件已有了最新进展。这场看似见义勇为的意外事件，在警方的侦破下逐渐呈现出惊天逆转。请跟随本台记者一同走近事发河流，还原这起两败俱伤的悲剧。”

电视滚动播放着同一事件的新闻调查，陈莹放下报纸，打开了家中的窗户。

——圣诞节快到了。

12 月 24 日

灯火辉煌的平安夜，教徒和顾客同时聚集在酒吧门口。招徕着年轻情侣的店铺张灯结彩，繁华的道路上车水马龙。不远处的教堂门口摆放着《圣经》手册和蜡烛，圣洁天籁般的歌声由远及近地透过严寒的冷空气，围绕在整个城市上空。

圣诞枞树依旧摆在门口，人们把贺卡挂了上去，祈祷着主的福音。而就在这片灯红酒绿后，酒吧大门紧锁，悬挂的木牌上刻着：

今日停业。

前来救场的杜哲在门口艰难维持着顾客们的情绪，他焦急地敲打着酒吧大门：“老板娘，快点开门。”

繁华的光线和熙攘的声音无孔不入地透过水泥缝隙和木板裂痕，充斥着黑暗的酒吧大厅，白色大理石地板就恰如这覆盖了整个世界的雪野。

——他来过。

“他已经问过我，上帝允许戕害生灵吗？”被王粲抱在怀里的辛丽说道。

天地间的雪啊，从天上降落下来时就把人世间的罪恶覆盖了。覆盖住猫血和人血，覆盖住人类内心的侥幸，覆盖住为掩饰罪恶的滑稽表演。人从出生那刻起就注定要带着原罪度过一生，可是怎么能够解脱呢?

漫山遍野的迷雾终于被拨开了。

12 月 24 日

距离圣诞节的零点还有一个多小时，陈莹在家中疯了似的拨打着王粲的电话。

一向谨慎的她没有让王粲采取安全措施，得知怀孕后的最初反应是一直陷入对自己忘记反复计算安全期的懊恼中，但在这个平安夜的傍晚，陈莹突然沉静了下来。

——她三十岁了。

王粲终于在圣诞节降临前的二十分钟回到了家。没有开灯，两个人站在窗前。

繁花似锦的光线下，陈莹说：“咱们结婚吧。”

王粲摇了摇头。

陈莹继续说：“我怀孕了。”

王粲抬起头，久久地凝视着陈莹的脸。

“别生出来。”王粲说。

窗外烟花的喧嚣声音一时间盖住了王粲的话语，陈莹没有听清楚，反问道:“什么？”

王粲倒吸了一口冷气，看向陈莹的眼睛：“莹，我有件事情要告诉你，听完你再决定要不要跟我结婚。”

陈莹点了点头：“好。”

12 月 25 日

不远处教堂的午夜钟声响了起来，圣诞节终于来临了。

索契的雪 · 终

故事二

京都之雾

The Fog of Kyoto

何律之一

“我奔跑着，简直无法想象我不停歇地奔跑了多长的路程。我也不记得都经过什么地方了。恐怕是从拱北楼的一侧，出北后门，经过明王殿旁，跑步登上了矮竹和杜鹃丛生的山路，来到了左大文字山的山顶上。我躺倒在赤松树阴下的野地上，喘着粗气，平静而激烈地悸动。不计其数的鸟儿啁啾鸣啭，飞掠过赤松的树梢。点点火花在头顶夜空上浮游着。从这里看不见金阁的形状，只见滚滚的浓烟和冲天的火焰。树丛间飞舞着无数火星，金阁上空就像撒满了金沙。”

我合上《金阁寺》，夜晚的雨还在细密下着，雨水落在樱花树上，粉色花瓣不停飘舞至庭院。透过窗户可以望见远山叠嶂，山峦的轮廓在氤氲雨雾中隐约可见，像是一片阴影迷雾。

这是我进入推理电影《京都之雾》剧组的第九天。时值四月初，樱花开得正盛，剧组已经连续三日相邀去玉渊潭赏樱寻找素材灵感。制片方找到的这处庭院酒店，说是日式，实际只有几株八重樱在庭院内围绕回廊盛开。和室里虽有光叶榉树和松木制成的床板，但同时也有用光滑大理石制成的茶几。先前剧组买来了日式线香作为道具，我便抢来了一盒，每天拍摄结束后焚上一支。

敲门声在雨夜里格外清晰，雷声穿着一套藏蓝色棉麻质地的宽松款服装，端着两个陶瓷茶杯走了进来。他将其中一杯递给我：“抹茶，也是剧组道具。”

“速溶？”我皱了一下眉头。

雷声爽朗地笑了：“不用给茶杯特写镜头的场次，只需要远远看上去‘像一杯抹茶’就可以了。我们总不能为了每个镜头，都要请里千家茶道师在场吧？快喝。”

我轻酌一口，速溶的口感实在称不上顺滑。

“关于明天拍摄的场次，剧本改得如何？”雷声问道。

我拿起厚厚一沓剧本："我无法让步。"

雷声听后有一丝不悦，放下茶杯："为什么？"

"你之前是让我把这场戏写成《金阁寺》结尾段的感觉吧？"我摇了摇手中的书，"可是你看，'不计其数的鸟儿啁啾鸣啭'，不计其数是多少？另外怎么让火星在树丛间飞舞，谁去天空撒金沙？"

"我说的只是这种感觉，并不是要把这段小说还原成电影。"

"但我在拍摄可实现的范畴内写了剧本，否决的人是你。"我说道，"我是跟组编剧，我的任务是改完剧本后次日可实际拍摄。我无法像文学剧本阶段的编剧那样，写出'长亭上人山人海''脑海中万马奔腾'这样的话来。"

"那就按你白天交给我的剧本拍摄吧。"雷声叹了口气，"更重要的是……"

我摆了摆手，打断了他："这个我更无法妥协。"

雷声的面容稍有愠怒。

雷声所说之事，是让我临时在这一场加入女主角顾绘的戏份。原因雷声未曾明说，但我也能猜得心有定数。其实我也没兴趣过问潜规则之事："能加我一定会加。但这场戏是男主独自的梦境，如果加戏，会完全破坏掉营造出的氛围。"

雷声脸上稍有类似讨好的缓和："戏份多少并不重要，何况她的素材在后期也可能被剪掉。但是拍摄时她可以出场呀，等于留了两手方案。"

"看样子你是想给她台词？"

"正是。"

"那更不行。"我说道，"男主角的演技会受到极大影响。"

"真是个固执的女人啊。"雷声歪着头，"我要是一定要加呢？"

"你有权力加，我也有权力不写。你要是觉得你临时加的戏份会比我这个编剧写得更好，你大可亲自操刀。"我也用眼神回敬他，并将剧本翻了几页，"开拍以来这是你第三次找我加戏了。我的目的是为应对天气变化等意外状况时仍保证顺利开拍，有的情况我能妥协，但像这种原因，我不能砸了自己的招牌。"

"你真是越来越不可爱了。"

我喝了一小口抹茶，已经凉了许多。

"快下雨了呢。"雷声看着窗外，幽幽地说，"第一次见你也是在雨天。"

"好几年前的事情了。"我摆了摆手，放下茶杯。

陶瓷在石桌上迸发出清脆声响，令闻者不由心生一颤。雷声在阴影里沉默着，突然站起身，向我凑了过来。

高大身体倾覆而下，像阴霾笼罩住了我。我侧身一躲，让他扑了个空。

"很好。"雷声站起身整理衣服，有种尴尬后的恼羞成怒。

"快回吧。"我说。

窗外闪过一阵沉闷悠远的雷鸣。

雷声冷笑着，紧紧盯着我："你可别忘了，没有我，你什么也不是。"

"威胁？"

"像你这种出身的陪酒小姐，用得着我威胁？"他歪着头，嘴角上扬，"当初要是没有我指路，你怎么能大红大紫，实现你可笑的文学梦？"

我低着头，紧紧攥着剧本的指骨节咔咔作响。

"现在你可红了，摇身一变成了名媛编剧。可要没我费尽苦心给你做大家闺秀的包装，你没准现在还在被人灌酒呢。你就心里偷笑吧，你火起来的年代没有互联网，黑料不像现在那些女明星般满天飞。可要是我稍稍动动手指——《才色无双的美女编剧何律被曝曾经坐台》《何律出台费4000元一夜》，那病毒似的传播速度啊，想想就可怕。"

我用尽力气，把心中涌起的那愈发强烈的力量压回体内："你想怎么样？"

一道闪电照亮房间。

"罢了。"雷声拍了拍手，站起身，"今儿没兴致了。"

耳膜的鼓噪声微微减缓。

即将出门之际，他突然停下脚步："老规矩，我两天内起草一份给媒体的曝光稿，也算是今儿你给我提的醒。发不发，什么时候发，看你表现，看我心情。"

新一轮猛烈的骤雨降落而下，似乎能听见庭院里的樱花树枝折裂的声音。

剧本纸页被我攥成一团，随着窗外的雨声，我紧紧咬着嘴唇——

我要杀了你。

罗赏之一

淅淅沥沥的细雨愈下愈大，已经积成小水洼。未关门的房间里散播出午夜新闻的声音，伴随雨声传递到走廊上。我挽起裤腿，一路小跑返回房间。一支带着淡粉色樱花蕾的树枝折裂落地，不偏不倚地将我的小腿划开一道伤口。

"真是见鬼。"

我忍着疼痛走进回廊，正好看到雷声气鼓鼓地从何律房间走出来。

"你干什么去了？"雷声闻声问道。

"给院子里的道具盖上防雨布。"

"正好。"雷声的情绪很糟糕，"现在马上联系几个编剧，看谁能随时进组。"

"编剧？"我疑惑地问道，"何律不是在吗？"

"那个女人嫌我们给的酬金少。"雷声冷哼了一声，"我打算换人。"

我低头看着潮湿的衣服："我要先去洗个澡。"

"等不了了，我要给那个女人点颜色看看。"雷声说道，"你打完电话再洗。"

"洗个澡不碍事吧？"我疑惑。

“现在凌晨 1 点，也许大家都还没休息，等你洗完澡，所有人都要拖到明天才能给答复。”雷声怒气冲冲地盯着我，“打电话，现在就打。”

“非现在不可？”

“非现在不可！”雷声瞪着眼睛，不由分说转身走回房间。

一种难以言说的情绪涌上心头，我攥着拳头，还是默不作声地跟着雷声走去。

通话结果一如想象。我收起手机，走到依旧满脸怒气的雷声面前：“备选的编剧们都说现在进组太仓促了，需要时间考虑。”

雷声听后咬着嘴唇，用特有的凌厉眼神斜视着我：“是你没有用力争取吧？”

“说实话，你现在的做法很不理智。”我走进浴室拿起毛巾擦着头发上的雨水，“凌晨 1 点约编剧进组，传出去怕是只会让行内人看笑话。”

“你可别忘了你的身份是什么。”

“你的助理，我忘不了。”我转过身，“所以才不希望别人对你说三道四。”

“对我说三道四的人，”雷声站了起来，“应该是你吧？”

“你这是什么意思？”

“你可别以为我不知道。”雷声说道，“你一直伺机看我笑话。”

“那是你的想法。”我无奈地放下毛巾。

“听说你最近正在筹备独立拍摄一部作品？”雷声按动打火机，点燃了一支烟。

我的心脏突然剧烈跳动了起来：“你听谁说的？”

“看这反应，应该是真的喽？”雷声吐出烟雾，“挺有本事嘛，准备自立门户？”

我烦躁地开窗，尽量不让怒气出现在脸上：“我总要向前看，毕竟不能一辈子做……”

“不能一辈子做我的助理？”雷声冷笑两声。

我没有说话。

“你心里一直在想，能够坐上我这个位置的人，原本应该是你。”

我打算转身离去：“通告单放你桌子上了，6 点半，我会照例过来叫你起床。”

雷声的话语在耳边冷冷回荡，直到躺在床上，仍能听见嘲笑由远及近传来。我烦躁地脱下早已被雨淋湿的衣服，随意扔在地上。皮肤像是黏了一层汗，连洗澡的力气都没有了。身上未干的雨水贴着床单，冰冷的触感渗入骨骼里。

四年前，我还是一个踌躇满志的导演，我有着不肯媚俗的心。像很多艺术发烧青年一样，我和摄影师住在芳草地的平房内，去宋庄拜访做雕塑的朋友，成为北欧小国电影节的常客，和摇滚嬉皮士恨不得把天花板掀翻。雷声并不知道我曾有多桀骜不驯，但他说对了一句话——

他如今的位置，原本就应该是我的。

我花了七个月的心血，终于完成了一个满意的剧本，让我有十足的信心冲击年底的电影节。恰逢我认识了一位足以改变我命运的制片人，他西装革履，手握红酒杯，递上一张名片，“曹融”两个烫金字在纸醉金迷的气息中格外耀眼。

“你是罗赏吧？”曹融大加赞赏道，“近年优秀的青年导演，很有天赋。”

制片人承诺愿意投资，赞助我将这部短片拍摄完成，只要我先按要求支付宣传运营的保证金，他就会根据拍摄预算按期发放拍摄资金。

斗志昂扬的我接下来润色剧本、物色演员、联系场地、租赁设备、组建团队。那时我对剧本胸有成竹，拿出了全部积蓄。我口若悬河，给剧组传递出这是部史无前例优秀电影作品的感觉。这种孤注一掷的做法果然将我逼向绝路。

拍摄中途，曹融跑了。

在此之前，我对他的话深信不疑，没签订任何具有法律效力的合同。当我取出所有银行卡中最后的一千块钱交给剧务分发大家的车马费后，我才意识到被骗了。

电影泡汤的打击还未来得及体会，更大的劫难还在等待着我。每天数千元的器材费用只缴纳了百分之五的定金，全剧组二十余人的劳务费还分文未发——为了这部作品，我竟然还请来了一位小有名气的二线演员。

副导演是我的好兄弟。在电影彻底宣告无限期停机前夜，他为了顾全我的颜面，自掏腰包请全组吃了一顿关机饭。那晚我没有出席，把自己关在房间里，在一盏台灯下核算着一笔笔负债费用。我永远都忘不了统计出总数字时内心的战栗感，我双手握不住笔，本子被推到桌角，冷汗不停地从头上冒出来。

我知道，我唯一的出路就是找出那个制片人。

我根据他之前留下的线索层层追踪，真相抽丝剥茧般浮出水面。曹融根本就不是什么制片人，只是个混迹在影视圈投机倒把的骗子，专骗没见识过社会黑暗面的年轻人。我最终把他堵到了那处二十世纪九十年代的六层住宅楼中，我破门而入，义愤填膺的质问却只得到了他装傻一般的回应。内心所有的愤怒都涌上头顶，我抓起他的衣领，一拳将他击倒在地。大脑缺氧，让我一时间听不到曹融的哀号和求饶，只能感觉到拳头不停地捶在他的身体上。

“即使有难言之隐，故意杀人也不好哦。”

我的拳头停留在半空中，麻木地转过头。

雷声双臂懒散地抱在一起，靠在门框上，似笑非笑地看着我。

我喘着粗气，看着这个被骑在身下的男人。他全身乌青，眼眶瘀血，有气无力地张着嘴。

这并不是我和雷声的第一次见面。早在之前的聚会和影展中我们就已相识，但也无非是点头之交。

雷声走了过来，低头看着躺在地上的男人，随即狠狠地踢了一脚：“这种骗子，为了他而以杀人罪坐牢太不值了。你说对吧？”

雷声的意外出现让我渐渐地冷静下来，我双手抱头，沮丧地坐在墙角。

“你的钱估计早已经被他挥霍一空了吧？”雷声拍了拍男人的脸：“嘿，起来。”

曹融微微睁开了眼睛。

雷声用力扇了他两个耳光：“我们不报警，但如果你不乖，我们也可以以诈骗罪起诉你哦。挨一顿打，少坐几年牢，你真是赚到了。你知道该怎么做的吧？嗯？”

男人匆忙用力地点头。

雷声猛地甩开他的头，站起身，拍了拍手：“喂，咱们去喝一杯吧。”

我跟随雷声来到一家深夜营业的小酒馆，雷声为我倒满酒，笑盈盈地看着我苦闷地一饮而尽：“像那种骗子，你理会他做什么？要是我今天没及时出现，一个大导演岂不是就此成为阶下囚？”

雷声有着自己的交谈技巧，字里行间透露出“我救了你”的意味，只是当时我完全没心思去意识这个危险信号。

“你说得倒是轻巧。”我的脸颊发烫，喝下了第二杯，“他骗了我的钱，毁了我的戏，打他多少次都不解气。”

“像你这种有才华的人，谁都毁不了。”雷声随意一问，“他骗了你多少钱？”

我说出了那个数字。

雷声瞪大了眼睛，惊讶地大声喊道：“这么点儿钱？”

我的怒气立刻写在了脸上。

“对不起，”雷声慌忙解释，“我的意思是就因为这么点钱，你就要冒恨不得杀人的风险？”

我苦笑道：“我现在可是欠了一身债。”

“什么嘛。”雷声若无其事地端起酒杯，“这些钱我先替你还了好了。”

这次轮到我瞪大眼睛了。

“你别这样看我。”雷声嘴角上扬，“我实在不忍看到一颗未来之星就此陨落。”

我摆了摆手：“你别开我玩笑。”

“我没开玩笑。”雷声放下酒杯，严肃起来，“我可以马上给你转账。”

我的酒全醒了，脑子里嗡嗡作响：“为什么替我还钱？我跟你又不熟。”

“我说了呀，不忍心看到未来之星就此陨落。”

“我问的是真的。”

“好了，你放轻松。”雷声又眨了眨眼睛，“又不是白借你钱。”

这句话让我稍微安心些，我点了点头，小心翼翼地问：“利息是多少？”

“什么利息？”雷声哈哈大笑，“我问你，你现在有什么正式工作吗？”

我摇了摇头。

雷声惊讶地问：“那你的经济来源呢？”

“就是偶尔接一个活，一次吃半年的那种。”

雷声伸出食指："你有兴趣来我的公司吗？"

"你的公司？你开公司了？"

"对啊，影视公司，我现在缺一名助理。"

我盯着他："你让我做导演助理？"

"我知道这对你而言可能有些屈才。"雷声说道，"但是你要相信那句箴言，'是金子总会发光的'，对吧？再说，我目前只是以导演助理的名义把你招进去，等你进了公司，可以等到合适的机会独立拍摄呢。"

我咬着嘴唇，实在放不下身段去做一个"助理"："你让我考虑一下。"

雷声又给我倒了杯酒："你可以慢慢考虑，钱我还是可以马上借给你的。"

这句话好似一桶冷水把我从尊严世界浇回现实，我这才想起现阶段的首要问题。

雷声拿出手机，低着头划着屏幕："说吧。"

"说什么？"

"你的账号。"雷声扬了扬手机，"我现在给你转账。"

就这样，突然出现的雷声解了我的燃眉之急，让我还上了所有负债，以及所有的人情。

——但同时，雷声也改变了我的命运，让我从一个踌躇满志的人，一点点被磨平了棱角。

此时我躺在床上，浸入床单的雨水逐渐蒸发，留下了一片灰尘颗粒。腿上新鲜的伤口被肮脏的雨水感染，隐约的痛感让我变得莫名冷静。

去他妈的独立拍摄，他从最初就做好了准备羞辱我。一个曾经在才华、作品、思想等方面都高高在上的自己，一时间唯他马首是瞻，这种生不如死的落差感和耻辱心，一定能让他那颗变态的心无比满足。

四年前，我完全被负债冲昏头脑，甚至连雷声"为什么会出现在制片人家中"都没有过问。真的只是碰巧和偶然？每次想到这里，心都会剧烈地疼痛。

我用了四年时光自愈伤口，终于重新鼓起勇气，打算再次独立拍摄一部作品。雷声的人脉资源几乎全凭借我为他辛苦赚取，假如自己另起炉灶，相信班底一定不会差。到那时，我就可以离开"雷声助理"这个屈辱的岗位，施展我真正的才华。

可这件事情，竟然被雷声知道了。

——他会用什么办法阻止我呢？

威胁？涨工资？恐吓他人？暗中使绊？

一声门响打断了我的烦躁，在午夜寂静的房间中显得格外清晰。走廊上传来雷声特有的脚步声，由远及近，最终在对面房间的门口处停止。轻轻的敲门声响起。

而我对面的房间，住着这个剧组的女主角顾绘。

我看着这个日式酒店房间的天花板，极暗的光线下，斑斓的镜头像水痕般慢慢浮现。

短短四年，我离目标越来越远，而阻挠我计划的人，就是雷声。

我被往事刺痛得无法平复。

——这个男人，根本不配继续活下去。

姜寺之一

“亲爱的悦子姐姐，我认识一位住在冯·波斯丹夫人家里的日本人，他是横滨正金银行的工作人员。从马尼拉到德国的旅行非常有趣，我们仅仅在埃及苏伊士运河遭到一次沙漠里的台风。表兄弟们在热那亚下的船，我们一直坐到不来梅港。”

我合上了谷崎润一郎的《细雪》，叹了口气。

“情绪还是不对吗？”坐在对面的顾绘清了清嗓子。

我耐心地看着顾绘，她有一双非常美丽的眼睛：“没关系，咱们慢慢来。”

“我果然不适合当演员。”顾绘的睫毛低垂了下来，浓密得像扇子一样。

“别说丧气话，我会陪着你。”我重新翻开手中的书，敲门声正好响起。

“这么晚了，会是谁？”顾绘眨了眨眼睛。

我打开门，雷声站在门口。我意外地看着这个出乎意料的访客：“雷导。”

雷声惊讶的表情转瞬即逝：“你怎么在？”

“我和顾绘对词，她有些地方一直找不到情绪。”我说道。

“是吗？”雷声自言自语着，闯进了房间，“真是辛苦啊。”

这句话说得并不像嘲讽。

“那么，”雷声看向坐在床上的顾绘，“你辛苦了，早点回去休息吧。”

雷声并没有看向我，但明显是说给我听的。

隔着雷声的肩膀，顾绘咬着嘴唇，轻轻点了点头。

躺回自己的床上，我却没有任何睡意。顾绘是我的女朋友，现在和剧组的导演共处一室，我却没有任何阻止的办法。

我紧紧攥起拳头。

大学毕业前夕的初春，我去朋友的学校帮忙。当晚，在搬着道具从剧场返回排练室的路上，经过食堂门口时，我正好看到了坐在台阶上的顾绘。

女孩穿着一袭白色连衣裙，身旁散乱地摆放着几罐燕京啤酒，手指夹着一支烟，但好像并没有点燃。她又哭又笑，嘴里还在喃喃自语。

我经过她身边的时候，她的声音正好随着初春的晚风飘荡了过来。

“帅哥，要不要进来坐坐？保证让你满意。”

她的声音不大，但足以让没有任何防范的我吓了一跳。

“对不起。”女孩看着我瞠目结舌的样子，“我在自言自语，并不是有意冒犯。”

我点了点头，满脑子都是赶回排练室搬道具的事情。出于好意，我边走边提醒道：

“即使是失恋，也不要自暴自弃哦。”

“老师让我学风尘女郎说话。”女孩抬起头，快要哭了。

我停下脚步，重新打量了她的脸：“你是表演系的？”

女孩点了点头。

“真是令人敬佩啊。”我说着。

“请不要取笑我。”她重新低下了头。

“我是真心的。以前我要演一个工人，老师亲自联系好了一处建筑工地，我都没有去体验生活。”我笑了，“你这一点，值得我学习。”

“咦？你也是表演系的吗？”

“对，但我不是这个学校的。”我正说着，眯起眼睛看着不远处出现的两个男孩，扬了扬手指，“我是来找他们的。”

“绕剧场一圈都没看见你。”朋友一拳捶向我的胸口，随即看向女孩：“顾绘？”

“原来你们认识？”

“这话应该是我说吧？”朋友不怀好意地看着我，“原来你跑到我的学校，并不是为了帮我搬道具，而是早就看上了我们班的女孩。”

“我们刚认识好不好。”

“你来了正好，我们老师最近让她模仿风尘女郎的动作，可要把她逼疯了。”朋友拍了拍顾绘的肩膀，“你可以多向姜寺请教一下，他很有这方面的经验。”

“喂，我为什么会有经验？”

顾绘和男孩们笑成一团。

就这样，我和顾绘相识并且恋爱了。毕业后的我们都在为未来生活而努力着，拼命地完成工作安排的每一个角色，忍受着片场导演的指手画脚。很多次在我快要爆发的时候，心中都会想到此时顾绘为了我们共同的未来，也在别的剧组默默承受着这一切，这时，再多的苦我也能够忍受。

顾绘是我的精神支柱。

这两年，我的事业还是一如既往的平淡，可顾绘却渐渐声名鹊起。她的形象和气质很符合当下观众的口味，在接了一部唐朝宫斗戏后，她开始逐渐忙碌起来。

她开始拥有只属于自己的经纪人，平常用电脑浏览娱乐版块新闻时，也能偶尔看到诸如“内地新生代花旦顾绘”的新闻。以顾绘为关键词在网络上搜索的时候，能看到自发组成的粉丝团数量正在与日俱增。属于她的时代似乎很快就要到来了，作为她的爱人，我当然是衷心地为她祝福。

但是，不平衡的心态也在心里滋生——我的事业仍旧不见起色。

曾经，利用休假去对方剧组探班，是我忙碌日子里最期待的事情。刚毕业时，我们都还没什么名气，不必担心狗仔或者行人的追踪。我们会牵手去午夜小酒馆喝啤酒，彼此交换拍戏时的心得体会，用语言安慰着聚少离多的彼此。很多时候也都在期待着，如果两个人能够同时在一个剧组拍戏那是多幸福的事情。

这个机会终于来了，就是这次的《京都之雾》。

因为需要一名新人做女一号，正顺风顺水的顾绘自然被推举为女主角，而男主角早就定为一名日本男演员。在顾绘的推荐下，我担任了《京都之雾》的男二号，虽然戏份并不是最多的，但已经让我非常满足了。

进组前，我接顾绘去吃宵夜，那晚顾绘戴着口罩走来："久等了。"

"现在出门，"我轻轻指着她的口罩，吞了口口水，"已经要伪装了吗？"

"保险起见嘛。"顾绘说。

我看着并肩行走的顾绘，她梳着不引人注意的发型，穿着宽松款的肥大衣服，口罩遮住大半个脸。刚毕业时，也是晚上十点的街道，顾绘会让我背着她吸引过往行人的目光。那时顾绘会毫无顾忌地大喊"我是奥斯卡影后"，也会经常发可爱的牢骚，比如"未来最耀眼的明星在这里，他们竟然不来找我要签名"。

像察觉到我的目光，顾绘转过头："在看什么？"

"没什么。"我急忙转回头，"你现在已经有很多粉丝了呢，是叫'烩饭'吧。"

"烩饭。"顾绘无奈地笑道，"所以我现在再也不吃烩饭了。"

当晚在小酒馆，顾绘若无其事地说："这次在剧组，我们要隐瞒恋爱关系。"

"隐瞒恋爱关系吗？"啤酒杯被我端在半空中。

"对，公司好像不允许我的恋情现在曝光。"

"是吗？"我喃喃自语道，酒出乎意料得苦，"那我们就不能说话了吗？"

"说话没问题。只是不能牵手拥抱，不要让任何人察觉出恋爱关系就好。"

我沮丧地垂下了头。

"请你再忍耐一下吧，好时光很快就会来了。"顾绘轻轻地覆盖上了我的手。

"那是顾绘吧？"一阵低语传来，顾绘连忙把手缩了回去。邻桌的客人想要确认是不是真的看到了明星，纷纷向我们走来。顾绘小声惊叹，急忙带上口罩向门口走去。我从钱包里掏出两张纸币放到吧台上，便快速跑到顾绘身边。整个小酒馆开始嘈杂起来，我边拦下那些食客，边拉着顾绘快速地跑了出去。

我们在巷子里停下脚步，顾绘气喘吁吁地蹲下身。她把口罩摘下来，扔在了地上。

——好时光很快就会来了吗？

我无法想象没有顾绘的日子。这些年来，顾绘已经成为黑暗中最明亮的一束光。是她的存在，指引着我一步步前行，支撑着我忍受剧组的势利和不公。

然而，在这个剧组里，我的梦想破灭了。

雷声对顾绘心有不轨，大家心知肚明。但碍于和顾绘的约定，剧组谁也不知道我们的恋爱关系。很多次看到雷声对顾绘动手动脚，我的怒气分明已经到了临界点，却都会被催眠般地压制下来。但这次，雷声竟敢在顾绘面前把自己赶出房间，没有男人可以忍受吧？

作为一个男人，一定要捍卫自己的尊严。

——雷声，我必须要让你付出代价。

何律之二

天晴了，遍野樱花被晚雨吹落满地，在这座被远山包围的庭院里煞是好看。花瓣嵌入带着青草香气的泥土中，但消毒水的气味比往昔更加强烈。

我看着监视器，女主角坐在樱花树下流泪，她的确很漂亮，同样作为女人的自己都不得不称赞。雷声正目不转睛地盯着屏幕。至少这一刻，他心中一定没有我的位置。

一片樱花花瓣落在了我面前的剧本上。

我和雷声相识于四年前。那时我在一家名为 Kashmir 的夜店工作，正是雷声口中的陪酒小姐。那是我无比黑暗的一段时期，女人的尊严沦落到最卑微的地步，能吸引多少男人的钱成为衡量女人价值的唯一标准。

正是在我最艰难且迷茫之时，雷声出现了——雷声与制片方相约谈项目，饭局结束后便来 Kashmir 放松。雷声脸颊泛红，拉我坐下，语气却清醒："你好像有些阴郁。"

"没有的事。"我摆了摆手，努力做出一个微笑。

"让我猜不透的女人，还从来没有出现过。"雷声高高在上，"你这种女人的小心思，我一眼就看透了。"

长期的陪酒生涯让我学会了如何投其所好："听这意思，您阅女无数？"

"没你说得那么风流。"雷声哈哈大笑，"但也差不多了。"

为了配合他，我随口一提："您是做什么工作的？"

"导演。"雷声眨了眨眼睛。

"导演啊。"我口中下意识重复了一遍，沉默片刻，说道，"很酷。"

"咦？"雷声抓了抓头发，像是第一次经历这种状况似的，"你难道不应该……"

"扑到您的身上，说'好帅，给我一个角色'这样吗？"

"被说中了的感觉真沮丧啊。"雷声故意叹了口气，垂下了头。

我被他逗得哈哈大笑，之前的阴郁一扫而光。

"那么，你呢？"雷声转过头来看着我，"你总不能一直做这个吧？"

"我打算开一家书店。"

"书店？"雷声瞪大眼睛，"你喜欢看书？"

"很乏味的梦想吧？别的客人每次听到这个答案都想岔开话题。"

"不，一点都不乏味。"雷声叹了口气，"很棒的梦想。"

"你心里一定会想，一个陪酒女怎么有资格评论文学呢？"

“我并没有这么想。”

“不瞒你说，”我往沙发背轻轻靠去，“我一直还幻想着要当一名作家。”

雷声坐直身子，认真地打量着我的脸：“你真的很不同。”

“等等，真是失算。”我突然想到了什么，咬着嘴唇，“我收回我刚才的话。我只是一时兴起，才向你提及了这个梦想。可你心里一定在想，这个女人果然在引诱我说出‘欢迎你来我剧组里当编剧’这句话。”

雷声笑了两声：“你好像很喜欢说‘一定’这个词。”

“那是因为你心里一定是这么想的。”

“你很幼稚啊。”雷声又发出了潇洒的笑声，补充道，“但也很可爱。”

相识一周后，我收到周六邀约吃饭的短信。我没有任何拒绝的理由，前提是自己也并不讨厌这个男人。

欣然应约的我在饭桌上，接过了雷声递来的文件袋。

“这是什么？”我边问边拆开，露出厚厚一沓打印纸。

“电视剧的剧本一稿。”雷声点了一支烟，“说实话，制片方对剧本不是很满意，但真头疼啊——看到二十多页的修改意见，几个编剧无一例外婉言相拒。也难怪，离二稿大纲提交日期就只有六天，谁也不想蹚这摊浑水。”

我手中攥着剧本，紧紧盯着雷声的眼睛：“你不是故意的吧？”

“什么？”

“没什么。”我轻轻地甩了甩头。

“你答应了？”

我把打印纸装回文件袋：“嗯，让我试试看。”

这是改变我命运的一次交谈。这部没签订合同就诞生的剧本的酬金，直接让我从人生低谷翻身。换句话说，我也一举跻身“职业编剧”行列。雷声的出现，让我一夜间实现了梦想，并且比原本的梦想还要耀眼。

不久后，我“顺理成章”与雷声变成了情人的关系。

“现在这个社会，无论是何领域的职业女性，最忌惮的竞争对手都有一个共同点。”一晚，雷声从床上爬了下来，边穿衣服边说。

“什么？”

“职业前面加上‘美女’二字。”

我没有说话。

“运动员有很多，‘美女’运动员则不同；厨师有很多，‘美女’厨师就会被冠以‘美人美食，秀色可餐’的印象。同理，编剧有很多，但‘美女’编剧绝对可以吸引眼球。”

像是为了践行这段理论，雷声开始带我出席各种发布会。

“真令人嫉妒。”酒席间，别的导演总会开不着边际的玩笑，“雷导竟然能签一个这么漂亮的美女编剧，真是令人嫉妒。”

“只要好好打造她，创收一定会比影视项目还可观。”

“雷导，美女演员我们见多了，美女编剧可真是难得一见啊。”

终于有人问起：“她是刚刚戏剧影视文学专业毕业吗？她之前在做什么？”

雷声端起酒杯，异常自然地回答道：“何律之前是在法国读的编剧专业哦，在巴黎的电影圈里小有名气呢。”

“真了不起啊。”众人纷纷感慨道。

我看了眼雷声，雷声安慰般的眼神向我传递着：“你的过往不会被暴露的。”

然而，我的心中却想着另外一件事情。

——雷声在利用自己，这个事实已经很明了了。

我的心情很复杂，我自知不该怨恨雷声，正是这个男人把我一手捧到了今天的位置。但我的心中明显是不愉快的。

“我不会爱上他了吧？”我心里想着，手指紧紧攥成一团。

一晚，雷声爬下床，我终于鼓起勇气问他：“我在你心里是什么位置？”

“很重要。”雷声披着睡袍下床，向浴室的方向走去。

“你等等。”我急忙喊道，“我的意思是，如果抛开我带来的收益，如果我不做编剧的话，我在你心里还仍然很重要吗？”

雷声没有动，既没有离开，也没有上前安抚：“你想说什么？”

“我是说，”我深深地吸了一口气，“你是爱我，还是爱作为编剧的我？”

周围一片沉默。

我的心脏跳动得很快，藏在被子下面的手指一直随心中默念的秒数做着倒数手势。在做到“九”的时候，雷声的嘴里机械地吐出一句话：“你真的很幼稚。”

雷声转身而去。这一次，后面没有那一句“也很可爱”。

雷声的背影消失在浴室的一片灯光当中。

没有什么再留恋的必要了，我心想。

雷声很快用实际行动回答了我那个幼稚的问题。一晚，我从制片人口中得知，雷声近期出席活动时身旁总有位女演员相伴。

“那个女孩家世真不得了，算是名门之后。”不明情况的制片人连连感慨。

“名门吗？”我放下酒杯，“那可真是相配。”

我对雷声的最后一丝眷恋也随着这酒杯的落下而烟消云散了。

虽然痛苦，但这件事对我的打击也没到寝食难安的地步。或许因为对雷声的感激，让我误认为是爱情——我不断这样自我催眠。

时隔近一个月之后，我终于能够调整好心态出现在雷声面前。

“听说你谈恋爱了哦。”我以玩笑语气说道，“是认真的吧，恭喜你啊。”

雷声先是惊讶，随即难为情地抓了抓头发："还想怎么跟你解释……"

"不用说了。"我急忙打断他，"到此为止。"

我和雷声回归到了正常的工作关系。像是上苍的补偿，接下来我的事业平步青云。我逐渐摆脱了雷声笼罩在头上的光环，开始凭借实力在这个圈子里站稳脚跟。

"请你们不要再捧何律了，她现在越来越不听我这个老板的话了。"一次喝酒时，雷声这么对其他人开玩笑式地请求道，"她现在可是大有'自立门户'的苗头。"

众人谈笑着，雷声突然别过头来看着我的脸，像是自言自语般："不过你现在好像真是越来越不听话了呢。"

我的心中一惊。

说实话，我真有离开雷声的念头。现在的事业顺风顺水，我不必再依靠雷声这棵大树。虽然有些忘恩负义，但相比玩弄感情的雷声，我也算仁至义尽了。

但是，最重要的一点才是让我真正胆战心惊的——

雷声知道我的过往，我曾经做陪酒小姐的不堪往事。

所有人都以为我是个出身书香门第的名媛，曾在法国电影学院镀金的经历更是加分。美女加才女的搭配，正如他们所言"几代编剧里才可能出一个"。只要在雷声身边，周遭就像埋着一颗定时炸弹。我必须要顾全雷声的面子，生怕有朝一日他有意或无心泄露出去。

离开雷声，我才可以放开手脚大展宏图。

这次的电影《京都之雾》，是我决定与雷声的收官合作，但没想到雷声把自己逼向了绝路。

"两天之内，我会起草一份曝光稿。"凌晨时分雷声这么说。随着雷声离去的脚步，走廊尽头传来的男人声音在午夜格外清晰："现在马上联系几个编剧。"

后面的话就因心脏骤紧而混沌不清了。

我抬起头看着远方，雷声戴着棒球帽，正投入地为顾绘示范动作。为了省电，监视器一片黑暗。

我在 Kashmir 使用的是艺名，没人知道"何律"。真相只有雷声知道，只要他还在这个世界上，我就不能保证往事不被公开。为了未来，我的时间不多了。

——我必须要马上开始行动。

罗赏之二

春季的沙尘雾霾气息，在晚春的和煦樱香中清淡了不少。下午 3 点，我在"14 场 6 镜"后面打了一个勾，便听到雷声透过对讲机的指令："收工。"

我正清点片场道具，一阵若有若无的女人香气弥漫在周围。

我抬起身，何律单独找我的情况并不经常发生：“啊，你好。”

“真辛苦。”何律微微低头，“道具单被不小心弄丢了，你这还有没有多余的？”

“道具单啊。”我拿起文件夹，“没有了，仅剩的几份都被别人要走了。”

“这样啊。”柳叶眉随着微皱的眉头上扬，“晚上那场戏临时要加群众演员。”

“你不如直接去仓库看看，正好可以确认你所需的道具。”

何律的眼神中闪烁出兴奋的光彩：“可以吗？”

“当然，但恐怕比直接看单子浪费时间。”

“反正我下午没有任务。”何律的嘴角微微上扬，“那么你和我一起去吧。”

我的心脏怦怦乱跳：“有这个必要吗？”

何律继续说道：“若是仓库盘点时发现有什么遗失……有你在场好一些。”

我看了看手中剩余的任务：“那你先去吧，我忙完最后这点儿就去找你。”

何律微微鞠躬：“一会儿见。”

确认何律消失在视线中后，我再也撑不住蹲在了地上，不停喘着粗气。

——何律主动来找我了！

想着刚才两人的只言片语，神经末梢的兴奋仍未散去。

我和何律第一次见面是在 Kashmir 那昏暗的包厢里，我跟随雷声和制片方为新作品商谈，吃完饭便来这里放松。我在众多出挑的女孩中一眼留意到何律。她并不像其他人那样进行高昂却又廉价的自我推销。从我看到何律的第一眼起，她的身影就再也没在我的脑海里消失过。她散发出一种神秘的魅力，当时我还没意识到这种力量会如此致命。

那一整晚，我不停留意着交谈甚欢的雷声和何律，心脏紧张得快要跳出胸膛。

我怕雷声会对何律做出一些出格的举动。

那晚雷声喝醉了，在回家的路上便昏昏欲睡。车离 Kashmir 越来越远，我的意识一片恍惚，就像做了个遥远古老的梦。

两天后，我因为无法控制的冲动，一个人去了 Kashmir。但那晚何律并没来上班，我坐在散座上喝着酒，心中不停地咒骂自己：“你在做什么？你居然爱上了陪酒女郎？”

这种心理暗示很有效果，我把这种冲动归结为长期压抑的后果。

正当我觉得自己已具备自愈调节能力之际，我得知何律与雷声同居了。不仅如此，何律更是成为了公司的签约编剧。从此我与她能时常见面，却要忍受雷声当着所有人的面对她不时地动手动脚。

幸而当时我没向何律表白，对她的冲动仅是属于自己的秘密，否则局面就不会像现在这般太平了。

我抑制住内心的紧张，简单整理罢衣角，向仓库走去。

这一路，我想起昔日雷声玩腻了何律，另找了出身名门的女演员做新欢。何律冒雨前来求证，她全身被雨淋湿，头发柔软地贴在光洁的额头上，水滴顺着发梢不停滴落至地板。我找来自己的衬衣给她换上，脑中却邪恶渴望时光停止在这一刻，哪怕只是安静独处一室。

何律过了近一个月才从失恋的阴影中走出来，那段时间她一定承受着无法想象的煎熬和痛苦。每当看到何律的笑容越来越少，我对雷声的怨恨就增多一分。

我走到仓库门口，深呼吸后走了进去。

“你来啦？”何律抬起身，对我微微一笑。

“很麻烦吧？”我问道。

“是比想象的要麻烦，但也快完成了。”

我故意和何律岔开一段距离，以掩饰不正常的紧张情绪，却依旧觉得全身僵硬，只好故作随意道：“导演根本无法想象其他工种的疲惫，以前我不懂换位思考场工的难处，现在总算深深体会了。”

“你以前是做导演的吗？”何律从这句话中抓到重点。

“大学毕业后做过几年。”想起那段短暂而又美好的时光，我轻轻叹气。

“咦？”何律发出了一声疑问。

“怎么了？”我有种不祥的预感。

“你以前不是做……”她像左思右虑般，“保险的吗？”

我哭笑不得：“我为什么是做保险的？我从未接触过保险这个行业。”

何律歪着头：“那为什么雷声和我说……”

说到这里，何律却欲言又止。

一团火焰霎时间在我心头升腾而起，我走到何律面前：“他和你说什么？”

“没什么。”何律急忙摇了摇头。

“你告诉我。”

“雷声曾和我说过，”何律顿了顿，抬头看了看我，“你以前是保险推销员，因为生计所迫穷困潦倒，他慈心大发接济你来公司做助理，所以你很感激他。”

不知何律是否为照顾我的情绪，故意没有使用刺激性字眼。而雷声究竟是怎么跟她说的呢？“活得像只狗”“苟延残喘”“跪着求接济”？只要从雷声口中发出，什么词语都是有可能吧。

“你还好吧？”何律满面愁容。

我没有说话，全身的血液直冲头顶，我心中紧绷的弦已快接近临界点。

——雷声，我要亲手杀了你。

姜寺之二

推开房门，屋内翻涌而出一阵压抑的气氛。雷声看了眼走进屋的我，继续烦躁地说：

“你怎么就不明白这种情绪？内心快要临近崩溃，但还要拼命忍着流泪。”

顾绘站在雷声面前，眼眶泛红。

我在罗赏身边坐下，小声问道：“怎么了？”

罗赏做了个“讲戏”的口型。

我讨厌这样的自己，心爱的人在身旁却不能安慰。

电话铃声响起，雷声低头看了眼屏幕，撇下一句“你们先练着”后走出房间。雷声刚离开，我就马上打开了窗户，让充斥在房间内浑浊的烟雾赶紧散去。趁着顾绘去洗手间的间隙，罗赏像自言自语般低吟：“丧失兴趣了。”

“什么意思？”我听出了弦外之音。

“雷声每次对女人不耐烦，都是丧失兴趣的前兆。”罗赏叹了口气，“之前对那个快要结婚的女演员也是如此。”

何律正敲打着剧本的笔突然停了一下。

我拼命抑制住了愤怒。在剧组，雷声追求顾绘已成为公开的秘密。而我自己呢？只能在心中隐藏对她的爱护和痛惜。看到她哭，甚至连个拥抱都给不了。

但雷声为什么要把她当玩具？玩腻了，甚至因为根本追不到手，就翻脸为怒？

一股血腥味道从口腔里蔓延开来。我舔了舔嘴唇，已经被我咬出了血。

顾绘和雷声先后回来。雷声的语气仍称不上耐心：“你没有过醉酒的经历？”

“没有。”顾绘细声细语，但突然抬起头，“如果为了角色更加真实，我可以喝。”

“你疯了？”我在一旁控制不住站起身大喊。一时间，四周寂静一片。

透过雷声疑惑的神色，顾绘紧咬牙关，对我摇了摇头。

“有些角色是不必体验的吧。”我故意让语气变得轻松，“比如杀人啦，放火啦。何必为了醉酒，真把自己喝吐了呢。”

“喝酒和杀人又不一样。”雷声重新看向顾绘，“真的可以喝吗？”

“我知道自己欠缺很多生活经验，我愿意体验。”

“那你去吧，记得要迅速，八点前喝完回来找我。”

“雷导。”我忍无可忍，“顾绘没酒量，她的胃怎么受得了？”

“不是断片。”雷声一副嫌弃麻烦的神色，“你有喝酒喝到微醺的时候吧？就是脸色发红，去洗手间次数开始频繁的时候。不喝晕怎么知道醉酒的感觉呢？”

罗赏补充道：“我记得仓库有酒，去拿些来不就好了。”

“可是，”何律问道，“仓库的酒不是道具吗？”

“没关系，拍戏时大部分用的都是空酒瓶。”雷声像是突然想起来，“你们快去取。”

顾绘走过来，轻轻拽了拽我的袖子：“我们快走吧。”

看着顾绘心意已决，我也只好跟随离开。即将踏出房门口时，雷声的声音从身后响起：“也别拿太多，万一演员喝吐了又要去医院，耽误明天的进度就不好了。”

原本已经挪开的脚步，在听到这句话时停住了。

是吗？担心顾绘喝多的原因，只是怕会耽误拍摄进度？

离开那个烟雾缭绕的房间后，黄昏中我做了一个深呼吸。

“你不要和导演生气。”顾绘低声说道，“如果让导演记恨你就不好了。”

“你放心。”我笑着摸了摸顾绘的头发。

——我会让他再也没有记恨我的机会。

虽进组十天有余，但这还是我第一次进入仓库。剧组把这个庭院闲置的毛坯间改造成道具室，两箱酒叠放在靠左侧墙的角落。上面一个纸箱已经开封，摆放着几瓶未开瓶的啤酒，还有四个刚喝完的空酒瓶。

我拿出酒，一瓶一瓶放进顾绘撑起来的袋子里。

“五瓶就够了吧。”我问道，但用的是不容置疑的肯定语气。就在这时，我突然注意到箱子里一个靠墙的酒瓶上写着并不明显的汉字，刚刚根本未注意到。瓶底未干的啤酒反射出微微光斑，瓶身上用马克笔写着两个汉字：

雷声。

停顿了几秒，一个计划在脑中飞快地一闪而过。

我拿着酒瓶颈处，用手巧妙地遮住了汉字位置，温柔地接过袋子：“给我。”

“怎么还有一个空酒瓶？”顾绘问道，“我帮你拿吧。”

“没关系。”我飞快地把酒瓶放进袋子，“拿回去做道具训练，我也有一场喝酒戏，你记得吧？”

顾绘点点头，没再说什么。

“顾绘。”我边走，边头也不转地说，“你和我在一起，没有后悔过吧？”

“怎么问这个？”顾绘说道，“从来都没有后悔过。”

我抱着一袋啤酒，转过头看着顾绘的脸。

夜幕降临了。

何律之三

像是一阵遥远的轰鸣声由远山袭来，我蒙蒙眬眬睁开眼，房间笼罩在黑暗中。已经是早晨 6 点半，我拉开窗帘，才发觉光线昏暗的缘由。

窗外下雨了。

还未来得及看清这场初春晨时雨，我就听见走廊传来一阵人群的骚动声。打开屋门，穿着雨披的场工们正把设备往室内搬运。透过他们，罗赏正一脸焦急地走来。

“去导演房间开会。”罗赏说道，“突然下雨，要马上更改今日的拍摄计划。”

雷声的房间一如既往烟雾缭绕，他抽着烟，烟灰缸里堆满快要溢出的烟蒂和烟灰。

“为什么不看天气预报？”雷声发出不耐烦的低音，那正是他发怒的前兆。

“天气预报有时也不准。”看着一脸无话可说的罗赏，我算是解围，“现在最重要的是商量解决办法，今天还拍摄吗？”

“还是尽量把进度向前赶，改室内戏就可以了。”雷声说道。

“你来看哪些是能马上在室内拍摄的吧。”罗赏轻声说。

“可是，”我微微地叹了口气，“好可惜啊。”

“可惜什么？”雷声问道。

我望向窗外：“这么漂亮的雨景，弃之不用真是可惜。”

雷声和罗赏随着我的目光向窗外看去。清晨的雨从聚拢的云层中降落，樱花树上的花瓣散落了一地，连在室内都能感受到这雨天阴郁又哀伤的气息。

“没办法的事。”罗赏无奈地说道，“暂且不说演员，万一设备进水就麻烦了。”

“何律。”雷声一反常态地盯着窗外很久，“有没有可能，你改一场室内戏？”

罗赏也坐直身：“不是说把室外戏改成室内戏，而是把晴天戏改成雨天戏？”

“正是。”雷声抖落烟灰，看着正默默不语的我，“不过时间太仓促，是吧？”

“这倒不是，我可以很快完成，说实话我脑中已经有构思了。”我用笔不停敲打着剧本，“我想改曾经收养过唐溪的远方伯父来找邢川的那一场。”

“那是顾绘的养母被谋杀前，是吧？”雷声用夹着烟的手指不停地敲打着太阳穴，他一向习惯于以演员的名字替代角色的名字。

“没错，正是养母被谋杀前夕，这场戏只有那个伯父和邢川两个人。”

雷声低头思考着，手中的烟灰被燃成了长长的一截。

“说实话，这场戏在雨天拍再合适不过了。也许今天的雨不是打击，而是会促就最亮眼的一场。”我合上剧本，向雷声做着最后的争取。

“可是……”许久没有说话的罗赏看着窗外的雨，略带忧虑地犹豫起来。

“说。”雷声简要发话。

罗赏叹了口气：“这么大的雨，演伯父的那位老师可能没办法很快进组，这场戏原定于 27 号拍吧？保险起见，需要马上确认，看他现在是否有档期。”

雷声终于把那支已经快燃烧殆尽的烟头熄灭：“那你赶快去确认。何律，现在赶快改剧本，不需要详尽，我们没有那么多时间了。”

刚修改没几行的时候，我的心中突然涌起一阵异样的感觉，那种感觉并不好。

“给我支烟吧。”我转过身，看向雷声。

“你不是戒了吗？”雷声惊讶的神色一闪而过，但还是将烟盒递了过来。

我吸了第一口，不留意间烟呛到喉咙。

“你没事吧？”雷声问道。

我放下捂住喉咙的手：“没事了。”

雷声点点头，转过去继续看着窗外的雨。他的侧脸似乎开始和雨雾融为一体，逐渐变得白茫茫一片模糊。

罗赏之三

我返回雷声的房间时他正看向窗外，不知道在看着什么。何律坐在旁边的椅子上，正用手不停地敲打着笔记本电脑。

“没办法，那位演员正在上海拍广告，最快也要三天。”我搬来椅子坐下，雷声一直不允许任何人穿外衣坐他的床，“毕竟是咱们临时决定改拍摄时间。”

何律富有节奏感的敲剧本声停顿了一下，雷声还是看向窗外。

“我的剧本基本修改好了，只需要演员就位即可。”何律低声说道，像是在给雷声定心，又像是催促他赶快做决定。

“拿给我看看。”雷声说道。

何律从打印机取出一张纸，递给雷声。

“行吧。”雷声似乎还是不太满意，他看着我，“通知相关人员就位，下达拍摄场次命令。”

“啊？”我本能地喊了出来，“那伯父的演员……”

雷声从椅子上站起身，点了一支烟。

“我演。”雷声说道。

我和何律对视了一眼，看得出她的眼神里也流露出意外的神色。

“有什么问题吗？”雷声问道。

“太年轻了吧。”我疑惑地说，“伯父不是应该六十岁左右吗？”

“我也快四十了。”雷声苦笑道，“迅速通知剧组吧，这一场我亲自上阵。”

我先是依次通知各部门负责人修改拍摄场次的通知，随即敲响姜寺房门。

“拍摄场次有调整，请马上到导演房间里对词。”我看着站在门口的姜寺，他高大宽厚的肩膀像是把门给堵住了。

“调整？”姜寺皱眉。

“下雨了嘛，外景拍不了了。”我说道，“这一场导演亲自饰演伯父。”

“等等。”姜寺惊讶地打断，“等于是……导演和我两个人演，对吧？”

“所以才着急通知你要马上过去，已经开始布灯了。”

姜寺沉默了几秒：“那你先去吧，等我五分钟就好。”

当我依次通知完所有人员后，终于长舒一口气。早晨 8 点 35 分，我看了眼手表。透过走廊的窗户，窗外的雨依旧没完没了地下着，看样子暂时不会停止。

灯光组开始在片场布灯，化妆组也抵达现场。我活动了一下肩膀，准备先回房间喝杯热水。我的房间位于走廊尽头，但愿片场的喧嚣不会影响那里的安静。

就在这时，何律迎面走来。

自从从何律口中得知雷声的污蔑后，我对何律大部分的爱慕在顷刻间化为对雷声的恨。但现在走廊内只有我们两人这件事本身，还是足够令我心跳漏掉半拍。

何律走到房间门口停住了，拿出钥匙准备开门。

就在我路过时，突然听见她一声轻轻的惊叹："咦？"

我本能地转身看去，刚打开房门的何律蹲下身，从地上捡起一个信封。

白色信封上贴着一张两厘米宽、五厘米长的打印纸，纸的边缘被锋利的刀具整齐切割过，没一丝杂乱的毛边。打印纸上，有几个最普通的宋体字：

何律 亲启。

这不像公司促销的广告，更不可能是酒店特殊服务的菜单。我的全部注意力都被这信封吸引去，一时间没分辨何律表情里是否有在害怕我窥探她隐私的成分。

何律把剧本夹在腋下开始拆信封，并从中取出一张 A4 打印纸看了起来。

才两三秒不到，何律的脸色就苍白得可怕。

管不了那么多，我直接从何律苍白的指间抢过那封信，飞快浏览起来。

何律：

我知道你不堪的过往，这是你最不愿意让人提及的痛。过往一旦曝光，你将从一个几代难遇的名媛编剧，跌回夜店陪酒小姐的泥沼，这势必会引来业内地震般的轰动，那时，你用欺骗换来的事业和地位，也都将伴随一纸封杀令而瓦解。

说实话，我也不愿意看到这个局面。

所以，我想和你做一个交易。只要你按照我如下的指令去执行，我保证这件事从此深埋在我的心中，永不泄漏给任何人。

如果你同意交易，请仔细阅读我下面的指令。

请你先到西门同侧第四个房间，房间门口放着废旧报纸等生活垃圾及一个空啤酒瓶，瓶身上写着雷声的名字。你需要于 9 点 30 分前避开他人，在接下来的十分钟里到达仓库门口，把它放到靠墙的角落里。整个过程，只要你足够小心翼翼，你将不必承担任何的风险，也不会有任何人知晓这次交易。当然，你应该再清楚不过——你如果不执行，或是拿此封信去报警，等待你的结果是什么。

大编剧，不要辜负了我对你的信任。为了表达我的诚意，也为了澄清这封信不是恶作剧，我先奉上一道餐前甜点，望你笑纳。

阅后即焚。

一张照片从信封中滑落——光线奢靡的房间内，一个穿着暴露紧绷的"工作服"的女人正被男人搂在怀中，以接吻的方式饮酒。房门上，清晰可见 Kashmir 特有的霓虹 Logo。

照片被何律一把抢去，她那张精致的脸庞浮现出扭曲表情，让我明白了这张照片的严重性。何律的肩膀剧烈颤抖着，随即蹲在地上小声哭了起来。

“我……”我一时间不知所措，“我不会和别人说的。”

“你有打火机吗？”她问。

“哦，有的。”我掏出打火机，因为雷声吸烟，因此备火也成为我的习惯。

何律接过打火机，从我手中抢过了信和照片。

“你要干什么？”我低声拦住了何律。

“我要烧掉它。”

“听我说，”我抢过打火机，“你在门口烧信烧照片，还嫌知道的人不够多？”

“我不想再看到这张照片，不想再看到我的过去。”何律嘴里反复重复这几句。

“好，好。”我边安抚她边从她手中抽出信封，“我帮你处理，绝对不会让任何人看到。我会保密，我发誓。”

“你为什么要帮我？”何律带着泪痕的眼眸看着我，一时让我心跳加速。

“关机前，我不希望主创因为其他事分心。”当然，这也是实话。

“那，”何律擦干眼泪，“一定要替我烧干净。”

“放心，保证连灰都不剩。”我笑了，拍了拍何律的肩膀。

我向走廊深处走去，何律的关门声在身后响起。

内心强烈的情绪冲击得我险些站不稳，我支撑自己假装若无其事地走回房间，拿钥匙的手也不住地颤抖。直到关上门后，我才如释重负地跌坐在地上。

我看了眼手表，8 点 45 分。

我冲了杯剧组的速溶抹茶，这才开始平静情绪，准备梳理目前的一切。

何律早晨被我通知去雷声房间开会时还未发现异常，也就意味着这封威胁信是在早晨 6 点 30 分至 8 点 35 分期间被塞到何律门缝里的。

这个人拥有何律从前不堪往事的证据。就我所知，剧组里知道何律曾是夜店出身的只有雷声和我两人。如此看来，剧组还隐藏着第三人也未可知。

接着，信里提到了雷声的名字。还要求把写有雷声姓名的啤酒瓶放进即将搬往片场的啤酒箱内，这个名字是我亲自用马克笔写上去的，我再清楚不过。

整封威胁信的指令全部围绕这个啤酒瓶设定，除此之外，他没在信上提及任何意图或要求，这不符合威胁信的常理。

这个啤酒瓶……

我的心怦怦乱跳。

——这个剧组里，有人想借何律的手，置雷声于死地。

我兴奋得双唇打颤，看着手中的信和照片，这真是一个千载难逢的好机会。

烧掉？我会烧掉的，但不是现在。

我从椅子上跳起来，做了一个深呼吸。我打开储物柜取出手套，塞进牛仔裤口袋里。我开始飞快地将行动顺序在脑海里过了一遍——

我知道，只要每个环节足够小心，我不会沾染上任何嫌疑。

拿着一沓打印纸，我来到与后院连接的空地处。虽然头顶上方有雨棚遮挡，但夹带着雨水的风还是迎面扑来。我几次按动打火机，火苗都被大风熄灭。终于到第五次时，趁着微弱的火光，我把它对准了手中那沓空白打印纸。

这时，庭院酒店清理客房的姑娘走了过来。

“烧东西呀？”姑娘推着打扫车，隔着走廊的推拉门向我打招呼。

“对。”我对她微笑着点头，“剧组不需要的资料要及时清理。”

“真辛苦啊。”

“你也是。”

姑娘推着车走远了，我看了眼手表，刚过 9 点钟。

我拍了拍手站起身，纸烧成的灰聚集在一个铁盆内，我把铁盆稍微向里挪了一点。

直到进入走廊，我才感受到些许暖意。道具组如约等在门口，相比喧嚣的人群，仓库的凌乱有过之而无不及。我微微皱起眉：“说过多少次，即使再匆忙，道具也要按照类别摆放。咱这不是垃圾站，垃圾还需要分类回收呢，更何况是道具。”

道具师撇嘴：“这次是临时改戏耶。准备好的道具都要被替换，哪有时间整理？”

我看了眼手表：“不早了，开始往片场运吧。”

我拿着道具清单，和道具组众人搬着各种杂乱的道具赶往片场。

一楼的服务生推着清扫车迎面走来，我微微弯腰致意。

“我又收到了投诉。”就在擦肩而过时，我对组长说道，“太乱。走廊也乱，房间也乱。”

“那跟我们有什么关系？”四月雨水渗入空气，在道具师额头上形成了细密的汗珠。

“仓库的道具有滥放走廊的习惯，光我看见的就好几回了。别人随手扔下的剧本你们可以帮着回收，虽不是严格意义上的分内事，但也不超出本职工作。不只是剧组道具，平时谁放在走廊上的过期杂志或废旧报纸，在等服务员回收之前，你们完全可以留意作为道具储备——别小看了这一张别的房客丢弃的报纸，因为今天早晨临时改戏需要一张晨报，听说可是把你们折磨了四五公里。”

“本来报纸按通告单开拍前准备就可以，谁料想到突然改戏。”组长略有不满。

“改戏是偶然状况。我也理解像报纸这种道具可以准备最新的，但我们这一次不就赶上了？平时记得多观察，每个剧组都有自己的规矩。”

还没等组长做出不悦的表情，牛仔裤口袋传来一阵阵轻微的震动，我拿出手机，看了眼屏幕。

“我去接个电话。”我紧紧攥着手机，“你们先去片场，我很快就到。”

在组长那声还没缓过神来的“哦”之前，我握着手机，快步走出了门外。

雨越下越大了。

姜寺之三

“你自始至终都要保持着对唐溪绝对信任的状态，再好好体会一下，你现在的感觉完全不对。”雷声坐在我的对面，发型师正在给他的头发扑上白色的粉末，他的脸上已经化完老年妆。粉末不时地从他的发梢上落下，就像下雪一样。

听到雷声的质疑，重新念起台词的我不禁咳嗽起来。

“不要动。”化妆师正给我的脸部打阴影，低声提醒。

“对不起。”我闭上眼睛，重新坐好。

雷声的妆基本化完，除了他身上披着的外套和人字拖鞋外，看上去真的像是一个六旬老人。他拿着剧本走到桌旁，和摄影师商量调度。

过了二十多分钟后，我站起身活动着被压麻的腿，已经是9点25分。走进换衣间，我开始更换服装品牌赞助的亚麻色针织衫和牛仔裤。顾绘的脸庞很快在脑海中浮现出来，我很想去看望她。白天没有她的戏份，她应该还没起床。

我换好衣服，返回片场。罗赏和何律也在，化妆师和三位助理正收拾着化妆箱准备离开。雷声已更衣完毕，他穿着一件布料做旧处理的藏蓝色宽松款外衣。这是我第一次和剧组的导演对戏。说实话，当被告知要与雷声演对手戏时，我的确惊讶不已。毕竟雷声看上去无论如何都不像是愿意屈尊饰演乡郊六旬老者的人，而出入五星级酒店、身旁美女如云的商业精英才是他心之向往的角色。

我坐在茶几旁翻看报纸，随后起身去开门。雷声走进后入座，他做了个暂停的手势后对摄影师说道：“全景就是这样，可以实拍了。”

罗赏转头看着场工：“上道具吧，动作要快。”

窗外的雨水根本没有要停缓的势头。

“崭新的当日晨报。”

“坚果点心托盘。”

“两个玻璃酒杯。”

两个道具组成员正将罗赏提到的物品一一摆放好。

“姜寺，”罗赏突然把头转过来，“你确定喝啤酒没事吧？”

“嗯，没事。”我点了点头。

正在跟摄影师讲话的雷声转过头来：“我不能真的喝酒哦。”

“知道。”罗赏叫住经过的场工，“从啤酒箱里拿导演的专用酒瓶，灌满饮用水。”

我看了一眼手表，9点55分，完全没有机会溜出去看一眼顾绘了。

“道具都已经准备好了。”罗赏说道。

雷声脱掉身上的军大衣，露出戏服，拿起地上摆放的麻袋包，坐到了我对面。

摄影师发出了“咔”的一声。

录音师做出了一个“OK”的手势。

“四十三场一镜一次。”场次端着场记板在镜头前喊道。

“开始。”雷声喊道。

不知为何，我的手心开始冒汗了。我看着坐在对面的雷声，今天的化妆造型真的把他打造成了一个五六十岁的老人模样。

“您冒雨赶过来……”我机械地说着台词，“就是为了和我说这个？”

“孩子，我收养过她一年。”雷声眼神里有某种东西在闪烁，“这个世界上有一种人，外表看上去柔弱，可是内心比谁都要狠毒。”

“可是唐溪不是这种人，我确信。”

说这句台词的时候，我的脑海中浮现出了顾绘的脸。

雷声的上半身突然倾来：“你一定不能和她再有任何来往。”

我看着面前的酒瓶，微微笑了出来。

“来。”我拿起两瓶啤酒，“咱爷俩很久没见了，来喝一杯。”

说着，我往面前的玻璃杯中倒入啤酒。正要拿起雷声面前的玻璃杯时，他摇头苦笑着，接过我另一只手中的啤酒瓶。

他拿着啤酒瓶，直接仰头喝了下去。

我把头转向窗外：“真是难为您这么大雨跑过来。”

这是实话。窗外的雨丝毫没有要减小的迹象，从这个窗户望出去能够看到一株八重樱，淡粉色的花瓣点缀在洋洋洒洒的雨中。

可是，原本是雷声要说的台词并没有出现。

先是一声尖叫像是要刺破我的耳膜，随即周围响起了巨大的碎裂声响。一种不祥的预感在头脑中升腾起来，我麻木地转头看向对面的雷声，他瞪大着双眼，两行黑色的血顺着鼻孔流了下来，白沫从口中涌出，手指扭曲得狰狞可怕。啤酒瓶已从他手中摔落到地上，刚刚听到的巨大破裂声便由此而来。

雷声瞪大的眼睛，就像是在看着我一样。

有那么一瞬间，周围出现一片死寂。仅几秒钟后，巨大的惊呼声伴随着哭泣声此起彼伏地响了起来。

雷声一头栽倒在了地上，手指和肢干控制不住地抽搐着。我原地未动坐在对面，突如其来的变故和强烈的恐惧让我没有任何力气逃离这个位置，冷汗不停地从额头上冒出来。也许是心理作用，我觉得雷声的眼睛一直在盯着自己。

没有人敢靠近。这个房间里十余人的尖叫和哭声吵得我的太阳穴隐隐作痛。离雷声仅隔着一张桌子的我，亲眼见证着那剧烈的抽搐和战栗慢慢停止。

整个过程不超过三十秒。

当感知慢慢恢复下来的时候，罗赏和何律已经出现在了我身旁。

“马上打 120。”说着，罗赏掏出了手机。

“不用了。”何律蹲在雷声的身边，探了探他的鼻息，随即说道，“报警吧。”

何律之四

这个初春的大雨天，浩荡苍天让雷声的生命走到了终点。

直到坐回房间的床上，我的手指还在控制不住地颤抖着。雷声，这个让自己又爱又恨的男人，就在十多分钟前死在了自己面前。

十多分钟前，罗赏打了报警电话。他们通知了酒店老板禁止任何人外出后，将尸体盖上了麻布。其他物品全都维持着事发时的样子，分毫未动。

“罗赏。”我问，“那封威胁信呢？你烧掉了吧？”

“我烧掉了。”

说到这里，罗赏像想起什么似的，神色一变。

“我猜你明白了。”我说道。

“这里有人想杀——”

我点了点头，阻止他继续说下去。

“可你确定这是谋杀吗？不是雷声的自发猝死？”

“雷声的身体状况你再清楚不过，他没有类似的病史。无论是什么原因，这个剧组里发生了死亡案件，及时报警都是一个减少彼此麻烦的选择。”

“何律。”罗赏吞了口口水，“那封信……我们要不要告诉警察？”

我低下头，手指紧紧攥着床单。

罗赏的眼神中闪过一丝慌乱：“对不起，我大意了。你一定不想让往事公诸于众的吧。”

我咬着嘴唇：“如果这样能尽快破案的话。”

“我决定了，”罗赏想了想，又补充道，“我们还是不要对警察讲比较好。这样一封来路不明的信，重点是已经烧成了灰，他们必然要执着追究下去不可，我们很可能是给自己找麻烦。”

“那你的意思是？”我不解，抬起头看着他。

“如果警察问到信，我们就实话实说。如果他们没有问到，”罗赏顿了顿，“我们就不要对他们讲。我们就这么约定。”

这段短暂的对话结束后，罗赏便命令我回房间休息。如今我坐在床上，全身一点力气都没有。我能理解罗赏的顾虑，这样一封不复存在的信，警方必然会怀疑。没有证据的东西，坦白的话反而是给自己找麻烦。

正这样想着，敲门声突然响了起来，来者正是罗赏。

“警察到了。”罗赏舔了舔嘴唇。

我和罗赏并肩走在走廊里，却总感觉一阵阴风吹来。

"你的心理素质真强。"罗赏说道，"刚才我看到有两个在场的女孩受惊吓过度，回到房间之后一直大哭。"

"那她们应该暂时无法接受警察的询问吧。"

"估计她们会被安排在末尾。"罗赏说道，"但也是迟早的事。"

"姜寺的状态还好吗？他是离雷声最近的人了，可是目睹了全过程。"

"哈。"罗赏戏谑一笑，"怎么听你的语气，有种姜寺中大奖的感觉。"

就这么说着，我们终于来到房间门口。这是酒店的一间空房，为这次突发事件临时腾出来的。我停下了脚步。

"别紧张。"罗赏盯着我的眼睛，"快进去吧。"

我敲了敲门，走了进去。

这是一间和自己房间并无二样的客房。两个警察看到我走进门便站起身，其中一位对我微微颔首："实在打扰，我叫何学，这位是李木。请坐。"

我点了点头，算是打过招呼。

"刚刚发生这种事情，就要来接受这种询问，实在抱歉。"何学说。

"没有关系。"

"那我们开始。"何学抬头看了我一眼，摊开笔记本，"你的名字是？"

"何律。人可何，律法的律。"

"咦？"他笑了，"我们两个都姓何呢。"

这句并不好笑的话，从他的口中讲出却没有那么生硬。

"那在这个剧组里，你负责做什么？"

"跟组编剧。"

"我倒是听说过编剧，只不过编剧也需要跟组吗？主要负责什么？"

"比如原本的主演由于家里发生了重大变故——这么说虽然有些不负责任，他不得不离开剧组，但是剧组又不能空等他回来，所以就必须要做一些拍摄场次的调整。这时可能就会涉及临时改戏。"

"死者雷声，虽然用'死者'这词可能会伤害到你。他可是小有名气的导演呢，连我这不关注娱乐的人都知道，还有那个女演员。"何学像确认般看向李木。

李木点点头："顾绘，当红小花旦，我们局里的很多年轻小姑娘都喜欢。"

"这些和破案有关系吗？"我疑惑地问道。

"啊，这个啊。"何学抬起头笑了笑，露出洁白的牙齿，"听起来是没有关系。"

我勉强笑了笑，没说话。

"案发时，你也在现场对吧？请你回忆一下具体时间。"

"应该是 10 点 10 分之前。"何律想了想，"因为今天这场戏是 10 点准时拍摄，刚拍摄第一个镜头的时候就发生了那件事情。”

“请你讲述一下当时的经过，越详细越好。”

“这场戏中导演要客串一个角色。”

“稍等。”何学打断了我，“客串？死者在这场戏里面是要饰演角色吗？”

“没错，这个角色只需要在这一场戏中出现，导演就来客串，剧情就不说了。”

“不，如果方便的话，请把剧情也说一下。”

“这太冗长了吧。”我有些惊讶，“这可是个一百一十分钟的电影。”

“只讲述这一场戏即可。”

作为编剧，我并不反感这种请求：“好的，导演饰演的角色是男二童年时期的邻居。这部作品的女主角是和男二青梅竹马的女孩，也是他爱慕的、想要守护的女孩。”

“既然是青梅竹马和心生爱慕，那么他还依然只是男二号？”

“对，男一号是一名日本演员。”

“现在很多偶像剧好像都是这种人物设置啊。”何学微微笑了一下，抓了抓头发，“用情最深的往往是男二号，但最后都没有圆满结局。”

“你说的没错。这个女孩幼年丧亲，所以一直在亲戚家寄养，曾经就在这位远方伯父的家中住过一年左右的时间。这个女孩在成长的过程当中，即使身边一直有爱慕她的男二号，但由于童年时期种种爱的缺失，内心仍变得越来越阴暗。这一场戏就是伯父冒雨赶进城，找到男二号，并苦心劝诫他离开女孩的内容。”

“伯父是有不祥预感了吗？”何学不像以警察的身份询问，倒像是个电影爱好者。

“那之后的不久，女孩的养母就突然离世了。”

“啊。”何学低声发出一声长叹，“如果我没有猜错的话……”

我看着何学：“你应该没有猜错，正是女主角亲手所为。”

“动机呢？”

“养母的保险金。”

“这样我就明白了。”何学像是解开了推理小说的谜题般，“看来这种动机，无论在现实社会还是艺术作品中都说得通啊。那么这场戏，就是在伯父已经有所预感的情况下进行的了？换句话说，伯父这个角色此时应当是恐慌的状态。”

“你把握人心理的能力真强。”

“谢谢。”何学不好意思地笑了笑，“那么，剧中伯父这个角色的结局是？”

“死了。”我直言道。

“也是同一人所为吗？”

“对，女主角觉得伯父是一个隐患，就把他也杀害了。”

“这一点在现实社会中倒不是很常见啊——这么一个连环杀人案的凶手竟然是一名女性。”说到这里，何学抬头看了我一眼，眼睛里散发出一阵鹰般锐利的光芒。

“为了吸引眼球。一个女性连环杀手的故事，票房应该不会差。”我也毫不示弱地迎合他的目光。

“如果有机会，真希望能够拜读一下你的作品。”

“你是想要这次的剧本吗？一会儿结束了我就可以给你一份。”

“那真是再好不过了。”接着，他话锋一转，“你和死者认识有多久了？”

我脑海中马上浮现起 Kashmir 那油腻靡乱的霓虹灯：“差不多快四年了。”

“那算是老交情了吧。”

“对我而言是的，但毕竟他年长我十岁，可能四年的交情对他来说并不觉得有什么。”我尽量斟字酌句，不让自己的回答在日后有麻烦。

“怎么认识的呢？”

终于问到这个问题了。我并不打算告诉他 Kashmir 的事情，而是换了一个更为稳妥的回答：“他来找我写一个电视连续剧的剧本。”

“那他怎么找上的你呢？总不能是凭空打电话给你吧。”

我尽量压制住内心紧张，简要回答：“朋友介绍。”

“你认为死者是一个怎样的人？”

“作为在事业上对我有所帮助的前辈，他是我学习的榜样。”

“今天的案发过程请简要介绍一下。”

问题真是杂乱无章，毫无逻辑可言。但兴许这正是他们的谈话技巧，企图从中看出破绽，我一定不能自乱阵脚：“开拍后，导演和男演员按照剧本内容进行对话。其中涉及喝酒动作，男演员拿出两瓶啤酒，把其中一瓶递给雷声，雷声喝了几口后就倒下了。”

何学飞快做笔记的手停顿下来：“一起拿出来的两瓶啤酒，男演员喝了没事，死者喝另一瓶的时候反而倒下了？”

“不，也不能这么说。”我做了一个深呼吸，“男演员喝的是未启封的啤酒，而导演喝的是空啤酒瓶灌的饮用水。”

也许之前已有过调查，他没表露出过多的惊讶神色：“死者为什么不喝酒？”

“这是导演本人的意思，他从不在拍摄工作进行中饮酒。”

何学点点头：“请问，今天早上 7 点至 10 点的这三个小时里，你在做什么？”

“我起床后被通知去开会，这个时间段我一直在导演房间商讨剧本。”

“有谁可以证明吗？”何学小心翼翼，但还是透露出“毕竟死无对证”的态度。

“导演助理也一直都在。”我说道。

“原来如此，请继续。”

“我一直在导演房间里待到 8 点 30 分左右。因为我有些疲惫，所以接下来我回到房间休息了一会儿。”

“时间记得真清楚啊。”何学将身子向后重重一靠。

“我们这个行业也讲究争分夺秒，所以不得不培养起时间意识。”我回击道。

“那么你休息的这段时间里，是独自一人吗？也就是没有人能给你证明？”

“很遗憾。”

“休息了多久？”

“差不多是9点一刻左右。外面太吵，所以就起床准备去片场。”

“真辛苦。”何学由衷感慨，“一直到案发，你都在片场对吗？”

“是的，这一点你可以找其他工作人员询问。”

“我会的。”何学合上笔记本，“今天先到这里，接下来可能还要向你请教。”

我站起身：“没有帮上你什么忙。”

“哪里的话。”何学很谦逊，“你提供的情况很有参考价值。”

“是吗？那就好。”说着，我就要向门口走去。

突然，何学的声音在身后响起：“死者生前，有没有和你发生过什么争吵？”

我停下扶着门把的手，脑中迅速想起了雷声曾说要把做陪酒小姐的过往公开的事情。

我深吸一口气，转过身：“不，没有任何争吵。”

“是嘛。”何学似笑非笑，不像是在逼问，更像是在喃喃自语。

“是的。”我说。

“那好，你可以回去了。”何学站起身以示礼数。

罗赏一直守在房间外面，一看到我出来便迎了上来：“怎么样？”

“没有逼问我什么为难的问题。”我说道。

“你快休息吧，不用管剧组这边的事情。”罗赏说道，神色里满是疲惫。

我推开自己房间的门，累得直接瘫倒在了床上。

三个小时前，我同样是躺在这张床上，可谁会想到短短的小半天里竟会发生这样的事情。

我的肢体软软地摊开，大脑却飞快地运转着。

几乎没有露出任何破绽，我回想着对警察的回答。除了他提及与雷声初次相识时，自己闪过片刻慌乱，总的来说，我对刚才的表现满意。

心情就像白云般慢慢升腾起来，有一种飘浮在空中的畅快感。

——我做到了，你终于死了。

罗赏之四

心脏就像剧烈运动过后一样猛烈跳动，精神亢奋得没任何想沉沉睡去的意思。

因为被告知短时间内不允许任何人进出，所以只需要通知各成员在房间内等候询问。何律从房间走出来时我看了眼手表，差不多询问了十五分钟。看到她的状态还比较平静，我也微微松了口气。

我敲了敲房间的门，走了进去。

房间内有两个警察，此前在警方刚到酒店时见过一面，我记得五官深邃的那位叫作何学。

“你就是报案人对吧。”何学没有看笔记，一眼认出了我，“罗赏？”

“是的。”我点了点头，顺着他手臂指出的位置坐到了床上。

“百忙之中还要来打扰你，实在抱歉。”何学充满歉意地笑了笑。

“哪里的话。”我摆了摆手。

“你是死者的助理吗？”他问道。

虽说对雷声恨之入骨，但听他以“死者”称呼雷声，我还是很不舒服。

“啊，对不起。”何学像是看穿了我的心理一般，“这是我的习惯。”

“没有关系。”

“刚才我看到一个情况很不解。虽然酒瓶已经碎成几块，但是依旧能从玻璃碎片上看到马克笔的痕迹。即使不用拼也能看得出文字写的正是死者的名字。”

“那是我写的。”我脑海中浮现起那个绿色的啤酒空瓶，“有什么问题吗？”

何学像是没有意料到我会这么快坦白一样：“为什么要这样做呢？”

“不仅是导演的名字，其他人的名字也都会写上，包括我自己的。”

“能说说这么做的原因吗？我很感兴趣。”

“剧组会向工作人员免费提供饮用水，但瓶装矿泉水外表看上去都是一样的对吧？很多时候，大家取出水瓶后随意一放，再想喝水的时候经常会发现周围有很多相类似的瓶子，不知道哪一瓶是自己的。这种情况下，大家会怎么做呢？”

“大家应该会从箱子里再取出一瓶新的吧。”

“你说的一点也没错。他们宁可舍弃掉才喝了两口的水，也不愿意去承受可能喝到别人口水的风险。这就造成非常严重的浪费，水的费用经常超支，但又不得不满足喝水的要求。后来我提醒大家，每次开瓶前先在瓶上写下姓名。但其实收效甚微，不仅很多人不照做，反而剧组里的笔也开始接二连三地消失了。”

“哈。”何学笑了出来，“笔的失踪问题在我们局里也是令人头痛的问题。”

“所以，”我顿了顿，说道，“后来我索性就亲力亲为，每次先把剧组拍摄成员的名字统一写在水瓶上，这样一来大家各拿各的就好了。”

何学若有所思地点点头：“但是很奇怪，水瓶上写字我倒是可以理解，但为什么要在啤酒瓶上写字呢？啤酒又不像水一样是拍摄人员必需品。”

“啤酒是道具，而啤酒瓶也是道具。”我说道。

“这次男演员使用的是啤酒，而死者则是用空的啤酒瓶？”何学问道。

“导演在片场从来不饮酒。”我回答道，“所以导演要求在啤酒瓶上也写上他的名字，他很怕错拿了别的演员已经放入过嘴中的啤酒瓶。”

“等等。”何学停下手中的笔，“那么死者的啤酒瓶是空瓶吗？”

“当然不是，里面灌了饮用水。”我说道，“毕竟是拍电影嘛。”

“水是什么时候灌进去的？”

“上午开拍前。因为要保证水的新鲜，否则导演也不会饮用。”

“具体时间能记得吗？”

“开拍前十来分钟吧，也就是 9 点 50 分前后，就在片场外的饮水机那里。”

“这段时间里饮水机没有被人换过吧？比如水桶。”

“没有换过。”

“是你亲自灌的水吗？”他问道。

“不是，是剧组的一个姓吴的小场工。当时我们在对本场戏需要的道具进行最后清点，我按照道具单上的念，他们一样样执行。”

“那个酒瓶，还有除了场工、男演员和死者以外的人碰过吗？”

“据我所知没有，酒瓶最一开始也是由那个场工从啤酒箱里拿出来的。”

“你自始至终没碰过酒瓶？”

“没有，我手上有一支笔和道具单，哪里有机会去拿酒瓶。”

“有谁可以作证吗？”

“今早案发时工作人员都在片场，只不过不知他们有没有留意。”

何学点了点头：“死者名字是什么时候写上去的？”

“时间很久了，记不太清楚。”

“不是今天的事情吗？”

我摇了摇头：“早在啤酒箱作为道具搬回来之后我就把名字写上去了。剧组有时会进入瓶颈状态，大家晚上喝些酒也并不是什么罕见的事情。导演的名字就是他第一次喝酒后，我写在空瓶上的。”

“在水瓶上写字的这个习惯，是你们这个行业的惯例吗？”

“算不上惯例。”我说道，“每个剧组的情况都不一样。”

“那算是你工作时的习惯吗？或者说，只是最近才开始的。”

我瞬间就明白了他想问什么，下意识皱着眉头：“你是在怀疑我吗？”

“请不要介意。”他说道。

“这是我之前就养成的习惯，你可以去调查。”我面带不悦。

“我们会的。”何学没理会我的愠色，“剧组成员都知道你的这个习惯吗？”

“没错，毕竟他们拿到的就是我已经写好名字的水瓶。”

“但是剧组里，这种事情一般都有一个专门的负责人来操作吧？叫作什么‘制片’？可你的职务不是导演助理吗？为什么连这种事都要亲自执行？”

“有的，可是导演要求剧组琐事都要让我亲自完成。”

“可以理解为，死者对你非常信任吗？”何学看着我。

信任？信任就见鬼了。

“算是吧。”我还是轻轻点了点头。

何学若有所思：“那死者生前和你的关系走得比较近？”

我的脑中迅速勾勒出比较稳妥的回答：“工作上应该可以称得上，但生活中就不同了，毕竟我不是他的私人秘书。”

“今天早晨 7 点至 10 点期间你在做什么？”

我不禁有些烦躁：“你在调查我的投毒不在场证明？”

何学正在做笔记的手停顿了下来：“咦，你怎么知道死者是中毒身亡的呢？”

一阵滚烫的血顿时间冲上我的头顶，冷汗从额头上淌了下来。我抬起头，正好对上了何学那似笑非笑的目光。

姜寺之四

打开房门，走廊上的罗赏眼睛里一片血红色。

“你怎么了？”我惊讶得脱口而出。

“没什么，可能是太累了。”他揉了揉眼睛，“警察在等你，我们走吧。”

走廊上弥漫着一阵血腥味，在越来越强烈的消毒水气味中令人作呕。我又想起雷声七窍出血、瞪大了眼睛倒在面前的情形。我一时没站稳，扶着墙剧烈地干呕了起来。

罗赏走过来拍了拍我的肩膀，递过来一包纸巾。

“尸体呢？”我小声地问他，声音里隐藏不住颤抖。

“已经被运走了，放心。”

我捏着纸巾，沉默不语。

“姜寺。”罗赏转过头，“你知道导演的死因吗？”

“我感觉像是中毒。”我擦了擦嘴角咳出来的液体，喉咙间一阵辛辣的感觉。

“你也觉得是中毒的症状，对吧？”罗赏像是要确认一般匆忙逼问。

“怎么了？”我狐疑。

“没什么。”罗赏神色稍稍缓和，停下了脚步。

面前是一扇普通客房的门，微光透过门缝照进了略显阴森的走廊里。

“到了。”罗赏说道，“不必太过于担心和紧张。”

我推开了门，桌子旁坐着两位警察，其中一位站起身微微点头示意。他的身材很高大，能看得出平时经常健身。

“请坐。”他说。床单有些褶皱，想必是有人之前坐在这里接受询问的缘故。

“非常抱歉。”何学略带歉意，“这么疲惫的状态下还要来接受询问。”

“没有关系。”我说道。

“我还没接触过男明星呢。”他的眼神里散发出一阵好奇的光彩。

“见笑了，我根本算不上什么明星。”我苦笑道。

他话锋一转：“案发时，你是距离死者最近的一个人吧。”

我脑海中又浮现起从雷声五官里流出来的黑色的血，下意识地捂住喉咙。

“啊，实在抱歉。”何学说道，“让你回忆这么不愉快的事情。”

“没错，他就坐在我对面，和我只隔了一张桌子。”我说道。

“你能简要说明一下当时的情况吗？可能这个请求有些残忍。”

“只需要说明案发当时吧？剧本里有个要求喝酒的动作，我和导演饰演的角色一人一瓶酒。剧本规定的是我将啤酒倒入玻璃杯中，而雷声饰演的角色要仰头将啤酒一饮而尽，也就是吹瓶。导演拿起他的那瓶酒，刚喝了几口面部就变得非常扭曲。”我回想着那个骇人的场面，“他……”

何学似是看出我的恐慌，很快打断了我的回忆：“你之前碰过那个啤酒瓶，对吧？”

“没错，是我递给导演的。”

“那你当时有没有感觉到酒瓶有异样？”

“如果我能发现异常的话，应该也不会有后面的事情了。”

“说的也是啊。”何学抓了抓头发，“酒瓶上写了死者的名字？”

“对，是导演的姓名，也是导演的专属酒瓶道具。”

“死者应该只是客串这一场戏吧，那为什么需要‘专属’酒瓶作为道具呢？如果在拍戏前，将一瓶啤酒倒光不是很简单吗？虽然这样做有些浪费。”

“你说的这个也是原因之一。除此，可能这还是导演的个人习惯，毕竟片场的突发状况多得不可想象，凡事都不如提前安排妥当好。”

何学没有再继续这个话题，他话锋一转：“案发前你有没有进入过仓库？”

我心中一惊，不自然地抬起头，正好对上他那锋利的目光。我的演技还没好到这种情况依旧能面不改色，我叹了口气直言：“去过。”

“去做什么？”

“拿啤酒喝。”我说道，便又补充了一句，“导演亲自吩咐的。”

“嗯？”何学来了兴趣，“死者曾嘱咐你去仓库取啤酒？”

我便把那晚因顾绘情绪不到位，雷声命令她体验微醺状态的前因后果和盘托出。

“在这个过程当中，女演员一直和你在一起？”

我吞了口口水：“是的。”

“你认为死者是一个怎样的人呢？”

“这是我们第一次合作，说实话不是非常了解。”我慢慢回忆着，“就在片场的接触而言，他是有导演才能的，只不过有时候脾气很暴躁。”

“他在片场指责过你吗？”

“这倒没有。指责别人我倒是见了很多次。”

何学像遇见了一个有趣的突破口："剧组里的人对死者的意见比较大？"

我的喉咙辛辣无比："这是谋杀吗？"

何学明朗地笑了起来："原本这种问题不应该回答呢，就目前的调查来看，很幸运也很不幸，这是一场谋杀。"

我的嘴巴张大。

何学端详着笔记本上的字，说道："那么今天就先到这里，接下来有什么问题需要请教，还请你继续配合。"

结束了？我闭上嘴，心中暗自惊喜："没问题。"

看到何学并没有看向自己，我起身走向门口。

"啊。"一个声音突然在身后响起，"你今天的状态看起来特别疲惫呢。"

已经摸到门把的手重新放了下来。我深深地吸了一口气，故作镇定地转过身，挤出一丝笑容："可能是昨天睡得太晚的缘故。"

何学扬了扬手中的通告单："可据我所知，昨晚剧组并没有任何拍摄计划。"

"我昨晚看了几部电影，有电脑里的浏览记录为证。"

"请把电影名称以及剧情梗概告诉我。"

我抓了抓头发，重新坐回到床上，把三部电影名称和剧情简介讲了出来。

何学认真地看着笔记本："抱歉，我又有个新问题。为保证拍摄质量，演员们在有任务的前夜不是应当早些休息吗？可你为什么不按时休息，而通宵看电影？理论上，这三部电影至少也应该占用五六个小时。"

"原本我今早是该休息的，但因为下大雨而临时改戏了。"

何学的眼神里突然散发出一种具有压迫感的光芒。

"因为今天突然下大雨，原本的室外戏无法拍摄，才临时改成的这场戏。"我说完，一抬头的时候猛然撞上了何学那令人恐惧的目光。

"那么演员呢？"

"……什么演员？"

"原本今早这场戏的演员，也是导演本人吗？"

"原计划的专业演员因为档期问题无法临时进剧组，所以才改为导演本人。"

话音刚落，我的心脏没有来由地怦怦乱跳起来，我感到口干舌燥，脸颊发烫。我下意识地舔了舔嘴唇："你原本并不知道，是吗？"

何学的嘴角微微上扬，他啪的一声合上笔记本："现在你可以走了。"

何律之五

车窗外的霓虹灯的流光溢彩，高楼大厦鳞次栉比，像是一片巨大的被迷雾笼罩的钢铁森林。我把烟头扔向窗外，摇上车窗："谢谢您能允许我吸烟。"

“您真的不是女明星？”一口京腔的司机微微侧首，“从东直门上车起您就一直戴着墨镜，这么黑的晚上……”

“抱歉，我有眼疾。”我说道，“见到夜光灯就会流泪。”

司机没再搭话。晚高峰过去之后的路段很畅通，窗外高层住宅楼的窗中散发出一束束橙黄色的柔和灯火，温暖了这座城。

“那个……”我咬着咖啡吸管，看向窗外，“能麻烦您前面靠边停一下吗？对，就是这里。”

随着车子缓慢停下，我打开车门，将手中装着空咖啡杯的粉色纸袋扔进垃圾桶。

“谢谢您，继续走吧。”我拿纸巾擦了擦手。

“您还特意找垃圾箱扔垃圾，真有环保意识。”司机说道，“不过塑料咖啡杯是可回收垃圾哦，刚刚您好像扔到了不可回收的分类箱里。”

我有些尴尬：“果然戴墨镜看不太清楚，让您见笑了。”

“没事没事，载明星的机会可不是人人都有。”司机笑了，“再过个灯就到了。”

“我真不是什么明星。”我苦笑道。

窗外的公交站滚动展示着当季最新的护肤品广告，电子屏上顾绘光洁无瑕的脸庞在停靠又行驶的公交车间若隐若现。

“到了。”司机把车子停靠在路边，“您是扫码还是现金？”

“现金。”我看着前座电子屏上的红色价码，把几张纸钞递给司机，“谢谢。”

我抬了抬墨镜，走下出租车，踏上这条曾在无数个夜晚走过的街道。

昏暗奢靡的霓虹灯光在水泥路上投射出虚幻的影子，让我的心没来由地急速跳动起来。在这个夜生活即将拉开帷幕的晚九点，我靠着人行道的铁栅栏，小心翼翼地行走在垃圾箱投射下的阴影中。

这时，我的肩膀被人轻轻拍了一下。

一阵不祥的恐怖预感弥漫上我的心头，我僵硬地转过身，何学正笑吟吟地看着我。我摘下口罩，机械性地对他挤出了一个笑容。

“这么晚出来，还要全副武装吗？”何学歪着头看着我。

“我有些感冒。”说完，我咳嗽了两声。

“啊，这么严重？”何学关切地问道。

我重新戴上口罩：“所以何警官还是离我远些好，千万别被传染。”

“我倒宁愿住院，直到这起案子侦破。”何学笑了，“所以，不如我送你去医院？”

话已至此，我心知已被对方识破，倒也不再伪装：“你是怎么认出我来的？”

他挠了挠鼻梁：“何编剧，你的身上有一种气息，隔得再远也能闻出来。”

“是吗？”我不自然地笑了笑，“那这么晚，你来这里做什么？”

“难得休假，准备好好放松一下。”

我客气地笑了笑，准备离开这个散发危险信号的男人。这时何学凑了上来："你今晚也没事吧，不如我们去喝一杯？"

我抬起头看着何学，他嘴角微微上扬，透露出一种不容抗拒的威严。

我一时语塞："去哪里？"

"这个嘛……"他摸了摸下巴上的胡须，"我听说前面就有一家不错的酒吧。"

我顺着何学手指的方向看去——Kashmir 的霓虹灯招牌正在夜空中闪烁着。

不行！我顿时慌乱了起来。

"附近有一家朋友开的店，一直没有机会过去。如果你不介意，正好我们可以借这个机会去拜访一下。"我抑制住狂跳的心脏。

何学又露出了那种捉摸不透的笑容："好啊，我不介意。"

我急忙伸手拦了一辆出租车，向那家酒吧驶去。那当然不是什么朋友开的酒吧，我也只需以"朋友今天没来"为借口搪塞可能的质问，避免不必要的麻烦。

因为是工作日，酒吧很安静。我要了一杯绿魔，何学喝的是健力士黑啤。

我把外套顺手脱下，随意放在了旁边的椅子上。

"这件衣服还真是让我对你另眼相看呢。"何学看着我身上骷髅图案的黑色上衣，"我原本以为依你的性格，是绝对不会接触朋克风格的。"

"谢谢，我也原本以为警察是绝对不会明目张胆来酒吧消遣的。"

"警察也可以有自己的夜生活。"何学苦笑道。

前来上酒的服务生离开之后，我直截了当："你是跟踪我过来的吧？"

何学并没对有失礼节的质问显露不悦，而是反问："我有件事想请教你。"

"直说就好。"

何学夹了几块冰块，黑啤遇到冰块后骤起的泡沫发出嘶嘶的声响："听说案发时的那场戏，是临时决定的？"

我用余光瞄了何学一眼，掏出一包女士香烟："可以吗？"

"请便。"何学说。

我顺手取来烟灰缸，青灰色烟雾在空气中微微升腾："没错，临时决定的。"

"由谁决定的呢？"

"导演本人。"见到他那标志性的目光，我补充道，"这件事情有证人。"

"洗耳恭听。"何学身子大幅度前倾。

"那天原本要拍摄一场室外戏，但因为临时大雨，可剧组又不能空等雨停止。"

"经费原因吧，我明白。"何学点了点头。

"这种情况下，导演主动提出改一场室内戏，我和罗赏都在现场。听了提议后，我们还多有顾虑，但一想到这场雨正好作为难得的背景，我便同意去尝试。"

"我很好奇，既然只需保证拍摄，那为何单单选中这一场呢？应该有很多室内戏不需要客串演员吧。”

“不瞒你说，四十三场是我提议的，但导演一口答应。”

何学缓缓举起面前那杯冰块已经快融化完了的黑啤：“还有一件事想请教，这场戏中，伯父角色原本的饰演者，并不是导演本人吧。”

何学将疑问句用肯定句的语气讲了出来，既然他如此确凿，我自然没有隐瞒的必要：“是的，是位年长的专业前辈，但是拍摄提前，他人在上海拍摄广告。”

“那么，是谁提出让死者饰演这个角色的呢？”

“也是导演本人。”

“他为什么要主动提出饰演这个角色？”

我摊了摊手。

何学笑出声来，他看着晃动着酒杯的我：“耳环很漂亮。”

“什么？”我停下手中动作，没缓过神。

“耳环。”何学轻轻指了指我的耳朵，“很漂亮。”

我不知所措，顺手把头发从耳后拨回来。

“真的很漂亮。不瞒你说，我有一位妹妹下个月过生日，我正在苦恼该如何庆贺她的新生。”

“新生？”我被逗得笑了出来，“措辞很有风格。”

何学没有理会，继续说道：“我在想，如果能送这款耳环给她，她一定很开心的。如果再告诉她，这是大编剧何律同款耳环，她一定会尖叫的。”

“既然如此，我把耳环直接送给她就好，如果令妹不嫌弃。”

“千万不要。”何学从包中掏出牛皮记事本，“请告诉我这家柜台地址，我亲自去买。当然，如果你不介意。”

我久久地看着面前的笔记本。何学此时已经蓄势以待，钢笔墨水迫不及待地要滴落下来。

“我没什么可介意的。”我翻开钱夹，“刚买没半个月，果然票据还没丢。”

“真是位美人啊。”何学边收起票据边感叹道，“请别误会，我只是欣赏一切美的事物，也包括人。”

“谢谢。”我生硬地回应道。

“对了。”何学突然像想起什么似的，“我妹妹说她认识你。”

“认识我吗？”

“我给她看过你的照片。请原谅，上次你给我的剧本文件袋里，名片夹中放着一张你的证件照。”

“可能是我不小心放进去的。”我刚释然，一种更为不祥的预感涌了上来。

“她一看到那张照片就说认识你，并且用性命担保绝对不会认错。”

"你妹妹是谁？"

"她被收容前，在一家夜店上班。"说着，何学露出一副突然想起什么的表情，"啊，叫作 Kashmir，就是我们刚刚原本打算进去的那一家。"

罗赏之五

因为要配合调查，剧组的一切拍摄任务暂时停止。我难得从几日的忙碌中抽出身来，打算逛街买些生活用品，案发时的一切用具我都不想再碰了。

正当我提着新衬衫走出商场，电话铃响了。来电人竟是何律。

我急忙换手接电话："喂？"

"你在哪里？"

"西单逛街，买些日常用品。"

"那你在西单不要走，我现在过去找你。"

我们便约好了一家咖啡馆，何律电话里的语气令我隐隐不安。

步行到那家咖啡馆，在落地橱窗前，我看到了玻璃镜面反射出的身影——蓬头垢面，疲惫不堪，正是我现在的状态，连日的意外状况已经让我几天没合眼。我想了想，放下已经推开店门的手，继续迈出脚步，走进旁边一家美发厅。

"洗头。"我对前来接待的服务生说道。

悬挂在天花板角落的小彩电中，女主播正不带任何表情地播报着某地何姓青年为获取保险赔偿金，自愿跳河自杀伪装见义勇为的案件进展。

"都不容易啊。"看起来年纪相仿的年轻理发师边给我刮胡须边说。

"是啊。"看着镜中的自己，我也重复着，"都不容易。"

何律打电话来说出租车已到，我摸着清爽了许多的下巴，走进约好的咖啡馆。

咖啡端上之后，何律马上点燃一支烟。

"你复吸了。"我说道。

何律吐出一口烟雾："那张照片在哪里？"

"什么照片？"我一时没有缓过神。

"我在 Kashmir 的照片。"

"我不是已经烧掉了吗。"我吞吞吐吐。

何律眼神里散发出一阵凌厉："你其实并没有烧掉，对不对？"

我顿时慌了神，这才发现自己在何律面前一向不会说谎。

案发前我拿到了信封，威胁信的确在开拍前被我烧掉了，但照片被放在了衣橱第二层的小箱子里。冥冥中我并不想失去这张照片，这种感觉三言两语很难描述。

"好吧。"我沮丧而满带歉意地说道，"我答应你，一回去马上烧掉，对不起。"

何律没有追问我没有烧掉的原因，甚至都没有斥责我对她的欺骗。何律熄灭烟："那个刑警，好像知道我在 Kashmir 工作的事情。”

我的脑中立即浮现出何学那张似笑非笑的面孔：“为什么这么说？”

“昨晚他跟踪我，并邀我喝一杯。”

“你应邀了？”

“当然，不能表露出任何心虚的迹象吧？他说他妹妹看证件照认出了我。”

“真奇怪啊，一位警察竟有在夜店里工作的妹妹。”话音未落，我便看见何律那似憋红了的脸，一股血液直往头上冲，我急忙解释，“对不起，我不是有意冒犯……”

何律很快恢复到沉静的面容：“我也这么问了他。大概是因办案认识，何学也在积极疏导她的心理。释放后她表现得很好，自己开了家服装设计工作室，一直对何学心存感激——重点是，她的确是我的同事。”

我急忙岔开话题：“你如何回应那位刑警的？”

“认错了。”何律淡淡地说道，“但这个刑警的语气不像试探，而是他的确知道我在 Kashmir 工作过在先。那个女孩只是个引子，只是何学为了探我口风抛出的烟幕弹。”

“倒的确不会有这么巧的事，不过现在警方随意调查一个人的工作经历也并不是什么太困难的事情吧。”

“你记不记得我在店里根本是另外一个名字？当时我从来没把‘何律’这个名字告诉过任何一个人。重点是，几年前我也并没有登记过我的身份证明。”

“你是说警方不可能顺藤摸瓜查到你？”我看着面前冒着热气的咖啡，“这的确是条死胡同。”

“所以我一整夜都在想，可能是有人向警方泄漏了这件事情。”

“不是我！”我急忙站起身。

“你快坐下。”

我烦躁地坐回到沙发上。我感到口干舌燥，便把面前的咖啡一饮而尽。

“我并不是指控你，你泄漏我的信息对你没有一点好处。”

我看着何律面前的烟盒：“给我也来一支吧。”

“请便。”何律把烟灰缸推了过来，“凶手必须有杀死雷声的动机，这也是我认为不可能是你作案的缘故，雷声一死，剧组无限期搁置不说，你饭碗也不保。”

何律并不清楚我杀死雷声的动机，她只看到了表面，这让我的心很踏实。

何律端起咖啡杯，陶瓷边缘留下淡淡的唇膏印：“你觉得顾绘怎么样？”

“你是说演员，还是说这个人？”

“你还真是严谨呢。”何律笑出了声，放下杯子，把身体微微向前凑上来，身上的香水味在弥漫着咖啡香的空气中若隐若现，“我发现了一件很有趣的事情。”

“什么？”

“你觉得姜寺和顾绘是什么关系？”

“当然是同事关系。”

“作为同事关系，他们是否走得过于亲近？”

经何律一提醒，我才回想起这两人过往的些许异常：“的确是超出同事范畴的接触，但也好理解，毕竟姜寺是顾绘推荐到剧组里来的嘛，二人私下里有些交情也是正常的。”

“你是由雷声带过来的，我也一样。但在这种每天忙碌至极的拍摄过程中，只要一有闲暇时间，你应该是绝对不会想去找雷声吃饭喝酒聊天吧。”

“这倒是。”想到雷声，我一阵反胃。

“就算姜寺要感激顾绘的推荐，他一次次地邀约和看望，也得需要得到顾绘的同意才行。”何律顿了顿，“所以，这两个人的关系，是相互的。”

“你是说他们两个，”我瞪大了眼睛，“是恋人关系？”

何律笑了笑，没说话。

我想起案发前不久的那场夜雨。那晚我匆忙给设备盖上防雨布，返回房间的路上遇到雷声。在一场不愉快的争执后，我听到了雷声叩响对面顾绘的房门。

“雷声对顾绘心怀不轨，在剧组已是公开的秘密了。”何律像是看穿了我所想。

“真的是恋人关系的话，那么姜寺有谋杀雷声的动机。”我倒吸了一口凉气。

“理论上说顾绘也有谋杀的动机。但是，一方面想要谋杀对自己意图不轨的导演，另一方面又接受着导演对自己的非礼，这种情况在面对无计可施的姜寺时，可能性微乎其微。而且重点是，案发当天她并不在现场。”

我脑中顿时被某场景刺激得一片空白：“那天你应该记得，顾绘因为情绪不到位被雷声骂，雷声建议她醉酒体验，姜寺就陪她去仓库一同取酒。”

何律的眼睛眯成了美丽的弧线：“姜寺曾有单独接触导演酒瓶的机会？”

“尽管没证据，但是很可疑。”

“姜寺取走酒瓶的目的是……”何律瞪大了眼睛。

我点了点头：“……投毒。”

何律的手紧紧捂住了嘴。

“你不要怕。”我急忙补充，“我并不是针对姜寺，只是针对偷走酒瓶的人。”

“说点别的吧。”何律的神色稍稍缓和，“你自己那部作品，筹备得怎么样了？”

我无奈地把玩着咖啡勺：“突然出现这种意外，任什么事都要暂时搁置吧。”

“虽然出现了意外，”何律放下咖啡杯，陶瓷杯底碰撞桌面，发出悦耳的清脆声响，“但人总要向前看啊。案子总会破的，咱们也总要考虑一下今后的发展。”

我的心脏骤然跳动得剧烈。

“我觉得这段时间，虽然还要协助警方破案，却是精心筹备作品的好机会。虽然你不是科班出身，但毕竟跟着雷声待了这么多年的剧组，一定积累了许多人脉和经验。至于编剧方面，如果你不嫌弃，我可以和你一同完成。”

何律的嘴唇闪着淡淡的光泽，这种光芒让我不再介意雷声对她的污蔑。

“我当然不会嫌弃。”我有些语无伦次，“我是说，我很高兴能和你合作。”

手机铃声响起，我看了眼屏幕，略有忧虑地向何律扬了扬手机。

“接吧。”何律低声说道。

“虽然很抱歉打扰你休息。”何学明朗的声音在电话那头响了起来。

“出什么事了吗？”我低声问。

“不瞒你说，我们找到了一个新的证据。”即使隔着电话，我也能想象出何学那个表情，“说实话，先向你透露一点哦，是指向犯罪嫌疑人的有力证据。”

姜寺之五

我坐在椅子上，手指因太过用力握紧而泛白。心脏的跳动随着流动的空气传进耳朵，显得格外清晰。

警察就坐在我对面，强大的压迫感排山倒海般地袭来。

“我说的真的都是实话。”我低声道，“我没有投毒。”

对面那个叫作李木的警察冷笑一声。

一小时前，警察敲开了我的房门并出示了一张照片。照片上是一袋再普通不过的、撕掉商标的绿色啤酒瓶碎片，瓶身上用不溶于水的马克笔写着“雷声”的名字。

“检验出了你的指纹哦。”何学嘴角上扬。

“那有什么？”我不以为意，“拍摄时就是我递给导演的，检出指纹很正常。”

“该怎么说呢？”何学摸了摸鼻梁，“你描述的这个情况，和我们目前所了解到的调查结果有些出入。总之，能不能先让我们进去说话？”

“真整洁啊。”何学环顾四周，“真不像是单身男人的房间。”

我坐回到床上：“具体是什么情况？”

“你说借用酒瓶是为做练习，因为要假装喝酒，所以手指必然要握住瓶身部分吧？你我平时聚会喝啤酒都是这样。”

“没错，那有什么问题？”

“问题棘手就是在这里啊。”何学表情歉意，“根据鉴识科的报告，你的指纹在瓶颈处尤为密集。”

一滴冷汗从额头上冒出——瓶颈，那正是下毒时手指需要接触的位置。

“可仅把酒瓶递给死者，不需在瓶颈按下那么多枚指纹吧？只需一处即可。”何学顿了顿，“此外，指纹附着的方向也很可疑。”

我倒吸了一口冷气：“我可以解释吗？”

“欢迎。”

“雷声是长辈，递酒瓶时，如果我拿的是瓶身，那么就要将瓶口对准他，这样有失尊重。所以我握住不方便的瓶颈，把瓶身对向他。”

“这样，”何学看着我，“你可以为我们演示一下吗？”

我拿起地上的啤酒瓶，虎口处靠近瓶身，小指靠近瓶口，对准何学。

“请你保持这个动作。你看，你的手指顺序，从瓶口向瓶身依次是小指、无名指、中指、食指以及拇指的内侧部分。可是鉴识科的报告显示，酒瓶上的食指指纹靠上，你明白这是什么意思吗？”

我的心脏骤紧起来。

“你可以先把酒瓶放下了。”何学笑着说。

我匆忙放下酒瓶。

“拿右惯手来说——当然我们已经确认了你是右惯手。酒瓶正常摆放的情况下，人握住瓶颈，酒瓶从上而下留下的指纹应当是食指、中指、无名指和小指；如果将酒瓶递给他人，从瓶口开始正好相反。当然，如果想保证靠近瓶口的是食指也没问题，只须像掷飞镖的动作。但那样，你的手肘会正对你对面的那个人，你刚才说了对死者要尊重，想必是绝不可能用掷飞镖这种动作。”

“等等。”我突然想了起来，“你们为什么会有我的指纹比对样本？”

“这个嘛……”何学嘴角上扬，像是一眼看出我故意转移话题的心理，“案发时你摸过面前的玻璃杯，那个杯子被我们带回去做了化验。”

我哑然。

“不仅指纹附着密集的方向很可疑，而且你也还没解释刚才我提出的问题。为何递给死者这一个小小的动作会将你的指纹在瓶颈处如此密集地附着上去？对此——”何学顿了顿，看向我的眼睛，“你有什么话要说吗？”

我必须要说些什么，但肯定不能是全部真相。我叹了口气：“我说实话。”

何学坐直了身子：“希望如此。”

“事发前，我曾经接触过这个酒瓶。”

“果然。”他并没有太多意外，“请讲一讲事情经过。”

“我记得我说过案发前曾和女演员去仓库取酒吧？我将一个空酒瓶带了出来。”

何学像玩弄猎物的猛兽一样看着我：“你是什么时候留意到死者的名字的？是一拿酒瓶就注意到了吗？”

这个问题，是我刚刚快速计划的回答中最重要的一环。

“那天下午开会时我被导演斥责，大意是没有生活经验。散会后我很不服气，也想着更加努力地训练。所以我拿着酒瓶对照剧本，认真模仿各种情绪。我相信你也明白吧——当人们把全部注意力投入到另一件事上去的时候，它的表象就被忽略了。我当时一心只想练习，后来小憩时，才发现酒瓶上有字。”

“当人们把全部注意力投入到另一件事上去的时候，它的表象就被忽略了。”何学若有所思地重复着刚才的话，“你总结得很有哲理嘛。”

“请别取笑我了。”我心中的波动暗暗缓和下来，“这就是为什么酒瓶上会附着我很多指纹的缘故，而且指纹还以一种非正常状态附着在瓶颈处。我拿起酒瓶、放下酒瓶，都很有可能以那种排练方式留下我的指纹。”

李木在旁边打了个哈欠，何学却依旧满脸神采：“那直接买一瓶酒也可以。你之前知道仓库有空酒瓶吗？”

“正因为不知道，而且练习也并不是早有打算。正巧当时在仓库看到有空酒瓶，我才有了‘那不如干脆拿一个回去练习’的念头。”

“女演员也一直和你在一起吧。”

“没错。”我想到了顾绘。

“为什么不让她先拿着酒去导演房间呢？五瓶酒的重量，对于一个成年女性来说也并不是什么困难的事情。”

我根本不舍得让顾绘提任何重物，更何况五瓶酒，但这事情可不能跟警察讲。

“让一个女孩提重物，多少有些不太礼貌。”我粗略地解释道。

“哈哈，这倒也是。”何学明朗地笑了起来。

“放下酒瓶，我马上出门去找导演，因此酒瓶也一直在房间里放着。直到当晚开会结束，我回到房间后才看到酒瓶上导演的名字。”

“当时你什么想法？”

“拿错了呗。我本想直接扔掉，但毕竟有导演的名字，所以我打算归还到仓库去。”

“时间呢？”

“当晚近 11 点。我原想到一个诸如‘与其扔掉不如贡献出来’的借口，但事实上道具组长也没留意我。”

“从你离开导演房间到 11 点归还的过程中，一直都独自一人吗？”

我想到顾绘吃饭时温柔的脸庞：“没错，一直都只有我自己。”

何学歪着头看着我。

“但是请你不要误会，我没有毒药的来源。”我急忙解释道。

何学翻开面前的笔记本：“案发前夜，你说你通宵看了《现代启示录》《沉默的羔羊》和《牯岭街少年杀人事件》这三部电影，对吧？”

“没错，电影梗概也都跟您讲过了。”

“电影梗概没什么问题。上次见面后，我花了一天半看完这三部电影，已经核实过。”何学皱着眉苦笑着，“电影是不错。”

“所以还有什么问题？”

“我们调查过你的电脑，根据时间和网页查询痕迹来看，这三部电影是你早已经下载好的，而且在播放器上选择了顺序模式。也就是说，只要你将电脑充好电并点击播放后，电影就可以从深夜自动播放到日出。而这个过程，可以足足有八九个小时。”

糟糕。我心中大叹一声，懊恼不已。

“而且我还发现了这个。”何学拿起了一张复印纸，“这是你个人主页上的一篇随笔，其中提及了看过《牯岭街少年杀人事件》之后的感想。请注意，日期是2013年9月，也就是说你几年前就看过这部电影。因此能跟我提及梗概，也就自然不代表那晚你就在房间里。”

没错，那时我看完这部电影心潮澎湃许久，连夜打开电脑写下几句感想，随手发表在了个人主页上。

“‘男人就要争取自己想要的一切东西，哪怕不择手段’。嘿，这句话听起来有些别的意味呢。”何学意味深长。

“话虽如此，可这句话仅是我两年前的就事论事，什么也不能代表吧。”

“但你的不在场证明也就瓦解了，希望你能够好好解释一下。”

“电影的确是事先下载好的，酒店网络不好，所以我有下载电影备用的习惯。”我音色沙哑，低下头，“我知道坦白了会对我不利。”

何学抬起头，露出洁白的牙齿：“你有没有女朋友？”

“我？”心又被提到了嗓子眼，“没有。”

“是吗？”何学像确认般地问。

“有什么不对吗？”

“嗯。”他环视了一眼房间，“这个房间，真不像单身男人居住的房间啊。”

“这个啊，我有整理强迫症，非要把物品归纳整齐不可，否则看着很难受。”

“不，不是整洁与否的问题。”何学的视线固定在窗台前，“整洁的男人房间我见过很多，但它们相比你的房间，少了很多东西，可以称之为气息。气息这种东西很抽象，也很具体，比如一套带有花纹的咖啡杯，比如一束仿真花束，比如镂空的鞋柜。虽然它们并不是口红、卫生巾、高跟鞋这样女人的物品，但是你也能明白吧，单身男人在一个只有三四个月居住权限的空间里，即使有洁癖而重新购买一套床具，大多也都是普通花色的款式吧，比如条格纹理，以纯棉为材质，因为主要目的是干净和舒适，而不会选用这种欧式大花式的图案。即使是对生活格调有所追求的人，这种细节物品可以挑选作为家居，而不会被作为暂居三月的酒店物品——这不像是独居男人的装饰，更像是为了给第二个人看。”

伴随着何学的声音，我的脑中一片混乱。

“哎呀，我在胡言乱语什么。”何学站起了身，“请别介意我刚才说过的话。”

“好的。”我舔了舔嘴唇。

“那么，今天就先告辞。”何学和李木走到了门口。

关门声响起，我一下子瘫倒在床上。

何律之六

我看着镜子中的自己，用水沾湿后的额发挂着未落的水珠，尽管不能上妆但还是将眉毛精心修剪。敲开罗赏的房门后，他的表情惊讶无比："你怎么来了？"

"我实在不安。"我咬着嘴唇，低声相问，"总之，能不能让我先进去说话？"

罗赏看了看我的身后，把门稍微打开成一条缝。

我侧着身溜了进去。

"刚刚洗澡的时候，"我将还未干透的头发别到耳后，"突然想起了那张照片，我实在不安，希望你能还给我。"

罗赏眼神里的光芒暗淡下去："这件事是我不好。你等着，我这就去给你拿。"

"对了。"我看着罗赏，"这封信的来源，你有什么头绪了吗？"

"没有。"罗赏回答得很坚决。

我低着头喃喃道，并暗自小声："何学没有问什么为难你的问题吧？"

罗赏的动作明显一怔，随即拿出一个箱子，若无其事地说道："还好。"

"发生了什么？"我感觉到了异常。

"我觉得他看出我们一同回了酒店。"罗赏拿出钥匙，"那个男人的眼神很毒。"

"被发现了也没什么关系吧。"

"希望如此。"说着，他打开了小箱子，"何律。"

"怎么了？"我看向他。

"不见了。"

"什么不见了？"一阵阴冷的气息从背后升腾起来。

"照片。"罗赏抬起头看向我，"你的照片不见了。"

我急忙走过去，那个小巧的箱子正摊开放在罗赏的床上，里面除了几张已拿出来的存折外，空可见底。

我愣愣地站在原地。

"对不起何律，对不起。"隔了几秒，罗赏才开始慌乱起来。他不停翻找着每一本存折，"我明明把它放在了这个箱子里，后来再也没有打开过，更没有告诉任何人这里有你的照片，它怎么会不见了呢？"

很快，我冷静了下来："你没记错位置？"

"不可能。"罗赏把衣服从衣橱里一件件地扔出来，"最开始我就放在这里。"

"既然不可能记错，"我扶住了罗赏的手臂，阻止他继续翻箱倒柜，"那么你找衣橱也无济于事。"

罗赏的视线停留在我触碰他的手上，像是个急于解释的孩子："请相信我不是故意隐藏或者骗你。"

"嗯，我相信你。"我说道。

罗赏的头发有些蓬乱，他像是劫后余生一般：“可是，怎么会不见了呢？”

“如果你没记错位置，只有一种可能性——有人偷偷进入过这个房间。”没理会目瞪口呆的罗赏，我去查看门锁，“门锁完好，没被破坏的痕迹。那么那人就是通过正常途径即有机会拿到钥匙后潜进来的。这几天有没有感觉被人跟踪？”

“也许是自己没有留意过。”罗赏的样子看起来很沮丧。

“你出门有没有随手锁门的习惯？我们可以要求调取借用钥匙的名单。”

“外出肯定锁门，但比如偶尔扔些生活垃圾时，我并不能保证次次锁门。”

“那就是了。”我盯着罗赏的眼睛，“那个人可能就是利用了你外出不关门的习惯。在他潜入这个房间之前，一定已经暗中观察了你很久了。”

“可是，我从未跟任何人提起过保险箱里放着你的照片这件事。”

我在他的书桌前蹲下身子，平视着书桌。一根头发映入我的视线，我用拇指和食指将它夹了起来：“你看。”

柔和的光线下，这根头发散发出浅亚麻色的光泽。

“头发？”罗赏皱着眉头。

“它不是你的，你的头发是黑色。”我说道，“而且它并不长，也没有卷烫过后的弧度，不像是女人的头发。”

“浅亚麻色的男人头发……”他喃喃思索道，随即瞪大了眼睛看着我。

“别说出来。”我把食指伸到罗赏的唇前。

“可是他为什么……”

“这只是个可能，我们并没有确凿的证据。”我拿出一张纸巾，把头发包裹在纸巾里，“它很有可能是窗外飘进来的，也有可能是服务员打扫卫生时带入的，还有可能是你身上沾到的。”

“但他为什么要观察我的房间，潜进来后去衣橱的保险箱里偷走你的照片？”

“他并不知道那里有照片。如果这根头发是他留下的，说明他来过书桌位置。他应该粗略翻过房间各个角落，也包括衣柜。”

“你的意思是，他要拿走的不一定是照片，而是什么都可以？”罗赏皱着眉问。

“没错，他的目的——”我看向远处的墙壁，“应该是想从你这里发现什么情报，掌握后伺机把罪行嫁祸给你。”

“啊？”罗赏惊讶地叫出了声。

我苦笑。

“可是对不起，毕竟那张照片是你最隐私的秘密。”

“事已至此，多说无益。我现在反倒释然了，正因为照片隐私，如果他将照片曝光，警方一定会调查他获取照片的渠道。因此我猜测他现在也不敢轻举妄动，甚至在为如何利用照片而苦恼着。我现在担心的只有一件事情。”我顿了顿，“你有没有怀疑过，把威胁信放到我门缝里的人和偷走这张照片的人是同一人？”

“你的意思是他会继续……”

“没错，威胁。以此为威胁，是这张照片最大的利用价值。”

罗赏倒吸了一口凉气。

头发干得差不多了，我顺手脱下手腕上的橡皮筋，把头发在脑后束了起来：“真想把这件事情早点解决啊，但现在只能空等着罢了。”

“不，不一定只能是等。”罗赏的眼睛突然发亮，“我们没办法解决，但可以帮助警察加快调查进度，我们可以起到催化的作用。”

“什么意思？”

“他和顾绘最近的进展，你调查了吗？”

“他？”我抬起头，正好迎向罗赏那泛着若有若无寒光的眼神。

罗赏之六

午夜1点，淡银色的月光透过茶色窗帘照射了进来。我的眼前浮现出一片静谧海域，半轮月亮高悬在海面上空，海水延伸向漫无边际的远方。冰凉的海水渗入细碎沙滩，何律面朝大海，光滑而细腻的肌肤在月光下泛着耀人的光泽。

她背对着我，让我看不清此时的表情。何律黑色的鬈发被海风吹起，拂过光洁的脖颈。海潮声此起彼伏，海水涌向沙滩，漫过了她白皙的腿。

“何律。”我沙哑地喊，“涨潮了，快回去吧。”

何律没有回头，也没有说话。我的声音被淹没在愈发汹涌的潮水中，海浪像翻云覆雨的手掌般袭来，漫过了何律纤细的腰肢，抚摸着她的小腹。

我的喉咙一阵剧痛，干渴得说不出话来。

潮水无休止地向沙滩袭来，涌向何律的胸口。她的身体浸泡在潮水中，海水咆哮着抚慰过她的胸脯，海风猎猎作响。远方一阵巨潮涌来，铺天盖地的黑暗笼罩上沙滩，把何律淹没在海水之中。

我低吼一声，周围复归寂静。

我伸出手臂向床头柜探去，摸到了卫生纸，擦干净后扔到了地上。

月色正温柔。潮水般的快感在渐渐消退，但我的胸口还是起伏得剧烈。

我想起了何律刚出浴时的样子。轻薄的丝质睡衣贴在皮肤上，她的肌肤有着繁星般闪耀的光泽。脖颈一片光洁，还没有干透的头发垂到胸口，发梢处的水滴打湿了胸前的衣裳。

我压抑了太久了，也爱慕她太久了。

我缓缓将手指凑向鼻孔，那若有若无的香气似乎还在。

今日上午，顾绘亲自给我打了个电话，表明要暂时离组的态度。

“罗老师，实在抱歉。剧组发生了这种事，我想暂时离开一段时间去休养。”顾绘好听的播音腔在听筒那侧响起，“当然，如果这边有任何进展，我会全力配合。”

话已至此，我没有任何再阻止的余地。

当我把这段电话内容告知何律时，如我所料，何律眼神里闪过一道亮光。

“要不要赌一把？”我问道。

“赌我们的猜测是否正确？”何律的语气还有些许犹豫。

“没错。她必然是先获取我的知情和允许后，才会把此事告诉姜寺。”

“所以他们两个见面的时间——”

我点点头：“很有可能是这两个晚上。”

枕边的手机突然振动了起来，通过在黑暗中刺眼的屏幕冷光，我看到何律发来的短信内容：他出门了。

我揉了揉太阳穴，从床上一跃而起：那我准备出发。

我套上内裤，大腿的湿濡让我有些尴尬，又撕下一张卫生纸迅速擦干，穿好裤子，悄悄打开门走了出去。

这家酒店往往在夜深时显得尤为安静。樱花花期即将结束，满地凋零的花瓣在这样夜深人静的夜晚异常凄美。

我走到前台，一位二十岁出头的女孩正在看一部黑白电影。我走过去打了声招呼：“打扰了，这里有绿茶卖么？还有香烟。”

“晚上好。”女孩与我碰过几次面，暂停了影片问道，“你要哪种？”

“香烟随意。”我说道，“茶叶嘛，哪怕茶包都行，就是不要那种瓶装饮料。”

“茶叶没有，香烟的话……”女孩拉开抽屉，露出半盒女士香烟，“这种可以吗？”

“女士香烟啊……”我苦笑道，“还有别的吗？”

一阵不易察觉的脚步声从身后传来。透过余光，一个黑色人影向酒店大门走去。

“我们这里不卖烟啊，你要是想吸，分你几支便是。”女孩爽朗地笑了起来。

“还是吸不习惯。”我抱歉地笑了笑，“附近有没有还在营业的便利店？”

“出门向西五百米左右有一家，只是不知道是否还在营业。”

“那好，我过去看看，打扰你观影啦。”

女孩的眼睛半眯着，微笑说道：“这么晚了，路上小心。”

我走出门去，街上一片寂静。命案的事情被保密得很好，但也只是现阶段。

走了两百多米后，路边停着一辆帕萨特。我拉开车门，坐进了驾驶座。

“没被别人发现吧？”我看向远方。

“没有。”副驾驶位的何律说道，“你呢？前台没有看到我吧。”

“我一直在和她说话，即使她察觉到有人外出，估计也只以为是普通的房客罢了。”我插上车钥匙，“相机带出来了吗？”

“带了。”何律拍了拍身旁的相机包。

“出发吧。”说着，我踩下了油门。

这是我第一次单独与何律乘车，如果何律知道我激动的心理一定会阻止吧，这和酒驾本质上无二。酒驾是被动的遗失判断，我这是主动的心猿意马。

“你的判断正确吗？”何律略忧虑地开口，不知是什么牌子的香水在窄小的车内散发出淡雅清香，“他们真的会在顾绘家中吗？”

“他们当然有可能会在火锅店或西餐厅约会，但现在是深夜。顾绘多少算是小有名气的花旦，感情生活可是各大媒体趋之若鹜的。想想看，《顾绘深夜与单身男子共饮》一旦曝光，对顾绘会产生不可逆的影响，酒店更是万万不可去的幽会场所。这种情况下，顾绘的家一定是首选，幸亏当时经纪人提供了住址。”

“但我们赶到的话，姜寺应该早进去了吧。”何律看了眼手表，“从他出门到咱们出发差不多二十多分钟了，现在又不会堵车，姜寺想必一定会提前进门。”

“最坏的局面就是需要蹲守在顾绘家楼下，他们总有出来的时候。”

车内又陷入一片沉默。何律掏出女式香烟，我便把车窗摇下。四月晚春的夜风徐徐吹了进来，混合着烟草气息和香水味道，有一种旷久的迷醉感。

“何律，”我张口，喉咙一阵沙哑，“《万叶集》你看完了吗？”

“嗯？”何律笑了，“你怎么知道我看过《万叶集》？”

“有一天去你办公室，在桌子上看到过一本《万叶集》。”

“那是《京都之雾》开拍前的事情吧？”何律淡淡地笑了起来，“你观察得真细致。”

“我最喜欢的一句是‘无奈樱花落，纷纷乱我心’。”

“这不是出自《万叶集》，”何律向窗外弹去烟灰，“是日本平安时代的俳句。”

“是吗？”罗赏不好意思地笑了笑，“当初看到，只是觉得有意境。”

何律低沉而优美的声音滔滔不绝地讲述起文学故事。虽然我完全听不懂，但没有丝毫不悦。相反，我心里渴望着这条道路能够没有尽头。

前方并没有出现出租车，我们也畅通无阻地抵达了顾绘家所在的小区。

“停吧。”向东两百米对面，就是顾绘小区的门口，“果然是最坏的打算。”

“也许也是最好的打算。”何律笑了笑。

“不然你先睡一会儿。”

何律说道：“到了现在，反而没多少困意了。”

见何律又掏出烟盒，我把车窗摇出了一条缝隙。

何律手指夹着烟，望着车窗外的夜幕，然而我却在看向她。

“好美的意境。”我脱口而出。

“什么？”她转过头。

“没什么。”我急忙岔开话题，“对了，说到意境，日本的地名都很美呢。比如北海道、雨晴、嬉野、斑鸠、明日香、衣川、月夜野，还有京都。相比日本，中国的地名就显得平庸许多了。”

何律微微笑了起来。

“我没有附庸迎合你的意思。”我急忙解释。

何律朱唇轻启：“就拿京都举例，日语是Kyoto。就是这么普通的几个字母，但一经汉语翻译出来，似乎就带有了一种沧桑感，脑海中便浮现出晚春樱花和漫山遍野的红叶。所以，与其说日语的地名优美，不如说正是汉语言的博大。”

“的确啊。”我愣愣地听着何律独特的优美发音，一时间有些出神。

何律突然坐直了身子，上半身微微向前倾，她抓住了我的手臂，一阵冰凉的触感渗入皮肤：“他们出来了。”

我急忙向前看去。姜寺的身影率先出现在小区外，全副武装的顾绘紧跟着走出小区，两个人隔着几米距离：“相机给我，快。”

何律打开相机包，把单反递给了我。

“很好。”我一边自言自语，一边按下了快门。

“他们似乎吵架了。”何律缓缓地说道。

镜头里，姜寺转过身面对着顾绘，肢体动作略有激烈。

“的确吵架了。”我边说着，边不停按下快门。姜寺的表情很痛苦，像是在不停对顾绘争取。我放下相机，向前方看去：“准确地说，更像是准备分手。”

顾绘转身向小区内走去，姜寺急忙上前，抓住了顾绘的手臂。

“值得庆贺。”何律淡淡地说道，语气就好似评价陌生人，“你的推理成立了。”

“不，还不够。”我看着镜头，“作为证据，总得要有更亲密的动作才行。”

直到姜寺上前，紧紧抱住了顾绘，我才微微露出笑意。手指在不断按动中略有麻木，但这已经远不能阻挠我继续拍摄。

“真是可怜啊。”何律叹了口气。

透过挡风玻璃，姜寺孤零零地站在小区门口，沮丧地低着头。

“打个赌如何？我赌他们不会复合。”何律语气甚至流露出欢愉轻快的意味。

“巧了，我也赌不会复合。”我翻阅着刚刚拍摄的近百张照片，“收获颇丰。”

何律看了一眼手表：“那么现在……”

我点了点头：“可以给何学打电话了。”

何律找出电话号码，按下免提键。

三声过后，电话接通了，对方清晰的应答就像是还未入睡一样清醒。

“很抱歉这么晚打扰你。之前你说过，如果想到了什么线索可以随时联系你对吧？嗯，是这样的，我决定还是要将这件事情告诉你。”

“请讲。”

何律清了清嗓子："事实上，在案发之前，我收到过一封威胁信。"

姜寺之六

眼前浮现出一片纯粹的翠绿，晚春只想告别阴霾的浑浊城市，游走在葱茏的庭院里。神社的石阶上苔藓细碎，洁白的山荷花瓣在氤氲雨雾过后趋于透明。即使在雨幕中，鸟儿也依旧隐藏在香樟叶子下面啾喃啼鸣，远山看不到尽头。

——两年零一个月，我和顾绘的感情走到了尽头。

这场突如其来的分手谈判，以顾绘的邀约作为序幕。这是我们二人共同经历的第三个晚春。过去几百个春季夜晚，顾绘已经构成了我的整个青春时代。

昨天晚上，当顾绘说出"暂时分开一段时间"之后，我的情绪顿时冲动到了极点。由于已有了见面的必要，权衡之下，顾绘邀请我去她家谈，这种情况并不多见。

"有理由吗？"我问道。

"我们现在都应以事业为主。"昏暗的落地灯光之下，房间里摆放着顾绘的影迷们从全国各地寄过来的鲜花和玩偶，一幅巨大的人物肖像悬挂在沙发之上。

"这张照片，"我看着墙壁上顾绘绽放的笑容，"还是毕业前我陪你去照的吧。"

顾绘喉咙干哑："你不必再说这些了。"

我就这样准备离开，而顾绘提出要把我送到小区门口。

我知道自己不争气，就在顾绘迈开步子准备回去的时候，我挽留了。

"我们再试试看好么？"我不争气地拉着顾绘的手臂。

"这是我认真考虑的结果。"她轻轻地把手臂抽了回去。

暮春四月微醺的晚风，就像爱人的手一样温柔。

街道上空无一人，昏暗的路灯就像是故意让匆匆的行人感受孤独一般毫无神采。我坐在马路边上，痛快地哭了出来。

这并不是我第一次在午夜街头游荡，只不过上次闹脾气出走的是顾绘。那一次，深夜时分我找遍了六条街，才发现她哭着躲在路边。那是我们大学毕业后不久发生的事，我想尽快让事业有起色，一连接拍了四支商业广告。每次在出租屋内喝掉厂商的运动饮料产品时都暗暗起誓，尽快在影视圈找到一席之地。

"我配不上你了吗？"几十分钟前，我这样问她。

这次，顾绘没有回答。

有人轻轻地拍了拍我的肩膀。

内心像被融化的冰块，温暖使坚硬的表面裂开了一条缝隙。我本能地回过头，路灯下，一个高瘦的影子被映在柏油路面上，像是高山一般让人窒息。

"真巧啊。"何学露出了洁白的牙齿。

我失望地抹去满脸的泪，站起身向四周望去，寂静的路面并没有警车：“你怎么在这里？”

何学的脸上有一种清爽的气息：“警察也有失眠的时候啊。”

我看了一眼手表，凌晨3点半。

“男人嘛，天大的事，喝杯酒就都扛过去了。”何学没有问我为何会在凌晨3点哭得一塌糊涂，“走，我们去喝一杯？”

鬼使神差地，我点了点头。

很快我们就来到了一个深夜还在营业的酒馆。

“尽管还没到夏天，但我也迫不及待地想喝冰啤酒了。”何学招呼着老板娘，“两份扎啤。”

我没有拒绝。

下酒菜和扎啤端上，何学先举杯：“忘记那些不快，愿你重新开始新生活。”

“其实……”我喉咙有些沙哑，“你早就看出来我有女朋友了吧？”

何学只是笑笑，并没有回答。

这个凌晨三四点仍在营业的酒馆里，散发出一阵橘红色的暖光。隔壁还有零散的几桌客人，伴随着他们闲聊似的三言两语，空气里弥漫着一阵醉人的酒香。

“你是怎么看出来的呢？”我追问道。

何学又喝了一大口冰啤酒：“那天去你的房间我就察觉到了。你记得我当时说过的话吧？你的房间里涌着一种气息，那不是单身男人的气息。这个房间的主人一定在恋爱，当时我就知道。”

“可是你并没有揭穿我。”

“因为你恋爱与否和案子没关系，我是没兴趣深入探究的。直到——”

“直到什么？”

烧烤被老板娘端上。炙热的肉冒着腾腾的白气，香料均匀地撒在上面，颇能激发食欲。

“你刚才的话还没有说完。”我提醒道。

何学咬下一口羊肉，唇间的酱汁将他的牙齿衬托得格外洁白：“我忘了。”

我疑惑地看着他吃烧烤：“你们天天接触尸体，还能吃得下去肉？”

何学听后一怔，随即哈哈大笑：“有机会你真应该接触一下法医。工作忙的时候，他们都是围在尸体旁，边吃午餐肉，边对着尸体上的伤痕指指点点，哪怕是溺水腐烂了的尸体。”

见我露出不快，何学又补充道：“当然，警察和法医，还是尽量不要接触的好，接触了就代表肯定没有好事。”

想到和顾绘的分手，我的心中又涌起一阵阴霾。

“难道你们演员为了保持身材都不吃宵夜吗？”

“宵夜可以吃，酒要尽量避免，尤其是啤酒。”可我现在也顾不上那么多，端起酒杯直接仰头而尽。大口冰啤酒流入胃中，沁人的凉爽让我清醒了不少。

我夹起一只扇贝，两口吞了下去，肥美的贝肉让我鼓起勇气，小心翼翼地问道：“导演他到底是怎么死的？”

“三氧化二砷中毒。”

“这我知道。”我摆了摆手，“我想问的是，到底是谁下的毒？”

“我们还在调查。”

“调查到了什么阶段？”

何学停下手中的筷子，意味深长地看着我。

“我不是想套取情报。”我急忙解释，“你为什么认为我不是凶手？”

何学突然抬起头：“谁说我认为你一定不是凶手？”

我惊讶：“可你们认为我还有嫌疑的话，怎么会凌晨约我出来吃宵夜？”

“不瞒你说，直到现在你仍是我们的重点怀疑对象之一——”何学说到这个话题，却若无其事地剔取着扇贝肉，“而我今晚之所以约你，你完全可以理解为一个深夜失眠散步的人，在街头偶遇了一位深夜失恋的老朋友。”

“等等。”我急忙凑上前去，“你怎么知道我失恋？”

“这个——”何学一口吞掉面前的扇贝，鲜美的贝类汁液顺着手指缓缓流淌下来，他扯过一块纸巾。

“你跟踪我？”我满脸警惕。

“不要说得这么难听嘛。”何学擦干净手指，微微一笑。

“你这种模棱两可的回答可打发不了我。”我嘴上说着，心底却暗自觉得哪里不对。以何学的精明及谨慎，他不可能犯这种低级错误——将已经掌握的情报不小心说漏。那么显然，他很可能是故意说出来的。

“这个答案我一会儿告诉你，在咱们喝完这些酒以后。”何学歪着头，晃着杯子里融化得越来越快的冰块，“在那之前，你能否先回答我一个问题？”

“什么？”

何学端着酒杯，看着我的眼睛：“你为什么要说谎？”

“我不明白。”我吞吞吐吐。

“5 号晚上，”何学放下酒杯，“那个被你拿回来的酒瓶，真的放回仓库了吗？”

我心中一震，但还是默认。

“奇怪。”何学说道，“根据罗赏回忆，他写下死者名字前酒箱里还有五个空瓶，也就是说，共有四个空白酒瓶，一个带字空瓶。5 号下午，死者吩咐你和女演员去仓库取酒，死者和女演员各喝一瓶，而罗赏将两个空瓶连同未开启的啤酒一并回收到了仓库。所以从死者的名字被写下到案发，仓库应是六个普通空酒瓶和一个带字空瓶，总数为七。但我找到道具组成员，他们称酒箱里的空瓶只有六个。”

“这种过于主观的证词，不足以信吧？他们怎么会一瓶瓶地数？”

“这就多亏罗赏细心谨慎的性格，把物品和道具都归纳得整整齐齐。所以道具组很坚定地说有‘正好半打’。‘半打’的意思你懂吧？一打是十二，半打就是六。”

“也有可能有人以某种目的进入仓库，顺手拿走了一个酒瓶。”

“可是仓库毕竟不是公开场合，钥匙只有罗赏、道具组长和酒店才有，进出必须要先找到以上三者之一不说，所有进出仓库的道具也要有登记。”

“可登记并不严格吧。”我讥讽着，“我当时还不是多拿了一个空酒瓶回来。”

“话虽如此，但你并不是单独进入仓库，也没向同行的女演员隐瞒。根据清单上记录，其他道具并没有多余或缺失，但仍不能排除是否有被调包的可能。”

“这么说来，”我面色有些不悦，“罗赏岂不是也有嫌疑？他掌握着仓库的钥匙，想自由活动当然是再方便不过的了。”

何学露出明朗的笑声：“罗赏也是我们的怀疑对象之一，我们没有对他偏袒。”

像被看穿心中想法一般，我不再说话，低下头去。

“现在你可以告诉我了吗？”何学说道，“那个酒瓶，你有没有放回仓库？”

“你不是都已经看出来了吗？”我抬起头，反唇相讥。

“果然。”何学并没有太大惊讶，“那么5号晚上至6号凌晨，你在做什么？”

“为什么你放不下这个时间段？”我有些烦躁，“又不重要。”

“请你回答我。”

“自从电影梗概被你揭穿，我不是已经坦白了吗？”我端起酒杯，“那晚有个导演朋友和我谈下部电影，那家酒吧离我家比较近，所以当晚回到家中，酒后只小憩了三四个小时，清晨回到了剧组。我一开始没把这件事坦白的原因是……”

“怕张扬开来，给剧组的各位前辈留下你这个新人朝三暮四的不良印象？”何学打断了我，“你曾经说和那位导演约的是晚上11点吧。”

“我晚上10点10分出发，喝酒至凌晨近2点。”

“那么你应当是清晨5点多回到的剧组？”

“差不多5点半左右。”

“如果不是在这个剧组里，也许你的谎话编织得很完美。”何学得意地笑起来，“酒店基本都是剧组成员，流动顾客的减少给前台省去诸多麻烦。在我第二次进这家酒店时，前台就准确叫出我的名字并向我问好。我也曾在大厅沙发上观察过，前台能喊出部分剧组职员的名字，更不用说你们这些更有辨识度的演员了。”

我心中一惊。

“4月6日0时至6时值班的酒店前台工作人员告诉我，不，应该是非常‘坚定’地告诉我，凌晨5点半，你并没有走进酒店的大门。”

“我说，这种时间点也太极端了吧，我也不能确定是否就是5点半。”

“0时至6时，你从未进入过酒店的大门。”何学嘴角带着一丝笑意。

“但也不能仅凭这个证词就断定我撒谎吧，他们自己没注意到也说不定。”

“当然，你说谎的证据还不只有这一点。”何学颇有深意地说道，“有人告诉过我，凌晨3点看见你房间的灯光突然亮了起来，持续了两三分钟左右。”

“谁？”一根弦突然绷紧，“是谁说的？”

“这我可不能告诉你。”

“信口开河！”我微微攥紧了拳头，“这种话你们也信？”

“可以参考。”

“那么参考的结果呢？即使我3点开灯，和雷声的死有什么关系？”

“如果现在我们弄清楚了这其中的关系，想必我也不会坐在这里和你喝啤酒了。你看你，说话声音太大了一些。”说着，何学转过身招呼老板娘：“再来两扎。”

我神经紧张起来，那个在凌晨3点看见自己开灯的人是谁？他一直没睡觉吗？短短两分钟光亮，那么巧合地被看到？或者说难道他一直在监视自己？

何学接过老板娘端过来的两扎啤酒，将其中一杯递到了我的面前。冰啤酒液化后的水滴挂在玻璃杯上，缓缓地滴到了桌面。

“但是，你为什么不说呢？”何学没有看向我，语气更像是在自言自语。

…………

“那晚你就在酒店，可你为什么不说实话呢？即使你在筹备犯罪，但我们根本无法查证真实性，你明明也可以这样说啊，显然说谎会将你推向更不利的局面，可你为什么不说‘我在房间里睡觉’？”

…………

“还有那个酒瓶，你明明没放回仓库，你为什么要说已经放回去了呢？放回仓库明显有下毒后复原的嫌疑。明明口供更不利，可你却为什么这样说？”何学端着啤酒杯，眼睛看向窗户，窗外是凌晨4点的夜色，“或者，不得不这样说？”

“可以拒绝回答吗？”

“啊，没问题。”他从思考中缓过神来，“我原本也没想在这里听到你的回答。”

“很抱歉。”

“没关系，我会找到答案。”何学笑了，“找到那个犯罪后不得不说谎的理由。”

“祝你好运。”我说道。

一阵雷鸣轰隆而至。

“啊，快下雨了。”我看向窗外，骤起的风将街边的树枝刮得剧烈摇曳。

“我们也走吧。”何学拿起搭在椅子上的大衣，“可是根本没有预报夜间有雨。”

“人们总以为会控制自然呢，可事实是就连预测都做不到。”我透过窗户看着街边橙黄色的路灯。

窗户的玻璃上反射出何学的身影，他站在原地一动不动。

“你刚才说什么？”他问道。

“本来就是啊，人们总以为可以控制世间万物，但到头来发现无非是一厢情愿罢了。”我想起了几个小时前那场忧伤的分离，“就像是这场雨，人们连预测自然都做不到，更不用说掌控呼风唤雨的能力了。人类啊，真是自大。”

“的确没有人具有呼风唤雨的能力，但是……”何学缓缓自言自语。

“你说什么？”

“没什么。”何学缓过神来，眼睛里闪过一丝我从未见过的光彩，“谢谢你！”

那眼神里，有一种拨开云层的光芒。

见他掏出钱包，我急忙起身：“我来！”

他按住了我的肩膀，力气很大：“别动！”

“我说，”我看着他的背影，“你现在能不能告诉我是怎么看出来我失恋的？”

“那个啊。”何学转过身，嘴角微微上扬，“我并不知道。”

“那你怎么……”

“我只是怀疑你是否失恋，谁让你并不反驳我。”

何学转过身走向吧台，还留下了一串明朗的笑声。

“真是一只狡猾的狐狸。”被耍之后的我心想。

何律之七

落地窗外的阳光温暖而和煦，衬托出这个晚春的盎然。我低头拿茶匙搅动面前的咖啡，直到咖啡馆玻璃门的风铃响动。

何学身上的警服干净而笔挺，将他的身材衬托得恰到好处。

“很麻烦让你专门跑一趟。”我轻轻低头，微微欠身。

“哪里的话。”何学露出笑容，“你电话说有最新线索，这种会面我非常欢迎。”

我的神经稍放松后坐了下来：“喝点什么？”

何学看向服务员的方向：“一杯美式，谢谢。”

“现在是上班时间吗？”我想起那夜自称休息的何学穿着一身运动衣。

“跟你会面也是我的工作之一。”何学接过咖啡，“什么线索？”

“说实话，我很不安。”我咬着嘴唇。

“别怕。”何学像看穿我心思一般，“如果需要，我可以替你申请警方保护。”

我鼓起勇气，将夹在一本《斜屋犯罪》中的信封拿了出来：“我想请你看一下这个。”

惊讶在何学脸上转瞬即逝，他从警服外套口袋里掏出手套，接过信封。

“这是……”照片在他的手中被从信封里抽离。

“其实我隐瞒了你一件事情。几年前，我曾经在一家酒吧里做过陪酒，但是请不要误会，我没有做过毒品和性交易。”

何学拿着照片，眼神意味深长。

“我也是鼓起了很大勇气才告诉你。在成为职业编剧前，这就是我不堪的过去。迄今为止，还没有多少人知道这件事，我原本想将它彻底封存。”

“你放心，如果你的这段过去和案件无关，我们警局也不是八卦诞生地。”何学小心翼翼地将照片放回信封，并向我摇了摇，“这个暂时归我保管，可以吗？”

“请便。”

何学将信封收好：“那么，照片和这起案件有什么关系？”

“我的不安正是因这张照片而起。”我做了个深呼吸，“这张照片夹在威胁信里，被身份不明的人放在我酒店房间门口。关于信件的原话记不太清了，大意是让我在当天上午 9 点 30 分左右取一个啤酒瓶，并在几分钟内放入仓库。如果不照做，对方就将我曾经做陪酒的经历泄漏出去。”

何学坐直了身子，表情凝重：“这么重要的事情，你之前为什么不说？”

我垂下了眼睛。

“抱歉。”何学语气稍有缓和，“那么，指定房间还有啤酒瓶等细节还记得吗？”

“那时紧张，也没记下多少。好像是西门同侧第四还是第五个房间门口取个酒瓶，然后迅速放入仓库的啤酒箱内。对于啤酒瓶的玄机，对方一概没提。”

“第四或是第五个房间吗？”他的眼神看向远方，嘴中喃喃自语。

“不排除记忆纰漏，”我急忙说道，“也可能是西门对面，总之是西厢该没错。”

何学从思考中回过神来：“什么时候的事？”

“就在案发前不久，应该是 8 点至 8 点半之间，因为我、导演和助理刚刚开完会。当我和导演助理返回房间时，就发现门缝下塞着这封信。”

“罗赏也在你身边吗？他也看到了威胁信？”

“是的。”

“照片后来如何处理的？”

我掏出一包女士烟：“可以吗？”

何学把桌上的烟灰缸向我的方向推了推。

“罗赏拿走了，说要帮我烧毁，连同信一起。”

“那么，”何学手指关节轻轻敲了敲照片，“它又怎会在你手中？”

我低下头：“这就是我今天找你并坦承内心不安的源头。”

何学盯着我：“愿闻其详。”

“导演发生意外后，我曾偷偷问过罗赏是否真的把信和照片烧毁。”

“他的回答是？”何学问。

“他没有回答。”我说。

“那是什么意思？”

“我继续追问他是否还没将照片烧毁，他回复我说，他回去马上就烧毁。”

“罗赏为何没及时烧毁照片？”

“这个问题真狡猾。”我说道，“明显让我做恶人。”

何学明朗地笑了：“言归正传吧。”

“虽然我不知道他为何要保留着，但我自然会恐惧吧。当我问他是否烧毁时，我在他闪烁其词的神态中注意到他的眼神不自然地向衣柜的方向飘移。”

“什么意思？”

“没有经历过特殊训练的人，假如他将宝贵物品珍藏在某个地方，那么在他被迫谈及此物品时，眼睛一定会本能望过去。”

何学露出了浅笑：“真厉害啊。”

“只是从福尔摩斯系列小说当中学到的。”我说道，“所以我决定赌一把。”

“你成功了。”

“是的，我成功了。偷窃这个行为如果你们要追究，我甘愿受罚。”

“这是后话。”何学像是在思索着，“有没有发现那封威胁信？”

“没有。”我说道，“他说要帮我销毁，但结果要么根本没烧，要么仅处理了威胁信，保留下照片。”

“不，还有一种可能。”

“什么？”

“他烧毁了威胁信，保留照片。但在此之前，他按照威胁信上的指示——”

“不可能。”我说道。

“为什么？”

“罗赏他不是这种人。”

何学的嘴角上扬：“果然编剧都是感性的啊。”

“对他来说，没什么比工作更重要，他没有杀害导演的动机。”

“动机这种玩意儿……”何学盯着我，“在我们看来，已经是最感性的了。在嫌疑人开口自述动机前，我们甚至永远不知道真相。”

“那你们的调查呢？”

“调查只能无限接近真相。假如何律你涉嫌谋杀，我可以动用观察力，动用身为警察调查的权力，可能得知你曾经陪酒的经历，得知你于某年某月和死者相识，得知相识时作陪的有哪些人。如果你是我，接下来你会怎么做？”

“一一联系那些作陪时的客人，其中总会有和我们熟识的。”

“没错。好比通过调查，我们得知你们已处于同居关系，从邻居口中得知某天晚上从你们家中传出剧烈的争吵声，得知那天过后，死者再也没有出现在他的任何社交圈中。我们会认为你有重大嫌疑，会将更多精力和人力投入到你身上。”

“你早就知道我曾在 Kashmir？”

他笑了笑，拿着钱包站起身：“非常感谢你提供的消息。”

“单已经买过了。”我说道。

“什么时候？”他讶异道。

服务员走了过来，我双手接过纸钞找零：“你还没进来的时候。”

“这不合适。”

“不合适的事情太多了。”我将钱包放回到包中，“不瞒你说，我有一个请求。”

何学拿着钱包，无奈地笑了笑：“请讲。”

“在确认他清白或罪名之前，能否隐瞒我偷窃之事？请理解我须为安全着想。”

何学低头思索片刻，说道：“在不干涉侦查的情况下，我会考虑。”

“谢谢你。”摇曳清脆的风铃下，我深深鞠了个躬。

罗赏之七

虽然对何学的到来早有准备，但终究还是猝不及防。敲门声响起，“请进”的话音还未落定，何学不约而至。

“很冒昧这么早来打扰你。”何学风度而礼貌地侧身走进房间，“实不相瞒，我有些事情想要请教你。”

我一时语塞，眼睛环顾四周以掩饰心中紧张：“房间有些乱，别介意。”

“同样作为独居男人，我不会介意。几日不见，有没有想起一些新线索？”

我歪着头，略略沉思：“很抱歉，没有。”

何学的手中拿着一个咖啡色的牛皮包，连同风衣一起放到了电视柜的置物架上。他轻轻抖落风衣的尘土，随着这个动作似乎传来一阵风雪的气息。

“那么好，我反倒是有些情况想要与你分享。”何学说道，“酒店的一位清洁员对我说，6 号上午，她曾看见你在后院架起铁盆焚烧了一些东西，你能讲讲细节吗？提醒你，就在案发前一个多小时，天在下雨。”

这完全出乎了我的预料，没承想仅是熟识的清洁员会暴露情况。

“是的，当时我在烧剧本。”

“剧本？”何学微微前倾了下身子，“这部电影的剧本吗？”

“正是。因为剧本经常调整修改，也意味着上版剧本的作废。为了避免主创的混淆，因此我们一直保有及时更换并统一销毁剧本的习惯。”

何学拿起置物架上的咖啡色牛皮包，随后从上衣口袋里拿出一副白色手套，之后从包袋里取出一个透明的封口袋：“认识这个吗？”

透明的袋子内，装着一堆细软的灰烬。

“那天你焚烧后，我回收了。”何学说道。

“案发前我的确在后院烧毁了一批以往的剧本，你们警方也回收了，现在又来逼问我，恕我实在不清楚你的问题。”

何学不紧不慢地打开了封口袋，用镊子从中夹出一片纸页残骸：“是这个吗？”

“这是什么？”

“也是。”他歪着头看着那一袋残骸，“烧成这样估计你也不认识了。我们掌握到了案发那天上午你的行动轨迹。你曾在院子里的铁盆里烧过一些东西，而这就是那些灰烬。那么请你回答，你烧的是什么？”

“的确是剧本，你总纠结这个问题……”

何学打断：“据我所知，你们的剧本一律按照宋体和楷体字来印刷吧？”

“没错，有什么问题吗？”

“但这堆残骸……”何学用手指轻轻敲了敲透明纸袋的一角，“这残留下来的纸页虽然残缺不全，但某几个字还是依稀可见的。你可以看看这上面的字体。”

我将脸凑上去，故意仔细辨认了几秒钟：“这上面也是宋体字。”

“请稍等。想必你也知道，虽然同为‘宋体字’，但经不同的字体库打印出的字体也是不同的吧？有些事情看上去是一样的，但实际盘根错节环环相扣。我们同事鉴定过了，你们剧组剧本的字体和这袋你那天烧毁的文件的字体并不相符。”

他字字铿锵，令我哑口无言。

“好吧。”我长吸一口气，“我如实讲出。”

“希望如此。”他的眼神又开始闪现出鹰一般的光芒。

“实不相瞒。案发前，我烧毁的是一封威胁信。”

终于被问到这个问题了。这是我与何律的计划之一，由何律坦白曾收到威胁信，当何学找到我时再“百般为难”地坦白，并把威胁信的矛头指向姜寺。

何学并没有太多惊讶，依旧波澜不惊：“请详细讲讲经过。”

“6号上午8点多开完剧本会，何律发现房门里被塞了一封威胁信。”我缓了缓神，“要求开拍前的某个时间段内，去某个地点取一个酒瓶放入剧组的道具酒箱中。”

“你是否觉得酒瓶里被投了毒？”何学的提问思维跳跃。

我坐直身子：“我觉得你这是诱供。”

何学浅笑：“也就是说，你是仔细看过信上指示的。”

“仔细谈不上。虽然看过，但没傻到去亲力亲为。”我反唇相讥。

“当时为什么没有报警？”

“我觉得那些夫妻吵架宠物丢失等动辄就报警的行为，挺给你们添麻烦。”

何学又笑了。

“你可以试着想一想。”我说道，“假如某天你进家门之前发现门上贴了张小纸条，让你把小区里蓝色垃圾箱内的一袋垃圾丢入到黑色垃圾箱内，你会报警吗？我当时只是以为这是桩恶作剧，所以我就把它烧掉了。”

“假如那个酒瓶里的确藏毒，也就意味着你明确地知道毒物的存放位置？”

“理论上说是这样的。”我看着眼中满带笑意的何学，“你这是在怀疑我？你知道的，在案发前的几个小时内，我一直在做着剧前筹备。你可以去调查，我从来没有靠近过那个酒瓶，这些都有剧组的人为证。”

突然，一声凌厉的声音骤然响起。

随着大腿部分的轻微振动，我伸出手取出手机：“抱歉。”

他耸了耸肩：“请便。”

“没有关系，是闹钟。”我故意将“闹钟”两字加强了语调。

“9 点 14 分啊。”他看了看手表，“原本你应该在休息吧，很抱歉打扰了你。”

我放回手机，没有说话。

“对于寄威胁信的人选，你有什么想法吗？毕竟你也是第一发现人。”

“你这是故意让我得罪人。”

“不到万不得已，我们会保护提供线索人士的隐私。”

“不到万不得已……”我暗自嘀咕着。

“也就是说，你心中的确有人选？”

我欲言又止，深吸一口气：“人选倒是谈不上，只不过我想起了一件令自己耿耿于怀的事情——这张照片，失窃了。”

对面的何学抓了抓头发，像是确认般：“失窃？当初没将照片同信一起烧掉？”

“请原谅我一直以来的隐瞒。我并没有烧掉照片，我没办法告诉你为什么，鬼使神差的。”

何学用钢笔敲着面前的笔记本：“前面说耿耿于怀的事应该不止于此吧。”

我叹了口气：“丢了这样隐私的东西，首先要冷静思考的就是房间是否有他人擅进过吧？细查各个角落后，何律终于在桌子旁边发现了一个重要线索。”

“什么？”

“一根头发，一根绝对不属于我、何律、清洁工的头发。”我回忆着那夜在温暖的落地灯下，何律手指拈着的那根头发的样子，“一根亚麻色的卷发。”

何学神情一变。

“我只是如实把情况说出来，并没有想给谁泼脏水。这一点我首先申明。”

“亚麻色的卷发。”何学的眼睛看向一旁，“这个剧组里，的确有这种发色的人。”

“你能明白就好。”我想着姜寺的那张脸，“反正我不会说出他的名字。”

“但你就这么笃定？难道你不怀疑是以前的房客留下的？”

我耸了耸肩："无所谓，反正头发被我收起来了，你们可以找人鉴定一下。"

"请交给我。"

我走到书桌前拉开抽屉，将一个纸袋递给何学："就在里面那团卫生纸里。"

他从包内拿出镊子和透明袋，小心翼翼地将卫生纸夹入到袋内。

"你提供的信息很有参考价值，但我还有个问题。"他收好镊子，"最后一个。"

我眨了眨眼："请说。"

"对于剧组而言，工作状态下没有什么比开拍更重要的了吧？"

"这是当然。"

"在你拿到威胁信后，为什么会费尽心思去烧毁，而不是暂存放起来，等拍摄完毕后再统一处理？"

"什么事情都要尽快处理，这是我的工作习惯，也是我的性格。"

"可案发那天下着雨。虽说在院内雨棚的遮挡下也能焚烧，但这毕竟不是马上需要处理的事情，正常思维都是等雨停了之后再去烧毁吧？"

我一时语塞。

"并且，如果按照你一贯的说法，烧毁威胁信是为了保护剧组女员工的隐私和安全，那么即使不将这封信交给警方——作为剧组的导演助理，从大局出发，也应当将它留下来当作证据有所备案，而不应当像是为了销毁证据而匆忙烧毁吧？"

"你是在怀疑我？"我微微站起身子，终于爆发了出来。

"只是正常调查。"他的语气依旧很平缓。

"我做事一向雷厉风行，决定了什么事就要马上去做，绝对拖不到下一刻。当时我的危机意识不强，但你非要把它当作对我行事的怀疑，就有些过分了吧？"

"请冷静。"何学的嘴角微微上扬。

我松开拳头，胸口仍然剧烈地起伏着："领教过你们这种问话的方式，我总算明白为什么网上大家都在骂警察了。"

何学并没有恼怒，而像喃喃自语："但真有趣啊，明明都有动机，可作案时间和手法是什么？"

"在我这个嫌疑人面前谈论这个恐怕不妥吧。"我赌气。

"是有嫌疑的人，不是嫌疑人。"他明朗地笑了起来，"耽误你的时间了。"

结束了？我大喜，礼节性地站起身。

何学抬起手腕，皱着眉头看了一会儿："现在几点了？"

"你不是有手表吗？"我从兜里掏出手机，"9点27分。"

"来前进了水，不准了。"他调节着手表指针，"9点27？"

"快点调，否则就到9点28了。"我的语气着实不够客气。

他的脸上浮现出笑容，摆了摆手腕："这下好了。谢谢你。"

姜寺之七

一推开大厦的玻璃门，四月末的风就卷携着温暖扑面而来。空气中弥漫着草长莺飞的气息，工作日的下午 4 点街道依旧人流如织。有西装革履形色匆忙的上班族，也自然会有养尊处优无需工作的人。

街边的广告牌上，已经出现了顾绘代言的产品，她光洁无瑕的脸上浮现着淡淡的笑容。广告牌并不大，但周围站满了穿着春衣等待公交车的人们。街上的车一辆辆疾驰而过，遮住了她的脸。

“想什么呢？怎么一句话都不说？”何学问道。

我径自向前走着：“从来没听说过私下里会约有嫌疑的人逛街的警察。”

何学爽朗地笑了起来。

我转头看向他手中粉色的纸袋：“重点还是陪这位警察来购物。”

“只是听你说住在雍和宫附近，离东直门近。”何学丝毫不介意我的揶揄，“毕竟我不太熟悉东边。”

“我说，”我停下脚步，“你们局里没有警车吗？影视剧里你们都配司机啊。”

“你也说了那是影视剧。”

“影视剧很多也是来源于生活的。”我继续向前走着，突然想到，“我知道了，你利用上班时间外出购物，根本不在可以调用警车的范畴。”

“随便你怎么想。”他说道，“不过还是感谢你陪我出来。”

“反正胸口闷，没别的事情做。”我低下头，“还不如来陪你给警嫂挑礼物，全当积德，保佑我今后再也别接触警察。跟警察、律师、医生这些人接触肯定没好事——这句话一点也不假。”

“警嫂？你怎么知道我是买给女朋友？”何学疑惑。

“耳环哎！女士耳环！你难道是要自己留着？我又不傻。”

何学笑了起来。

“刚刚你还跟柜台小姐窃窃私语，听她说了几句话之后，你笑得都开花了——问款式、颜色什么的向我打听不就好了，毕竟我也有给女朋友挑礼物的经验，你又不是不知道。”想起顾绘，我的心口还是一阵泛酸。

“我问的不是款式和颜色。”何学径自向前走着，“这方面的经验我不比你少。”

“喂，柜台小姐说了几句话，你笑成那个样子，忙不迭地跑去收银台结账了，不是听到她说这款送给警嫂她一定高兴，还能是什么？”

“办案。”

“鬼信。”

“哈哈，那你就当作我是买给警嫂的就好了。”他转过身看着停下来的我，“怎么不走了？”

我看着面前的地铁站入口："你可是警察！不会连地铁都要我给你指路吧？"

何学抱着购物袋，眨了眨眼睛："你不是要回剧组？"

"我的确是要回剧组，可我会坐地铁不需要你送我啊！"我摊开双手，"你给我一种像押送重刑犯的感觉。"

"不是送你，而是正好顺路。"

"你不回局里？"我疑惑地走上地铁入口的台阶，"不知剧组哪个人又要接受问话了，我该打电话给罗老师让他向大家报个信。"

"哈哈，这回我只到大门口，不进酒店。"他摆了摆手，走进地铁站。

"我说……"我跟了上去，欲言又止，"这个案子，什么时候能破？"

"问这个干什么？"

"就是想知道你们现在的调查进度。说实话，案发这段时间以来，我们一直困在酒店里，或是被要求随叫随到。但是我们毕竟也要重回正常的生活……"

"你很快就能重回正常生活。"何学把购物袋放上安检传送带，"只要你不是犯人。"

"那什么时候才能消去我的嫌疑？"

何学停下脚步："姜寺，别动。"

我吓了一跳："怎么了？"

"没事，大衣上沾了根头发。"何学掏出钱包，在进站口刷了一下。

"真稀奇。"我看着那张交通卡，"我还以为警察从来不坐地铁呢。"

"怎么会有这种奇怪的想法？"何学疑惑地看着我。

"你见过穿着警服的人在地铁里？"我也刷起交通卡并跟了上去，"倒是街道上警车见过不少。"

"问你个事情。"他的表情突然变得严肃起来，"你平时有定闹钟的习惯吗？"

"闹钟？"我想了想，"偶尔。"

"什么时候会定闹钟？"

"临时要早起啊，意外有事情啊都会定闹钟。"我下着台阶，"你们警察不会连闹钟也没用过吧？"

轰鸣伴随突如其来的风由远及近。站台女声响起，地铁缓缓驶入站内。

"快走几步，小心台阶。"何学说道。

地铁门打开，熙攘的人群霎时蜂拥挤去，将近 5 点的北京地铁已经有了晚高峰的气势。我跟着何学，夹在众多换乘的乘客们中间挤进了车厢。

提示音响起，车门缓缓关上。我稍稍站稳，向何学的方向招了招手。

可何学盯着车厢上方的路线图，平静地说道："我们坐错方向了。"

"啊？"我喘着气，也向上看去，东四十条站点旁的指示灯在闪烁跳跃着。

"我们该坐往雍和宫方向的吧？"他问道。

“你还真的不熟悉地铁啊。”我无奈地看着路线图，“不过也无大碍，2号线是环线，往雍和宫方向是近路，但这样也无非多坐几站，耽误不了几分钟。”

何学不回话，皱着眉看着手表。

我张着嘴，看着他：“原来……你故意要坐地铁，是为了计算从东直门回酒店的时间啊。”

“2号线是个环线。”他喃喃自语。

“是啊，只要你想，可以坐一圈再回到你上车的站点。”

绚烂的广告牌在疾驰的车窗外一闪而过。

——JK教育，为您的孩子打造一个美好的未来。

——AS房产，带给您黄金海岸般的至尊体验。

——TY演唱会，VIP票价1680，跟您的偶像零距离接触。

……

——DC唇膏，让他一触即爱。

透过车窗，我看着疾驰而过的广告牌上顾绘的脸。

何学也看着顾绘的脸，可他突然转过头。

那是一种什么样的眼神?

——似乎知道一切真相了。

“不是下毒时间。”何学看着车窗外，玻璃的反光将他身后全车厢乘客的一举一动囊括无余。

何学之一

——原来我从一开始就搞错方向了。

夜幕上的云层骤然积聚，乌云像远山般将庭院笼罩得密不透风。暮春晚风由远及近地吹来，摇动樱花瓣纷纷扬扬落下。四月的夜晚，空气中已弥漫着和煦的温暖，微醺的气息像是悠远的歌谣，伴随着酒的麦香呢喃着，令人想沉沉睡去。

又一场大雨要来了。

我推开门，何律、罗赏、姜寺三人已经坐在了房间里。

“这么晚把我们叫到一起，有什么事情吗？”坐在中间的罗赏问道。

我脱下外套，将它和手中粉色的购物袋不轻不重地放到了电视柜上。

距离我最近的何律皱起了眉头，姜寺的脸色也不太好。

我抬起手，指了指窗外：“樱花花期即将结束，这个案子也该做个了结了。”

罗赏的身体微微前倾：“你是说，知道凶手是谁了？”

“我给大家一分钟的时间，希望凶手能够主动站起来。算是自首情节。”

“什么意思？”何律紧紧地盯着我，“凶手在我们三个人之间？”

“虽然很遗憾，但的确如此。”

“有话直说，没必要这么故弄玄虚吧。”罗赏问道。

我没有理会罗赏，抬起手腕：“我开始计时了。”

我走到窗前。这个一楼的房间视野很好，一株樱花树正好开在窗前，木质的窗棂上安静地落着几片淡粉色的花瓣。头顶的暖橙色光投射到玻璃窗上，三个人的影子隐约浮现。何律和姜寺低着头，罗赏两次看向了何律的方向。

罗赏看向何律的眼神，和姜寺看向顾绘的眼神一样。

分针转动得清脆而尖锐，时间到了。我转过身，他们三个人还各自处于刚才的状态，我不知道他们在想什么。

我心中悲悯，一步步走了过去。我张着嘴，看着那个人的眼睛：

“杀人……你不怕吗？”

何学之二

如果你认真寻找，就会发现这座繁华都市里暗藏许多素日见不到的黑暗。穿过车水马龙的公路，绕过鳞次栉比的钢铁森林，走进城中村的几条胡同，脚踩着混合着菜叶和鱼鳞的泥泞土地——胡同尽头的 Kashmir 闪着霓虹灯火，似乎在招徕你快点飞奔过去。

我脚下的这条路，从繁华走到败落，从光明走到昏暗，从笙歌曼舞走到断壁残垣。

——何律走过，罗赏走过，死者雷声走过，无数我不认识的人也走过。

出示了证件后，我被带到了一个房间。关上门，打开灯。

灯光像是形同虚设一般，并没将房间照得如白昼。红绿蓝的光线变幻莫测，闪现着微醺的光芒，令人心猿意马。

我拿着照片，详细比对着房间的装潢布置。沙发明显被人仔细清理过，但仍然留有不明液体的残迹。大理石的桌面光可鉴人，地板用肉眼看去也一尘不染。

我蹲下身，用电筒照向沙发与地板的缝隙。如果我的推测正确，这里应该有一个我要寻找的东西。

电筒的白色强光下，任何残骸、碎屑、毛发都暴露无遗。我戴着手套，拾起了它，装进了袋子里。

溅起的灰尘在光线中飞扬弥漫。我拍了拍尘土，摘下手套，坐到了沙发上。

照片上的男女，就坐在我现在坐着的沙发上。女人一侧的碎发混合着香汗黏在额头上，露出光洁的耳垂，而另一侧的碎发中透出耳环夺目耀眼的光芒。

“那位女士的确来买了两次。室内戴墨镜的人不多，我以为她是明星，还特意多看了几眼，印象很深刻。买两次的原因？她说她的耳环丢了一只，但实在喜欢，必须要戴一对，所以才又来买一对。”柜台小姐的话再次在耳边响起。

在我面前的是用色冷艳深沉的装潢设计，冰冷的液晶显示屏未连通电源，仿羊皮的墙纸刻有玫瑰花的凹凸纹理，头顶灯具在暖光线变幻中散发出寒冷的光芒。

如果有人时刻关注未来七天的天气；

如果有人对死者的生活工作习惯了如指掌；

如果有人能够在改戏上有发言权；

如果有人能与仓库钥匙持有者一起进入仓库，并趁其不备在酒瓶里下毒；

如果有人能熟练操作打印机，可以避开第二人打印一封威胁信；

如果有人非常熟悉这家酒吧的内部构造，知道怎么进一个房间最不引人注意；

如果有人擅长对醉酒客人投其所好，勾引起陌生人的欲望后，留下一张不带对方脸部特征的合影；

如果有人不幸遗落暴露身份的物品，不得不偷偷取回来却被警方半路岔开；

如果有人能长期记录其他组员垃圾处理时间，并偷偷采集到对方一根毛发；

如果有人意识到，警方已经关注到那件暴露特征的物品，不得不再次去买一次，以备警方问起时可以咬定从未丢失；

如果有人能暗自留意对方下意识看向某处的眼神方向；

如果有人有着鹰般的眼睛，长期在黑暗中监视窥探他人随手锁门的习惯；

那么这个人除此之外什么都不用做。

——只要耐心等第一场雨降临。

"但这就是真相吗？"我问自己。

我需要找到证据。

何学之三

"杀人……你不怕吗？"我看着罗赏的脸。

姜寺瞪大了眼睛看着我，何律张着嘴紧紧盯着罗赏，说不出话来。

窗外，一阵凉风袭过后，四周一片寂静。

罗赏抬起头，笑了："你说我杀人，那我是怎么做到的？"

"按照威胁信指示，在你看到威胁信时心中就打算照做了吧？你默不作声地把信收好，许诺何律一定会处理得毫无痕迹。你默记下了信中的指令，为了尽快销毁信件，你不得不在下雨天将信烧毁，但不巧被与你有数面之缘的保洁人员撞上。"

"说对了一半。把信烧毁，这一点我之前也向你交代过。但你说我按照威胁信指令去做的话，你别忘了——自始至终，我都没有接触过那个酒瓶。"

"没错。我们一直以为按照威胁指示，毒杀必须要接触酒瓶。但你想到了一个可以不用接触酒瓶，就可以将酒瓶移动到酒箱当中的做法。"

罗赏的表情不像面对谋杀指控，更像面对一桩茶余饭后的八卦趣闻。

"按照威胁信指示，你需要到某个房间——后来被证实了是姜寺的房间，把门口生活垃圾背后藏匿的酒瓶放进仓库酒箱内。你也知道，从仓库去片场需要经过姜寺房间。你的确没接触酒瓶，但你却带着场工从仓库将酒箱搬了出来，途径姜寺房间时把酒瓶放进酒箱里，这样就完成了酒瓶从姜寺门口到酒箱内的移动。”

“等等。”他打断了我，“‘把酒瓶放进酒箱内’，我可没做过这样的事。”

“7号，也就是案发后第二天，吴姓场工很笃定地说，那天你拿着剧本且自始至终没碰过酒瓶。”我说道，“但是他还告诉了我一件你从来没有说过的事情。”

“是什么？”

“那时，你接了一通电话。”

罗赏歪着头：“似乎是通过电话，但我不必连通话都要向你汇报吧。”

“电话本身没有问题。”我说道，“但时机是即将经过姜寺房间门口的时候。”

“碰巧而已，这与杀人有什么因果关系？”他问道。

我拿过包，掏出录音笔：“原本是不能公开的，但让你听听也无妨。”

说完，我按下了播放键。嘈杂的电子音过后，一段对话透过扬声器响开来。

…………

“来说说罗赏吧，他人怎么样？”

“罗老师？人特别好。虽然平时严肃，但其实什么事都为我们着想。拍戏晚了会问我们怎么回家，拍摄完毕后我们要负责清理片场，有时去吃饭会发现只剩下锅底残羹。有次罗老师看见了，还叮嘱制片把伙食提前预留出来。‘那些小孩是为了干活才来晚的，不容易。’当时他是这么跟对方说的。”

“我不太懂，罗赏是导演助理吧？任何剧组的导助都要负责这些事情吗？”

“不不。导演助理只服务导演，其他都不算是分内事。”

“这是你跟罗赏第一次合作吗？”

“第二次。正因为是罗老师找我，我才一口答应下来。”

一阵轻微的呼吸声响起。我按下暂停键，抬起头，却发现罗赏的眼眶红了。

我有些惊诧，不知道罗赏为什么要流泪：“要紧吗？”

他摆了摆手。

我继续按下播放键。

…………

“你刚才说你读的是导演专业？”

“戏剧影视导演。”

“那你为什么自己不做导演，要来剧组当场工？”

“只有先做场工，才能慢慢做导演。”

“你们行业有这规矩？”

“不是明文规矩。”

“罗赏以前也是导演，你知道的吧？”

“知道，他作品开始获奖的时候，我还没入学。”

“从你们专业角度，他的作品怎么样？”

“如果他坚持拍，现在的作品一定能上院线，也一定会得奖。”

“我不太懂你们行业的衡量标准，那后来他甘心屈做导演助理的原因你知道吗？”

“具体情况不太清楚，但听他说过一次，做导演太累。”

“他在工作时会有这种消极的情绪吗？”

“与其说是消极，不如说是激进。他更像是那种一投入工作就六亲不认的人。”

“他训过你们？”

“如果工作上有失误，他会很激进地立即指出，样子很凶音量也大。”

“开机以来，他因为什么事情训过你们？”

“也都是小事。比如三番五次强调，喝水可以，但是不许喝两口就扔掉。如果怕拿错的话，就在水瓶上写下自己的名字。每次从箱子里拿一瓶新的矿泉水的时候，如果被他看见，那眼神看得你恨不得把水瓶再放回箱子里去。”

“还有吗？比如最近一次训斥你们，是因为什么？”

“最近一次……啊，昨天开拍前，他通知我们导演决定改戏，因此道具也需要临时更换。当时他心情好像不太好，有点生气地抱怨了剧组成员喝酒随处乱扔瓶子，跟我们说平时看见哪里有什么酒瓶，就随时回收起来，避免下回导演再随心所欲改戏时，牵连大家一起折腾。”

“随心所欲？他的语气里有对导演的抱怨？”

“有点那意思，不过听起来很解气。”

“就听到这里。”我按下暂停键，收起了录音笔，“还好吗？”

罗赏深吸了一口气，点了点头。

“已经听出来这是谁了吧？”

“小吴。”罗赏说道，“一个场工。”

我点了点头：“案发前，你为什么突然要让他们回收酒瓶？”

“他已经替我回答了。为了避免改戏让我们措手不及，所以即使是拍摄表中近期没出现的道具，也最好随时准备好。”

“是个很有说服力的理由。”我说道，“但也许还有另外一层用意。”

“什么？”

我深吸了一口气：“借他人之手。”

他没有说话。

“如果想把酒瓶移动到指定地方，又不用亲自动手，用什么办法比较好呢？”

“我说了，我没有让他们把酒瓶放进酒箱里！”他打断了我的话，语气不算客气。

"你当时没有说，因为即将经过姜寺门口前你通了个电话，离开了人群。"

"请你不要说得这么刻意。电话正巧当时打来，因为是私人的事情，我也只好当时接通。"他说道，"至于就在经过姜寺房门前，只是巧合。"

正在这时，尖锐的电话铃声响了起来。

我从衣袋里掏出振动的手机，没了布料的阻隔，来电音量在空气中骤然变大。

"那这是巧合吗？"我按动电源键，对他说。

罗赏紧紧地盯着我。

"这就是你的不用接触酒瓶的方法——"我把手机不轻不重放在面前的桌子上，抬起头，看着面前这个"如果坚持拍摄，一定会得奖"的男人，"闹钟。"

罗赏扬起了头，看着天花板。

"这原本是高中生都会用的小伎俩，只是放在这个案件中，因为它太过于细微，反而成为盲区被忽略了。"

坐在一旁目瞪口呆的姜寺张着嘴，半天说不出话来："怎么会是闹钟？"

"你该感谢这个闹钟。"我看着姜寺，"在闹钟浮出水面之前，最有嫌疑的人是你。"

姜寺的嘴张得更大了。

"你不好奇与顾绘分手那晚，我是如何站在你身后的？"

"我说你是在跟踪我，你也默认了。"

"不。"我说道，"是有人提供了情报。"

"等等。"姜寺瞪大了眼睛，"你之前还跟我说过，有人说看见凌晨 3 点我房间的灯亮了起来……难道是……"

"同一个人。"我点了点头。

"栽赃？"他问道。

"不是栽赃。"坐在一旁的何律突然张口。她看向姜寺，绯红色的唇膏将她的脸庞衬托得白皙光洁，"抱歉，我必须承认，我的确向何队长讲过你半夜房间的灯灭了又亮，但这不是栽赃，我也没有带任何主观情绪。为了尽早破案，为了大家都尽早回归正常的生活，我只是把我日常看到的怪异现象反映出来。"

说完，何律低下头，再次轻轻地说了一句"抱歉"。

"那么，为什么我的嫌疑最大？"姜寺满脸疑惑和惊诧。

"向警方提供虚假的口供，案发前夜行踪可疑，房间摆设不正常，不仅有人向警方反映你的怪异，在他人房间内也发现了你擅自进入的痕迹。"我说道 。"重点是你咬紧牙关闭口不提的 6 号凌晨的活动轨迹。"

"擅自进入他人房间？"姜寺站起身，一脸惊异，"我从没做过这种事！"

"请你冷静。"我压低声音说道，"你想，作为非剧组成员，我都听说了死者曾对你的前女友心怀不轨。"

"……报复？"他反问道。

"动机充分。"我点了点头。

姜寺剧烈起伏的胸口慢慢平复下来："你什么时候知道我是清白的？"

"我没有说你是清白的。"我看着他的眼睛，"你也准备杀死雷声。"

姜寺不再说话了。

"案发前一天下午，当雷声让你和顾绘同去仓库取啤酒的时候，你多拿了一个空啤酒瓶，瞒过顾绘放回了自己的房间。"我向张口准备解释的姜寺做了一个停止的手势，"你不是为了做实物练习，而是在为毒杀雷声准备道具。"

"但是……"

"但是你后悔了。"我替他继续说了下去，"计划终止。如你所说，你在当晚十一点把酒瓶处理掉了。但不是放回了仓库，而是扔到了酒店大门外的垃圾箱。"

"那你为什么不拆穿？"

"我跟你说过，当时我一直在考虑你为什么宁可自己冒着承受嫌疑的风险，也不肯将案发前夜的行踪讲出来。但我后来明白了，是因为看到了这个——"

我把手机递给姜寺。

"粉丝发的微博"顾绘现身西二环某居酒屋，与神秘男子争执"。所以我明白那晚你是与顾绘去偷偷约会，酒瓶随生活垃圾拎出了门并被扔在垃圾箱里。如照片所示，你们只是吃了顿饭，随后赶回酒店。因才 11 点多，酒店大厅还有些客人，前台服务生没注意到你也是自然的。6 号凌晨 3 点，有人看到你房间的灯亮起。那时你还没睡，想必是因为导演对她心怀不轨的缘故。你烦躁且愤怒，后悔自己轻易放弃杀死雷声的计划，开了灯准备继续完成。但毒物来源呢？作案手法呢？投毒时机呢？想到这些你毫无头绪，冷静下来后，也就只能关灯作罢。至于那个酒瓶，你之所以谎称放回了仓库，是因为如果你说扔到大门口，必然会引起警察为何要外出的盘问，自然会被调查当晚行动。因导演死亡事发突然，你无法与朋友串通好口供，生怕一着不慎满盘皆输。你之所以咬紧牙关死活不提前夜的行踪，甚至不惜说谎，其实都是为了——"我看着姜寺的眼睛，"保护她。"

姜寺深吸了一口气。窗外寒风吹过，将即将结束花期的樱花树吹得一阵窸窣。

"从第一次接受询问时就已经谎话连篇。你记得鉴定出酒瓶上有你的指纹吧？原本有你的指纹无可厚非，但奇怪之处在于指纹在瓶颈处密集附着。你不知道我约你购物前请教了一位演员前辈，他证实了我的猜测。你即使做实物训练，手部也应当是以正常姿势握瓶，像你那天给我们演示的一样。"

"可是，至于我擅进他人房间……"姜寺疑惑，"我真的没做过这种事。"

"你是说这个吧？"说着，我拿起一个透明袋子，里面装着的是一根浅亚麻色的头发，"浅亚麻色，这是剧组里只有你才有的发色。"

姜寺本能地用手摸了摸头发："怎么回事？"

"它出现在了别人的房间内。"我说道。

"可这种浅亚麻色也未必就是我的头发吧？"

"是你的头发，我们检验过了。"

"检验过了？你们从哪里拿到的我的头发样本？"姜寺吃惊不已。

"那天在地铁站里。"我回答。

"但是，"他用力地回忆，"除了片场和导演房间，我没去过别处，怎么会将头发留下？"

"你没有移动，不代表头发没有移动。"我收起袋子，"你也没去过警局，可你的头发照样在局里走了一圈。想想我当时是怎么采集到你头发的，沾在大衣上，掉落在片场，留在生活垃圾里。只要有心，拿到你的一根头发轻而易举。"

"可你相信我是清白的？"他问道。

"不是相信，'相信'这个词太主观了。我们针对毛发的新鲜度做了鉴定，你头发的脱落时间在案发之前，应该是遗留在房间门口，后被某人拾起。因此，说'断定'更为恰当。"我看着姜寺，但却不是只说给姜寺一个人听。

"做这些……"姜寺的喉结嚅动着，"就是为了栽赃给我？"

"也要怪你最初动机不纯。"我没有直接回答他。

他低下了头。

"当然，这只是目前的推断。"我看着姜寺，"你也大可以解释并没有想要杀害导演的动机。但你无论解释与否都不重要，悬崖勒马，这种事构不成犯罪。"

姜寺抬起头，笑声很爽朗："我坦白，我的确想过要杀死雷声。动机就是你说的那样，过程你也说对了。"

我点了点头："我知道。"

"但有件事我实在不明白。你也知道，5 号晚我把酒瓶扔到大门外的垃圾箱，可第二天为什么又会出现在房间门口？"姜寺看向罗赏，"难道是罗老师？"

"这事不是他做的。"我打断了姜寺的话。

罗赏抬起头看着我，脸上闪过一丝错愕。

"这起犯罪，共分为两部分。第一部分截止到 6 号上午 8 点多，即何律收到威胁信；第二部分是何律和罗赏看到威胁信以后。罗赏的犯罪，从看到威胁信的那一刻开始。我们继续说回闹钟。"我盯着罗赏的眼睛，"没有什么想说的吗？"

"你从什么时候开始往闹钟的方面想？"他歪着头看着我，"别误会，我没承认你说对了。"

"13 号上午 9 点 14 分，你的闹钟响了起来。你从容地掏出手机关掉闹钟的时候，我把笔记本往前翻了几页。他们搬运道具是 9 点左右，而酒箱是第二趟。我曾走过那条路，从仓库到片场以常速行走单程不足四分钟，你们多人搬运着重物，耗费的时间更长。”我抬起手腕，露出手表向他摆了摆，“还记得那天我问过你时间吧？你说是 9 点 27 分，我那时知道了你手机的时刻和我手表的时刻同步。”

“想象力真丰富啊。”他的双眼散发着光芒，像是由衷感慨一般，“但是这种巧合太没有说服力了吧？我那天的确是碰巧接到一个电话。”

“谁打来的？”

“一个失踪多年的人，完全称不上是朋友，甚至可以说是仇人。”他不假思索。

我脑中回忆着那位吴姓场工、一位清洁员以及一名统筹曾说过的话，他们都是当时碰巧经过罗赏身边，将罗赏通话时吐出的只言片语听进耳中的人。

——“他看到来电号码时明显怔了一下，也是匆匆忙忙跑到别的地方去接听，像是在回避什么。之前他接打电话从来不会避开人群。”那位吴姓的场工说。

——“他就一直站在走廊和庭院的门口，声音压得很低。我觉得像是一通令他心情并不太好的电话，所以当时也没有跟他打招呼。”一位清洁员说。

——“我倒觉得他情绪很激动呢，他说了句脏话，要知道他平时一向冷静理智的。哪句脏话？类似他妈的这种，但音量不高，像是刻意回避什么。”剧组统筹说。

“他曾在我最意气风发时出现，骗了我的钱跑了。”罗赏平静地耸了耸肩，“就是为偿还被骗走的债务，我才不得不停止创作，来雷声的公司做起导演助理。”

我盯着他看：“电话里谈了些什么事情？”

“说他良心悔改，要偿还之前的债务，问我最近何时有空，约我面谈。”罗赏抬起头看向我的眼睛，“这就是你嘴中所说的闹钟。”

我从包中拿出一个文件夹，取出一张照片，递给了他：“是这个人吗？”

罗赏的神色从接过照片的那刻起骤然扭曲，他张着嘴，眉头皱在一起。

“我知道你和雷声的往事，有人向我举报过。”

“谁？”

“出于对举报人的保护，暂时我还不能说。”我回答道，“抱歉。”

“也就是说，你从一开始就知道案发前我的确接了一个电话？”他挑衅般地看着我，“那你为什么要借闹钟的幌子？你想或者说你能从我这里套出什么话呢？”

“13 号上午，我总是无法忘怀 9 点 14 分这件事，我开始往闹钟方向思考。假如案发当天你设置了闹钟，伪装来电借故离开，从而避开直接接触酒瓶的嫌疑。在那之前，你临时吩咐场工今后看到酒瓶要及时回收，还一改以往沉稳的形象，甚至微微动怒。那之后，闹钟你一直没关闭，因为早晨的闹钟并不会暴露任何问题。”

“听起来说得通啊。”罗赏认真地说道。

“但我总觉得哪里不对，不是来自于闹钟这个太简单的伎俩，而是在于你。”

“我？”

“我很奇怪，像你这样工作谨慎有条理的人，如果真以闹钟做机关制造回避机会，按理说在案发后马上关掉才对，毕竟第二个闹钟响起来已经是案发后一周了。”我看着罗赏的眼睛，他的神色不慌不忙，也没有任何波澜，“那么会不会有一种可能，我们见面前你重新设置了9点14分的闹钟，故意让我听见。”

“故意让你听见？”他笑了，“这样做对我有什么好处？”

“引导警方往闹钟的方向调查。”我看着他，“你先了我们一步棋。”

罗赏笑了笑，没说话。

“不过，虽然我还不知道你故意引导警方对你有什么好处，但是我从你刚才的话中，可是收获了对我很有好处的情报。”

“什么情报？”

“第二个闹钟的奥秘，要么是你案发后一时疏忽没有关闭，要么是你临时设置故意引导。我想搞清楚，你是一时疏忽，还是故意为之。”

罗赏笑了：“那现在搞清楚了吗？”

我点了点头：“搞清楚了。案发前你的确接了通电话，但我刚刚故意谎称你使用闹钟作为回避的伎俩，并且说这么想的缘由是13号上午9点14分你的闹钟响了起来。要知道，面对同一个问题，不同的人会做出不同的反应。如果是我多心，你那早的确需要闹钟起床，你的本能反应应当针对闹钟澄清，比如前一夜休息得比较晚，比如早晨10点有事需要提前起床，哪怕是9点15分有一场秒杀。”

“啊，我明白了。”姜寺说道，“好比一个人被列为嫌疑人，假如他无辜，就会本能地说案发时他在和别人在一起，甚至会马上向警方展示不在场证明。”

“面对不利于自己的局面，任何人的本能都是先证明自己的清白。”我点了点头，“而不是刻意回避问题，或说句‘你们警察想象力真丰富’。”

“够了！”罗赏站起了身，眉皱在一起，“这种文字游戏有意思吗？适可而止！”

我看着他的眼睛：“罗赏。”

他站着，额头的青筋暴起，胸口剧烈地起伏着。

“罗赏。”我看向他手中的那张照片，“难道你从不好奇，他的来历是什么吗？”

“来历？这种江湖骗子我见太多了。”罗赏眼神悲悯，“有一种人，他们并不放火打劫，做的事情也不算伤天害理。但这种伤害会慢慢打磨你的意志，磨平你的棱角。不同于直接捅你一刀，它会慢慢吞噬血肉，吃得你空剩一套躯壳。不是骗子的惯用伎俩，不像传销组织或电信诈骗。他们的目光专注于影视高校在读生，专注于年轻人对未来的憧憬和梦想，憧憬越高，就会越容易上手。伪装成制片人，约你写一部剧本，交稿后立即把你拉黑，稍作修改冠以自己署名，或转手高价出售；伪装成导演，让你进剧组帮忙，杀青时告诉你资金周转困难，一分钱也不会给。”

“难道他们不怕受害人会起诉他们吗？”

“起诉？受害的都是年轻人，只是需要机会。骗子们吃准了这种心理，交稿前从不会与年轻人签合同。‘你毕竟还是新人，相比酬金，机会更重要吧’‘签合同？你只是个没经验的新人’‘要钱？你是新人，现阶段历练比酬金更重要’‘想写就写，不写的话还一堆学生等着呢’。而当他们终于发现并没有获得应得利益时，等待他们的大多也成了威胁——你敢起诉？即使这个案子你赢了，看以后哪个剧组还敢用你。你敢发文宣扬？看网友们会不会骂你想进影视圈想疯了。你是新人，乖乖听我们的话。给你剧本机会是福气，要再奢望酬金和署名权，别怪我们不客气。”

说到这里，罗赏深吸了一口气：“曾经的我，也是受害群体中的一个。”

“所以你才对那些年轻的场工们关爱有加？”

罗赏仰起头，想让溢出眼眶的泪倒流回去：“我不想让他们觉得如今电影行业江河日下、鱼龙混杂。保持内心纯粹的话，他们今后可能会是中国优秀的电影人。”

“曹融他……”我看着罗赏的眼睛，“并不是你说的这种人。”

“看来你们一直没停止对我的调查嘛。”他挑衅地看着我，调侃般地说道，但是眼角却并没有笑意，“你不知道视艺术为生命的人的心气有多高傲，毁了他们的创作，等于摧垮了他们的生命。我对他恨之入骨，你不会明白。”

“‘你不会明白’这句话每个凶手都会说。”我平静回复道，“但这不是杀人理由。”

“等等，你错了。”他说道，“我没有杀他。不是不想，是老天没给我机会。”

“你有没有想过，几年前在你最意气风发的时候，为什么会与他相识？”

“为什么？”他没什么犹豫，“当时我的短片正好得了奖，不只是他，那段时间我与很多制片人、教授、导演、投资人相识。”

“那么，他撤资逃跑失踪后，你又是怎么联系上的他？”

“我碰巧在酒吧看到他西装革履、人模狗样地与别人高谈阔论，尾随他回的家。”

“那么当你一气之下将他怒打之后，雷声为什么会突然出现在他家门口？”

罗赏攥紧的拳头松了下来。

他一定想过，只是潜意识让他回避答案，那正是他对于人心最后的侥幸。

“我刚刚说的‘他不是这样的人’的意思是，”我看着面前这个清瘦的男人，头顶吊灯的橙色暖光照射了下来，透过他额前的刘海，睫毛的阴影遮住了他的眼睛，我看不清他的表情，“这个世界上，根本就没有这个人。”

罗赏喉咙处涌上来一阵气流，像是在对发音的努力，却吐不出只言片语。

“这个世界上根本就没有曹融这个人。”我又重复了一遍，“懂了吗？”

他张着的嘴慢慢松弛下来：“别跟我开玩笑。”

我没有辩解。

“什么叫作没有这个人？”他皱着眉头，“那我见到的人是谁？鬼？幽灵？”

“他是谁不重要，他可以是你，是何律，是姜寺，是我们周围任何一个人。我们都可以是曹融，只要我们接了这个差使。”

“不可能。”他的嘴唇嚅动，一字字地说着。

“你不好奇，曹融为什么在这个时间又突然出现？”

罗赏的眼神悲切，神色怆然。我看到了他脑海中浮现的剧本与镜头，凝结了天赋和经验的精巧剧作结构，以及用了足足四年时光走出心结的勇气。

“其实你猜到了，罗赏。雷声知道你有另起炉灶之意，他便安排此人以偿还为借口，寄希望于你暂时无物质之忧，随后适时奉上灯红酒绿、小恩小惠，让你沉湎于享乐中。他可以去电影厂门口随便以一叠纸钞拉来一个人，当然最好的方式还是雇佣昔日的那个伪装者。一切的目的，都是绝对不能——”说到这里，我抬头看着他的眼睛，“让你东山再起。”

四周一片死寂。

“我一直都希望，不要走到让你看这些的地步。”说着，我把调查报告递给罗赏。

罗赏拿着文件薄，眼睛盯着指向“查无此人”的调查结果。

一道闪电猝不及防地划过天际，将整个房间照得亮如白昼。

“等等，那封威胁信到底是……”姜寺喊了起来。

罗赏抬起头，长舒了一口气，笑了。

他将文件簿交给我，退后三步，深深地鞠了一个躬。

“这半个月给你添麻烦了。”他伸出双臂，手腕内侧贴合在一起，“我跟你们走。”

“还不是时候，我必须要搞清楚那件事。”我摇了摇头，“我一直想不明白，13号上午，你为什么要临时故意设置一个9点14分的闹钟？就像是引导警方一样。”

“这不重要了吧。”他说道，“我承认我杀死了雷声，我愿意跟你们走。”

“我想知道的，不是谁是凶手，”我顿了顿，“而是真相。”

“真相跟案件无关。”他笑了笑，“给我戴上吧。”

我盯着他看，他也看着我。

——案件并没有结束，我还缺少一个证据。

我敲了敲电视柜的空心木板。很快门就被推开了，李木等人走了进来。

罗赏就那么伸着双臂，以一种安详等待的姿态，不急不躁。

李木拿着手铐，冰冷的金属将罗赏的双腕锁住，在空中发出清脆的响声。

一阵沉闷而悠远的雷声传来。

罗赏再次退后几步，对着李木等人弯下了腰：“杀人偿命，我自愿认罪服法。只是因为私人恩怨，给你们添麻烦了。谢谢这段时间的照顾。”

我盯着罗赏被铐上的双手和被押送的双臂，他从我面前从容地走过去，脸上似是带着赴死的笑意，那不是复仇的无憾，而是自我牺牲的安详。

——“不瞒你说，我有一个请求。在确认罗赏的清白或罪名之前，能否隐瞒我偷窃照片的事情？请理解我必须要为自己的安全着想。”何律认真地恳请过。

——“请抱歉我一直以来的隐瞒，我没有烧掉照片。我没办法告诉你为什么，鬼使神差的。”罗赏突然吞吞吐吐起来。

“等等，那封威胁信到底是……”姜寺喊道。

“我跟你们走。”罗赏急忙打断了他，像在匆忙掩饰着什么。

细密的雨点在短短几秒内骤然坠落，击打在窗棂、樱花树叶和大地上，听起来隐约像是一阵阵急促而慌张的闹钟声。

滴答，滴答，滴答，滴答。

——这声音，就像是为了保护她的最后一步棋。

我猝然大声喊叫：“李木，回来！”

窗外的雨声和警笛声交织在一起。

我飞快地跑出门，远处李木等人包围着远去的罗赏，已经走到了走廊的尽头。冰冷的大理石地面光可鉴人。

“等等！”我大声喊着，“李木，我让你回来！”

李木停下了脚步，回过了头。罗赏也回过了头。

我身后，何律和姜寺也从房间里跑了出来。

我大口喘着气，看着他们走向我。罗赏面色从容，一步步走到了我的面前。

我的心脏剧烈地跳动着，竟然说不出一句话。我盯着罗赏的眼睛，等待并期待着从他的嘴中说出最后的那个真相——那个可以让他不必被立即执行的证据。

“你……还有没有什么话要说？”我问道。

——我似乎找到了这个证据。

“我？”罗赏的眼神突然柔和了起来，闪烁出一种我从未见到过的光彩，“有。”

尾声

四月末的暮春夜晚，这场降落于天际的大雨，抚慰着孕育于木生长于枝的樱花脱落于母体，复归于苍茫的大地。花期凋零，残骸遍野。可那几个小时后又会升起来的太阳，又将会不偏不倚，映照着来年的好新生。

罗赏的眼神透过荷枪实弹的层层武装，融化冰冷武器和金属铁甲，穿越过我的肩膀，并最终在那里落地扎根。

“何律，我爱你！”

何学的身后，温柔的呢喃像一把利刃，骤然刺透沉闷的空气——带着翻云覆雨的妖冶和迎接新生的从容。

“四年前，我就知道了。”

京都之雾·终

故事三

乞力马扎罗日出

The Sunrise of Kilimanjaro

一

“下面滚动播报一则新闻。今日凌晨1时47分，深受广大观众喜爱的著名表演艺术家、国家一级演员穆墨同志，因肺癌医治无效，在北京家中溘然辞世，享年八十九岁。穆墨同志为国家文化艺术事业奋斗了终生，在他长达半个多世纪的演艺生涯中，塑造了众多血肉丰满的角色，将注定在国家影视史上留下浓墨重彩的一笔。”

凌晨3点，李难从睡梦中醒来。幽暗昏黑的客厅中，电视屏幕泛着冰冷的光芒。他揉了揉太阳穴，脚无意碰到沙发旁散落一地的空啤酒罐。铝制空罐发出尖锐清脆的声响，一时盖住了新闻女主播沉重的悼文。

尽管只是冰冷的午夜新闻，这微弱的光线也让长时间处在黑暗中的李难觉得刺眼。

“据悉，穆墨同志的遗体告别仪式将于本月23日在北京八宝山革命公墓举行。”

屏幕上，已有来自五湖四海的观众自发走到街道上，手持穆墨昔日影视剧照悲恸地放声痛哭；庄严哀痛的家中，穆墨之子面对数家电视台镜头阐明回忆录《我的父亲穆墨》已接到多家出版社的邀约；社区美发店的橱窗已悬贴“穆墨同款发型”的不干胶招牌，顾客趋之若骛；街头采访中，人到中年的市民泪流满面地讲述穆墨是如何陪伴他们投身革命和社会建设的青春史。

“死得可真风光啊。”李难心想。

踢开脚下的空罐，李难又从冰箱取出一听冰啤酒。落地窗外已是午夜3点灯火阑珊的沉睡城市，低温啤酒的冰冷透过薄铝外壳传递到手指上，液化的水珠微微滑落汇集至罐底。

在自己短暂却苦苦坚守的演艺生涯中，李难也曾风光一时。他也曾收到狂热女影迷的求爱信和玫瑰花，也曾遭遇下飞机后聚光灯和镜头的围追堵截，也曾苦恼于随处可见的热情观众的合影握手请求，也曾长期霸占过娱乐新闻头版。作为媒体册封的才俊小生，鲜花来得似乎比其他同期出道的演员早了许多。用力过猛，前劲过足，很容易被别人奋起直追。加之在别人眼中的普通票房，在他眼中却是繁花锦簇、众星捧月。迷失于灯红酒绿并非不可，但早早成名的他在享受之余缺少了别的演员摸爬滚打尝遍沧桑的定力和城府。很快他就看到了深夜高悬的满月，并最终被这阵猛烈且迅速的潮汐拍向了沙滩。

那时他还不懂演技的重要性。精雕细琢的脸庞带领他走进荧幕，但工厂复刻的石膏像要多少有多少，雕塑家炉火匠心雕琢出来的恺撒大帝却只有一个。前者可以批量摆在公园地摊上供游客赏花之余套圈玩儿，后者才能供于博物馆的保险水晶柜里受世界观瞻。当他终于明白这个道理，便开始重新报考电影学院研修班，开始为出镜率而妥协接拍小成本惊悚电影，开始雇水军买粉虚张声势。但每条微博下那个位数的评论却像在无言地嘲笑他：醒醒吧，你已经过气了。

看着落地窗外的沉睡之城，那几个小时前还是万家灯火的辉煌景象此时却已黯然冷清，李难用力喝下最后一大口冰啤酒，把空罐丢在木地板上。

啤酒罐落地时那声短促而清脆的声响让他突然冒出一个念头：

——假如我死了，这个世界会发生什么？

李难的目光重新回到电视屏幕，编导似乎连夜赶制了穆墨演艺生涯专题回顾片，但实则一定早在其躺在病榻时就有所筹备。这翔实的影像资料、纯熟的剪辑技巧和声情并茂的解说旁白，就像是申奥成功那晚的庆典晚会。

“假如现在我死在这个房间里，外人会隔多久得知我的死讯？”

这个世界每时每刻都有人死亡，其中不知多少是悄无声息地离开。李难拿起手机，过去这晚他共收到两条信息，一条是信用卡还款提醒，另一条是通信公司新推出的资费套餐介绍。

李难昔日也有过一段众星捧月的时光。媒体记者的邀约电话纷至沓来，狂热粉丝的短信让他删到手指发麻，良莠不齐的影视公司纷纷发来合作意向，相识演员的客套寒暄寒来暑往从不间断。

那么很有可能是邻居经过走廊，嗅到尸体腐败的气息，叫来物业开门后在惊叫中报警。现在天气还不炎热，尸体完全腐烂恐怕要等待一段时间。或是信用卡迟迟未还，银行逾期催款电话未果，只好移交公安系统登门拜访。随便什么尸体发现人在尖叫之余，会不会凝视着自己血肉模糊的脸庞，低吟一句“原来是他啊，我还看过他的戏，叫什么名字来着”。

他很有可能为小区住户提供了一个茶余饭后的谈资。信息一经光速传播，媒体记者很快就会如逐肉野兽般闻风而动。当他们得知昔日风光无限的李难如今落到凄冷孤寂惨死家中的田地，一定会很兴奋吧？

“死后，会有人参加我的葬礼吗？”

李难曾经自诩是交际圈中的高手，擅长处理各类复杂的人际关系，否则怎么会有那么多三教九流的人双手捧杯满脸恭维地说“我一定要认你这个朋友”？他没有家属，那么难道自己连葬礼仪式都没有人操办吗？设想警方发现一具腐烂数月的尸体，在尸检解剖后排除他杀可能，应该会和其他停留在太平间的陌生人遗体一同拉进火葬场吧？当他成为骨灰形态后，警方是否会疲惫无奈地说上一句“真麻烦啊，也不知找谁去保管”？同样，接下来可能还会有一句“说的就是啊，骨灰盒的一百块也不知找谁去要”。

即便成为无处安放的孤魂野鬼，但相比堂堂正正的墓地，李难更在意的是精神上的悼念和满足。媒体报道后，会有观众感慨“我好像还看过他的戏”吗？会有观众将昔日合影上传并悼念“一路走好”吗？他曾经被路人截下索要的签名会挂到网上公开售卖且竞拍价成倍增长吗？多年以后，他的骨灰盒孤独地被蒙上厚重灰尘，当昔日影迷皆已为人父母，他们还会记得青春时代曾有位昙花一现的叫作李难的演员吗？

四周一片死寂，思绪却是越发杂乱，他烦躁地把脚下的啤酒罐用力向远处踢去。

电视专题纪录片已经从二十世纪七十年代的黑白电影转换到如今自发围在穆墨小区楼下痛哭悼念的群众。他们手舞穆墨光辉岁月里的剧照，哭得就像要告别一位伟人。

啤酒罐撞到对面墙上后马上被反射弹回地板，发出了刺耳的声响。李难被这声音一惊，靠在午夜落地窗前怔怔地看着逐渐安稳下来的空罐。

晶莹剔透的啤酒，微微从罐口滴落，流淌到地板上。

——如果演一场戏，来看看我死后会发生什么。

二

“下面滚动播报一则新闻。经警方初步调查，上月 7 日发生于某高校的杀人分尸案中，该校大三学生段某具有重大作案嫌疑，现已潜逃。段某身高 1.76 米，短发，肤色较黑。对发现线索的举报人及协助缉捕有功的单位或个人，公安机关将给予人民币一万元奖励。”

打开温香雾气氤氲的浴室门，外面清冷干爽的空气迎面涌来。夏茴提了提胸前的浴巾，边走进卧室边听到这则新闻。隔着纱帘的落地窗外是午夜车水马龙的景象，播报着杀人案新闻的电视屏幕泛出清冷的光线。沙发上的男人用浴巾裹住下身：“洗完了？”

夏茴点了点头，拿起搭在沙发上的黑色内衣：“我该走了。”

“还是要走？”男人的神色有些挽留，“都这么晚了。”

夏茴没有说话，默默穿上黑色连衣裙。

男人走到夏茴面前：“要不要留个联系方式，以后可以……”

夏茴抬起头看着他：“来酒店之前不是说好了吗？谁都不许打探对方信息。”

“话虽如此，”男人看起来还是心有不甘，“可是你看，我们的聊天很投缘，床上也很和谐，如果以后能有发展的机会……”

夏茴穿好高跟鞋，鞋跟在木地板上发出清脆声响。她拎起包，礼节性地拥抱了面前的男人："感谢你的酒，以及支付的酒店费用，祝好梦。"

走出酒店，扑在脸上的晚风爽朗而温暖，混合着酒精的微醺气息，夏茴感到血液流畅、容光焕发。每逢安全期，她都会来到高档酒吧寻求优质单身男士。酒吧昏暗的光线和清澈的酒让这些夜晚带着魅惑而危险的气息，她能在一群男人中辨别出他们的身份、职业和地位，随后向挑选的最优质男士发射信号。

从不在外过夜的夏茴回到家，客厅落地窗外是已午夜却依旧灯红酒绿的世界。

昨日，网络突然曝光的高校杀人碎尸案如同氢弹，在白昼间呼风唤雨，阴霾和乌云迅速笼罩住这所高校。上月 7 日晚，该校一名段姓学生因与舍友发生口角，使用在市场购买的刀具将其杀死，并将尸体分割成四部分。在装袋处理的过程中，恐是心理压力过大，段某突然弃尸潜逃，目前行踪不明。

然而，这起行凶事件就算发生在大西洋深海底或非洲大裂谷熔岩旁，隐藏在黑暗中的尖刀仍然泛着冰冷的金属光芒。好比用次氯酸漂白剂清理干净血迹后，鲁米诺试剂却依旧可以将这一切显现出荧光蓝。

距离案发已逾一个月，死者家属恐此事石沉大海，突然在网络上将事件曝光，连同未经处理的尸块照片和鲜血肆流的作案现场一起公布于众。曝光帖中家属声泪俱下，痛指学校包庇凶手、警方不作为，加之凶手公务系统的家庭出身，三方共同买通媒体、威胁学生、封锁消息，以达到逐渐风平浪静的目的。

看着网友铺天盖地的评论，夏茴感觉自己仿佛逐渐走进舆论的深渊。网友痛心疾首，从学校封锁消息谈到高校安全建设，再到当代中国大学教育缺失，活生生一部退化到民国前的高等教育史。

"封锁消息？就因为死者是农村的凶手是城里的呗。"

"看新闻尸体被分割成四部分？这刀工，凶手一定是医生之子，拿着纳税人的钱，吸着纳税人的血。上次感冒去医院花了老子五百多，医生都该死。"

"我是高三生，请跟我一起抵制，拒绝报考杀人学校。"

"真不懂 211、985 哪来的优越感，瞧不起专科的？"

一听啤酒已喝完，夏茴轻轻把空罐丢进了垃圾桶。

在夏茴一岁的时候，她母亲曾按照家乡风俗举办了一个抓周仪式。抓到《辞海》后的夏茴爬向世界地图，随后便长坐在巴尔干半岛一带不起。据说她的脚指向马其顿共和国，右手覆盖上整个阿尔巴尼亚，左手指着黑山和塞尔维亚。

抓周仪式坐在科索沃长达半个小时的夏茴，在少女时期对外交官这个职业产生了浓厚兴趣，并在高考时填报了新闻专业。毕业后的她如愿做了记者，但与婴孩时期将整个欧洲东南部运筹帷幄在怀中不同的是，她距离想要成为外交官的梦想略有些遥远。

二十余年的人生且梦且活，她却越发感觉力不从心。她自诩不是一名高尚人士，一方面审视骨子里理性逻辑下的热血与正义，另一方面也深受前途物质等客观现实的诱惑。

她逐渐开始向后者妥协，此时她依然敬奉能坚守前者底线的人为英雄，但也不觉得自己现在的状态有何不好。

——一部好作品，它本身足够好还不算好；

——必须要让世人都看到它的好。

电影如此，新闻亦如此。

就这样想着，夏茴成立了“胡椒芫荽姜”工作室。不受他人修改等限制，不被他人意愿而干涉视角。新闻自由既然只是理想状态，那么就在力所能及的范围内掌握话语权。

想到不容乐观的新闻稿，夏茴再次打开一罐冰啤酒。页面上还保留着碎尸案的新闻，黑暗中她的眼睛泛出如涟漪之水般的光芒。

三

钟表时针终于跳向刻度五，地上的空啤酒罐又多了三个。晚春清晨天色已逐渐明亮，但厚重的窗帘遮住了落地窗，整个客厅就像监狱般暗无天日，让人分辨不出是黑夜还是白昼。

“诸位亲朋好友安。弟李难因久病不愈，于前日凌晨 1 时 39 分离世于家中，终年三十五岁。李难在世时承蒙各位关爱照顾，特此叩谢。”

李难没有兄弟姐妹，只好为发讣告编造了一个身份。按照配音经验，以及声情并茂的朗诵速度来看，这段文字刚好可以念一分钟。

心一沉，他开始勾勒起名单。梳理接收讣告者的过程烦冗而漫长，其中还伴随几段间歇性失忆般的大脑空白。他没有家人，从回忆站在荒山上眺望河流的孩童时代，一直追想到灯红酒绿、推杯换盏的大红期。

地板上摊满粉丝礼。早已枯萎的鲜花大多数被李难扔了，来自五六年前的女粉丝的求爱信已泛黄，影迷送出的内裤袜子已是上个时代的款式，未拆封的剃须刀片倒是光亮如新。这也是他第一次如此认真地看影迷们的来信和心声，那些存在于光辉岁月时的痴迷和爱慕，此时就像利刃般刺痛了他的眼睛。

名单上的接收者勾勾画画占满一整张纸，李难特别编辑了一个通讯录分组。在两罐啤酒的时间内，他终于完成了八十六个人的浩瀚工程量。

最后，他回到短信编辑页面，看着这条编辑好的讣告。

手指停留在“发送”位置，轻轻地按了下去。

猛喝了最后一口啤酒，他的背向后重重一靠。沙发柔软的触感暂时给了他一个可靠的港湾，他就像刚攀爬完一座山峰，全身的力气都被掏空。关掉手机，整个房间沐浴在均匀的光线下，不灼热强烈，但宁静安详，落地窗外的朝霞开始闪现美丽的蓝紫色。

——快日出了。

四

“近日，加拿大和坦桑尼亚开始对东非大裂谷进行油气资源的试探性勘探，勘探范围长度将达二十三公里。”

听着新闻广播，夏茴摇下车窗。从大学城返程的高速迎来中午的拥堵时段，透过墨镜，世界的色调就像加了一块末日核泄漏后的滤镜，昏暗得像是纷纷扬扬下了一场酸雨。

中午明艳地起了风，不知原本是在哪块沙漠安详地蛰居了一年之久的沙粒被风吹起，跨过河、越过山，成群结队地飞了过来。墨镜很快就铺上一层细沙，夏茴咳嗽着，又把车窗摇了上去。

手机恰好又响了起来，夏茴急忙关掉了车内正播报近年东非大裂谷气候变化趋势的新闻，屏幕上赫然出现一条最新消息：

“夏记者，通稿写好后，可否在刊登前先发给我？”

前方的路况还没有丝毫疏通的前兆，夏茴用手指敲打着方向盘，梳理起早晨的经过。新闻发布会设立在大学城某四星酒店的会议厅，校方首先对事件进行了与死者家属的发布内容大相径庭的通报。另外，校方补充了一句话：“本着人道主义的精神，我校支付了死者家属六万元抚恤金。”

现场有多家电视台及主流媒体，最后排的夏茴被身旁的闪光灯刺得眼睛发红。关于通报她早有预见，但这次她要做的是一条能吸引全网目光的新闻。昨夜，她用通宵时间梳理着网友评论，挑选出的要点归纳就足足打印了四十多页。

夏茴举手示意：“我有问题。”

会议室窗外的阳光映照在大理石地面上，形成一个小阴影。

“我是自由记者夏茴，供职于胡椒芫荽姜工作室。死者家属的声明中称，案发后贵校曾威逼利诱其签署免责书，以表明校方与此事件无关。但网友依旧质疑贵校的安保力度，尤其是凶器携带及保安离岗等问题。”

“我们的确与事件无关。”沉稳的发言人像久经沙场，“我坚信这起事件只是个例。纵观国内大学，我们的管理制度并不存在漏洞。学校不是车站机场，为保证学生隐私，进出宿舍楼的区域不会安装监控系统。”

针尖对麦芒的答复在夏茴的预料中，并且她深表赞同。说实话，在昨夜浏览网友评论时，夏茴曾暗暗地想：“这起事件和学校有什么关系嘛。”

但这句话夏茴可不能说出来。她深知读者们想看的不是真相，而是他们臆想出来的真相。在他们的臆想中，这所学校的管理就是有漏洞，学校和警方就是相互勾结封锁消息，凶手因出自警察家庭就是官二代，死者出身农村家庭就是孤苦伶仃、任人欺凌。

而与以上违背的言论，就是替官二代撑腰，就是与高校同流合污的共犯，就是泯灭人性的记者。

上午 10 点 39 分，夏茴来到招待所底层商铺的咖啡馆。很快，一位神色疲惫的中年男人走了进来，夏茴起身招手示意。

“姜先生，很高兴你能接受我们的采访。”夏茴说道，“喝点什么？”

“随意。”男人坐了下来，“稍后我还要接受一家采访，所以我们恐怕只有四十分钟时间。”

“足够了。”夏茴看了一眼手表。

“我看中了胡椒芫荽姜作为自由媒体的公允度，说实话，我们家已经被主流媒体害惨了。”

咖啡端了上来，夏茴拿出笔记本：“虽然我们记者没有惩治罪犯的职能，却有惩恶扬善的号召力。我会最大限度地将你的苦衷和罪犯的残忍公之于众。首先，这些天嫌疑人家属有没有向你道歉？”

“打过两次电话，说他儿子还未到案，提醒我注意在媒体前的措辞。”男人小心翼翼地捧起雪白的咖啡杯，“至于道歉，一次都没有。”

夏茴看着咖啡白茫茫的雾气，纯净却吸纳了空中的灰尘不断蒸腾。

男人开始口若悬河地讲述起侄子的童年时代，并将几张旧照片放到咖啡桌上。展现在夏茴面前的是一个能从各类纪录片中拼凑而出的情节，像千百万走出深山村庄的普通男孩一样，家庭虽不富裕，但也没有多少像留守儿童般可以挖掘的催泪点。

夏茴从早做好的功课簿中抽出诸如死者性格、大学生活和情感状况等问题，虽然男人一旦开口就像开闸泄洪般侃侃而谈，但夏茴总能及时委婉地岔回话题。整个四十分钟的采访，夏茴可谓是效率十足、满载而归。

最后，死者家属手持死者童年的老照片，夏茴连按快门留影。

“那么夏记者，拜托你了。”男人一脸诚恳。

“请放心。”说着，夏茴掏出一张钞票递给服务员。

刚推开咖啡馆的大门，一对扛着摄像机的男女走了进来。夏茴瞄了一眼穿着职业装的女性手中的话筒，还未看清“电视台”三个字前面的属性，身后就传来死者家属“是林记者吧？你好你好”的声音。

打开社交软件，新闻发布会的消息已经有不少主流媒体的官微发布出来，评论数量正以每秒几十条的速度直线飙升。夏茴心中斗志满满，一心想赶回家中将稿子写出来。新闻就讲究一个“新”，过了这二十四个小时，网友就会被剧组某出轨明星或恋情炒作的狗仔新闻吸引开去。夏茴就是要蹭热度，而且越快越好。

前方的交通拥堵疏散不少，夏茴踩下油门，缓慢地朝家的方向前行而去。

五

醒来已是下午，透过窗帘的强光钻进眼缝，但房间依旧笼罩在昏暗之中。李难揉了揉头，起身打算去喝水，但铝制易拉罐的金属撞击声让他低下头，这才顿时想起昨夜足足喝了一箱啤酒。

将大壶温水猛灌下肚，李难的头痛症状微微缓解。手机开机，信息提示音在顷刻间接二连三地响起。之前不是没经历过这样的短信轰炸，但那个时代距今恍若隔世，如今除了订阅的各种服务短信，他的手机寂静得仿若空号。划开屏幕，很快气泡内就出现“99+”的标示。翻开通话记录，满屏幕的红色未接号码，绝大部分是陌生号码。

李难又开始紧张起来，虽然他也不知这种紧张感的源头。手心微微冒出的汗液碰到冰啤酒罐经温暖空气液化后的小水珠，他猛地灌了半听进肚。

“你是李难的家属吗？深表哀悼。何时遗体悼念？请务必通知我。”

“我是曾和李难合作过的导演，实在不敢相信如此有潜力的男演员会突然离世。他昔日的音容笑貌仍历历在目，犹记得我们在剧组时的点点滴滴。”

“这里是《新时代报·娱乐版》的记者，家属可否接受我们的采访邀请？”

“我是电影频道的编导，正在做《那些英年早逝的影视明星》的专题，想向家属征集李难的个人资料和昔日照片。”

未读信息的气泡一个个消失，而新消息提醒却一条条进来。第一个电话很快打来，李难点击短信的手指无意间触碰到拒绝接听键，还未反应过来，无数电话似乎得知他已经开机一样，霎时间以光速蜂拥而至。

在他演艺生涯大红大紫的时代，国内互联网社交领域还远没有如今这么发达。那时流行的聊天工具是 QQ 而不是微信，小灵通刚刚踏着 BP 机的后尘退出视线，手机的市场还被索尼爱立信等品牌占领，博客那种冗长缓慢的记录形态还未进化到微博这种一百四十个字的快生活方式。李难早就开通了微博，但当微博开始成为大江南北人手一号的社交工具时，李难的曝光率却越来越低。肯寻找到他微博的真人粉绝对都是当年的铁杆影迷，加起来的总量，甚至连一个网红都比不上。

打开微博，鲜艳的红色气泡中“999+”的未关注人信息和新粉丝数量让他险些吓得跳起来。短短半个白昼增长了五万多新粉丝，最新转发的分享评论数变成了“4000+”。过了几秒他再次刷新，新增粉丝量仍以每秒十位数的趋势直线增长。

虽然早有预感，但李难的手指还是止不住颤抖地打开热搜。在第二名的位置，赫然出现了他的名字，旁边还干脆利落地标识着“热”字样。

李难终究还是啊的一声叫了出来。手机屏幕没有任何情感地泛着冷光，李难靠在椅背上，喘了好久的气。

但最终，李难的情绪还是慢慢缓和过来。这是他第一次在热搜榜上看到自己的名字，却不是由于复出走红，而是因为自己的“死亡”。

先是几个微博娱乐大 V 博主的转发悼念映入眼帘。

“昨日，著名青年演员李难因癌症病逝于北京，享年三十五岁。李难是本世纪初的偶像派演员，曾出演多部青春题材影视作品。一路走好，愿天堂没有病痛 [蜡烛]。”

癌症？李难不用回顾手机都知道昨晚他并未在短信里明确提及死因，他开始理解为何阮玲玉在悲叹一声人言可畏后撒手人寰。再往下翻，此条微博被多次转发，最高的一条评论数足足破万。一万，这可是昨晚发讣告前，李难百余条微博评论总和都不及的数字。而话题“李难去世”阅读数已经逾八千万。

“怎么没在电视上见过他？”

“我看过他的戏，同样是青春偶像派，比刘某某好多了。”

“喂楼上的，我家刘某某招你惹你了？最看不惯你这种捧一个非得踩一个的人的心理。”

“楼上，我95年，表示看过他的戏~”

“李难是众多90后少女的白马王子，不知道为什么后来不演戏了。”

“我也是看着李难的戏长大的。那时流行叠星星，我还叠了999颗放进玻璃罐，按照报纸上他的公司地址寄了过去。如今我的宝宝两岁了，我一整天都精神恍惚，他怎么可以死？”

李难突然跑向地板上那一摊粉丝礼物，很快就找到装满999颗荧光吸管星星的罐子。他用力地拧着落满厚重灰尘的罐盖，直到双手发红，但封闭了多年的罐子纹丝不动。

像是耗尽全身的力气，李难扔下罐子，躺到了地板上。

窗外的天色逐渐暗去，李难仿佛再次被笼罩在黑暗之中，事情的发展超出了他的预判。一张巨大的网似乎在向他逼近，直到鱼死网破。看着天花板，他在心中问自己：

——那么接下来，你该怎么做呢？

六

手指轻轻按动下去，文章经由“胡椒芫荽姜”的官方账号发送而出。窗外的黄昏无限美好，落日和晚霞渲染了整片绚丽壮阔的苍穹。

完稿时间还是比她预想的略晚，但现在正是晚高峰，挤公交地铁抑或是堵车在路上的人们无聊地翻看手机，正好可以看到这篇在过去三十个小时内全国网友最关心的通稿。在这个虚拟世界里，似乎人人都成为了首领，有着对任何角色品头论足甚至是生杀予夺的大权。

看着窗外喧嚣的晚高峰景象，夏茴心情很好。正准备走进浴室，骤然响起的来电打破了黄昏的寂静。

“夏记者，为什么报道发布前不先给我看一眼？”死者家属焦急的声音从听筒那侧传来，“现在网络反响很大。”

“岂不是很好吗？”夏茴愣了一下，打开电脑，“你不也正希望通过舆论的力量为侄子讨回公道吗？”

“话虽如此，反响也的确超出预期。”死者家属欲言又止，“可您的报道的确存在些许夸张之处。”

“夸张之处？”

“比如杀害我侄子的凶手还在潜逃，从法律意义上说现在并不能断定监控里的那个孩子就是凶手。报道中还说这位出自警察家庭的小伙有着极度的权力崇拜和暴力倾向。”死者家属倒吸一口凉气，“极度的权力崇拜和暴力倾向这些字眼或类似的话，我在采访时可从没说过。”

“你说没说过不要紧，”夏茴靠在窗前，等待电脑开机，“网友们愿不愿意听才是最要紧的事。他们最想听的就是‘不作为的警察教育出崇拜暴力的儿子’这样的信息，我们顺水推舟，岂不是更合心意？”

“话是没错，您也的确比主流媒体的采访稿犀利得多，只不过……”

“完全不必担心警方会追究你乱讲话的责任。”夏茴登录着微博页面，“要追究，千千万万个骂着‘警察都该死’‘医生下地狱’‘清明我给学校上个坟’的网友得比你更早蹲监狱。”

死者家属在对面嗫嚅了半天：“是这个理儿。”

夏茴挂断了电话，浴室的洗澡水还在放着，白茫茫的蒸汽氤氲，将整块镜子蒙上了一层雾气。夏茴站在镜子前，用纸巾轻轻擦干一小块区域，正好看到自己的面庞。

——转眼也是快三十岁的女人了啊。

她没了洗澡的心情，方才通话时瞄了眼电脑，通稿的阅读量已快破百万大关。这才几十分钟，评论和转发也是呈直线增长。这样的反响在她的预料之中。

“现在的90后都怎么了？还是老师布置的作业少。”

“这绝对不是个例。近年高校杀人案发生得还少？清华铊毒案、云南大学杀人案、西安药某某案、复旦投毒案……有关部门必须给予高度重视。杜绝类似的悲剧再次发生。”

“我下午刚跟舍友吵完架，她刚才若无其事地出门了，直到现在都没有回来。她会不会是效仿这个新闻，外出购置作案工具？”

“你想多了，春天来了，你舍友只是恋爱了[微笑]。”

“回复楼上，她刚分手，就是怀疑我抢了他男友才吵架的。”

“发这种新闻真的好吗？！我已经疑神疑鬼好几个小时了，现在看寝室里的水果和零食都怀疑有毒。刚洗漱时猛刷了好几遍牙刷，就差直接泡在消毒液里。我打算马上去把洗漱用品锁起来。”

“楼上的平时一定得罪了不少人。”

“不得罪人也不代表别人不主动招惹你啊。看新闻说凶手有暴力倾向，这种人平时不能受刺激，只要稍受刺激就可能发作，谁赶上纯属是冤死鬼。”

“求别说了，我现在看我寝室的人全都有暴力倾向，一个个开着游戏语音软件喊着‘五杀’之类的。我们正好六人间。”

“楼上是来搞笑的吗？”

夏茴口渴，却又没了泡茶的心情。这条新闻自带话题的热度，已经比热搜榜第二名“李难去世”和第三名“女生恋爱时的表现”的总和还要高。

打开私信列表，一个个陌生人的信息纷至沓来。

“中国的良心媒体和记者不多了，路转粉。”

“美女记者惩恶扬善，比那些拿着纳税人的钱跑国外生孩子的公知强多了。”

“我老家遭遇强拆，七旬老母不堪重负高血压住院，请帮忙支持声援转发。”

夏茴懒得翻下去，索性直接关闭电脑。自中午回家一鼓作气写稿发布，她还没有打开房间里的灯，屏幕暗下去的那刻，她才发现自己已被笼罩在夜幕降临后的黑暗中。

新闻关注度够了，粉丝增长数够了，工作室品牌宣传够了，个人账号热度够了，热搜榜首位也占了：

——那么接下来，你该怎么做呢?

七

当冰箱存货发出即将告罄的预警后，李难不得不走出家门。他实在不想承认迫使他走出家门的主谋，他只能找冰箱里没有啤酒和蔬菜作为借口。事实上，牛肉、茄子、土豆、面粉和青椒还足够他再做一顿茄丁面、土豆炖牛肉或地三鲜。

他戴上口罩和墨镜，虽然戴之前犹豫了许久，白昼时分全副武装反而显眼不少。忘记多少年没尝过走在街上被行人认出来的滋味了，他实在怀念。但在眼下超高曝光率的特殊时期，他认为还是应当保险起见为好。

李难走出家门，轻车熟路地来到街拐角的报亭。他故意咳嗽了两声，装作是感冒病人不得不戴口罩的样子，拿起了摊位上的《当日晨报》：“多少钱？”

他的演技使报亭老板看了他一眼后速速扭过了头：“一块五。”

李难将纸钞和硬币递给报亭老板后走到一旁，佯装不停咳嗽翻开报纸。果然，娱乐版块的头条就是《偶像演员英年早逝，观众集体追忆青春》。

紧张感再次涌上心头，李难低眉左右环顾，找准时机匆匆离去，赶往超市。

迅速买完早已计划好的肉类和蔬菜，他还不忘将四提啤酒放进购物篮。而在收银柜前，他的目光停留在色彩斑斓的烟盒上，光洁纯净的镜子在阳光下将它们反射出炫目刺眼的光。

“再来一包烟吧。”李难重新掏出钱包。

提着两个大塑料袋，李难低头匆匆走进小区。一路有惊无险地到家后，他先急忙将啤酒和牛肉放进冰箱，随后才取出那罐去超市前仅剩的啤酒。有存货的日子果然令人安心不少。

他坐到沙发上，这才有心情仔细阅读起晨报。娱乐版块赫然出现了李难昔日的剧照，像素经报纸的油墨处理后流失得更为严重。

“昨日，一则关于《过气青年男演员李难离世》的消息走红社交媒体，转发量和阅读数一跃超过当红小花旦，我们也因短短一周内失去穆墨和李难两位优秀演员而悲痛。小编办公室的年轻姑娘们纷纷表示没听说过他，这也不难理解。李难的演艺生涯短暂而辉煌，他所活跃的 21 世纪初的媒体宣传力度也远不如现在发达。李难为何在事业大红期黯然退出荧幕？是投资生意失败还是赴海外秘密结婚生子？秘而不宣的缘由引得网友猜测纷纭，而其生前主演的多部影视作品时隔十年又重新活跃于观众视线。下面，就让小编带你走进演员李难的演艺世界。”

李难放下报纸后打开电脑，“李难去世”的话题虽已退居第三，第二位置又出现了“李难作品”。此外，整个热搜榜粗略浏览下来，已经完全看不到穆墨的踪影了。

点击进话题“李难作品”，他便看到满屏幕烂熟于心的影视剧。恐是有人为了蹭热度连夜整理出他的作品清单，经短暂发酵后便在网络上疯转起来。

“李难高清 7 部云盘，关注我发你。”

“昨夜一口气追了 10 集。”

“这种演技还算烂片？只能说李难甩了现在的青春偶像十个金鸡百花奖。”

“这里是李难全球后援团的官微，李难的老婆们请抱紧我。”

心中像是燃烧着一团火焰，灼热气息迅速涌上喉咙，却在还未张口前崩塌得四分五裂。哽咽间李难很想大吼一声，却什么音节都吐不出来。

——这一切，怎么偏偏这个时候才来？

看着一夜间迅速抱团建立起的各种后援会，让李难万分感慨粉丝的力量，就如同森林暴雨降临后骤然生长的植物和真菌，规模和速度令人叹为观止。

微博后援团、微信公众号、贴吧精品、QQ 群、视频网站专辑……李难用了三四个小时才勉强粗略浏览完。不知从哪里冒出众多比他年纪上小十多岁、地域上毫无关联、职业身份都从无交集的年轻网友们，因为李难的死亡而自发集结，共同贡献力量来悼念这个正在屏幕后看着他们的男人。

“我们来给粉丝团起个名字吧，难兄难弟们。”

“大家请看置顶帖！以后发帖统一格式，影视作品资源类【难能可贵】，过往采访类【一言难尽】，精美图集类【难以为情】，悼念文章类【难以置信】。不按以上格式发帖的一律删除！”

“【难能可贵】难哥三部作品图解，保证更晚，申请加精。”

“刚听说某卫视要重播难哥的剧？求证，保证贡献收视率。”

李难很想哭，他现在喉咙被一团气堵着，想张口呼出，却又被他生生地压了回去。

点燃在超市买的香烟，很多年没抽烟的李难还是被这第一口猝不及防地呛咳了出来。终于肌体和肺开始适应焦油和尼古丁的侵入，他开始冷静地思考这一切。

高兴？当然是高兴了，岂止是高兴，简直是欣喜若狂。没有演员不希望作品得到认可吧？这一切倘若早于前天晚上降临，他宁愿减寿十年。

可还是那句话，这一切怎么偏偏这个时候才来啊。

现在的局面让李难不知该如何收场，距离发出短信才间隔不足四十八小时，网络的力量远远超过了李难的预判。天色逐渐昏暗下去，房间也被烟雾笼罩得乌烟瘴气。李难独自坐在泛着冷光的电脑屏幕前——

现在的自己，真的很孤独啊。

八

夏茴在童年时代就意识到人类生来是有“贪欲”的。她拿到全班第一就想拿年级状元，心仪某件晚礼服就还要购置一双相配的高跟鞋，原本精装版的百科丛书足以让她宝贝半天却逐渐发现一辆新车才能让自己满足，入手了繁华的 CBD 小居室后却垂涎起海景别墅。

她从不认为贪欲有错。

一觉醒来，夏茴边涂着指甲油边看昨夜的最新评论，网络上严惩凶手的舆论氛围依旧高涨，而私人账号下的评论数也突破万次大关。

重新点开热搜榜，盯着屏幕，夏茴突然放下了指甲油。

——虽然仍占据热搜榜首，但热度似乎在逐渐冷却。如今排名第二的“李难作品”旁大大的“热”字格外显眼，两个话题间的热度已相差无几。

这可不行，夏茴感受到强烈的危机。必须要在话题被挤下榜首前将热度继续炒上去，这是必须的，但是要怎么做？

夏茴打开文档，敲击下《从高材生到碎尸魔：杀人凶手犯罪心理学》几个字。午前的太阳明艳而温暖，伴随积累的字数共同欣欣向荣。编辑好文字后插入话题，@ 了死者家属并再次点击“发送”。

做完这些已是正午，夏茴长长地呼出一口气。短暂的高密度工作往往意味高强度的脑力负荷，全身心都会在注意力骤停后疲惫下来。她靠在客厅吧台的高脚椅上，这时才发现，双手刚才涂好还未晾干的指甲油已经花得一塌糊涂。

没了继续修补的念头，安静等待热度回升的夏茴点开一直懒得翻看的私信。也许是事件经过了发酵，一些异见者的声音弥漫在夏茴的耳畔。

“这件事只是个例，你非要放大到全国高校的层面，这样只会造成学生们的心理恐慌，你这是典型的唯恐天下不乱。”

“我是杀人案当地另一所高校的女生，因为私事与原本是闺密的舍友发生了争执，我非常担心她会效仿碎尸案凶手那样伤害我，可连我父母都嘲笑我疑神疑鬼。我只能向你求助，盼复。”

“在警方确认之前，你为什么不给尸体照片打马赛克、给死者家属使用化名？你的新闻关注度很高，这样只会给双方带来二次伤害。”

夏茴大致浏览过后关闭私信。她很赞同这些发言，只是根本不会将这些价值观放在心上。她要做的是大新闻，只需顺应绝大多数网友的意见即可。

——这个世界上，看得透的人还是只占绝少数啊。

落地窗外是正午时分明媚的风景，夏茴的心情极佳。第一阶段留给网友咒骂学校和警方封锁消息，等这个热度散去，只能将矛盾中心引向每位网友，激发起他们生存于世的危机感。夏茴勾画起接下来的行动轨迹。她想起了马丁·尼莫拉的诗《我没有说话》，甚至近日全网都在转发这段只知内容不知出处的诗句时，夏茴心中都是窃喜的。

每当看到有人义愤填膺地引经据典，夏茴都感到可笑而可悲。但她知道，这群人相当于在替她传播热度，将每位个体心中的危机感像瘟疫般散播开来。

“真应该请他们吃饭。”夏茴想。

九

李难最喜欢的运动是爬山，相比遨游江河湖海或滑翔凛冽雪野，他更喜欢向上行走的感觉。他曾壮志凌云地计划有朝一日要将世界前十大高峰都征服在脚下，站在雪山之巅眺望壮丽的日出云海。

“假若明天去远郊爬山放松，应该不会有问题吧？”但这个念头也只能想想。装备无须额外购置，首要问题就是交通，没有车的李难倘若租车就必然要留下身份证等影印本，采用公共交通工具更是不保险。

如果当初没有发送那条讣告就好了。但转念一想也不对，现在这种众星捧月的感觉不正是他梦寐以求的吗？阔别多年的目光聚焦，李难简直求之不得，但假如这一切不是因他的死亡而涌现的该有多好。

“算了，现在不是想这些事的时候。”李难猛地甩了甩头。

当务之急就是如何走出这个困境。这才两天，被迫不能发生任何社会关系的他已感受到了巨大压力。他想起曾看过的海外新闻，某探险家登山时因雪崩灾难与队友失联后困在山中小屋里，依靠猎杀野生动物补给身体所需。性命是保住了，但随着时间在孤独中流逝，这位独自生存的人还是选择了自杀。自己困在这种孤立局面中，用不了多久就会发疯吧？

公开真相？这的确是个一劳永逸的办法，否则那些通缉令上的逃犯就不会在接受采访时说自首或被逮捕反而心安不少了。但李难也很明白，到那时享受的众星捧月就会烟消云散，这并不是最优解。

如果能待热度散去，目光不再聚焦到死亡本身，当然最好还要保留部分影迷。到那时自己再悄悄复出，也许能把惨重损失和负面影响降低不少。

或者是行为艺术？通过某家媒体镜头对公众解释这一切只是他准备进军影视导演行业的艺术作品？但观众是否会觉得他们被戏耍进而恼羞成怒？

想来想去，李难心中一团乱麻。

“现在看来，最佳方式就是降低我的热度。”李难心里想。这是他第一次渴望自己能从热搜榜上降下去，最好先降个十来名，过几日再掉出热搜榜。

打开电脑后，李难身体不禁前倾，紧紧盯着屏幕，忍不住喊了出来：

“第一？！”

话题“李难去世”赫然出现在热搜榜首，让他瞪着眼睛不敢相信。鼓起勇气点进去，先是各微博大V的质疑声讨，随即紧随普通网友的转发声援。

“你们有没有觉得李难死亡这事很蹊跷？网上闹得沸沸扬扬，但竟然没官方消息报道死亡时间和死因，连追悼会有没有举办都不知道。”

“只有我一个人觉得李难死得很离奇吗？最近负面新闻太多了，心里忍不住胡思乱想啊。”

“谁知道李难家住在哪儿？本人坐标北京海淀，可以替大家去打探风声。”

“同北京，听圈里朋友说他家住在东四环，十多年前买的房子，懂城市规划的网友可以查查千禧年前后建成的楼盘。”

李难知道这件事迟早要曝光，但没想到会这么快。

“翻遍了李难近几年的微博，找到疑似家中晒风景的照片，北京的朋友快来看看这是哪处楼盘？［图片］。”

“啊，这不是我家小区吗？！”

“楼上的，求公开小区名称。”

“从照片可以推测李难家在五层以上，朝南。等到了小区确定浮雕喷泉位置就能确定是几号楼，我就在路上。”

李难突然飞速跑向窗台，将家中全部窗帘拉得密不透风。他就像虚脱般掏出香烟叼在嘴里，正要拿起打火机点燃——

突然，敲门声响了起来。

十

接到消息赶往现场的夏茴一路狂飙，晚8点时段的路口还未完全畅通，这让心急如焚的夏茴不禁骂起脏话。二十分钟后，她把车停在离校门几百米的路边，脱下高跟鞋飞速向学校跑去。

幽暗云层聚拢在苍穹之上，三号寝室楼下聚集着众多围观者，熙熙攘攘得就像是要逃荒。夏茴气喘吁吁地喊着“借过”，推开层叠围观的学生，用力挤进前排。

两位穿着制服的保安艰难地维持着秩序：“怎么警察还没到？”

"估计堵车，校长也在赶来的路上了。"另一名保安焦急地抹去额上的冷汗，皱眉转头对身后的学生怒斥："都不许靠近！"

人群中，夏茴抬起了头。九层高的寝室楼顶，一个女生正站在天台边缘。

"你马上带几个男生去体育馆搬垫子，就是平日仰卧起坐的那种，越多越好。"夏茴不带感情地对保安说着，拿起相机对楼顶女生飞速拍照。

"喂，你谁啊你？"

"记者。"夏茴出示了记者证。

"记者？"保安大惊失色。

"现在不是思考封锁消息的时候，要是消息能封锁我就不会站在这儿了。再说，封锁消息也是校长需要考虑的事。"夏茴看了他一眼，"还不快去？"

"哦。"保安急忙应了下来，叫上几个男生飞奔而去。

夏茴钻过人群，冷静地走到围观学生前："谁认识她？"

微醺晚风中，两个女孩沉吟片刻后举起手："我们是一个寝室的。"

夏茴暗自大喜，急忙掏出录音笔："你们寝室几个人？"

"四个。我们两个在外面逛街，刚才回宿舍发现门被锁上了。"

"你们没钥匙？"

"她知道我们外出逛街，让我们不必带钥匙。"女生咬着嘴唇，手指关节已因惊恐泛出苍白。

熙熙攘攘之间，保安带着男生搬着三张气垫跑来。

"这样就行了吧？"保安气喘吁吁，长吁了一口气。

夏茴镇定地抬起头，目光牢牢盯着顶层的女孩："以我跑过多个跳楼现场的经验来看，从九楼跳到这个垫子上必死无疑。"

"什么？"保安猝然喊了出来，"那你让我们搬垫子的用意是？"

夏茴转过头看着保安："事发之后，你不想让全国网友骂你们保安不作为吧？连个简单的保护措施都做不了。"

保安张着嘴，说不出话来。

"要不我们几个爬上天台，"几个体育系的男生用球衣擦了擦汗，"争取把她抱到安全位置。"

"给你们个建议，尽量不要。"夏茴冷静地收起录音笔，"万一你们的靠近把她逼急了跳下来，谁承担这个责任？"

这说不好是要出人命的大事，她犯不上冒着承担教唆责任的风险去鼓励学生英勇救人。刚刚提醒保安搬垫子已经是超越她义务的慈心大发，超过这个底线，她绝对不闻不问。

——甚至，如果女孩真的跳了下来，那么她这个位居前排的记者就可以拿到刚出炉的独家新闻。这个诱惑实在是太大了，虽然夏茴也知道这么想不厚道。

相比如何救她下来，夏茴更好奇她厌世的原因：“她最近情绪怎么样？有没有遭遇感情学业的打击？”

“咦？”受访女生用胳膊肘碰了碰同学，“这几天她不是总喊着……挺奇怪的。”

“啊，对对，最近她总是独自念叨什么别人要害她。”受访女生捂着胸口补充道，“那样子挺瘆人的。”

夏茴脑中似乎想起了什么。

就在这时，寝室管理员惊慌失措地跑向人群，手中的钥匙串在疾风中铛铛作响。她红着眼睛，像哭丧似地大喊道：“死、死人了！”

还没来得及反应，夏茴就感觉到身边一阵气流从上空压顶直下，带来几十米高空处寒冷纯粹的气息，将晚春夜晚的暖气流冷却，向她拥抱而来。

一声沉闷的声响过后，整个世界复归平静。

十一

躲在黑暗之中，其他感官却异常敏锐，比如听觉。短促的敲门声仅仅是先礼后兵，锁孔被转动的清脆声响在空荡的房间内格外清晰。

咔嚓。李难的心也随着这转动的锁孔揪了起来。

随即而来的开门声古老而悠远，躲在两个沙发夹角处的李难捂住嘴，但愈发强烈的窒息感让他忍不住想大口呼吸，他只好痛苦地闭上眼睛。

“该不是咱进错了吧？”家门口传来的人声掺杂在脚步声中。

“不可能，登记的就是这户。但怎么会死了呢？这屋子分明是有人住的样子嘛。”另一个男人像是用手指摸了摸茶几，“挺干净啊。”

“电表度数也在走着。”他们似乎走进了厨房，“喂，你快过来看，垃圾桶里的菜叶都新鲜着，还有啤酒罐。”

“人到底死没死？给家属发短信问什么时候来办理产权手续，什么回复也没有，家里也没人。”男人赌气地扔下啤酒罐，继而低声喊话，“喂，这是业主家，你不要乱动东西。”

议论声越来越小，不知他们走向了何处，或是看着落灰钢琴上的奖杯，或是吉他旁的巨幅写真。太阳的光芒逐渐西沉，绚丽的晚霞似乎要将这个黄昏渲染得更为壮丽。虽然看不到光，但是黑暗深处那层阴郁却越发豁然开朗。如果在日落以后，所有不幸的、悲痛的、贪婪的、欺骗的事情全都随着这道光涌上来，那么在日出之时，它们会不会也都在那天光下燃烧殆尽？

李难从沙发的夹缝中站起身，这一刻堂堂正正呼吸到空气的感觉无比痛快。

“你们好。”李难走到坐在餐厅的两个男人面前，“物业？”

管理员笼罩在李难站立时落下的阴影中：“你是业主的亲戚？……不，你不会就是那个演员吧？天哪。”

“没闹鬼。”李难打断了他们，“别怕。”

管理员像活见鬼一样消化着眼下的局面：“我们不是擅闯业主家，网上说你……房子不能一直空着……”

“不用说了。”李难摆了摆手。

两人绿着脸走到门外，李难站在门口目送，直到看到几个人飞快跑上楼梯，喧嚣的声音让人麻木得无法进行任何判断。

“嗨，你们快上来，人在这呢。”

霎时间，无数闪光灯、镜头和快门声全部抛向李难，一时刺得倚靠在门边的他睁不开眼。小学美术课上老师讲过，白色是包含光谱中所有光的颜色，将红绿蓝三原色按比例混合就能得到白色，光谱中所有可见光的混合也是白光。现在面对着无数闪光灯的他，仿佛正慢慢走进这片白色的世界里。

——就像是日出一样。

十二

深夜，夏茴靠墙坐在地上。电脑屏幕散发着冷光，烟灰缸里的烟蒂几乎满溢而出。

“近日高校再次发生杀人案。据悉，某大二女生朱某因心理问题将舍友残忍杀害，随后跳楼身亡。这是两个月内发生的第二起高校杀人案，学生的心理素质亟待加强。正值青春年华的花季少女为何要举起屠刀？后续报道本台将持续关注。”

电视新闻的女主播开始气息平稳均匀地播报科索沃的最新局势，夏茴的脑海中一片空白。话题“高校女生杀人后自杀”中网友已经把凶手的个人信息人肉出来了：“凶手名叫朱青，2014 级伦理学专业，微博账号朱青 Tequila。”

电视开始播放酱香型白酒广告，一夜间的新私信多得令夏茴眩晕。耐住性子向下翻，她终于找到了那段灼人的文字。

“我是杀人案当地另一所高校的女生，因为私事与原本是闺密的舍友发生了争执，我非常担心她会效仿碎尸案凶手那样伤害我，可连我父母都嘲笑我疑神疑鬼。我只能向你求助，盼复。”

而点开“朱青 Tequila”的账号，夏茴看到她在转发采访碎尸案死者家属新闻后的评论：“我下午刚跟舍友吵完架，她刚才若无其事地出门了，直到现在都没有回来。她会不会是效仿这个新闻，外出购置作案工具？”

“你想多了，春天来了，你舍友只是恋爱了 [微笑]。”

“回复楼上，她刚分手，就是怀疑我抢了他男友才吵架的。”

夏茴张着嘴，吐出了长长的一声“啊”，这声感慨充斥着烦躁和懊恼。她感觉有阵气息堵在喉咙里，无论如何都挥之不去。夏茴叹悔，倘若当初看到这条私信后多少给予些许安慰，女孩心中会不会就安稳不少，而事情也就免于发生？

不，自己没有“回复”或“安慰”的义务，这种思路才符合她的性格。生死有命，一切“果”皆来自于人选择的“因”，自己也没必要替一个杀人犯懊恼。

夏茴又打开一罐冰啤酒，很快思路就像暮春时节的日出一样，一旦天边渐露天色，很快就将迎接整片大地的白昼。

——感谢你为我提供了一个大新闻，我正愁如何稳固热度。谢谢你，别怪我。

——不过你也真傻，死得一点价值都没有。

夏茴打开文档，手指快速地在键盘上敲击起来。

走进西门，绕过图书馆和巨大的人工湖，就能看见这座砖红色的九层女生寝室楼。在八层尽头有间四人宿舍，9号晚上20点50分左右，朱青走出这间宿舍，用钥匙将门锁好后，就再也没有回来过。

那之前的十分钟，朱青用水果刀将舍友韩某残忍杀害。之后，她来到公寓楼顶层并轻轻跃下，结束了她年轻的生命。记者夏茴案发时就位于围观人群中，让我们共同走进杀人犯也是受害者朱青的心理世界。

朱青是该校2014级哲学系的伦理学专业的学生，目前大二。案发前一周，受害人韩某与男友分手，疑因怀疑朱青插足恋情而与其发生严重争执。据同宿舍女生林江（化名）回忆称，二人曾爆发过激烈争吵，韩某神情激动，曾动手推搡朱青。随后不久，网络惊曝高校杀人碎尸案。或许正因为这起地域及年纪相仿的案件刺激，朱青的心理产生了奇妙的变化，并且向极端趋势发展。因舍友的怀疑，她曾利用社交账号向网友求助，也曾在接下来的二十四个小时内致电父母，但并未得到家人的足够重视。

那以后直到案发，其间短短十几个小时内，谁也不知道朱青心中发生了怎样的变化，以至于被极端的孤独和恐惧包围。这使她拿起水果刀，并踏上不归路。

案发当天，宿舍另外两名女生外出度周末。下午2点半至晚上9点前的几个小时内，仅有朱青和韩某两人的宿舍究竟发生了什么？可惜我们永远都不知道了。

因恐惧对方效仿碎尸案凶手那样谋害自己，朱青举起屠刀，残忍地将韩某的血管割断。回暖的晚风中，双手沾满鲜血的朱青锁好宿舍的门，走向了楼顶天台。这或许是她第一次从九层的高度俯视大地。赶在警方抵达现场之前，她决绝地纵身一跃，告别了这个来过二十二年的世界。

加话题“大学女生杀人后自杀真相”后，夏茴发送了出去。沉思许久后的她睁开眼睛，已经超过一万赞的热度让她知道很快就能重回热搜榜首。她下定决心，一定要趁热打铁发布招商合作信息。

——但这一次，她为什么没有想象中的欢欣雀跃呢？

十三

李难靠在门上不停喘气，心脏就像要从胸膛中蹿出来。刚刚经历的几秒钟空白，他却觉得有大半生那么久。虽然在反应过来后迅速关上门，但他的正面照还是被那群狂热的影迷们拍了个遍。

直到现在，李难仍能听到那群人在门外喧嚣的声响。他们应该正在兴致勃勃地查看拍摄成果吧？过不了几分钟，他全身无恙的正面照就会传遍网络了。

李难靠着墙，仰起头闭着眼睛。

窗外的太阳吸纳着世间的黑暗与污垢，否则它在逐渐西沉后怎会迎接亘古不变的暗无天日？

小区超市的老板娘信佛，平日温暖的灯火会伴随醉酒的客人亮到凌晨 2 点，每逢农历初一和十五的前夜，便会在晚上 10 点早早打烊；厨房窗外路西侧的包子铺商贩，每天凌晨 5 点 50 分都会准时出摊，星期四除外；家门口的路灯晚高峰会准时壮观亮起，却会在与太阳交替的早 6 点熄灭；昨夜凌晨 3 点起的半小时内，这条路通过的车辆是二十七辆，而前天是四十六辆。

这无数个漫长的夜，这无数次失眠后看到的日出，李难再也不想经历了。

“大家好，我是李难，我没有死。当初的死亡讣告是我开的玩笑，很抱歉欺骗了大家，对不起。”

光标停留在“发送”处，他却迟迟按不下去。然而他却也知道，随着时间的流逝，刚被抓拍的照片迟早也会被越来越多的人看到。

李难点击了发送。

正如他所料，这条临近人们下班回家和聚会晚餐时段的微博就像一颗炸弹，在顷刻间升腾起巨大的烟雾，笼罩着连接了五湖四海的虚拟网络，而他也做好了所落之地满目疮痍、遍体鳞伤的准备。

“炒作？还是死了好，白浪费我的流量。”

“没死啊，真是的。”

“像这种欺骗别人感情的渣男，活着也是浪费国家资源。你不是感到歉意吗？那不如去自杀吧 [微笑]。”

“有没有北京周边的朋友去捅他一刀泄愤？我出路费。”

李难虽然已经做好最糟糕的心理准备，但心里还是感到难过，非常难过。他的眼圈泛红，拳头紧紧攥到关节苍白，硬是用这种最古老原始的办法，把那呼之欲出的眼泪给憋了回去。

李难拿起手机，连通上网络的瞬间，信息和来电就像凛冽寒冬雪山上呼啸的风一样涌了进来。即使在他事业最辉煌鼎盛的时代，他都不曾受到这样的关注。

“我是《娱乐时报》的记者，请务必接受我们的采访！”

“这里是顾寒工作室，顾导诚挚邀请与您合作新电影，请一定赏光。”

“现在和你成长起来的时代不同了，如今网络世界上骂的人越多，你就会越红，这才是当今世界的生存法则。什么时候方便与我联络？我在做的真人秀节目还空着个导师席位，虽然是歌唱类选秀，但我相信你肯定能胜任啦。”

“难兄弟，我是之前和你在 KTV 里喝过酒的刘导，一心认为你是个可造之材。我手里有个剧本，就等你来给我撑场面了。”

李难取出最后一瓶啤酒，直接用牙咬开瓶盖吐到了垃圾桶，仰头猛地喝下去大半瓶，冰凉的液体进入胃后却开始逐渐变暖。麻木地刷新着页面，李难却瞪着眼看到，在他发布了道歉微博后，粉丝量增长了近三万。

李难不太敢相信，他点击刷新，数量比之前又多了几十。再点击刷新，数目又比之前多了几十。这也就意味着，他的微博粉丝正在以每秒几十人次的速度增长。

李难陷入了困顿。倘若今晚是他参演的电影首映，那么粉丝量飙升尚且属于他能够理解的范畴，但明明网上有那么多陌生人仿佛曾被李难陷害结下血海深仇，恶毒地诅咒他，那么粉丝量为何还会增长？

而在网友自发组建的贴吧页面，每秒都充斥着咒骂李难的帖子，但它们也在随着刷新而不断消失，就仿佛有军队在后台顽强抵抗一样。

“什么都不想追究了，李难还活着，还有比这更令人高兴的事吗？今晚是特殊时期，很多马甲号正用侮辱李难的帖子爆吧。本吧郑重声明，凡不按吧规发布的帖子一律删除，发帖者一律封号！众多难粉不要理会那些黑帖，更不要妄想说服招安。最好还是多发布李难影视资料的帖子，让更多网友认识这位优秀的男演员。今夜注定艰难，让我们团结起来，我们的李难由我们来守护！［图片］”

刚刚看别人咒骂的帖子时还强忍着的泪水，此刻却夺眶而出。

十四

一夜间，夏茴仿若承受了一场疾风骤雨，昏暗云层从天际迅速聚拢，并向她倾盆而至。

“为什么不封锁消息？让这些泯灭人性的记者曝光了岂不是要引起恐慌？”

“女孩都要跳楼了你不考虑相救，你这种行为跟杀人有何区别？”

“果然是‘妓’者啊，为搏版面也是蛮拼的。我就说一句，为什么那女的跳楼时没把你也一起砸死？”

这些言论并没有激起夏茴心中的涟漪，想要享受多少目光，就要能承受多大质疑。然而最让夏茴受到打击的是，这次的话题竟然没有上热搜榜第一。

不仅如此，眼下的热度似乎比刚发布的时候还要低，目前榜首位置仍然是“李难去世”。看着简直是吸引全网目光的热度指数，夏茴心中暗暗地想：

——死得可真风光啊。

相比这位“去世”的李难，跳楼的朱青死得一点价值都没有。夏茴不禁替朱青感到惋惜，同时也在为自己惋惜。

夜深人静的时段也是众多“公知”灵感泉涌之时，无数剖析文章开始通过长微博和公众号发布出来：

《论林某碎尸案与朱某杀人案的关联》；

《从碎尸到杀人——媒体的“绝对自由”和“相对自由”》；

《舆论制造恐慌，自有媒体的底线和节操何在？》；

《写给监管部门，强烈呼吁大力监管自由媒体人权限》。

看着这些曾叫嚣“学校为何封锁消息”的乌合之众，如今痛心疾首地指责“为何不封锁消息”，夏茴在黑暗中冷笑出了声。

杀人凶手不是学校，不是警察，不是那个质疑闺密插足恋情的韩某，也不是割断舍友喉咙的朱某，更不是我。

——而是你们。

“就是这么回事，看热闹的都散了吧。”某大V在收获足够的评论和转发后说道，“不早了，都洗洗睡吧。”

夏茴坐在地板上，搜索热度正逐渐趋零。除了稀疏零散的网友依旧半死不活地发着评论文章，其他人都纷纷散去，真的就像是看热闹一样。

无非是世界上死了两个无关紧要的普通女孩，男网友可能高呼一声“又少了两个，难道逼我们打光棍”后继续打起游戏，女网友可能低叹一声“独自在家好怕，怎么办，谁来陪我？”并发张浴后自拍心满意足地睡去。

过了今天，太阳依旧东升西落，而新段子照样会在明天层出不穷。互联网上永远不缺隔着屏幕窥探他人不幸的人，更不缺为了满足自己的幸福而去给他人制造不幸的事。

的确不早了，该睡了。

十五

疲惫地回到家，李难失落地直接走进卧室。尽管用被子蒙住双眼，但他似乎仍能看到这一整天接受试镜的场景。这块时隔六七年没有进入过的领域，这个随科技日新月异发展而衍生出的现代剧组，这些和他多年独处养成的价值观断层的剧本，都让他品尝到了强烈的挫败感。

“这样吧李老师，”末了，制片人叹了口气，“你先回去熟悉熟悉如今的演员行业，尤其是偶像派演员的特点，争取多往网友喜好的类型上靠近。”

李难吞了吞口水，把那句“说好的合同还签吗”给咽了回去。

时隔几日的发酵，李难名字的热度逐渐散去。从前支持他的人还依旧坚守，而咒骂他的人却早已消失得无影无踪。似乎对他们而言，咒骂别人也是需要成本的。

看着当下最受欢迎的几类明星，李难对自己的外形和演技愈发有信心，那问题是在哪里呢？李难逐渐迷失在这个陌生而缤纷的虚拟网络世界。他困惑于那些在“搞笑”和“扮丑”标签下大红大紫的艺人，也困惑于真有看客在捧腹之余愿意为庸俗一掷千金。李难想起了童年时被父亲一路追打的泥泞胡同，残破的茶馆当年高朋满座。茶水和话梅只要五分钱。李难喜欢在放学后揣着连环画走进茶馆，一出《四郎探母》和《辕门射戟》他至今还会唱。初次表露出演员梦想的李难就那么被父亲揪回了家：“你想当戏子？那是旧社会给富贵人家取乐的！”

世界似乎真的不一样了啊。

然而最终还要面临狭路相逢的决斗，李难无奈地走进浴室。镜头中出现了将丝袜套在头部的形象，李难忍着反感配上了说明文字：

“美女，打劫！ P.S. 丝袜是女粉丝送的礼物，不是我有异类收藏癖。囧。”

点击“发送”后，李难急忙将这身行头清理干净。回归到本身状态后，李难边吸烟边刷新网页，突然一条新热搜猝不及防地蹦了出来。

“昨日，一张暖心的照片被网友上传到网络。晚高峰刚过，一老人突然摔倒，路过行人纷纷拍照不敢搀扶。这时，一位戴口罩的年轻男子经过，耐心地将老人扶起，并温柔询问其身体状况，得知其并无大碍后，年轻男子执意要护送老人回家。有人认出，这位好心的青年男子就是国内新人男演员卡芒。虽然小编之前没听说过他，但是对于这种满满正能量的行为，小编路转粉啦！ @卡芒 @卡芒工作室 @卡芒全球后援会[图片]。”

网友评论：

“从来没听说过卡芒，但这种行为值得赞，同路转粉~”

“表示是芒果饭！卡芒欧巴帅气又谦逊，他不红是因为不炒作很低调！”

“我们应该多捧这样的艺人！对比前段时间在微博上以死炒作的泥石流李某人[鄙视]，卡芒简直是一股清流！”

一时间，网络再次呈现就在不久前李难所熟悉的那种井喷式爆发状态。网友就像逐肉而去的野兽一般，以每秒几十人次的频率哗啦啦地充盈着这位新人的账号粉丝数量。

一口气堵在李难的胸腔，他打开个人主页的评论——

才三十一条？！

李难瞪大了眼睛，距离发布已经过去一段时间，这少得可怜的评论回复，与前几天假死被曝光后的道歉微博形成鲜明对比。

“天哪，没想到你是这样的人，好恶心。”

“这么炒作一点都不好笑，手动再见。”

“大叔，囧字的梗我上初中就已经不流行啦。”

“醒醒吧，你已经过气了。”

“@平安中国 @平安北京，警察蜀黍，这里有人打劫。”

“同样都是偶像路线，你看看人家卡芒，尊老爱幼谦逊低调，真不知比你强多少倍。”

“你还真不如死了算了。”

四周顿时变得无比寂静，李难不可置信地打开粉丝页面，数量比之前少了些。李难刷新了一下，粉丝量又少了些。李难不信，手指开始像无法控制般疯狂按动刷新，而粉丝量也默契地随着按动的次数而骤减。

卡芒的账号发布了最新一条微博：

“正在剧组拍戏，突然收到经纪人姐姐的提醒，这才知道我上热搜了。谢谢网友们的热情啦，其实这只是我的举手之劳罢了。谢谢给予我鼓励和支持的朋友们，同时对于那些质疑我炒作的个别网友，我将保留上诉的权利。最后，借位宣传我的新剧，猜猜这是哪个剧组？［图片］@导演顾寒工作室。”

网友评论：

“那些说你炒作的人眼瞎了吗？卡芒又不是某某人，用得着这么炒作？”

“知道老公你最低调，爱你~”

“路转粉一枚，最近在拍哪部剧？保证贡献收视率。”

“一个是以死炒作求关注，一个是默行好事不炒作，两个人之间简直差了一百个何某某。”

“楼上，怎么哪儿都能见到你这种捧一个再踩一个的人。”

越来越多的评论和人气开始迅速聚集向这位新人的账号，就像火山岩浆般汩汩而出。同样也正是它们，像乌云般骤然聚集到李难的心头，直到将他笼罩得天昏地暗。

十六

昏暗奢靡的灯光像是吸引容纳了世间的灯红酒绿，木质桌椅泛着陈年森林的香气，就像酒精般令人迷醉。在这个角落，那些蒙眬混沌的岁月就像头顶的光线般子虚乌有，唯独剩下的只有怀着各不相同故事的人们聚集着、相识着，再发生着新的故事。

夏茴找准安全期出现在了酒吧里，这几个月她经历了博弈般的时光。多年以来，她见惯了生离死别和跌宕起伏，更见惯了痛不欲生的受害者和迫不得已的施罪方。高层酒吧窗外的云层更加密集，高处不胜寒的风声凛冽呼啸，就好像站在叠嶂巍峨的寒山之巅。

目视前方，她坚定地走了过去。靠窗角落里，那个男人的桌上摆满了啤酒空瓶。似是感受到黑云压顶的阴霾，男人抬起了头。

“我认识你。”夏茴说道。

十七

“我认识你。”面前的这个女人说道。

李难抬起头，无疑是个美人，但他所处的圈子使其早已对美人免疫。他明明很想驱赶这位扰人清闲的不速之客，却什么话也说不出来。

“你是个演员。”夏茴又说道，“我看过你的戏。”

李难颓废地低垂下高傲的头颅：“你是来看我笑话的吧。”

“笑话？”夏茴疑惑地歪着头，“大概在我的初中时代，你出演过很多偶像剧，那时的女孩子们都很喜欢你，我当然也不能免俗。”

李难又重新抬起头。

“但是很抱歉，我忘记你叫什么了。”夏茴笑了笑，“高中起我就不再沉湎于那些虚幻空洞的电视剧，请别思考找借口搪塞我，我不会认错的。另外，这些年你可真的没变样。”

李难紧紧地盯着她：“你是说，你不知道我的名字？”

“我不记得你的名字，但是保证看过你的戏。说实话，少女时我还攒零花钱收藏过你的海报。”

“你说你那时很喜欢我，但又说不记得我的名字，这很矛盾。”

“这并不矛盾。我这么说吧，与其说我喜欢你，不如说我怀念喜欢一个人时的感觉。随着时间的流逝，我对你的印象会越来越浅，但喜欢那种感觉的执念却会越来越深。”夏茴说道，“所以六七年后的今晚，我仍然记不住曾经喜欢的男演员的名字，但我记得你的脸，这种情怀往往比名字这种代号来得更为深刻。”

李难仍旧盯着夏茴看，半晌后张口：“我叫……”

“你可以不用说。”夏茴打断。

“我叫李难。”

面前的女人微微轻张嘴唇，像在思考什么，半天没有吐出一个音节。

十八

身体里那阵恰到好处的生理欲望突然被另一种如洪荒般肆意流淌的情绪取代，夏茴眯起眼睛，坚定地迎合上李难的目光。

“你没有死。”夏茴说道。

“对，我没有死。”

在过去几十个昼夜执着于新闻热度的夏茴，没有兴趣和脸面点击进那几个回合博弈中的胜者。而这一刻，夏茴找到了接下来的去处：“我要采访你。”

“采访我？”

“你今晚为什么会独自到酒吧来？”

“那你呢？你今晚为什么会独自到酒吧来？”

“我啊，”夏茴停下手中的钢笔，墨水在笔记本的麦秸纸浆上洇出了纹痕，“每个月固定发泄生理需求。”

“所以？”

“对，所以。”夏茴看着李难，“原本我今晚的目标是你。”

看着李难惊诧而复杂的眼神，夏茴又补充道：“不过你放心，现在我不会要求带你走了，只需要你接受我的采访。”

“抱歉，我拒绝。”

“为什么？”夏茴瞪大了眼睛，“你是演员，演员不是都渴望曝光率吗？”

“这样吧。”李难听后也不反驳，而是拿起一瓶黑啤，“我给你一瓶酒的时间，你可以上网看看最近我身上发生了些什么，然后再由你来判断要不要进行采访。”

夏茴满脸疑惑，但是没有拒绝。

“那么我开始慢慢喝了，你随意。”

从高层酒吧向窗外望去，就能够俯瞰大半个城市繁华的夜景。每位行走的人、每辆行驶的车、每扇点亮温柔灯火的窗户里都发生着不同的故事。没有人真正在意与自己毫不相关之人的感受，却又都不假思索地把个人情绪倾泻在这些人身上。酒吧里，客人们三三两两，或安详交谈，或各怀鬼胎。他们当中，或许就有曾在少年时代给李难寄过信件和礼物的影迷，抑或就有曾在网络上用最恶毒不堪的言语攻击过他的网友。但此时大家相处在同一空间，呼吸着同一个区域的空气，酌饮着由同一位调酒师调制出来的酒，没有人关心他在做什么。

夏茴的喉咙里发出一阵含糊不清的感慨。

“看完了？”李难说道，“比我想象得快，我的酒还没有喝完。”

夏茴收起手机，也收起了摊在面前的笔记本。一张摆满酒瓶的桌子，两位相对而坐的男女。

“你的初衷是什么？”夏茴问道。

“想知道我死了以后，会有多少人记得我。”

“你现在还想知道吗？”

李难的眼睛一亮。

“我可以成全你。”夏茴说道。

十九

已经忘记家中多久未曾来过他人了，李难打开落地灯，昏暗的温暖灯光此刻却将这个清冷孤寂的空间照射出一片无与伦比的光明。

“随便坐吧。”李难说道，“喝点什么？”

“不介意的话请给我啤酒。”夏茴补充道，“冰的更好。”

李难沉默着从冰箱中取出两瓶啤酒，递给夏茴后靠墙坐在了地上。无数个昏暗的昼夜，布料和木板间仿佛耳鬓厮磨出情感，冰凉的墙壁渗出岁月浸淫的水痕，却像是山峰般孤独地给予他忠诚的臂膀。

“假如有朝一日你要死了，死前最想去的地方是哪里？”

夏茴耸了耸肩：“也许是巴尔干半岛。”

“为什么？”

“没什么特别的原因，听我母亲说在我的抓周仪式上——你知道什么是抓周仪式吧？”夏茴举杯，在得到李难肯定的回答后继续道，“抓完一本《辞海》后，我直接在地图上的巴尔干半岛附近长坐不起。后来看照片，我的脚指向马其顿共和国，右手覆盖上整个阿尔巴尼亚，左手指着黑山和塞尔维亚。”

“真有趣。”

“你呢？你死之前最想去的地方是哪里？”

“乞力马扎罗。”

“那座高峰？”

“对，也是赤道雪山。”

“赤道雪山。”夏茴重复着李难的话，“为什么想去那里？”

“其实很多事物你根本谈不上为何喜欢，但是有种情感始终存在于心底。它可能来自于你童年时期某个黄昏看过的讲述非洲草原的电视节目，可能来自于你青年时期某个雨后清晨翻阅世界百科时的壮丽照片，也可能来自于成年后某个雾霾午夜听到的科考队新闻。它们微小如雨层云的凝结之水，但又顽强如冷云中的核聚之晶。雪霰和冰粒在大气中仓皇直下，背后支撑着的却是无数白茫茫的蒸气。因此久而久之，它们会扎根在你心底，每逢与它相遇都会悸动。人类将这种玩意儿称之为‘情怀’。”

夏茴点点头，表示理解：“但后来呢，一直没有去过？”

“也不是没有做过前往的准备，毕竟站在南纬3° 海拔五千八百米高的山巅看日出对我的诱惑力实在太大了。”李难顿了顿，将瓶中的啤酒一饮而尽，“但也许正因为它的诱惑力实在太大，我们就总想把这神圣时刻向后无限推迟。人类总是习惯于为人生设立重要时刻，那么在这个时刻也必须要进行神圣之事与其匹配。我啊，就总是在想我的那个重要时刻在哪里。最初，刚独立后的我被一部部戏压身，后来渐渐颓靡时倒也不是没有条件去那里，但这个时候，‘节点’这种玩意儿就出现了。比如，有朝一日当我再次复出之时一定要去乞力马扎罗，有朝一日当我主演的电影票房过亿之时一定要去乞力马扎罗，有朝一日中国有着真正成熟的电影产业之时一定要去乞力马扎罗。但其实有件事情我也是最近才明白——依靠‘节点’这种东西，‘有朝一日’这天永远不会到来的。”

在黑暗中，夏茴伸出手，慢慢地抚摸着李难的脸庞。

李难抬起了头。

两片嘴唇轻轻地触碰在一起，带着从遥远迅速逼近的气息，穿过热带草原的丰沛降雨，跨过印度洋潮湿的季风，越过赤道雨林的阴影雾气，透过寒漠和冰川，笼罩在两个人的身边。

“你会后悔的。”李难猛地推开夏茴，“我现在是一个千夫所指的过气演员。”

“没有关系啊。”夏茴笑了，“我现在也是一个千夫所指的恶毒记者。”

二十

华北平原的雨季即将到来，乌云迅速地聚拢，黑暗云层就像是久远的歌谣，阴郁低沉地诉说着世间故事。水库旁的孩子们正在嬉戏，从这里望向深水区，波澜不惊的深处暗潮汹涌。

“所有步骤都熟悉了吗？”夏茴打开镜头盖。

“瞄准一个目标，跳进水后佯装不会游泳，但争取把孩子拖向岸边。”

“对，只要你一救下孩子，我就会向人群求助。”夏茴特意强调道，“记得最初一定要装作不通水性，这期间我会不停拍摄照片，供后期新闻宣传使用。”

“请放心。”李难看向夏茴的眼睛，“我是一个演员。”

水库的风温柔地抚慰过两人的脸庞，远方正有个男孩向深水区潜进。

“那么，”夏茴问道，“准备好了吗？”

李难长长地呼出一口气：“准备好了。”

天际边响起一阵沉闷而悠远的雷声。

李难穿着沙滩拖鞋，迈出了脚步。视线中的那个孩子仿若变成幻影，就像是一部曾经出现在他生命中的真正因演技而签约的电影，像是一个因作品而找回生活自信的影迷，像是一群懂得在意李难感受并肯与他承担的难兄难弟。幻影缓慢升腾，在河流与天际的交界处散发出如同日出般的光芒。

他跳进这片光芒之中。

眼前的视野顿时开阔了起来。李难佯装四肢挣扎，却呼吸平稳地向孩子接近。原本水性良好的孩子感受到身后水流的涌动，满脸惊慌地转过头，却正迎上李难那逐渐逼近的坚定目光。

“救人啊！”愈发遥远的岸边，女人的呼救声传来，与此同时，李难似乎也能听到夏茴飞快按动快门的尖锐声响。李难用压倒性的力量猛然抱住了前方不知所措的孩子，他将脸部露出水面，企图按照夏茴策划的那样，在暗中的镜头前显露无遗。

在夏茴的惊吼下，围观人群开始迅速在岸边汇聚。强壮的成年男子跳下水，准备接应正从深水区游过来的李难。终于，伸直的手臂触碰到那个见义勇为的男人，李难将手中的孩子奋力推给了他。

李难按照约定潜入水中开始憋气，佯装成为救孩子不幸溺水的模样。

耳边开始传来水流涌动时的压强。

水里可真凉快。

周遭水的世界仿佛变得寂静又安详。入水前停留在视网膜内的最后一帧画面便是无边际的水，与雨前阴沉的天空连成一片。在水中，天空似乎又响起一声雷鸣，水压施加在他的眼皮上，黑暗却又纯粹，让他觉得这一生从未像现在这样清净过。突然之间，他身边的水流开始像一阵来自于印度洋的潮湿季风，穿过高山寒漠和积雪冰川、高原草甸、温带森林和热带雨林，被阻挡在那座赤道雪山的一侧。雨水凛冽地冲刷着一望无际的大地，他慢慢放松了僵硬的身体，舒展开憋气的鼻腔，睁开了紧闭的双眼。混杂着垃圾、工业废水和雨水的世界就像光谱中交错着红绿蓝色的光线一样，呈现出如同他无数次梦中出现的日出般的景象。

在太阳升起之前，他曾无数次地自愿放弃过前去乞力马扎罗看日出的权利。

——那么这一次，自愿放弃生命的权利，又有什么关系呢？

二十一

整个世界似乎都笼罩在黑暗的云层当中，幽黑的天空将昼夜颠倒，四处亮起的城市灯火成为这个阴雨天仅存的温暖。

敲好了最后一个字，夏茴点击了发送。

——《演员李难为救落水儿童不幸溺亡》。

“我错怪你了，一路走好 [蜡烛]。”

“呵呵，之前那些说李难以死炒作的人，你们打脸不？啪啪啪。”

“确定已死？不会又是炒作？”

“不是的，真的死了。网上的死亡证明都传出来了，警方官微也证实了水库的确有一男子（李某，35 岁，演员）为救落水儿童去世。”

“真是个好演员，比那些只知道靠搞笑搏出位的不知强多少倍。”

窗外，是一片氤氲的雨雾世界。

当夏茴按照约定吸引来成年人下水相救而他却迟迟躲在水中不再露面时，夏茴就知道，李难是自愿赴死。

——死了也好。

李难死亡的话题开始久久霸占各大媒体头条，这是李难在热搜榜上停留时间最长的一次。倘若真是按照约定那样“溺水昏迷”，恐怕事情远没有现在的效果好。

——死了总比活着好。

二十二

夏茴病了一场，当她重新下床脚踏大地，却感觉周遭换了个世界。

在新世界中，又有新人崛起了。夏茴记不住他们的名字，他们可以叫卡芒，也可以称为别的。他们在某个时间段层出不穷地涌现到舞台中央，享受着来自五湖四海的咒骂和褒扬。已经不再有人关注李难，后援会逐渐颓靡，贴吧逐渐凋零，微博上偶尔零星的几句悼念问候，用两只手都能数得过来。

可能不会有人记得，这个世界上少了一个李难。

更不会有人记得，在这层出不穷的世界上曾经有过一个李难。

新闻是什么？

为了披露黑暗，让黑暗更晚些到来；为了迎接日出，让日出更早些到来。

层出不穷的新闻，在黑暗中像日出般将夏茴紧紧包围。人生来就是有贪欲的，夏茴小时候就知道。最初你把节点定为拿全班第一，慢慢地变成想买一辆二手车，再变成想拥有一艘豪华游艇。此时，她像是站立在雪山之巅，渴望着看一眼日出初始太阳越过地平线的壮丽风景。

她看到了，但这还不够。

耳边的风猎猎作响，她开始拥抱日出时壮丽的朝霞和云层。

她拥抱到了，但这还不够。

眼前的风景越来越寂寥，她开始想沐浴在日出后整片灼热而耀眼的光芒里。

她慢慢地踮起脚。

——我的人生中做过很多震撼的新闻，但我永远都想做一条更震撼的新闻。

二十三

远方的夜幕里燃烧着烈火，像血般染红了整片苍穹。灰黑色的浓烟像暗夜云层般氤氲，肆意地升腾而起。围观者们迅速站到起火居民楼不远处，边听着凄惨的哭喊声边议论纷纷。

闻讯而来的夏茴赶到火灾现场，火苗无声息地抚慰着砖瓦琉璃，熔化着钢筋骨架。

“我的孩子还在里面，救救我的孩子！”逃亡的女人凄厉地抓着消防员的手臂。

就在这一刻，夏茴突然放下了手中的相机。

——她知道什么是具有最大震撼力的新闻了。

夏茴整理着在晚风中被吹乱的头发，对着化妆镜重新涂补了唇膏，将全身衣服拍打得熨帖平滑。她将身份证、记者证连同背包放到原地，将镜头开启，对准了通向火灾现场的居民楼门口。

隔着烈火氤氲而起的雾，夏茴说道：

“我去救。”

说着，不顾身后惊天般的呼喊和人声，不顾身边越来越灼热的火焰，不顾眼前越来越绚丽的火海——

夏茴笑了起来，一步步地走向那片绚丽的日出当中。

乞力马扎罗日出·终

故事四

土库曼斯坦之夜

The Night of Turkmenistan

一

夜色中，干燥的气息弥漫在远方一望无际的棉花田和小麦地上空，石油和天然气特有的味道不停飘来。远处传来古老的歌谣，久远的音色和呓语般的旋律使这个初到异域的夜晚满溢着浓郁神秘的色彩。干旱的沙漠上，阿哈尔捷金马凝视着越野车。古老的国度终于成为永久独立国，天地间都是信仰。

我们摄制组的越野车队在夜色中的沙漠前行，即将抵达土库曼斯坦首府阿什哈巴德去完成一部电影的拍摄任务。半个月前，公司拿到了《蒙太奇之夜》系列短片的拍摄任务，项目包含《布宜诺斯艾利斯之夜》《莫桑比克之夜》《西雅图之夜》《开罗之夜》和《土库曼斯坦之夜》，并聘请了五位导演分别执导。制片方联系到赵子雍之前，已有三部短片与其他导演签约。到了赵子雍时只剩两个选择，要么去西雅图拍摄雨季，要么来土库曼斯坦拍摄沙漠。制片方与赵子雍是故交，出于好意便将享受碧海蓝天度假般的《西雅图之夜》推荐给他。然而赵子雍义正言辞地提出，他务必要接拍土库曼斯坦的项目，否则一切合作都将免谈。

导演赵子雍深谙中国传统的“中庸”之道，并以“不偏不倚”作为行人处世的准则。他潇洒大度，从不走极端。他信仰佛教，曾一度有过皈依佛门的想法。他个性沉稳缓慢，导片子的风格也是恬适悠闲，经常引得性子急躁的制片焦虑得暴跳如雷他却依旧我行我素。曾有许多年轻气盛的剧组成员指责并质疑他的导演能力，殊不知他的成片是最沉稳的，在不考虑特效后期等因素下，他可以将每个镜头都拍好，剪辑师从未发现他丢落过镜头。因此我一直坚信，赵子雍这是大智若愚。

一切事物在赵子雍眼中都看得云淡风轻，我从未见过有什么值得他特别在意的。不过这倒也符合我的性格，也是我愿意一直做他助理的原因。

赵子雍最终拿到了去土库曼斯坦拍摄的任务，并在午夜非常潇洒地给我打电话，要我次日早晨9点半准时去他家商讨选角事宜。

我再也不敢睡，就一直在床边坐到天亮。期间我刷新邮箱，看到了赵导发给我的剧本。故事从二十世纪末讲起，由于土库曼斯坦境内缺乏河流，政府为了改变生态环境、浇灌万亩沙地，便决定开凿一条发轫于阿富汗高原、流经卡拉库木沙漠北段并拐进乌兹别克斯坦共和国、最终注入咸海的运河。这条史诗般的卡拉库姆大运河前后历经十四年修建完成，而它的魅力也逐渐吸引各国商贾货队汇聚于此，见证着钱货交易和日升月落。一个少女意外卷进某个神秘商队中，并逐渐在这条旅程中拨开身世的迷雾。

清晨的雨水清澈而冷冽，细密淅沥地洒在大地上，街道被笼罩出地中海沿岸海港城市雨季时的特有温暖。导演住在国家体育场馆旁边，这里因举办全球最负盛名的体育赛事而繁华起来。

车窗外的街道上车水马龙，顶级的豪华酒店、各种娱乐场所拔地而起，它们的消费物价要比奥运前翻了五倍。老人和孩子们悠闲地拿着风筝在广场上晒太阳，晨练的老人们已经提着早餐向家中返回，公路两旁的广告牌和围墙上印满“全民健身”的标语。

我在9点半前准时抵达赵导家中，走进书房，便递给他打印好的演员资料。他边简单翻看着，边和我聊起男女演员的事来。女主角西冷是全剧最为复杂、年龄跨度最大的角色，要求演员具备从纯真清新、成熟沉稳再到心如死灰的心路历程。按照规矩，他应该会将若干配角人选搁置下来待制片定夺，而女主角西冷则要进行一次公开招募择选。

可是赵子雍突然对我说：“这个西冷的形象，我倒是有一个合适的人选。”

“谁？”我问。

“何满子。”赵子雍慢悠悠地说。

二

何满子曾出演过一部电影，名为《德黑兰雨季森林》。这部片子并没有上院线，但不意味着它不具备高水准。其导演是一位德高望重的电影人，素日只负责电影专业院校的研究生教学工作，五年磨一剑，导出了这部片子。

据说作品当年被送审的时候，审查部门的官员潇洒地大手一挥：“荒谬！德黑兰在伊朗高原，那里一条河流都没有，沙漠性气候，何来雨季？何来森林？荒谬荒谬！”便匆忙在审批文件上打了不合格。而真正被禁的个中缘由，只有当事人心中才清楚。但坊间流传的诸如得罪、封杀之类的字眼被人们在茶余饭后捕风捉影，如此确凿的谈资，连传言都成为了现实。

赵子雍则认为这部片子极具智慧，从片名就可以看得出来。德黑兰和雨季，完全是两个对立面，而有了对立则有统一，辩证地看待矛盾双方的统一性，这是古今三千年庞大的哲学问题。

何满子在《德黑兰雨季森林》中饰演一位患有精神障碍的三级片演员，平日以拍内衣广告为生。她患有交流障碍的疾病，但身高、曲线、脸型和肤质已达到女人的最佳水平。从呈现的影像上看，她妖冶、魅惑且性感，简直就是令男人萌生罪恶的尤物，然而何满子真实的状态则异常低调安详。赵子雍毫不掩饰对她的欣赏，他很好奇一个既可以演好放荡的三级片演员又可以演好癫狂的精神障碍患者的演员私下里的模样。

最终，这部作品只在小范围内流传开，没有上院线，没有发布会，只是几位主创及与导演私交甚笃的朋友小聚。在那晚的酒宴上，赵子雍终于如愿见到了何满子。她身材高挑清瘦，黑色卷发被高高束在头顶。她沉默寡言，可以量少次多地饮酒，待人温和，有问必答。无人发问时，她便安静地坐在酒桌旁浅笑，那一袭洁白长裙，一如片中翠绿森林和雨后大地中央的那朵睡莲。

三

西冷的父亲是一名工程师，年轻时便被派到土库曼斯坦首府阿什哈巴德负责卡拉库姆大运河的修建工作。在一个午夜，他认识了一名以色列国籍的舞蹈演员，女人有着中东地区种群特有的高鼻梁和深邃眼眶，旋转时的回眸宛若戴胜鸟般绚烂。男人在国内有妻室，这却没能妨碍他骤燃起炙热的火焰。两人鱼水交融干柴烈火，享受着彼此如同黑洞深渊般具有强大神秘引力的身体。

而逐渐地，男人对这位以色列女人丧失了昔日的激情。女人异常从容大度，使这场跨越种族和信仰的分手仪式平和且安详地进行。女人离开了阿什哈巴德，且就如同从未相识般再无往来——直到那个胚胎在不经意间生根孕育。

生产手术那日，男人正在负责建材项目的招标。女人告知他孩子已处理，随后来到阿特列克河旁的亲戚家，把孩子托付给亲戚养育后便消失得无影无踪。罕见的暴雨在雨夜光顾，离开前女人将女婴取名为西冷。

赵子雍打算让何满子饰演的正是西冷这个身世并不普通的角色。我在清晨拨通了何满子的电话，她平静地应允，没有谈酬金，没有繁琐的提问，当听说导演是赵子雍时便淡淡地笑语：“我相信赵导。”

周末午后，我提前抵达了预约的餐厅。我选择了一处古香古色的中国古典风格餐厅，位于北京寸土寸金的二环内。推开二楼的雕花窗棂，就可以看到大半个紫禁城。赵子雍很喜欢这里的日落，每逢夕阳西斜，金色余晖便会洒在古老紫禁城的琉璃瓦上，仿佛让心灵都随着缓慢的岁月回到远古时代。

在制片主任到之前，赵子雍先把这个项目情况告知了各位摄影、编剧和剧务场工，众人意见颇多。他们不理解赵导为何要放弃度假般惬意的西雅图，反而选择偏远荒芜的中亚：“去西雅图可以酌饮咖啡沐浴海风，去布宜诺斯艾利斯可以看农场草原，去莫桑比克可以游海峡，去开罗可以在黄昏下俯瞰神秘的尼罗河，而去土库曼斯坦能做什么？”

这时制片主任到场。此人名叫何渔，平日里素喜戴一顶鸭舌帽，是个世故却又幽默之人，待人随和，却又现实无比，经常与众人插科打诨、嬉笑怒骂。他落座后先是与我们寒暄一番，随即提到演员的选角问题。听到这里，赵子雍轻描淡写地开口："已经定下女主角的演员了。"

制片主任沉默了两秒，笑着问："谁啊？"

"上次费老那部被禁的片子，咱们私下里看的，我打算用那个女演员。"

制片主任疑惑地眯起眼睛，身体稍稍前倾："谁？哪个女孩？"

"何满子。"赵子雍微微抬高音量，"费老《德黑兰雨季森林》里的那个女一号。"

制片主任张着嘴停顿了两三秒，随即摇了摇头："没印象。"

"挺有特色的女演员，演技不错。"赵子雍言简意赅地评价道。

接下来大家没再谈论这个话题，两个月的筹备时间实在不算长。

黄昏前大家准备散场，赵子雍正要离开，制片主任突然叫住了他："赵导，我这边有个人选，小姑娘长得挺漂亮，我觉得挺合适的，至少比那个什么何满子合适。"

赵子雍听后笑了，盯着制片主任的眼睛。制片主任被他看得不好意思，也带着欲言又止的笑意："要不，这两天我把她带过来给您看看？"

赵子雍沉默了。他走到中餐馆的窗前，推开了雕花木窗棂，一缕黄昏时金色落日的余晖照射了进来。我顺着赵子雍的目光向窗外看去，阳光洒遍了半个威严的紫禁城。琉璃瓦，朱红门，汉白玉，珐琅画。赵子雍站在逆光的区域里，光芒正好照在他的脸上，让我看不清他的表情。

四

晚上赵子雍在送我回家的路上一言不发。事实上，潜规则在我们看来早习以为常，只是谁都没有点破。可这并不意味着赵子雍会向这种约定俗成的潜规则妥协。

没几日后的清晨，我接到了赵子雍的电话，何渔将其推荐演员的作品送了过去。果真如他所言，她的五官倘若按照人体黄金分割比例来看的确很漂亮。演员叫左坠儿，目前履历表上只有《爱情禁卫军》这一部泛滥的快餐式作品。她饰演的角色原本是位清新温婉的少女，在心灵层面救赎了邪恶毒辣的少年。然而她将这个角色演绎成十足的轻熟女，台词对白清一色的甜腻，走路腰肢摇曳，和她本人真实的生活状态如出一辙。

赵子雍看到一半时拿起电话："你觉得她合适？"

"我觉得挺合适的，呵呵。"何渔在电话那头说。

赵子雍便不再言语。似是感受到沉默，何渔又补充了一句："我觉得比何满子合适。"

听到这里，赵子雍抬了抬眉毛："老何，你知道人们现在说的花瓶是什么意思吗？"

何渔听后不愠不火，沉默以对。

"你和她是这部什么《禁卫军》认识的？"

“算是吧。”

“到现在为止，你有没有完整地看完过这部片子？”

电话那头又是一阵沉默。

“连你这个制片都看不下去，你能保证观众能看下去？”赵子雍问道。

“可是她形象的确不错，那本来就是一部青春偶像剧。”何渔争辩道。

赵子雍强有力地打断何渔：“所以才说，她就是花瓶。”

赵子雍还在电话这边不停地说着诸如“没有气质，没有演技，没有感悟”之类的话。隐约间我记起最初做导演助理时跟随赵导去过一个剧组，那位女演员形象佳气质也好，可是赵子雍无论如何都不满意。几场戏拍下来，眼泪在女演员的眼眶里打转，拍戏间隔时她委屈地来找赵导询问到底哪里不满意。

“你知道费雯·丽吗？”赵子雍问。

女孩点了点头。

“费雯·丽太美了，表演也好，但是她在《安娜·卡列尼娜》里的表现却称不上是一名优秀的演员。费雯·丽太优雅了，她在饰演安娜的任何阶段时演的都不是安娜，而是她自己。在安娜落魄之际费雯·丽依旧优雅，似乎托尔斯泰笔下的这个角色根本就是费雯·丽。你就和费雯·丽一样，你太矜持柔润，太温文尔雅，或许这就是你的性格。但你是一名演员，你现在要演的这个角色就需要放荡，需要勾引男人，需要像风尘女郎一样走路。现在你明白我想要求你什么了吗？”

很多时候我都处在对赵子雍的仰望中，他精益求精，拍片进程缓慢，但这丝毫不影响片子的质量。他与何满子才见过两次面，时间之和还不及六个小时，何满子出演与否和他无任何利益纠葛。但他为何满子据理力争，他认为何满子就是他心目中的西冷。他对电影的感悟或许都源自于几十年生命里历经的磨难和艰辛，他一定是个有故事的男人。

这时赵子雍挂断了电话：“我跟老何说好了，这周末安排一场试镜，你通知何满子准备剧本，西冷救下商队的那一场。”

五

西冷在阿特列克河畔度过了她的少女时代。在她十八岁时的某个清晨，一名来自新疆的女富商沿着丝绸之路来到土库曼斯坦进行丝绸贸易。商队在途径阿特列克河之际遭遇了巨大沙暴，不熟悉地形加之汽车抛锚等状况使商队陷入极端困境。就在沙漠中央，西冷将商队带至养父母家中。经过一夜的休整，次日沙暴在云开风清前平息。继续前行之际，女富商据理力争要求带走西冷进行贸易。

以一袋银币作为交换筹码，告别养父母后的西冷跟随女富商踏上了走南闯北的旅途。西冷很有能力，自由的生活经历使她很快学会了使用霰弹枪和驾驶重型机动车。她帮助女富商解决了诸多沉积订单，也开始逐渐独当一面。这个过程中也曾经历过命悬一线的腥风血雨，但西冷凭借冷静谨慎的态度和令对方心惊胆战的理智，最终都化险为夷。

然而，西冷渐渐发现这个商队的贸易似乎不仅是香料货物那么简单。对于配备枪械，女富商解释为在政治局势动荡的地区贸易必然要佩戴枪支弹药方可自保，但西冷感觉这个组织似乎有张如云似雾的复杂关系网，让她看不清那沐浴在阳光下的远山叠嶂。

我将赵子雍嘱咐的剧本反复看了几遍，以便周末可以随时提醒他有所疏漏的情节。周五晚上，我再次致电何满子确认："明早 9 点在光华路的光影世纪中心地下室 07 房间摄影棚见面，剧本都准备好了吗？"

"都看完了。"何满子温柔笑语。

次日一早我抵达摄影棚，却发现何满子正无所事事地站在角落里。

"满子，怎么还不化妆？"我走过去。

"没有看到化妆师。"何满子说。

"我昨天不是提醒过你吗，没有化妆师。"我惊讶地说道，"还特别嘱咐你自带化妆品和服装。"

"是吗？"何满子满脸疑惑和茫然。

这时，坐在椅子上的赵子雍慢悠悠地说："没带化妆品就不化妆，没什么大不了的。"

何满子看着赵子雍，点了点头。

一阵轻微的冷哼声从房间的角落里传来，只见左坠儿打开化妆包，掏出一大堆瓶瓶罐罐，像个高傲的公主般坐了下来。她在嘲笑何满子不懂规矩，感觉自己胜券在握。

在距离正式开始还剩五分钟左右之际，左坠儿刚刚开始扑散粉。我走过去催促，她边打开腮红盒子，边对我发嗲笑语："小助理，你没看到我还没化完妆吗？"

"但是试镜即将开始，您尽快。"我说。

"哎呀，晚那么三四分钟也没什么事吧。"她指如削葱根，将朵朵桃红色渲染在脸蛋上。

"化不完就别化。"坐在一旁的赵子雍突然说道，这一声可谓是不轻不重却又宛若疾风骤雨。全场气氛顿时凝滞下来，而左坠儿的眼圈也似那人面芙蓉映起红色。

默不作声的何渔走到左坠儿身旁慢声细语："赶快吧。"

左坠儿含着些许眼泪，不服气地看了眼赵导，随即擦干眼泪，随众人走向了摄影棚。

只是调整了一两秒，左坠儿像换了一个人似的。站在镜头前，霎时间全然忘却方才的不悦，甜美地自我介绍起来。

临时扮演女富商的演员带着商队众人走上场。

"裘姐，风暴太大了，车抛锚了！"车队成员焦急地说道。

女人听后没有说话，镇静地向远方走去。

"裘姐，你去哪儿？快回来！"漫天沙暴里，身后的男人们放声大喊，却再也看不到女富商的影子。

女人向前步履维艰，寻找着今夜可以救命的人家。在缓慢行进的过程中，她的脑海中突然闪现出一幅幅无比清晰的画面。她年轻时作为家属跟随父亲生活在克拉玛依油田，母亲在烛光下为她裁剪丝绸衣裳。

大片油田在她脑海中无限延伸，混合着母亲温热的饭菜香气和石油特有的气息，令她感觉到无比温暖。她不知道此刻是回归到了克拉玛依故乡，抑或是已经踏入阴曹地府。她勉强睁开眼睛，一缕微弱却又温暖的光线映入她的视网膜，那灯火摇曳却又坚定。

隔着睫毛，视线中出现了一抹俏丽身影："你是谁？我在哪？"

"我叫西冷，这是我家。"那抹俏丽身影回答道。

说着，左坠儿发出一串清脆甜腻的笑声，如丝媚眼不忘娇羞地向躺在床上的女富商偷瞄两眼。饰演女富商的是位老戏骨，我不用看她和赵子雍都且知道众人脸上是种什么表情。

"困在沙暴里一定很辛苦吧？快来喝碗奶茶吧。"说着，左坠儿递过一只瓷碗，还未蹲下就直起了身子，"这可是……"

"蹲下。"许久不说话的赵子雍突然平静打断，语气里带着一种不容抗拒的威严。

左坠儿愣在原地。

"给我弯腰，蹲下。"赵子雍抬高了音量。

似是感受到被当众指责的屈辱，她眼圈泛红，用力咬着嘴唇，刚刚精心涂好的唇膏已经被她的牙齿蹭掉了色。突然间，左坠儿跑出了门去，摔门声过后便是走廊里奔跑的高跟鞋声与低声抽泣。

"下一个。"赵子雍说道。

"赵导，"何渔欲言又止地发话，"不管结局如何，总要让左坠儿完成表演吧。"

赵子雍连手都懒得抬："不让她完成表演的不是我，而是她自己。下一个。"

何满子走了上来。我无法形容她的表演，没有用力过猛的矫揉爆发，却又在张弛有度间演绎出一种震撼人心的力量。也许她并不是演技最好的演员，但绝对是目前最适合西冷这个角色的演员。自始至终，赵子雍的脸上都带着一种放松的神情，做他的助理这么久，我自然知道他喜欢何种演员。不用蛮力，拒绝虚幻，所有的台词动作和调度都真真切切。

试镜结束后，何渔百般邀请赵子雍留下来，要请我们吃饭。

赵子雍笑了："你不去找她？"

"我晚上再去，没事。"何渔急忙说道。

第一次听何渔公开挑明关系，正准备离开的赵子雍脸上展露出一抹调皮的微笑："行吧，去吃什么？"

"赵导想吃什么？"何渔趁热打铁。

“饺子。”赵子雍眨了眨眼睛。

六

我从没遇到过比赵子雍更爱吃饺子的人，此时我们三个正坐在一家金碧辉煌的奢华饺子馆里。早在方才赵子雍提及想吃饺子的瞬间，何渔便匆忙掏出手机，托朋友预定了这家京城数一数二的饺子馆。

等上菜之时，赵子雍慢悠悠地掏出烟：“你还真不如给我找一家家常饺子馆，路边最普通的那种。”

“那怎么能行？”

赵子雍睁开眼睛：“这种地方上菜慢得要死，我饿了。”

何渔张着嘴不知道说什么，呵呵地干笑了两声。

“有什么话你可以现在说，”赵子雍弹落烟灰，“否则一会儿看见饺子我可不管你了。”

听闻此话，何渔迫不及待地直切主题：“她太小，还不会控制情绪。”

“太小？”赵子雍打断何渔，“你打算保护她到什么时候？”

何渔不说话了。

“照理说，你举荐的演员但凡基本功过关我都不会为难。但白天的状况你也看到了，这种演员你让我怎么用？”

“怎么就不能用了？”何渔低声反问。

“你还好意思问，她的表演哪个情绪是对的？我都怀疑她有没有从头到尾看过剧本。”

“她看了。”何渔说。

“看过剧本还能演成这样，那更是演技上的问题了。”

“你就是觉得那个何满子最好呗？”突然之间，何渔的语气开始带有攻击性。

“不是说何满子最好，但至少要比左坠儿更适合这个角色。”

“那好。”何渔突然坐直了身体，整理领口，“既然如此，我就如实把我的态度告诉你。那个何满子要不是你跟我提，我连听都没听说过。如今中流砥柱的票房贡献者都是流量咖，原本就该用些名气大且外形佳的演员。演技次之，只要票房上去了，叫座不叫好也无所谓。我这次的确想用左坠儿，并且用定了。”

现场的气氛霎时间风云骤变，恰逢服务员推门走进上菜，刚把一盘热气腾腾的青椒牛肉馅饺子放到桌上，赵子雍掏出钱包：“多少钱？”

何渔也不甘示弱：“服务员，买单。”

“我刚才已经买过了。”我说。

“什么时候？”何渔惊讶地问。

“我刚才去了趟洗手间，顺便之事。”我起身拿起外套。

“我的态度很明确了，如果你执意要用左坠儿我没意见，但是我们绝无再次合作的可能。”说着，赵子雍向我做出离开的手势，继而转身离开，“告辞。”

七

上车后赵子雍的第一句话是：“还知道提前买单，干得漂亮。”

我却有些忧虑地岔开话题：“闹成这样没事吗？”

“我总不能为了钱打自己的脸。”赵子雍系上安全带。

正要开车，赵子雍的手机响了起来，他低头看了眼屏幕：“何满子。”

我意外地看了他一眼，他按下免提接听，女人轻柔之语响了起来：“赵导，打扰您了吗？”

“没有，怎么了？”

“我想问什么时候去试镜？”何满子的语气里满是期待。

“试什么镜？”赵子雍一头雾水。

“上次不是说《土库曼斯坦之夜》要试镜吗？”

“我们不是试完了吗？下午刚刚试完。”

电话彼端的何满子沉默了，直到赵子雍喂了两声作为催促，何满子才轻轻吐出一句：“哦对，是试完了。”

挂断电话，赵子雍满脸疑云迷雾，他小心翼翼地说道：“这个何满子好像有点奇怪啊。”

“事已至此，说实话我最近总觉得她……”说着，我用食指敲了敲自己的头部。

“精神方面有问题？”见我为难，赵子雍便替我说出这个不好的推论。

“是的，我怀疑她精神方面有问题，更担心她会毫无预兆地发作。你说，一个演技佳的精神病患者和一个演技弱却思维清晰的演员，哪一个能胜任？”

“这就好比你要拍摄一部讲述著名大提琴家的传记电影，选角时一个是没有影视表演经验的专业大提琴家，一个是完全不懂音律的专业演员，你选哪一个？”

“你认为呢？”

“当然是专业演员。电影演员的职责是去学习他所饰演角色的技能，而大提琴家、屠夫、厨师、国旗手却没有学习表演技能的义务。”

摇下车窗，夜晚的风吹了进来，带着干燥炎热的气息，就像是发轫于一片苍茫贫瘠的大地。

八

不久后的黄昏，我按照赵子雍短信上的地址赶到了咖啡馆，在那里也见到了何渔。

据说他们一下午都在交涉，而最终成果是何渔同意让何满子出演女主角，但必须要让左坠儿做西冷的替补演员。

“其实她就是想上镜，只要能给她一两个镜头，她就会很高兴的。”何渔兴高采烈，似乎全然忘记了先前的不悦。

“我没意见。”赵子雍说道。

这样的结果也算两全其美，至少赵子雍可以专心研究剧本。他喜欢找一个空旷且寂静的地带听演员对词，他曾说心目中完美的场合是山洞，那种悬于山崖之上、俯瞰海水潮浪拍打山岩的阴冷山洞，最好能顺着从悬崖上垂下的藤条爬进去。

赵子雍开始拿着剧本去找老戏骨，他们的地位能让赵子雍谦卑地再三拜访。比如饰演女富商和西冷父亲的演员，都是赵子雍曾在人民艺术剧院结识的老一代表演艺术家，都为中国的表演艺术奉献了大半辈子光阴和青春。

赵子雍曾说判断一个演员是否敬业的首要标准就是态度。他总是疑惑为何如今的年轻演员乐衷于暴露自己的无知。目中无人也好，盲目自大也罢，赵子雍说倘若是在他求学的年代，这种怀着莫名其妙优越感的演员一辈子都别想有戏上。

“时代变了。”赵子雍说道。

九

西冷在组织里的地位越来越高，她既有卓越的驾驶和射击技能，又有着冷静缜密的头脑，同时还有对女富商唯命是从的态度。她逐渐获得了女富商的信任，终于有一日，女富商要亲自前往黑海送一批货，临行前将组织里的事情悉数托付给西冷，告诉她现在可以全权决策任何一笔订单，亦有权利自行处理人事关系。但在谈话的末尾，女富商突然一改神态：“只有一点，我不允许他人进入我的办公室，你也不例外。”

西冷点了点头。

接下来平静单调的时日里，西冷越来越得心应手，直到某个夜晚她突然接到了一个神秘的电话。

电话那头是个陌生男人的声音，他告诉西冷，事实上这个组织所从事的丝绸贸易只是个幌子，实际上是在局势动荡地区进行军火贩卖。

他的话语印证了西冷长久以来不愿意相信的推断，但她仍然冷静地问：“有证据吗？”

“有，而且很充足，但现在还不是告诉你的时候。”

“你没有必要放烟幕弹。”西冷说道。

男人在电话那头沉默了片刻：“你敢去你老板的办公室吗？”

站在女富商办公室门口，西冷深吸了一口气。

“你现在打开书橱，从上面数第三层右边的尽头放着的一本书，那是嵌在机关里的，你把书向里侧按两下再向外开拉开，把书取走就能看到一个木制的暗层。”

西冷一步步照做：“我看到了暗层，然后呢？”

话音未落，门被推开了。

三个荷枪实弹的手下站在门口，枪口整齐地对准了怀抱着书的西冷。西冷凝视着他们片刻，沮丧地笑了：“装了监控吧？我疏忽了。”

醒来时她已经身处于冰冷的刑房中，女富商果然向她下发了死令。

“忤逆的手下就如同叛逃的军人。照旧，你还有什么愿望吗？”女富商说道。

“把我的骨灰葬回到阿特列克河吧。”西冷说。

听到这个地名，女富商霎时想起商队曾在阿特列克河畔遭遇的那场生死攸关的沙暴，也正是眼前的这位少女在当时帮助他们逃离了水深火热。

“西冷。”许是再狠毒的心肠也有被柔软入侵的时候，女富商开口，“你只需要执行一个任务，我可以免你不死。”

“什么任务？”西冷问道。

女富商眯起了眼睛。

我们剧组一行人经过两个月的筹备，终于抵达了土库曼斯坦。开机仪式被选定在阿什哈巴德著名的国家博物馆前。据说当地使馆很看重这部中土两国合拍的电影，并精心准备了一场隆重且严肃的开机仪式，似乎这个民间剧组已被赋予了沟通两国文化交流的使命。

我们连夜来到了西南郊边的沙漠，那里有个国家出资援建的影视中心，但说实话着实不算大。摄影老攻是个很和蔼的光头，五大三粗，但最爱开玩笑。他背着包走上招待所的台阶：“对于这样的国家来说，能拥有一座像样的影视中心已经很伟大了。”

但总有人不会顾及这些，比如左坠儿。从踏进招待所的那一刻起，她便毫不掩饰地表达对这里的嫌恶。里面的装潢及设计都不算奢华，但也称不上简陋。左坠儿从制片手中接过房间钥匙，便轻轻蹙眉：“连房卡都没有。”

“这里的条件你也看到了，片场周围只有这么一个落脚之处，这里离市区太远了。”制片好言好语解释道。

左坠儿没说话，拿了钥匙去找自己的房间。

我正打开门准备先洗澡，突然听到走廊尽头传来一声娇语：“我的鞋帽间都比这个房间大！”

这一声可谓是春光娇媚却又气吞山河。原本已经上楼的老攻听到后又折了回来，浩浩荡荡地走向左坠儿的门口，把车钥匙啪的一声放到她手心里：“车就停在门口，不想在这住爱去哪去哪，自己开车去。”

左坠儿咬着嘴唇，反唇相讥：“这分明就是国内倒退半个世纪的那种招待所。”

“所以你爱去哪住就去哪住咯。”老攻吹起了口哨，“不过明早7点半必须到片场。”

“这里全都是沙漠，你让我怎么过来？”

“所以就老老实实回去睡觉，我们的事比你多，快进屋。”

左坠儿环顾着不经意围聚在走廊上的剧组成员：“何渔呢？我要找何渔。”

老攻嘴角上扬：“他今天可陪不了你，我们晚上开会。”

“那我也去。”

“随你。”老攻便不再多看她一眼，转身前往招待所外。这个季节的土库曼晚风还不是很大，赵子雍和何渔正在与驻土库曼的华人交谈。

用余光瞄到左坠儿的身影，何渔不禁低声质问：“你怎么跟过来了？”

“人家想陪你。”左坠儿眨了眨眼睛。

众人没有再理会，赵子雍转头吩咐我：“明天拍摄西冷在沙漠行走的戏，你查一下场次通知演员。”

我点了点头，刚翻开剧本，左坠儿就凑到了身前，她身上的花香味异常浓郁：“小助理，这一场主要都是全景吧？”

“不一定。”赵子雍说道。

“有近景也别切了赵导，都用全景吧。”左坠儿歪着头。

“你什么意思？”

“假如不切近景的话，干脆明天我来演算了。”左坠儿笑着说。

“你很敬业。”赵子雍继续低头看剧本，“不过我们不是有女演员吗？明天让她来。”

“满子啊？可是满子现在不太舒服。”左坠儿忧心忡忡地说道，“不知道明天能否胜任这种外景。”

赵子雍转过头：“她怎么了？”

“可能有些水土不服吧，一直在吐。那个脸色呀，真是非常不好。”左坠儿惋惜地说。

我抬起头，恰好赵子雍也在看向我。我会意，急忙向招待所跑去。

左坠儿柔软的手抓住了我的手腕：“小助理，你还是不要去了，我刚给她几片药，她已经睡了。”

“你给了她药吃？”赵子雍满脸疑云地看着左坠儿。

“是啊，看她头那么痛，整个身子都好虚弱。”

“什么药？”

“我带了阿司匹林，就给了她两片。”

赵子雍听后看向我，我愣了那么两秒，转身跑向了前台。用备用钥匙打开房门，何满子躺在地上，四周的玻璃杯碎片散落一地。

十

午夜1点，招待所灯火通明，众人围坐在左坠儿房间里，她单独坐在床边哭得梨花带雨：“我真不知道她阿司匹林过敏，知道的话还怎么可能给她嘛。”

一旁的何渔也不禁皱眉埋怨：“这事是你做得不对，你发现她不舒服应该跟我们说，剧组又不是没跟组医护，你怎么能私自给她药？”

左坠儿哭得更厉害了。

“现在好了，女演员去医院了，明天的灯还布置吗？”灯光老大问道。

周遭气氛又陷入严肃和沉滞。

“别哭哭啼啼了，你赶快回去准备吧。”赵子雍看着左坠儿，“记住，一定认真读剧本。”

散会后我一路跟随赵子雍走出了招待所。赵子雍在门口掏出烟盒，我见状拿出打火机凑到了烟前。

吸了一口后，赵子雍方才反应过来：“你那里怎么会有打火机？”

“下午你忘在咖啡馆里，我帮你收起来了。”说着，我将打火机还给了他，“你真的打算明天让左坠儿代替何满子？”

“我还能有什么办法。”赵子雍吐出了长长的一口烟雾。

“什么办法？停机呗。”我们转过身，身后老攻声势浩荡地加入了吸烟大军，“左坠儿的表演你们又不是没见过，跟过那么多组，还真没见过这样作的女演员。”

“可不能不拍啊，这场地这设备，且还不知道何满子在医院住多久，进度耽误了可就贵了。”何渔急忙反驳。

赵子雍点了点头：“我知道。”

何渔叹了口气，把还没有抽完的烟扔在了地上。黄土和沙砾徐徐吹来，湮没了原本的星火。

“老何，你怎么搞的，你挺精明的一个人啊。”老攻心直口快，“怎么看上了这么一个姑娘？”

何渔有苦在心，此时说什么都是错，赵子雍也劝老攻不必再多言。

第二日天色未亮，渐起的喧嚣声响在走廊里愈演愈烈。我披上大衣走出门去，黎明前是一天当中最寒冷的时刻。远处的天际还透着无尽的黑暗，而招待所内却是一片灯火通明。

听说灯光组比我们还要早上半个小时起来拉线，制片正给大家发放早餐，演职人员坐在车里暖和身体，五大保温壶热水已经备好。

赵子雍反复向左坠儿核实：“剧本都看了吗？”

“都看了。”

待老攻啃完两个熟鸡蛋后，赵子雍招呼他交代机位。老攻边拂去指尖的鸡蛋壳边连吞大半杯温水，听赵子雍讲话时却格外认真。

我左右环顾寻找左坠儿的踪影，最终在温暖的面包车后座发现了蜷缩在军大衣中的她。见我跑来，她便坐起身："正式拍啦？"

"走戏。"我说。

"走戏啊。"听闻此话，她又重新重重地靠了回去，"又没台词，直接开机实拍就行。"

"走戏。"赵子雍不知何时出现在身后，也不知是否听到了左坠儿的推辞。他没有发怒，但这简单的两个字经由他讲出来，还是带着某种不容抗拒的威严。

坐在摄影机前的老攻换上了一副严肃的面孔，待灯光录音也就绪，赵子雍坐在显示器前看着裹在大衣里的左坠儿："你从摄影给你的位置向远处跑，不喊停你别停下来。"

"这又不是实拍，我一趟趟来回跑，很冷的。"左坠儿失声喊了出来。

"老攻给她个位置。"赵子雍没有理会左坠儿。

左坠儿低下了头，随即把大衣脱下来扔在了地上。何渔见状急忙上前捡起："这只走戏，你先穿上。"

左坠儿没有接过来，也没有说话。她穿着单薄的针织衫，向前跑了起来。

天色依旧很暗，监视器里，远方的左坠儿像是个渺小浮游生物在苍茫的天地间移动。干旱灌木丛被映出幽暗阴影，这一刻的左坠儿到底想要什么？我没想通。我不了解她的家世，也不熟悉她的背景，只因她与何渔的关系让我们自动判定为潜规则。那她想要的到底是何渔的爱情，是出于对剧本的喜爱，还是那遥不可及的明星梦？

突然，赵子雍的喊声打破了黎明时分的寂静平衡："我是让你跑，不是让你走台步。"

我抬起头看着监视器，左坠儿已经蹲在地上，渺小的她肩膀似在颤抖。此时，剧组里不关心她的人的全部心思都放在片子上，关心她的人也没办法给予安慰，况且关心她的人，似乎也只有何渔。

"站起来，继续！"赵子雍继续传达着命令，但语气明显平缓了许多。左坠儿站起身，但是再没有了先前的飞扬跋扈。她哭了，哭得不可遏制，一度让谁都没有办法向她提出任何要求。赵子雍叹了口气，掏出烟盒抽起烟。老攻也走向监视器，途经何渔时向他做了个手势。

"好言好语又不听劝，说也说不得。"老攻和赵子雍身上都披着一件军大衣，坐在监视器前的小板凳上，看起来活脱脱像两个没有钱交地租的愁苦农民。

他们两个年纪相仿，都是从国家大力扶持电影艺术那个年代经历过来的。那个年代，出色的戏曲和话剧演员纷纷投身电影行业，演员们满腔热情充满了干劲，电影厂的演职员工共同制作完一部影片根本不拿酬金。

天色逐渐亮了起来，老攻看着远处天际线上的一抹朝霞绯红，不合时宜地说："真有点美国西部的感觉，去买辆二手的老爷车如何？等拍完这部戏咱们去淘金。"

气氛又沉默了下来，赵子雍站起身，把左坠儿叫到身边。

"你能理解西冷这个时候的感受吗？"

“这场全部高潮已经过了，西冷内心完成了从纯洁善良到残忍冷漠的转变，现在已是心灰意冷。”

“不要觉得没有台词的场次就不重要，纯靠情绪比依赖语言难多了。”

“你把重心放低，再好好感受那种洞悉世间万物的内心。”

赵子雍向左坠儿讲解情感，而左坠儿虽不反驳，只是在听闻赵子雍质疑她演技不到位时的几个不服气的眼神，就足以说明她的心理活动。

“这种演员太差劲了，要是倒退二十年，这辈子都别想进剧组。”老攻在一旁低声点评。

就在这时，身后传来了一个陌生而久远的声音：

“我回来了。”

我们回头一看，何满子脸色苍白却满脸微笑。

“你怎么回来了？出院了？”赵子雍不再顾及左坠儿。

“康复得差不多了。”何满子说。

“你怎么过来的？不是说好打电话让剧组派人去接你吗？”

“医院门口的士不算少，一说影视中心也都认识。”

在这个因计划被打破的夜晚，大家考虑到了无数种可能。然而正当替补演员令剧组一筹莫展之际，困难迎刃而解。

当何满子站在镜头前时，赵子雍的脸上浮现起久违的笑容。老攻评价这个姑娘不算是他见过最漂亮的，可是站在镜头前就是能带给人自然的舒适感。

何满子开始在黎明时分的土库曼斯坦沙漠上行走，越走越快，随即就奔跑了起来，脚步似乎永无止境。古老神秘国度的干旱植物像要被猎猎作响的风吹得四分五裂，她的奔跑逐渐带出天边的一丝光亮，光明从黑暗中突围而出。天边的朝霞和红云，也都在西冷的奔跑中重见天日。

这是我在土库曼斯坦正式观看的第一场日出，寥廓且悲怆，带着能跨越生死的磅礴大气。顺着天色，我看到坐在不远处灌木丛旁的左坠儿，我走过去，她抬起头时已经满脸泪痕。

“小助理，我是不是很笨？”她看着我，泪水晕染了原本精致无比的妆容。

十一

在决定了处置西冷的方式后，女富商安排西冷抵达以色列的耶路撒冷。在那里，西冷被命令杀一个人。

对方是个紫檀木家具厂华裔厂长，女富商没有交代夺命动机，西冷自己也不问。西冷乔装打扮为要订货的女商人，在约定时间内与紫檀厂商人见了面。西冷早就制定好计划，要佯装出一见如故且相见恨晚的好感。

那个男人儒雅可亲，对中国的传统文化、历史、礼节和儒学甚为了解，为人低调且谦卑。他与西冷约见在一个中式茶馆，订单洽谈妥当后，男人向西冷讲述他在周游列国时的见闻。

两人年纪差了二十多岁，但西冷丝毫感觉不到他已人到中年。他有着历经沧桑后的沉稳、儒雅、老练、成熟、幽默和稳重，但又带着年轻人的朝气、热情和无法遏制的力量。

西冷深知这种仰慕和痴迷很危险，恐夜长梦多，她决定当晚行动。

西冷提出要去库房看货。如此良辰美景，又有佳人相伴，该是他警惕性最低之时。吃过晚饭，西冷上了男人的车。刚一关上车门，西冷便换了一番模样。她脱下衣服，仅剩的遮羞布料尽显性感与妖娆。她含情脉脉地看着男人，期待在稍后燃烧的烈火中将其杀死。但男人仅是看了她一眼便把头扭了回去："赶快把衣服穿上，不要感冒。"

西冷顿时如坠冰窖，不知是因对男人没有吸引力还是因男人的谨慎而感到羞耻。她默默穿上衣服，平静地说："看完货我明天早晨马上走。"

"生气了？"男人问。

西冷不说话。窗外是耶路撒冷的夜晚 8 点，已经没有了人语嘲喧，这个最富神秘色彩的城市被星星点点的光芒映照得无比浪漫。西冷突然恍惚了起来，她脑海中出现了曾居住过十七年的阿特列克河，自小没有父母的她跟随养父母生活，只为一袋银币便可将她如货物般转赠他人。西冷把双手合在一起，向手心里哈气。

男人的手摸了摸西冷的脸，这一瞬的触摸可谓是恰到好处，没有任何不尊或亵渎的意味。西冷转头看了看男人，她已经听到内心防线开始崩塌的声音。

——她必须要马上行动。

醒来时西冷发现自己已经躺在医院的病床上，四周苍白的墙壁就如同寒冬凛冽的雪。意识像蒙太奇般缓缓拼凑剪辑，刚恢复了急刹车惨遭剐蹭的记忆后，西冷就看到了坐在床边的男人。他憔悴了许多，苍老又颓废，但眼神中依旧闪现出异样的光彩。在他挽起的袖管处，针孔旁是一片血管破裂的暗红。

"你。"西冷干燥的嘴唇轻启。

"还是被你发现了。"看到西冷醒来，男人急忙抓住她的手，像丈夫等待刚分娩完的妻子般喜极而泣。

接下来的多日，何满子几乎再没给左坠儿任何机会。她把西冷饰演得越来越流畅自然，似乎真正将本体与角色融为了一体。

影视中心按照剧本布置为以色列风格。傍晚夜幕降临，向远处延伸的街道旖旎得就像是中东一千零一夜的梦。我们正准备去搞个晚餐会议，刚走到门口便闻到一阵特殊的香料气味。寻着那在寒冷天气里热气腾腾的气息而去，何满子在酒店门口架起了柴火，锅里的牛肉正在香料的浸染下不停翻滚。

“辛苦了，快来吃吃看。”何满子穿着香草色的针织衫，微笑着对我们说。

老攻眼睛发直，不仅牛肉，连香料都一应俱全：“你从哪儿找来的？”

“当地的集市有土库曼人在卖自家屠宰的牛肉。”何满子兴高采烈，“原本我打算买活牛来自己屠宰，奈何语言不通，只能让大家将就了。”

“你？宰牛？”老攻惊讶地瞪大双眼。

“有何不可？”何满子准备起碗筷，“葱、生姜、芫荽、蒜和胡椒都有，你们各自找喜欢的香料。”

老攻首先开动，其他人便也纷纷不客气。在这个异国他乡的夜晚，我们围着篝火吃起了半生不熟的土库曼牛肉。杯盘狼藉之际，赵子雍突然坐直了身子：“该拍摄了。”

“拍摄？剧本里有这一场吗？”老攻将滚烫的牛肉吞下肚。

“管它有没有，把其他碗碟收起来，赶快打灯架机器。”

二十分钟后，在寒冷空气中燃烧的篝火氤氲出水雾，模糊了何满子的身影。一个西冷，一只碗，一堆燃烧得正旺盛的篝火，一片寂静古老的夜空。

没几天后，何渔兴致勃勃地拿着一张报纸冲进赵子雍房间。拍摄之事不仅出现在了阿什哈巴德日报，也纷纷占据了土库曼国家网和阿什哈巴德广播电台的版面，并被赋予了中土两国建交二十多年间重要文化艺术交流的艰巨使命。

“要我说，我们都移居土库曼斯坦得了。”老攻躺在赵导的床上，“祖国的报道还不如土库曼多。”

“你要是土库曼人来中国拍片子，祖国对你的报道也多。”赵子雍看了他一眼，“为这点小事就闹情绪，一点都不大度，真没出息。”

“就算是不为了报道。”老攻倏地坐起身子，“你想想，土库曼空气好、人口密度小、牛肉好、姑娘也好，有什么理由不留下来？”

“姑娘好才是你的重点。”赵子雍若有所思地做总结。

每次遇到这两个中年男人开玩笑时，一屋子人总是笑得前仰后合。而何满子永远都只是在人群中安详浅笑，似乎像座雕塑，根本听不到他们讲的内容。

十二

何渔接到了使馆通知，一队从列支敦士登出发的国际集邮协会成员将在一星期后抵达土库曼斯坦，行程中重要的一站便是参观国家博物馆，而女富商故意伤害西冷那场戏也正好定在博物馆南侧。

“他们待多久？”赵子雍问。

“这届邮展在土库曼举行，怎么也得一个星期。按计划参观是在行程第三天，但万一他们计划有变呢？虽然概率极小。”

“赶早不赶晚，早拍早踏实。”赵子雍说道，“三天后就去拍，你们觉得呢？”

剧组无人有异议。

“这两夜总是做噩梦，梦见一群穿黑衣服的人从窗外向里看，也怪妈迷信。你最近还好吗？那个女商人还好吗？”

“挺好的，裘姐还教会了我纺织。”西冷说道，“就是一个梦而已，你别多想。”

“那就好，虽然当时用一袋银子换了你离家，但你要明白我们也是迫不得已。”

挂断电话，西冷心脏跳动得剧烈。

——这不是梦。

其实她早就该知道贩卖军火之人的心狠手辣，但她还是没想到女富商竟然已经回到阿特列克河暗中盯梢监视。西冷猛打方向盘掉头，向男人家的方向驶去。

西冷在抵达耶路撒冷的第一件事就是侦查路段。这条街是从男人家至外界最便捷的小路，素日人迹罕至，夜幕降临后就越发黑暗阴森，路灯非坏即暗，更是连监控都没有。拨打电话后不久，车灯如约出现在西冷望远镜的视线中。

西冷的手停滞在方向盘上，她无法踩下油门。原本还侥幸奢望男人察觉自己的身份和动机而不肯出门，可他偏偏就如此迫切地想要来见西冷。

西冷拿出早在阿特列克河就带着的军刀，不轻不重地割开了左手臂上的皮肤。每逢她深感自己被情绪左右，便会在皮肤上留下一条伤痕以提醒自己不忘今日处境。而至今，手臂上也仅有两条伤痕。

下定决心，排除杂念，集中精神。西冷心中默数，将引擎的轰鸣声转换为时速。她踩下油门，车子从拐弯处冲了出去。男人被这飞来的车灯晃得睁不开眼睛，只得猛转方向盘躲闪。西冷乘胜追击，巨大的气流和变故使男人来不及刹车，重重地嵌进了前面的砖墙中。

西冷脑中一片空白，她躲在车里，另一堵墙的掩护使她无比安全。她听到汽车与墙体撞击而发出的巨大轰鸣声，听到了熊熊烈火在夜晚燃烧的声音。火光和灰尘从数十米外的大地传向天际，透过车窗，半边苍穹已被染成血红色。

越过了如同末日般死寂的几分钟，西冷小心翼翼地打开车门。

毕剥作响的烈火依旧包裹着男人的汽车，西冷感觉自己头皮发麻。昏天黑地的眩晕从脚底蔓延上心脏，继而充斥了她全部的神经系统。男人已经跌出车门，玻璃早已随着爆炸的冲击而碎裂一地。

奄奄一息的男人视线中出现了一双熟悉的脚，他抬起头看到了西冷。西冷闭着眼睛蹲下身，不敢看向男人的眼睛。她颤抖着拿出一条白布，哆嗦着盖在了男人的眼睛上。血很快将白布染红，他看起来就像是个患了眼疾的病人。

男人染满鲜血的手缓缓上抬，却又在刚触碰到西冷脸颊之际垂了下去。

泪像是雨水般倾泻而下。西冷将衣服扯下一条，打开油箱将汽油淋在了车上面。点燃汽车后的西冷头也不回地驾车离开，再也不顾身后那如同核泄漏般的巨大轰鸣。

十三

剧组进驻到了阿什哈巴德南郊。早在进沙漠前，何渔已经将沙漠地带的极端天气、昼夜温差和防护措施向大家做了详尽介绍。在这片沙漠即将要拍摄西冷杀死紫檀厂商的场次，转场途中赵子雍始终与何满子坐在一起讨论角色情感的把握。

沙漠的太阳在清晨之时将天际渲染出绯红色彩，像能看破古老世间的岁月主宰者般悬挂在天空，被朝霞映衬得寂静苍凉。

次日，轻松拍完相对简单的日景后，剧组开始紧锣密鼓地为晚上的重头戏做准备。黄昏夜幕将至，爆破组指导设置的爆破点和两辆重漆的报废汽车已在现场严阵以待。布灯间隙，技术指导再次向何满子强调驾驶要领。些许紧张浮现在何满子的脸上，她在协助下做好保护措施，走进了车内。

赵子雍一声令下，男演员缓缓开动汽车且轻微加速。距离拐角还有二十米左右时我向何满子发出了信号，何满子也会意地踩下油门。这个镜头已经拍摄完毕，我等待着赵子雍的停止令，然而周遭却只是一片安静。

看着何满子依旧向前行驶，我顾不上穿帮的大忌走出围墙看去，监视器前空空荡荡，早已没了赵子雍的身影。

我急忙边喊停边跑向两辆相距已不足二十米的汽车，男替身率先反应过来猛然刹车，待何满子见状刹车后空隙已不足两米。千钧一发的惊险突然间复归平静，我嘱咐匆忙赶来的助理去照看何满子，自己循着远处隐隐约约的争执声跑去。

大巴车前，站着一个具有典型中亚人种特征的群体，他们穿着相同白底蓝字的制服，胸口绣有小邮票的标志。何渔神情动怒且语气不善，似乎是斥责即使沙暴等天气原因也不能三番五次擅自修改安排。据说因行程缩减，他们黄昏出发欣赏沙漠夜景，为此留宿沙漠的帐篷都已备好。

谈判交涉一筹莫展，我拽了拽赵子雍的袖子："何满子可能出事了。"

赵子雍神色一变，转身向现场跑去。

人群中，何满子坐在折叠椅上披着毯子，她的脸色苍白宛如正在经历一场大病。赵子雍心急如焚，斥责跟组医护："好好的保护措施，怎么把人给弄成这个样子？"

医护人员满脸委屈："她也没外伤，只是受惊吓的话正常情况也不会这样的。"

赵子雍没有再说话，他把剧本塞进我手中，转身向沙漠深处走去。

十四

何满子曾分享过她做过的梦，她似乎真的亲眼看到了大运河的开凿现场。无数工人在面前扛砖搬瓦而过，黄昏的天空像刚被一场铺天盖地的沙暴侵蚀，即将迎来暴雨。她感觉自己更像在日落时分的尼罗河畔，古埃及人正在浩渺的沙漠上修建金字塔，人类如同蝼蚁般在河谷和绿洲间穿梭，她就站在不远处的山坡上，凝望着眼前漫无边际的河流。

西冷成功暗杀了紫檀厂商人。女富商也因无法忘怀西冷与她的恩情，终究无法置她于死地。

“送她回阿特列克河吧。”女富商这么叮嘱手下，“假如能让她失去在组织里的记忆就好了。”

身经百战的手下自然懂得首领的言外之意。不知有意还是无心，回归故土的途中西冷遭遇了一场车祸，并再也无法记起自己为何会出现在阿特列克河了。

黄昏将至，西冷比四年前愈发安详，她望着天际线上的夕阳。西沉如血，像是要将她心底的部分记忆一并吞噬，再交换给她漫长而荒芜的黑夜。

医生平静地告诉我们何满子患有选择性失忆症，赵子雍也平静地听着。外因刺激或脑部碰撞都可能引发病症，并恰好勾起当年使她患病时不堪回首的记忆。

“你们可以去了解‘防御机制’，她只是将可怕的记忆控制于意识之外。”医生态度亲善平和，“你们且当她在自我疗伤。”

回到剧组，一群人正坐在会议室里抽烟。何渔满腔愤懑的怒火，他用力吞云吐雾：“这下可好，非要找这个演员，结果是个神经病。”

没等赵子雍说话，身旁的老攻就狠狠踢了他一脚。一群人一筹莫展，道具汽车和爆破点还没来得及归置，列支敦士登邮协的成员极为不满，何满子中途疾病复发，全部剧组成员都在等赵子雍发话。

就在这时门被推开，左坠儿娉娉婷婷地倚靠在门口。

“这种情况怎么不叫我？我是满子的替补呀。”左坠儿露出了甜甜的笑容。

这一次，赵子雍抬起头凝视着左坠儿，看了很久：“会开车吗？”

“拿驾驶本儿五年了。”左坠儿说。

赵子雍要求左坠儿必须在一天内熟悉剧本，其他人员等待国际邮协成员活动完毕，然后把这场戏拍完。

离开房间前，赵子雍经过何渔身边：“这种情况，责任全部在你们制片组。别再盘算着为省经费尽早拍完，想杀青就必须等两天。记住，这事儿和我没责任。”

十五

那场戏中，左坠儿作为替补算是出乎我们的预料，连一向不睦的老攻都大大咧咧地拍着左坠儿的肩膀：“姑娘，看不出来啊，你干脆去当动作女星好了。”

何满子依旧在住院观察，赵子雍思虑着是否可以大胆采用左坠儿。

西冷已经忘记在阿特列克河畔凝视过多少次日出日落，她的内心深处似乎也有一条这样漫长的河流和一片无边际的苍茫沙漠，像是阿特列克河，但冥冥中又觉得不像。

轮回的沙暴季节再次光顾，西冷又救下一个女人。女人是以色列人，在土库曼斯坦经营了一个小酒吧，来这里旅行。

“为什么救我？”酒吧老板娘问。

“我也不知道，总感觉以前也做过类似的事。”西冷回答。

老板娘是个体型丰腴的女人，手臂上的肌肉异常紧实：“你也学过舞蹈吧？”

“没有。”西冷如实回答。

“真是难得，还以为你也练过舞蹈或者柔术。”老板娘说道，“看你的身材也非常健美，想必是受过相关训练的缘故。”

西冷低下头，她似是练习过长短跑，也像是经过射击拳击等训练。她的身体素质的确让久病羸弱的养父母都惊叹，但她也不知其中奥义。

女老板休养得基本无恙，却依然没有要离开的意味。她每日都陪西冷坐在河畔看夕阳：“我在你家不碍事吧？”

“无碍。”

老板娘便开始讲述在以色列酒吧里的见闻为西冷解闷。比如她可以通过察言观色得知哪两人是真正的情侣，而哪些是方才刚认识却干柴烈火要去上床的陌生人；比如哪个独身女人是为情所伤深夜买醉，而哪个女人又是寻找猎物待为自己支付这杯酒钱。外面的世界，趣事不胜枚举，西冷听得好奇不已：“那你的故乡是什么样子的城市？”

“那里是耶路撒冷，以色列的首都。那里是三大宗教的聚集地，被世界的信徒们称为圣城。那里的人种有着各种肤色，信奉着各自的神灵，讲着各自的语言，汇聚着各个文明和种族间的历史文化。”

“有朝一日真想去那里看看。”

“西冷。”老板娘突然弯下腰，把脸凑近西冷，低声说道，“难道你真的没有想过，你曾经去过耶路撒冷？”

十六

电话铃声在午夜3时骤响，医生缥缈而镇定的话语令我感觉恍若梦中。

冲向何满子病房的我还未来得及看她一眼，便被医生拦了下来。

“人没死。”医生说道，“你别多想。”

在凌晨的办公室里，医生称赞何满子原本恢复得很好。黄昏晚餐后她去草地散步，是值班护士听到后院的引擎轰鸣声起疑，透过病房窗户才发现一辆红色跑车停靠在距离何满子不足十米的地方打着双闪灯。

“是意外事故还是蓄意案件？”我问。

“行驶上草地必然属违规行为，重点是患者此番受到了二次刺激。”

“会有后遗症吗？”

“不是没有这种可能。”

我走出医院，拨通了赵子雍的电话：“明天的戏你先别拍了吧？来医院，何满子出事了。”

十七

那之后断断续续的半个来月，剧组但凡有空暇，我便会来医院看望何满子，有时连我都觉得像从导演助理转为了医患陪护。我知道赵子雍至今不肯彻底放弃何满子，便次次为她念剧本听。

周日下午照例放假，我走进病房。何满子刚刚睡醒，见我来便急忙坐直身子：“你来啦？”

“你认出我来了？”我有些激动。

何满子点点头。

这是个好兆头，我满怀期待地坐到了病床边：“上次说到哪一场了？”

“紫檀商人得知西冷也是RH阴性便去申请了配型。”

“啊，想起来了。”我快速将剧本翻了起来，“西冷和他的DNA匹配率为99.99%，这里也讲过了吧？”

何满子再次乖巧地点了点头：“我能记得的最后一场是西冷失忆。”

“好的。”我心中有了定数，开始继续向下念剧情。正当进展到失忆后的西冷在阿特列克河畔救下那位酒吧老板娘时，何满子突然抬起头看着我：“酒吧？”

“对！”我瞪大了眼睛，“有印象了？”

“嗯，好久没去酒吧了。”她像初尝酒精滋味的少女般。

原本以为她恢复了剧本部分记忆的我自然有些失望：“那我打听一下，等你恢复好了陪你去。”

“不用打听。”何满子眨了眨眼睛，“我知道一个。”

“你知道？”我惊讶地问，“除了医院和剧组你哪都没去过，你怎么会知道？”

“我梦见的。”

十八

赵子雍开车载着我，方向全凭后座何满子的指挥。在此之前，赵子雍对此事万般存疑：“她从没去过别的地方，真是瞎胡闹。”

“到了。”何满子说道。

车子停靠在闭塞的巷子里，幽暗的夜幕下，酒吧通体的木质结构高悬着两盏橙红色的灯，牌匾上写着硕大的阿拉伯字母。

“酒吧的名字吗？”赵子雍抬头看着牌匾，“什么意思？”

“禁酒令。”何满子脱口而出，率先走了进去。

酒吧里光线昏暗，幽暗的灯光散发出令人想沉沉睡去的微醺气息。四壁的木板墙壁贴满二十世纪初美国禁酒令时期的电影海报，空气里回荡着逝去岁月里特有的黑人爵士乐。酒桶层层叠叠堆放在角落，一种混合果香和酒精香的味道不停飘来。

酒吧尽头的抽象油画前，老板娘正在打碟。

“我来了。”何满子走了过去。

老板娘抬起头疑惑地看着何满子，像忘记却又不好失了礼数般和蔼微笑：“随便坐。”

何满子径自坐在了吧台前的长脚椅上，体态丰腴的老板娘笑容温柔：“喝点什么？”

“就要你以前给我调的那杯酒，我不知道叫什么名字。”何满子说。

刚取出盎司杯的老板娘转过身：“你没记错吗？我们之前没见过面。”

“见过，你在沙漠里被风暴困住暂住我家，你是不是个舞蹈演员？”

听此，我急忙拉住何满子，并不停向老板娘解释：“她是我们的女演员，因劳累过度，最近总把剧本情景代入到现实里，你别介意。”

可我话音刚落，老板娘的神情慢慢变化：“我之前的确遭遇过沙尘暴，也的确曾是名舞蹈演员，可你是怎么知道的？”

何满子不顾我的惊讶，兴致勃勃地看着老板娘：“你告诉我的啊，包括土库曼斯坦这个酒吧的位置。”

沉默中，老板娘渐渐眯起了眼睛。

十九

再次从医院看望完何满子，我回到剧组。换场间隙，老攻正趴在摄影机前跟赵子雍聊天。见我过去，赵子雍急忙问道：“她怎么样？”

原本积郁在心的实话却说不出口：“继续恢复着。”

老攻迫不及待地发话：“那几天内能不能出院？”

我既为难又无奈，摇了摇头。

见赵子雍也沉默着，老攻把手中的烟蒂扔到脚下：“实在不行，干脆让左坠儿主演算了。”

据说这段时间左坠儿的表现与试镜时有了天壤之别。能戒掉先前的毛病就已不易，况且左坠儿聪明机灵，尤其是练起动作戏来妥妥的气势逼人。

我看向赵子雍等待回应，但他默不作声只是抽烟。我还在犹豫是否再次催促，手机的振动霎时传遍神经末梢。我离开几步后接通电话：“你好。”

“上次肇事车辆撞倒患者的监控录像被调出来了。”

二十

在医院中，我和赵子雍看到了事发时的监控录像。车辆通体红色，车内只有男性司机一人，体型较为魁梧，穿着黑色紧身上衣。

虽然再没有其他线索，我们也足以谢天谢地。在医院门口，我低声问赵子雍：“报警吗？”

赵子雍摇了摇头：“缓缓吧。”

见我惊讶且不甘，赵子雍又补充道：“这也是何渔的意思。”

可替补的镜头即将告罄，我们将行至这个巨大的分水岭。苦苦硬撑的赵子雍甚至亲自修改起剧本，争取将分水岭的出现尽量延后。

何满子的恢复状况自然需要倍加催促，这段时间我一得空便带执拗的何满子去禁酒令。我意外地发现，何满子在这个酒吧里似乎恢复得格外好。

不仅气色开始红润，就连眼神中都开始透出昔日的神采。她开始记起剧本部分场次的内容，甚至可以聊起拍摄时经历的轶事。

“导演还好吗？其他人呢？”何满子问道。

“大家都好，就是惦记你早点回剧组，好给大家再次炖牛肉。”我说。

何满子的笑容里全是满足和骄傲：“拍得还顺利吗？”

“都顺利。”我隐瞒了左坠儿拍摄替补的事。

“那我到底什么时候才能回剧组？”何满子用她的大眼睛看着我。

我一时语塞。

老板娘也与我越发熟络了起来，忘记从何时，她开始一见我来，便会主动地倒上小杯龙舌兰放到桌上。在我与何满子聊剧组的大部分时候，她都是安详和蔼地笑着，那样子像极了何满子昔日的笑颜。

二十一

左坠儿越发用功，即便入夜都能在走廊上碰见她满身汗水地走来。一天晚上我循声前往酒店健身房，左坠儿正在那里打沙袋。

“即使不为了这部戏，我也总要为今后打算，你说对不？”左坠儿汗流满面，却没有要停下来的意思。

我为她轻掩上门，年轻而富有活力的喘息在我身后渐渐隐去。

而当晚，我就被赵子雍叫到酒店大厅开会。副导演愁眉不展却也自揽责任，小小群演无须从国内带来，而连日的混乱使之忽略了提前联络当地华人客串。

“要不是我客串过商队成员，这场戏我就演了。”副导演说道。

“剧组里的男性都客串过了吧？”赵子雍向他确认，也得到了肯定的答复。

正当大家坐在大厅沙发上冥思苦想之际，训练完毕后的左坠儿边擦着额上的汗边走了过来：“不就是一个会开车的男性群演嘛，我认识。”

何渔起了疑心：“你怎么会认识？”

“我的朋友通天下，不行吗？”左坠儿反唇相讥。

何渔自知求人之际，便不再追问。

左坠儿当即滑动屏幕拨打电话，接通后简明说了意图，从她的神态和语气中看出对方似乎同意了下来。赵子雍不忘在一旁低声提醒：“叫他把资料和照片发到我邮箱里。”

左坠儿用手捂住听筒，转头对赵子雍说：“他现在有空可以过来，你看一下，不合适就让他走。”

几十分钟后，男孩如约出现在酒店大厅，身材高大健硕，轮廓棱角立体，笑起来也很有亲和力。

“导演，怎么样？”左坠儿像媒人般骄傲地问道。

赵子雍点了点头，问他：“以前演过戏吗？”

“国内给朋友演过一部微电影，余下的就只是大学话剧社团的活动了。”

“会开车对吧？”赵子雍再次确认。

得到了男孩肯定的答复后，赵子雍示意我拿出这几场的剧本给他。

左坠儿和男孩并肩坐在双人沙发上念台词，表情有喜有怒，语气有悲有笑。

坐在赵子雍身旁的何渔冷哼了一声，起身转头上楼。老攻不怀好意地捅了捅赵子雍的手臂，压低声音：“吃醋啦？”

男孩没有什么出色发挥，但应付小角色还是绰绰有余。次日下午风和日丽，空气和温度似乎都透着一丝“中庸”的味道。

赵子雍下令走戏，男孩坐进了轮胎陷入土坑的车中。左坠儿递给男孩一把钳子，男孩犹豫片刻接过了工具。

“算可以吧。”赵子雍喃喃自语道。

他自言自语地说着，我却紧紧地盯着监视器。

“怎么了？”赵子雍察觉到我愈发僵硬的面部表情。

“他，”我指着监视器中坐在车内的男孩，低声对赵子雍说，“像不像监控里撞倒何满子的那个男人？”

二十二

我和赵子雍拿着光碟走向左坠儿的房间，持续的敲门声过去很久，门内才传来左坠儿小声地询问：“谁？”

“是我，赵导修改了下一场的剧本。”我说。

又过了近一分钟后，门打开了。

我跟随赵子雍闯了进去，发现那个男人站在左坠儿的床边，被子虽然在仓促间叠了起来，但紧皱的床单依旧遮掩不住翻云覆雨的痕迹。

赵子雍将光碟放进碟机里，行动之迅速令左坠儿瞠目结舌，根本来不及阻拦。

短暂的读碟之后，画面流畅而出。男人驾驶着红色的跑车在距离何满子百米外发动加速，何满子在强烈的车灯包围中无所适从。

左坠儿看完录像猝然起身："这事真是你做的？你怎么能……"

赵子雍平静地打断了她："别装了。我见过的演员多了去了，你是演技最差的一个。"

二十三

夜幕降临后的微风吹进窗户，却依旧无法驱散房间里的乌烟瘴气。

此时左坠儿面容憔悴，披头散发。几个小时前她还在这个房间里与男人风花雪月巫山云雨，而现在却成为了众矢之的。

一根烟后，赵子雍终于开口："我们不报警，但你当着大家的面，必须把事情交代清楚。"

何渔坐在角落里，眼神却偷瞄向左坠儿。

又一行眼泪夺眶而出，她站在房间中央："我是真的真的特别希望能够得到这个角色。"

除了唆使男孩托医院关系违规驶向草坪撞倒何满子，她早在剧组入驻首日便翻看了演员生活名册并记住了何满子阿司匹林过敏。那晚她端着温水和白色药片递给偏头痛发作的何满子，何满子感激地服用了下去。

"还有吗？"赵子雍问。

左坠儿哭着说："没有了，真的没有了。"

"那天我和何渔跟邮协的人谈判时，何满子驾驶的汽车为何停不下来？"

左坠儿瞪大了眼睛："我不知道！"

赵子雍失望地摇了摇头："你如果不愚蠢又怎会混到如斯田地，我们早就知道刹车被人动了手脚，你不知道？需不需要我请警察来给你和他做个指纹采集鉴定？"

左坠儿张着嘴愣了两秒钟，大哭了起来。

众人陷入了沉默，只能听见左坠儿不间断的抽泣声。何渔张口，可力度却如同吐出的烟雾般缥缈："再查查吧，别是冤枉了她。"

老攻虽已人到中年，却依旧血气方刚："你还护着她？你进来时没发现床单是皱的？她还叠被子，你见过她哪次起床会自己叠被子？这不是掩人耳目我跟你姓。"

老攻越说越激动，索性拉扯起叠得生疏青涩的被子。突然间，物体坠地的清脆声响让房间顿时寂静下来。

一盒避孕套，正安静地躺在地上。

二十四

那晚离开前，赵子雍冷静地对左坠儿说："我们不报警，你自己离开剧组吧，别让我再看见你。"

风波过后，海面依旧波澜不惊。我和赵子雍外出宵夜，何渔没有再出现。

晚风吹了过来，赵子雍点了支烟。

"给我也来一支吧。"

"你不是早戒了吗？"话虽如此，但赵子雍还是将烟盒递了过来，"你做我的助理多久了？"

"三年多了吧。"我抽得缓慢，肺里还未觉有何不适。

"想不想自己做导演？"他问。

"肯定有这个想法，但现阶段还是想做你助理。"

赵子雍便不再说话。

"下一步你打算怎么办？"我问他。

"'下一步你打算怎么办'，之前我也问过这个问题。"赵子雍默默抬起头，"当年我还是个小副导演的时候，我跟随费老拍戏，就是拍《德黑兰雨季森林》的那个。那次剧组的突发事件比这回严重得多，一个年轻场工在拍摄船戏时不慎落水，救上来已经没气了。剧组连夜通知了其父母，二老千里迢迢从深山赶到上海，说什么也要打官司不可。费老当年承受的压力比我大多了。那晚我也问过他打算怎么办，可费老虽心力交瘁，却依旧和蔼可亲地对我说了一句话。"

"什么？"

"不要怕，这个世界上没有什么可怕的。"赵子雍笑了，"每当遇到觉得过不去的坎时，就静下心来自念这句话，整个人都不会再浮躁了。记住，导演最重要的使命就是对得起观众。"

"所以你的意思是……"

赵子雍点了点头："对，等何满子痊愈回来。"

二十五

自赵子雍决定等何满子痊愈而归，我早睡早起，每日都至酒店外的山口散步享受日出。大片朝霞烘托着红色太阳冲破云层，像是一首壮丽而苍凉的歌谣。

当医院再次致电称何满子失踪时，我已被这接二连三的风波打击惯了，反倒是一向冷静谨慎的赵子雍疯了似的红着眼睛冲进医院，也不顾语言不通的限制怒斥："什么叫不见了？人好好的怎么会不见？这是你们医院的失职！"

我倒是逐渐冷静下来，耐心地听完护士讲述事情原委。何满子确有每日黄昏前外出散步的习惯，当日她照例踏上草坪，与一位神似亲友之人相谈甚欢。

“那人长什么样？”我问。

“短发女人，体态丰满。”护士回忆说。

赵子雍看了看我，飞快地跑去了禁酒令。黄昏雾霭中，酒吧安安静静地伫立于氤氲大地之上，“暂停营业”的木牌悬挂于紧锁的门前，已被蒙上厚厚一层灰尘。

二十六

周遭的环境陌生又熟悉，昏暗的灯光让何满子感受到了久违的温暖。她转过头，壁炉里的火焰燃烧得正旺，氤氲火苗似在抚慰每位孤独的未亡人。

亘古闪耀的繁星在日月轮转间又高悬于天际，不同种族和肤色的人们虔诚地聚集在神祇之下，带着不容亵渎的神圣光辉。

视线中，女人的轮廓逐渐模糊，但是在黄昏天色下格外静好。

一阵从心脏涌出的热流迅速分散到神经末梢，触电般的感觉如同多年前被那辆疾驰而来的汽车撞飞的瞬间。

何满子看着面前逐渐消散的影子，喃喃地说道：“妈妈。”

二十七

七个月后，赵子雍带着《土库曼斯坦之夜》的剧组成员参加了首映式，这部影片在国内出乎意料地获得了如潮好评。出品方激动万分，早在首映式前就举行了若干场声势浩大的庆功宴，并准备乘胜追击，力争要将这部片子打进明年的国际电影节。

首映式当天，就连大批素日犀利的影评人也不吝对女主角何满子的赞赏，媒体记者纷纷称她是国内几大电影节最佳女主角的不二人选。

首映式后的第二天，各大报纸娱乐版都用全篇幅刊载了同一个报道：

《曝导演赵子雍为保全前途，七年前抛弃未婚妻何满子》。

二十八

七年的时间，可以发生些什么？

——从一个国家申奥，到奥运会圆满举行。

——从规划一个大型水利项目，到勘测地理、安置群众、转移百姓、大兴土木、成功通航。

——也许是三次大地震，一次海啸，兴许还有一次核电站泄漏。

——或者是一个导演从默默无闻，到声名鹊起。

这个国家每年有数以万计导演专业的学生毕业，九年前的赵子雍和大部分导演专业毕业生一样拍广告、接微电影、拍摄三流歌手的MV。直到七年前，他方才以作品积累为基础，稍稍崭露头角。

但那时，这种名气还完全不足以吸引任何投资方将斥资千万元的电影项目交到他手中。那时的赵子雍刚购入一辆十万元的二手汽车，住在四环边的出租房内，去哪里都不用戴墨镜，因为娱乐媒体的狗仔也不屑跟踪他的私生活。

九年前的何满子，在北京知名艺术院校的表演专业读大二，由朋友介绍加入了一个MV拍摄剧组，饰演歌手恋人的何满子与导演赵子雍相爱了。

恋爱多年，中间不知发生多少风花雪月或年少轻狂的谈资。就在谈婚论嫁之际，从超速行驶的货车上掉落的钢管，直直地从轿车主驾上何满子的父亲左眼插入，贯穿了他的整个头部。

坐在后座的何满子目睹了全过程。

生性自由狂野的母亲早已与父亲离婚，恋爱时赵子雍很少听何满子谈起那个女人。

“听说是死了。”何满子平静地说。

“听说？”赵子雍惊讶地脱口而出，“你没见到她最后一面吗？”

“她那些年一直在国外，出事时独自去动乱地区开扩人生眼界。”何满子故意让语气听起来轻松幽默，“据说当晚遭遇了一场沙暴，尸体估计早被秃鹫吃了吧。”

“她去了哪儿？”赵子雍问。

“土库曼斯坦。”何满子说。

在何满子目睹父亲之死后，赵子雍便在相当长的时间内对其寸步不离悉心照顾。但何满子的发作毫无规律，稍受刺激便会行如泼妇，大闯片场、推倒灯架或砸坏机器是家常便饭，但每次清醒后都会陷入强烈的懊悔和自责之中。

何满子想过绝路。她托人多次拿到过大剂量的安定粉剂，并装进贴有感冒标签的咖啡色药瓶中。

“下次当你看到这个视频时，如果你忘记你是谁，就去卧室内衣柜二层找到一个咖啡色药瓶，把里面粉剂服用下去。”对着自拍模式下的镜头，何满子笑了，“你是个演员，你不能不美。”

在这种循环往复的恶性怪圈和神经质的自我催眠下，赵子雍率先崩溃了。

那时的赵子雍开始进入事业上升期，他开始受到知名影视公司的垂青，开始接拍大型电视剧，开始和一线摄影师打交道，开始频繁出席国内外电影节。

——赵子雍离开了何满子。

直到在《德黑兰雨季森林》那部被禁作品的宴请上，他们时隔多年再次相遇，而何满子已经完全不记得赵子雍了。

“赵导你好，我叫何满子，很高兴和你认识。”何满子笑着说。

二十九

“其实《土库曼斯坦之夜》剧本根本不是出自公司编剧之手，而是你写的，对吗？”

在赵子雍家中，我问他。

那些年赵子雍的高产或许也与何满子有关。在他风生水起的过程中，何满子的笑容一直在脑海中浮现，愧疚感随着事业的平步青云而愈发强烈。

终于，赵子雍决定自我救赎。

在赵子雍通过费老的片子与何满子重逢后，他搁置了手中已拿到赞助的剧本，三天三夜没合眼，构思出了《土库曼斯坦之夜》的剧本雏形。他希望通过每一场戏、每一个镜头、每一句台词的影射来提醒何满子，只奢望她能从片子中找回记忆。

全过程我不知道，制片不知道，剧组的人都不知道。只有赵子雍从提交剧本开始，每一步承受着巨大的心理压力，一边隐瞒，一边前行。

三十

我从赵子雍家中走出，猛地被灼热强烈的阳光刺得睁不开眼睛。

小区外大批赵子雍的影迷将门口包围得水泄不通，他们遥对赵子雍的窗户哭得歇斯底里："你承认吧，承认了我们依旧爱你。"

我抑制住了从心脏猛然涌向喉咙的酸楚。

恍惚间，我眼前突然浮现起曾在土库曼斯坦度过的一个个夜晚。一望无际的棉花田和小麦地上空，石油和天然气特有的味道飘来。古老的歌谣回荡在夜幕之上，阿哈尔捷金马群傲首伫立在沙漠上。一切光影都像是恍若隔世的呓语，穿越时空向我涌来。

昼夜颠倒间，我想起离开赵子雍家前他和我的最后一段对话：

"你去做导演吧，你现在已经有足够的能力去执导一部片子了。"

"可我还想再跟你拍一段时间，我怕我自己不行。"

"不要怕，这个世界上本没有什么可怕的。"

土库曼斯坦之夜·终

故事五

斯德哥尔摩之光

The Light of Stockholm

一

浩瀚的苍穹中蕴藏着蔓延向天际的绚烂与悲怆。发轫于亘古的原始冰川绵延至今，伴随着暗潮涌动的火山熔岩和瑰丽的间歇泉，绘制出夜幕下的海岸、山脉、冰盖、火山和迷雾针叶林。来自于遥远岁月的北欧神话像是游吟诗人梦呓般的歌谣，萦绕着古老的斯堪的纳维亚半岛。波罗的海和北海的风似乎延续着维京海盗的血脉，在漫长而严寒的冬季伴随着太阳的厮杀，傲然登上了这片黄昏时壮丽苍凉的古老大陆。

一切景象已由电脑模拟完毕，眼前是包裹住整个工厂的绿幕。七米长的轨道躲在亮如白昼的镝灯和聚光灯中，散发出冰冷的金属光芒。坐在轨道车上的摄影师与助理进行着最后的沟通，灯光老大在指挥助理调整黑旗和泡沫反光板的角度，控制摇臂的摄影师接过了他人递来的矿泉水，录音师嘱咐录助调整音杆角度后仔细听着耳机里的指示待命。

导演下达了开拍指令。

监视器这边，披着军大衣的导演前倾身子，认真地盯着屏幕画面。女演员左眼角流下眼泪时，正好由反复计算好调度的移动镜头捕捉到。导演左手紧攥的拳头微微松开——这已是这个镜头的第七条，各工种完美配合，难关终于过去了。

屏幕里，女演员苍白的手指握住了银质的酒杯。镜头随着女人酒杯的缓慢扬起而上摇，依次出现了小巧的下巴和朱红的樱唇。女演员闭上眼，将冰冷的金属酒杯贴近柔软的嘴唇，微微蹙眉后，仰头将杯里的酒一饮而尽。

导演的嘴角微微上扬，这个镜头实在令他很满意。女制片人也双手抱胸紧盯着屏幕，之前因为紧张而咬住的苍白嘴唇，在慢慢舒开后复归了血色红润。

监视器里，女演员的酒杯从手中滑落，在工厂的水泥地板上发出清脆的声响。浓密的睫毛随着女演员瞪大的双眼而微微颤抖，扩张的瞳孔在剧烈地转动。她张着嘴，紫黑色的血液顺着嘴角和眼睛流了出来。苍白的手指关节狰狞地扭曲着，似是在用尽全力维系她最后的脉搏。镜头有条不紊地推至女演员的脸庞，嘴角的血液染红了手指和前胸，她猝然倒下。

导演瞪大了眼睛盯着监视器。

轨道车上的摄影师缓慢移动至轨道尽头。

四周一片寂静。

“过！”导演站起身，双臂高抬拍出清脆洪亮的掌声。

整个剧组长吁了一口气。萦绕在地面上的白色雾气随着干冰机器的关闭而渐渐消退，灯光组撤下了黑旗和泡沫反光板，摄影师走下轨道车接过了助理递来的矿泉水，放下音杆话筒的录音助理甩了甩酸楚的手腕，场记员在场记单“喝毒酒自杀”的 42 场 16 镜 7 次后划了个勾。

“太棒了唐玫，快起来吧。”导演看着倒在地上的女人，话语满是欣喜。

监视器里，女演员没有动。

屏幕突然黑了。

导演转头看向摄影师，不知情关闭摄影机的摄影师反应过来后做了个抱歉的表情。三架 2K 聚光灯再次亮起，把场地中央照耀出一小片与世隔绝般的光明。

“导演……”

导演愣在原地几秒钟，猛地转过头看向那片光明。

女演员依旧躺在地上，身边有一小摊开始干涸了的紫黑色液体。

围在她身边的剧组演职人员们个个面色苍白，摄影助理手中的镜头盖掉到了地上，场记手中的剧本和场记单散落一地。看着快速走过来的导演，手中还拿着遮光板的灯光师声音颤抖着说道：

“演员真的死了。”

二

傍晚 6 点，公路上车水马龙。街道两旁鳞次栉比的商铺亮起了招揽顾客的霓虹灯，远处缓慢驶来的公交车靠站，归家的人们行色匆匆，拥堵时汽车的鸣笛交织在商铺传来的流行歌曲中。远方的高楼大厦和钢铁森林氤氲着令人微醺的灯红酒绿，但交织着混乱和颓败的工作日晚高峰才是眼前最为真切的景象。

赵子轩走进家中，路灯透过窗帘照射进来。他脱掉警服，摘下眼镜，走进了浴室。冰凉的水流缓缓浸湿棉质的背心，渐渐在脚踝下积起一小摊水洼。他脱下背心，将潮湿的衣服扔进洗衣机，拿毛巾擦了擦头发，裹好下身，走出浴室。

黑暗清冷的房间角落挂着一把电吉他，琴弦在路灯下泛出利刃般锐利的光芒。架子鼓上悬挂着铁制的人类头盖骨形状的吊灯，他打开开关，昏暗的灯光从头骨眼部散发出来。餐桌上摆着三个被锡纸包裹平整的盘子，他看了一眼，换好鞋，走出家门。

夜幕降临了。这个位于华北平原的繁华城市迎来秋末冬初的萧瑟，空气里弥漫着寒冷季节特有的雾霾味道。古运河从千里之外的江南发轫，亘古不息地流经至此。绵延的水流年复一年冰冻冰融，见证着两岸的火树银花。

晚高峰的压力稍微缓解，来自北欧的重金属音乐不轻不重地传进赵子轩耳中，正好盖过了街道上行人和车辆的喧嚣。

推开酒馆的门，嘈杂却又温暖的气息伴随热腾腾的雾气扑面而来。赵子轩摘掉手套环顾四周，靠墙位置的桌旁，陈笑扬了扬手，招呼他走了过去。

桌上摆放着六七瓶啤酒，赵子轩放下钥匙，拿起一瓶倒进杯中。

“庆祝你顺利从省里培训归来。”赵子轩举起酒杯。

“哪里有什么培训？我就是去给领导拍照顺便写个新闻稿。”陈笑摆了摆手，“你好像又瘦了。”

“有吗？”

“没错，瘦版的约翰·列侬。”说完，陈笑对邻桌的服务员扬了扬手臂：“菜单。”

赵子轩低下头填写菜单：“啤酒再要半打？我明天轮休。”

“我无所谓。”陈笑耸了耸肩，“前几天我刚看了一部电影，男主角很像你。”

“反派吧？闭嘴。”赵子轩把菜单和笔递还给服务员。

“一部北欧的电影，丹麦的，叫《狩猎》，导演是……”陈笑把手机递给赵子轩，“就是这个，托马斯·温特伯格。”

赵子轩歪头盯着手机屏幕：“记下了。”

“对了，这几天有个犯人要去你们那儿。”

赵子轩正在用筷子夹酱牛肉的手停顿了一下。

“去年有个案子，一个电影剧组里的女演员拍着戏死了。你记得吧？”

赵子轩张着嘴，两秒后喉咙里发出了“啊”的音节。

“想起来了？”陈笑问道。

赵子轩点了点头：“死者正饰演一场喝毒酒自杀的戏，结果真被毒死了。”

“是啊，据说导演在监视器前满心欢喜，还夸着这场戏演得真像中毒死亡一样。”陈笑将上半身凑近桌子，“询问时，导演还说见其口吐白沫七窍流血，盘算着要为化妆组这次筹备的血浆如此逼真而好好表扬一番。”

赵子轩皱着眉头，把伸向羊肉餐盘的手缩了回来：“这个案子判了？”

“刚判，录音师涉嫌故意杀人判死刑，缓期两年，估计这两天就去你们那儿。”

“不立即执行？”

陈笑摇了摇头：“被害人有过错，案发前曾言语辱骂犯人，争执之中犯人起了报复心理。案发后犯人主动坦白罪行，表露出悔意，也积极配合对死者家属的赔偿工作。一审宣判后，估计犯人也是觉得自己捡回了一条命，所以当庭表示不上诉。”

“女演员辱骂录音师啊。”赵子轩喃喃自语。

“不过这个录音师也挺有意思。”陈笑举杯与赵子轩相碰，“他是第一个被警方排除在嫌疑人名单之外的。”

“怎么可能？”赵子轩放下杯子。

“不在场证明。”陈笑说道，“他有非常充足的不在场证明。最初，警方根据对剧组关于酒杯存放位置及投毒时机的询问，得知酒杯在当晚 21 时 45 分后随其他道具拿到了片场，并在 21 时 55 分左右，被道具组从箱中拿出，摆放在桌子上。那场戏约定在 22 时左右开拍，因此之前一个多小时有装灯的灯光组、搬运设备的道具组以及摄影组进出，现场出入人员比较复杂。重点是临开拍前几分钟，片场情况也很混乱。直到 22 时正式开拍，这个酒杯有过五分钟左右的无监管期。”

“死亡时间呢？”

“22 时 37 分。那时已是这个镜头的第七条，也是导演口中‘唯一能用’的一条。”

“毒物会不会是在 22 时至 22 时 37 分这个时间段投进去的？”

“没可能。现场三十多个人，除了演员没人接触酒杯。即使是带着疑似可存放毒物化妆包的化妆师及其助理也仅是接近而已，更何况我们早已对他们的物品进行了鉴定。”

“也就是说，”赵子轩喝了一小口酒，“凶手是在 21 时 55 分至 22 时之间这五分钟内有投毒时间，对吧？”

“没错，而最初确定在这个时间段不可能投毒的人，正是剧组的录音师——”陈笑顿了顿，“这个真正的犯人。”

“他的不在场证明是什么？”

“可能作案的这五分钟内，他通过一次三分钟的电话，21 时 56 分拨打的。他解释说他那时在棚外抽烟。”陈笑说道，“在那之前，警方曾模拟过从录音棚到片场的时间，以成年男人最快的速度奔跑，单程也要五十多秒钟，更何况飞快奔跑很引人注目，实际单程耗费的时间肯定更长。我们调查过录音助理，在开拍前他回到片场时，‘情绪气息都很平稳’，不像是剧烈运动后的状态。那么，就只有一种可能。”

“他没有投毒时间？”赵子轩问道。

陈笑点了点头。

“有意思。”赵子轩说道，“明明他有不在场证明，你们还断定他是凶手？”

“相比这个，你难道不好奇他当时是与谁通的电话？”

赵子轩低下头，轻轻抖落羊肉竹签上的木炭：“没兴趣。”

“正是死者哦。”陈笑摇了摇手指。

赵子轩抬起头。

“拨打于 21 时 56 分的那通电话，是他打给死者的。而摄影师也回忆道，那时他正要调整机位，需要女演员坐在原地走戏。但的确在开拍前几分钟，女演员突然掏出手机，看了看屏幕，匆忙跟摄影师说了句抱歉后跑了出去。”

“也太不负责了吧。”赵子轩轻描淡写地说道。

“对，摄影师说导演也很生气。但死者看到手机屏幕来电时的脸色不太好，加之没几分钟就跑了回来，态度很友善地因麻烦大家等待而道歉，导演也就没再追究。”

“死者和凶手的通话啊。”赵子轩总结道，“说了些什么？”

“工作。你别摆出这副表情，最初我也很意外。”陈笑制止了他，“我们询问当时死者周围的化妆师和摄影助理，他们说死者语气很平静，说了些诸如‘什么事’‘我知道了’‘可是’‘一会儿见’等毫无信息价值的短句，也没有什么实质性事件的描述。”

“仅是工作的话，在片场公开沟通不就好了？”

“他说他有烟瘾，而且不小。”陈笑伸出手指装作吸烟模样，“开拍前非得到室外抽一支不可。但吸烟时想到了需要与演员沟通的事宜，点上烟就打给了女演员。”

“这话的真伪你们调查了？”赵子轩看向陈笑，“毕竟是死无对证的事。”

“当然。说到调查，得感谢这哥们儿的职业病。你们玩音乐的是不是都有通话录音的习惯？”

“手机录音啊，原来如此。”

“他向警方出示了与死者通话的录音。谨慎起见，我们还问他只有这个电话录音还是一贯如此。他回答是长期的习惯，并出示了之前不同通话的录音记录。”

“我可没有这个习惯。”赵子轩摆了摆手。

“在那通电话中，我们听到的确是关于工作的沟通内容。他强调了这场戏台词的注意事宜，女演员回复以‘知道了’‘好的’等内容，与摄影师提供的口供吻合。”

“那还有什么问题？”赵子轩皱起眉，“连作案时间都没有，怎会又成为嫌疑人？”

陈笑嘴角扬起，露出狡黠的笑容：“很少遇见你对案子感兴趣嘛。”

“可能是因为这次跟音乐有点关系。”

“在回答你之前，我先问你。”陈笑从外套口袋里掏出烟盒，抽出一支递给赵子轩，“假如你是录音师，在拍摄时需要用音杆话筒采音，对吧？”

“当然。”赵子轩接过烟，对着打火机点燃。

“演员在拍摄前，也需由你给她装上扩音器吧？”

“小蜜蜂。”赵子轩点了点头。

“音杆在录音助理这边，而小蜜蜂是在演员这边，我这么表述你能明白吗？”

赵子轩吸了一口烟：“这状况我懂，但跟案子有什么关系？”

“如果演员在拍摄期间移动，比如去洗手间。”点燃烟，陈笑对着赵子轩扬了扬，“在进行这些急迫且短暂的空间移动时，小蜜蜂也会一起移动吧？你小心烟灰。”

赵子轩缓过神来，低下头，把烟灰向烟缸里弹落干净。

“我猜你明白了。”陈笑看着捏扁烟盒熄灭烟的赵子轩，“小蜜蜂有录音功能。”

赵子轩张着嘴，缓了两三秒："死者身上的小蜜蜂，录到了犯人说谎的证据？"

陈笑摇了摇头："恰恰相反。小蜜蜂具备录音功能，死者离开片场后仍开启着。小蜜蜂以及录音文件，都是凶手主动提供给我们的。"

"录音文件？"

"没错，MP3格式的录音文件，记录下了前日下午死者与他人的通话记录。死者当时带着小蜜蜂离开片场去洗手间，在那里进行了一次通话。事后凶手在整理当天的拍摄文件时，发现了这条被意外记录下来的通话记录。"

"什么内容？"

"'有本事你杀了我'。"

赵子轩张着嘴，说不出话来。

"通话零零散散，死者的情绪也比较激动，也说到'你别惹我''三十万，少一分都不行'等短句。"

"桃色绯闻？"赵子轩歪着头问道，"对方是谁？"

"重点就是不知道对方是谁。"陈笑说道。

"也没有线索？"

"只知道对方是个男性。"陈笑说道，"隔着听筒，完全捕捉不到任何信息。"

"你们找声音专家鉴定过吗？"赵子轩问道。

"先喝了这杯。"说着，陈笑举起了酒瓶。

赵子轩将酒倒入杯中一饮而尽："你们一定找过了。"

"是的，得知了谁也想不到的信息。首先，专家也鉴定不出听筒对面的声音来源与内容。按道理说再细微的人声只要能分辨出来，都可以通过频率或振幅推测出信息。但听筒对面的人声振幅太微弱，完全捕捉不到任何内容，专家是这么跟警方说的。"

"但是——"

"但是，"陈笑接下了赵子轩的疑问，"就在警方打算放弃从声音入手时，鉴定人员说了句谁也想不到的话。"

赵子轩抬起头。

"那个21时56分拨出的电话，很古怪。"陈笑说道。

"就是那个为犯人证明没有作案时间的通话？"赵子轩确认般地问道。

陈笑点了点头："那通电话，是伪证。"

赵子轩眯起了眼睛。

陈笑从包中掏出一支录音笔，把耳机递给赵子轩："你听听这个。"

戴上耳机，听筒中传来的是赵子轩自己的声音：

"我得了癌症，活不过三个月了。"

赵子轩皱起眉头，把耳机狠狠扔到桌上："我从没说过这种话，你快收起来。"

陈笑歪着头，拿起录音笔和耳机。

“快点。”赵子轩烦躁地说道，“快删掉，真丧气！”

“当我知道了那个伪证的制造原理后，自己也试着做了几条。”把录音笔放回包内，陈笑又点燃一支烟，“看起来效果还不错。”

赵子轩抢过陈笑面前的烟盒，皱着眉也点了一支烟。

“懂了吧，我只是把你之前乐队演出时说过的话收集起来，再别有用心地截取。最后剪辑，就成为了无中生有的‘证据’。”陈笑把烟灰轻轻弹落，“所以拜那个哥们儿自掘坟墓所赐，警方把注意力又转移到了他的身上。”

“很顺利？”

“顺利得有点诡异。”陈笑侧了侧身子，“我们调查毒物来源，你知道么，这哥们儿用个人账号公然在网上询问有没有人卖砒霜，拿货时也不稍作伪装，整个筹备过程简直是一路行走一路留痕迹。感谢他，我们还顺便端了个贩卖三氧化二砷的团伙。”

“真奇怪啊。”赵子轩把烟头捏在烟盒里，“一个处心积虑制造不在场证明的犯人，按理说反侦察能力和智商都较为超群，心思缜密到他的存在都是你们警方的麻烦，但竟然会在毒物获取这种小事儿上出这么愚蠢的疏漏。这说不通。”

“不仅如此。其实当初他的嫌疑已经基本消除，他大可不必再向警方提供案发前一天那份女演员通话的录音文件，这对他没好处。”

“结果正是这条音频让他原形毕露。”

“没错，我们都不知道他的动机是什么。不需要撇清嫌疑，更谈不上嫁祸他人。”

“最后的调查结果呢？”赵子轩问道。

“他说想出示录音文件，将警方的注意力转移到电话那头的男人那里。”

赵子轩看着他：“你信吗？”

陈笑摇了摇头。想了想，又补充道：“不过，不信又能如何？”

“他坦白得很痛快？”

“很痛快。哦对，我们最初还怀疑他是否与这个有关，”陈笑轻轻敲了两下头部，“但他坦白的过程思路清晰、逻辑严谨，连申请精神鉴定的必要都没有。因与女演员争执故怀恨在心，咨询并获取三氧化二砷，制作伪证并伺机下毒，假装……”

“等等。”赵子轩打断了他，“伺机？案发前他就在片场？”

“没错。开拍前递给死者小蜜蜂，随后一直带着耳机。录音功能其实相当于……”

“监听。”

“监听。”陈笑点了点头，“他把小蜜蜂当作窃听器。”

“所以，”赵子轩张着嘴，“他根本就没有与女演员通那个电话？”

“没错。女演员可以死在12月8日，也可以是7日或者9日。他做好一切准备工作，接下来只需要……”

“等待女演员何时能在片场接到一个电话而已。”赵子轩把话接了下来，“即使不在女演员身边，也能够通过小蜜蜂听到女演员讲话的内容，然后利用这段录音编一段有关工作的对话，与自己的配音剪辑为一段完整的通话证词。”

陈笑举起酒杯示意面前的男人。

“聪明。”赵子轩放下酒杯，向背后的椅子靠了上去，“畅快淋漓。”

“注意立场。”陈笑指了指他。

“但是，”赵子轩凑了上来，“那段女演员的争执通话，到底是怎么回事？”

“说实话，我们没有调查出来。”陈笑摊了摊手，“但是他坦白了。”

“也是伪证？”赵子轩皱眉。

“不是伪证。剧组场记当时也去了洗手间，她回忆的确曾在隔间内听到女演员在打电话，情绪比较激动，这一点和犯人提供的线索倒是吻合。按理说，这事暂时和犯人扯不上什么关系。”陈笑拿起烟盒，“再来一支？”

赵子轩摆了摆手。

“但是他倒主动揽到自己头上，说那通电话录音也是由他伪造而成。”陈笑放下打火机，吐出烟雾，“他说是打算嫁祸他人，把警方的注意力转移到神秘男人身上。想必就是一个在巧合时间出现的桃色绯闻，但这已经不属于我们调查的范畴了。”

“他和女演员有仇？”

“调查关系后发现，这个女演员有点……怎么说呢？势利，你能明白吧。”

“瞧不起录音师？”

“差不多，不太把录音、灯光、化妆、场记这些工种放在眼里，但也不会愚蠢到主动刁难挑事。案发前几日，这个录音师带进片场几张收藏的金属唱片，死者当时穿着拖地长戏服裙，发型只做了一半，起身外出时剐蹭到录音师的背包。你想象一下只做了半边发髻的女演员余下的长发潇洒扫过的场景，落地后的唱片还被没及时停下的高跟鞋狠狠踩了一脚。”

“纯属意外之失啊。”

“的确纯属过失。女演员发现后马上道歉，虽然态度有些敷衍。录音师却反常地暴躁，凭我们接触的印象及剧组成员的评价，他怎么看都算是个温和沉默之人。但那天他蹲下身，捡起地上的碟片，用现场所有人都听得见的音量说了一句脏话。”

“脏话？”

“对，脏话，我就不说了。”

“哪句？”

陈笑摆了摆手：“真不说了，你明白是句侮辱女性的言辞就好。知道么，现场十几个成员，气氛顿时就凝滞了。‘地上掉根针都能听见’，这句小学就写进作文里的俗语真是恰当。”

“女演员很生气吧？”

“岂止生气。当时现场的剧组成员，大都是开拍前进行筹备的灯光、摄影、化妆、场工等工种成员，正是她平日不太爱接触的人群。那种受辱感，驱使原本已经经过录音师的她又走了回来，”说着，陈笑扬了扬手，“扇了他一巴掌。”

“打人之前，不是都应该再说句‘你再说一句试试’么？“

“是啊，连‘你再说句试试’都没有。”陈笑收回手臂，“就是这么干脆利落。”

“我明白了。打火机给我。”赵子轩叼着烟，接过了陈笑递来的打火机，“两个人就是这么吵起来的。”

“不，并不是吵。吵需要双方的共同参与，接下来更像是女演员独自的彪悍秀。打完打一巴掌，录音师没有还手，甚至连言语回骂都没有。人啊，这种时候可能就会产生一种‘暂时得胜’的心理，女演员自诩威慑住了面前这位高大男人，就把刚刚承受的那句脏话扩大了十倍的问候范围还给了录音师。”

“他一直没回骂？就那么默默地听着？”

“没错，全程聆听咒骂时表现得很平静，就是一直看着那几张金属唱片——对了，说不定你知道。”说着，陈笑滑动屏幕，将手机递给了赵子轩，“就是这个。”

赵子轩接过手机，眼神牢牢地停留在屏幕上。

“Eternal Tears of Sorrow（永恒悲伤之泪乐队）？这是他们*A Virgin & A Whore*（《处女与妓女》）那张专辑。”

“后面还有，”陈笑前倾身子，“往后翻。”

“Black Sabbath（黑色安息日），Children of Bodom（博多之子），”赵子轩低头翻动着屏幕，喃喃自语，“Forest of Shadow（阴影森林）。”

“你果然都知道。”陈笑收回手机，“调查这些专辑和乐队是工作任务，队里三个人连续听了一整夜。”

“听完觉得怎么样？”

“我还是只能接受 Guns N’ Roses（枪炮与玫瑰）和 Scorpions（蝎子乐队）。”陈笑摆了摆手，苦笑道，“总之，当时录音师抱着这些唱片，在剧组成员的注视下承受了她一个耳光。”

“如果他没有还手的话，那的确是女演员过分了。”

“更过分的是，据片场的场工说哦，女演员赤裸裸地表达了对他们这些工种的……”陈笑顿了顿，酝酿着措辞，“就是瞧不起的态度。”

“歧视？”

“算是吧。所以当女演员耀武扬威地顶着那半边发髻走出去之后，所有人都围到了那名录音师身边，义愤填膺地表达着他们的愤慨和对录音师的力挺。”

“挺可笑。”赵子轩说。

“什么？”

“女演员谩骂时，他们怎么不站出来？非等着风波平息了去做什么好人。”赵子轩摇了摇头，“还有，我实在无法理解，一名堂堂正正的录音师，什么时候轮得到你一个女演员去歧视？”

“注意立场。”陈笑用手指敲了敲桌子，“第一，你说这句话的时候已经在进行歧视；第二，作为一名人民警察，你不应当对杀人犯表露出同情情绪。”

赵子轩扔下手中的烟盒，没有说话。

“不过，我们对他重新开始调查之后，发现了他童年时期的一段往事。”

赵子轩依旧背靠在椅子上，没有说话。

“你知道斯德哥尔摩症候群吧。”陈笑问道。

赵子轩抬起了头。

“这个杀人犯，八岁时曾遭一名男人绑架，并被囚禁在地窖里长达七年之久。”

“啊——”赵子轩从喉咙里发出一个音节。

“也巧，这位绑架犯所住的平房隔壁是处贩卖假药的窝点，警方突袭时意外获得举报，这家的水表有问题。”陈笑说道，“警方也有经验，正好那时候上报的失踪人口不断增长，就顺便去拜访了这处平房。”

“恶有恶报啊。”

“话虽这么说，”陈笑拿起开瓶器，“但警方准备将绑架犯拷走时，男孩抱着当年队长的大腿咬了一口。”

赵子轩接过陈笑递过来的酒杯。

“男孩被绑架了七年，却将解救他的警方看作是敌人。男孩又哭又闹，就是不允许警方将绑架犯带走。”

赵子轩喝了一口啤酒，没有说话。

“这就是调查出来的录音师的往事，竟然还有这么一段童年。”

“人质综合征啊。”赵子轩说道。

陈笑点了点头。

“说到底，那通在洗手间里通话的对方男性是谁？”

“犯人说没有这个人。”陈笑说。

“真是无聊。”赵子轩听后把身子向后重重一靠，“聪明反被聪明误。”

陈笑抬起手臂看了眼时间：“你女朋友回家了吗？”

“不知道。”赵子轩掏出手机，看了眼屏幕，“啊，给我发信息说到家了。”

“都这么久了，什么时候带过来见见？”

“一次你在省厅，一次她临时有事。”赵子轩收起手机，“就最近吧。”

“成。”

“走吧。”赵子轩转过身，扬了扬手臂，“服务员，买单。”

三

走进小区，三楼窗户中发出一片暖人的橙色灯火。初冬华北平原夜晚 11 点，空气中弥漫着愈发浓烈的雾气。赵子轩打开家门，温室暖香扑面而来，与混合煤炭颗粒的北方冷空气融合。关上门，赵子轩把钥匙不轻不重地放到鞋柜上。

浴室门上挂着温暖的水珠，透过磨砂玻璃的氤氲水汽模糊了这片柔和的灯光。

“你回来啦。”女人推开浴室的门，擦着湿漉漉的头发。

赵子轩没有答话。换好拖鞋，走进客厅。

“怎么没吃饭？”女友穿着浴袍，“我走之前做的糖醋肉看你都没有动。”

“在外面吃了。”赵子轩言简意赅。

“有不高兴的事？”女友小心翼翼问道。

赵子轩转过头看着女人：“你怎么这么晚才回来？不是 9 点下班么。”

“遇到了一个……”女友低下头，“比较难缠的客人。”

赵子轩皱起眉，拿起遥控器打开了电视。

深夜新闻正在滚动播出着台湾蓝绿营的争斗专题片，时评人谈着李登辉的“两国论”阴谋昭然若揭，被保外就医的陈水扁神色轻松，台湾逾千名大学生突破警方防线，冲入台湾行政院。

“别生气了。”女友小声说道，声音混合在高喊口号的学生中间。

“你不会拒绝？”赵子轩烦躁地扔下遥控器，“跟你说了多少遍，你不会说你有男朋友？真不信女人足够自爱的话，会有哪个男人愿意冒被告性骚扰的风险胡搅蛮缠。”

女人的手指紧紧攥住浴袍的一角。

加湿器的指示灯自动亮了起来。

窗外，对面的楼层又有一户人家的灯光暗了下去。厚重的窗帘隔绝了窗内外的人与风景，却隔绝不了周而复始亮了又灭的光。

赵子轩抱起女人，把她压在了身下。

流着泪的女人没有反抗，柔软的嘴唇慢慢贴合在一起。浴袍从沙发上滑落到地，身体像被地动山摇般涌出的晨光包裹，沐浴在霾气散尽后耀眼的光芒中央。

赵子轩突然有种错觉。录音师投毒时在想些什么？眼睁睁看着女演员在自己面前暴毙倒下，他会有欢欣胜利的喜悦吗？女演员死去前，是否与他四目相对？

赵子轩感觉体内像是有一座火山即将要爆发，岩浆暗潮涌动，耳畔突然响起了一阵缥缈的游吟，男声由远及近，缓缓地唱着古老的歌谣。

渐渐地，他似乎看见一个男人低吟着行走在被黑暗包围着的海岸线。录音师是从什么时候开始动起杀意的？仇恨是从唱片被毁的那刻开始的吗？月亮的圣洁光辉温柔地洒落在古老的大地上，夜幕下的深海潮起潮落，却缓慢地浸润着越来越广阔的海岸。

突然，尖叫声像潮水涌入耳膜。身下的女友脸庞充斥窒息后的红色。她捂住赵子轩覆盖在她脖颈上的手，剧烈的咳嗽就像幻觉里那愈来愈猛烈的浪潮。

海浪褪去了。

赵子轩张着嘴，意识到这一切后从女友的身上下来，女友剧烈地干呕起来。

“我不知道刚……”赵子轩扯过滚落到地上的卫生纸，有些无措地说道，“对不起。”

女友接过卫生纸紧紧攥在手里。

赵子轩看着她脖颈上两道触目惊心的掌印：“我不是故意……弄疼你了吧。”

“你想要杀了我吗？”女友坐在地上，围起了浴袍的她将头埋在怀中。

“不，不是。”赵子轩一直不太会道歉，“我也不知道刚才是怎么回事，就好像突然间不受控制了一样，我……真的对不起。”

女友抬起头，窒息后凝聚起的血液还在脸上泛着微微的红。

赵子轩蹲下身，轻轻地摸了摸她的脸颊。

“你最近压力一定很大吧，我理解。”女友说道，“还要吗？”

赵子轩低头看了看，说道：“依你。”

“那去睡觉吧，你太累了。”女友说道。

加湿器的指示灯熄灭了。

四

兴许是太久没进厨房的缘故，次日，赵子轩用了五分钟才将油盐酱醋料酒全部找齐摆到案板旁。他从未留意到与厨房绝缘的几个月里抽油烟机被清理得这么干净。番茄酱、黄芥末和黑胡椒干净利落地存放在玻璃瓶内，速冻馄饨和国庆节包的水饺妥当地用塑料袋装好放进冰箱第二格。

赵子轩走进阳台，楼下有小孩子哭闹的声音。小区里不知哪户的父亲正带着儿子去上周末特长班，也可能是奥数提高班。铁制的防护窗内放着葱、胡萝卜和茄子等蔬菜。赵子轩拿了两个土豆和一个西红柿走进厨房。

再过几天终于要供暖了。

略显逼仄的厨房内油烟弥漫，就像棋牌室一样的乌烟瘴气。他重新戴上眼镜，姜屿穿着浅亚麻色的家居服，隔着白茫茫的烟雾看着他。

“你醒了？”他扶好眼镜，“饭马上就好。”

“怎么亲自动手？”姜屿打开水龙头洗手。

“那你端进去吧。”赵子轩拿出瓷碗，把混合着热腾腾酱汁的土豆牛肉盛进去。

饭桌上摆着两道菜和一锅玉米胡萝卜排骨汤。赵子轩从厨房拿了一听啤酒走到桌前，姜屿已经为他盛好了米饭。

“给我也拿罐啤酒来吧。”姜屿轻声地说。

“你平时不是不喜欢喝酒吗？”

“的确，”姜屿苦笑道，“工作喝酒喝得恶心。但是今天陪你。”

赵子轩没再阻止，走进厨房拿出一听打开后递到姜屿面前。他看着姜屿仰头喝啤酒的样子，小麦发酵后的啤酒泡沫沾在了她的嘴角。

“跟我出趟门吧。”赵子轩用纸巾帮她擦了擦啤酒泡沫，“不会耽误你上班。”

虽然不是周末，但商业街的顾客依旧熙攘。商铺万圣节的折扣横幅还未全部扯下，感恩节的购物狂欢指南又霸占了大街小巷。走出车站，深秋的树木仅剩下枝丫和枯叶，街道边聚集着小商贩。看着姜屿挽着赵子轩的手臂，一个中年女人把面前水桶里用包装纸简单修饰后的玫瑰花和康乃馨拿起了几捧。

“要吗？”赵子轩问道。

“不要。”姜屿摇了摇头，手臂挽得又紧了一些。

不远处的商场热闹非凡，把这个萧瑟凛冽的晚秋装点得一片盎然。姜屿把手臂抽了出来，握住了赵子轩的手。赵子轩不太喜欢在公开场合牵手，但没有拒绝。

“现在才1点多，你想去哪里转转？”抬起头，商场高层的巨型横幅正打着最新院线电影的宣传语，“比如电影院。”

“太浪费时间了。”姜屿摇了摇头。

赵子轩张了张嘴，把原本想说的话憋了回去。

坐扶梯来到商场二层，先陪姜屿买了两份丹麦面包。没什么特别的原因，拿着甜点的话，至少姜屿不用再来牵自己的手。

拿着牛皮纸袋装的甜点，赵子轩看到化妆品柜台。唇膏的试用装按照颜色分类摆好，红粉橘紫色系像是调色盘按照加白或加水调色而呈现出不同的色调。

“要给女朋友挑选唇膏吗？”妆容精致的柜台小姐浅笑道，“想要什么色系？咱家今年限量色到货了，有这种梅子紫色，还有这款艳珊瑚色，膏体带闪。”

“你喜欢什么颜色？”赵子轩看着手腕皮肤的试色，“这个紫色喜欢吗？”

“太艳了。”姜屿摇了摇头。

“不好意思。”赵子轩对专柜小姐说道，“她不太喜欢。”

专柜小姐略显尴尬地笑了笑，把手腕收了回来。

姜屿浏览着排列整齐的唇膏底部的色板，眼睛定在其中一处：“我喜欢这款。”

赵子轩白皙的皮肤上出现了一抹珊瑚色的淡雅。

“好看吗？”姜屿向赵子轩询问。

“你喜欢就好。”赵子轩看向那几排色彩斑斓的唇膏，“不再看看别的了？”

“不要了。”姜屿从包中掏出纸巾将手腕上的色彩擦拭干净，“这款最喜欢。”

赵子轩看向专柜小姐：“那麻烦您开票吧，包一下这支。”

“不要别的了吗？”

“不要了。”

“啊……好的。”专柜小姐犹豫了一会儿，将票递给赵子轩，“收银台在那边，直走二十米然后右拐。”

“谢谢。”赵子轩看向姜屿，“那你在这等我一下。”说完拍了两下姜屿的肩膀。

转身离开后的赵子轩按捺下了想走出去吸支烟的冲动。刷完卡后，他拿着收据走回柜台，柜台小姐已经将唇膏装入了礼袋。

“拿着吧。”赵子轩说道。

“你帮我拿着。”

赵子轩没再说什么，接过了礼袋：“谢谢。”

“没事。”柜台小姐礼节性地表示着，“多谢光顾，您慢走。”

走出商场，店铺门口在用扬声器播放着流行歌曲，婚纱商家支起了展台进行宣传活动。留意到姜屿向婚纱看了一眼，赵子轩没说话，继续向前走着。

“该去上班了吧？”赵子轩问道，“我送你。”

姜屿摇了摇头：“不太想让你再过去了。”

“我不会再闹事的。”赵子轩又皱起眉，“上次也是那男的喝醉了想带你走。”

“不了。”姜屿抬起头。

赵子轩攥着姜屿手腕的手指慢慢松开，随即垂了下来：“还有昨晚……”

姜屿下意识地抚摸着脖颈处那几道指痕，红色还未散去。

“我也不知道为什么，但我主观并不想伤害你，更不会想杀你。”

“我知道。”姜屿点了点头。

公交车驶来，赵子轩将礼袋递给姜屿。岁末华北平原的寒风，即使在白昼都凛冽得像冰刃一样。公交车席卷起漫天尘土。看着车向远方开走，赵子轩头也不回地离去。

穿过一条布满泥土的小巷，眼前是一片低矮的由住宅楼底层改造的商铺。破败的招牌已因年久而褪色，金属卷帘门的边角铁皮皱起，霓虹灯泡已无法全部闪耀出令人微醺的色彩。赵子轩走上台阶，直接进入地下室。

光线因没有窗户的缘故渐渐暗去，墙壁上布满不明液体留下的残迹，一整排色彩斑斓的牛皮纸摇滚海报像是遮羞一般，密集地将原本白色的墙体遮住，将仅存的一丝光线吸收进去。喧嚣的金属电音也由远及近地传来，特殊隔音材质的泡沫墙壁吸收了大部分嘈杂的噪声，却仍有隐约的鼓点和贝斯在耳膜旁鼓噪。

赵子轩推开挂有“排练中”字牌的门，音乐顿时从门内放肆涌出。

排练室里的两人停下演奏，鼓手转动鼓槌指向赵子轩憔悴的眼圈：“昨天没睡好？”

“算是吧。”赵子轩将背上的琴包取下，环顾四周，“有想法了吗？”

“毫无进展。”贝斯手潇洒地说道，“无论如何也编不出来。”

“就还差这首新歌。”赵子轩摆弄效果器电线，“演出前怎么也得编一首出来。”

“现在没思路没主题没灵感没情怀，创作得一点也不快乐。”贝斯手放下琴，走到贴满海报的墙壁前，做出虔诚祈祷的姿势，“拜托帮我们编出一首新歌来吧。”

“如果时间来不及，”鼓手说道，“我们能不能改为‘致敬’专场？”

“你真当这是凑数呢？”赵子轩站起身，将还在海报面前画十字祈祷的贝斯手拽了回来，“他们几个什么时候到？”

“主唱和新女友吵架了，马上就来。”贝斯手自言自语地回忆，“你见过没有？”

“左臂上有个文身的那个吧，见过。”赵子轩说道。

“不不，不是那个。”鼓手打断道，随即看向贝斯手，“换了。周二咱喝酒带过来的时候，不是说他们下午刚刚交往的吗？叉子那天没来，他没见过。”

赵子轩张着嘴，愣了一会儿也不知道要说些什么。

“反倒是你，每次聚会你都不喝酒，也不带女朋友过来。”贝斯手有些不满。

“我解释了多少次，我酒精过敏。”赵子轩苦笑道，“至于女朋友……”

他的脑海中突然想起姜屿的脸庞。他低下头，整理着地上的电线：“她工作忙，一般都上夜班。放心，在我换掉她之前，只要能有机会一定带过来。”

“找一个比自己大的女朋友是不是很省心？”贝斯手问道。

“就像你还喜欢女人的时候，天天被那些小姑娘们缠得也够烦。”

鼓手轻轻打下鼓点，门被推开了。

“怎么才来？”贝斯手脱口而出，深秋凛冽寒风附着上衣服，带来霾的气息。

“嗨，大家好。”陈笑笑了起来，露出洁白的牙齿。

“你怎么来了？”赵子轩抬起身子。

“这附近小区发生了个案子，刚去完现场，顺路来看看。”陈笑招了招手，回应贝斯手对他热烈的问好。

“这附近？”贝斯手问道，“杀人吗？”

“灭门案。现场有三具尸体，除了母亲之外，剩下两个都是孩子。一个三岁，一个刚刚六个月。” 陈笑拍了拍手上的灰尘，“血可是流了不少，整个地板上都是。”

贝斯手看向陈笑的鞋，随即本能地向后退了几步。

赵子轩微微皱起了眉头：“又没来得及洗手吧。”

“朋友，不要露出那么嫌弃的眼神嘛。虽戴着手套，没来得及洗手却是真的。我不着急赶回局里，等排练完请你们喝鸭血粉丝汤，那家店的大棒骨也不错。”

赵子轩想象着地板上的人血，本能地摆了摆手。

“哦，对了。”陈笑从包里掏出一张折叠起来的报纸，“给你看这个。”

赵子轩将报纸接了过来，贝斯手和鼓手也急忙围了上去。

“《‘习马会’实现历史性突破》？”赵子轩看着那个标题。

“不是让你看头版，翻过来。”陈笑说道，“——看娱乐版块。”

赵子轩翻过报纸，看着标题：“《命案剧组重振旗鼓 原班人马再踏征程》。”

“就是那起录音师杀人案件。时隔几个月的休整，剧组再次开工。”陈笑说道，“但这次未拍先火，吸引了很多媒体的注意，开了三场发布会，现场很热闹。”

“真的挺热闹。”赵子轩看着报纸上黑白油墨打印出的发布会现场照片。

“他们这次请的录音师也很有来头，参与拍摄过《土库曼斯坦之夜》《索契的雪》的那个。”

“毕竟出了人命官司，有名的录音师为什么还要来蹚这摊浑水？”

“要知道，发布会后他微博粉丝猛增十万。”陈笑摊了摊手，“这就是互利共赢。”

赵子轩说道：“你专程来这里不会是只让我看这一张当今娱乐至上的报纸吧。”

“当然不是。”陈笑摇了摇头，“刚刚去勘察现场的灭门案，我倒想讲给你听听。”

“喂，小警察。”贝斯手跳出来，“你这么做，小心我举报你泄露公安机密。”

“没错。”赵子轩把报纸递给陈笑，“我对你们警方的案子也没兴趣。”

“记得这个人吗？”陈笑拿出一张彩印图片，“像素不太高，不过很有辨识度。”

“好面熟啊。”贝斯手凑了过来，“你看那个演出现场背景。”

“‘反抗者’乐队。”赵子轩用手指敲了敲图片上乐队成员身着的队服，“他们的衣服上统一印着黑底白色倒五角星的图案，以及这条倒十字架的项链，乐队人手一条。”

“咱们是不是一起演出过？”贝斯手说道，“好像合作过一次，四支乐队凑场。”

赵子轩点了点头，拿着照片：“就是这一场。咱们乐队第二个上，他们压轴。”

陈笑皱着眉：“你们认识吗？”

“点头之交吧，也仅限于此了。互相都听说过对方乐队的名字，但没有实际的私下来往。现在他们乐队的名气比我们大，国内玩死核的没几支。”

陈笑听着，眯起了眼睛：“灭门案的成年死者，就是这个乐队主唱的前女友。”

五

临近深夜，街道上行人车辆稀少，整个城市泛着清冷的光芒。

“他们不来？”陈笑吐出的话语融入濒临冰点的空气中，升腾起白茫茫的雾气。

“贝斯手要去陪男朋友。”赵子轩说道，“打沙袋。”

“健身教练？还是拳击手？”

“体育大学的学生。”赵子轩把大衣的衣领向上拽了拽，“倒是你，整个队都在为这个案子东奔西走，你还有闲心来这里喝粉丝汤。”

“这次是局长语重心长地拍了拍我肩膀，难得慈爱地说‘放你一晚上假’。”

赵子轩没再说话，脚步停在一家朱红色门框的商铺门口：“是这家吧。”

推开门，门框上挂着的风铃发出清脆的声响，一阵热气迎面扑来。

“三碗鸭血粉丝汤，大碗。一份炒茼蒿，一份韭菜炒螺丝。”陈笑道，“再来只盐水鸭。”

“她那份等她到了再点吧。”赵子轩说道。

陈笑拿着菜单：“她还多久到？”

“应该快了，咱先吃吧。”说着，赵子轩扬了扬手机。

“也好，我是饿了。”说着，陈笑把菜单递给老板娘，“希望你女朋友这份‘夜班工作’，的确如你所说是企业前台。假如是其他性质的工作……”

“炒茼蒿。”老板娘端着装满嫩绿菜叶的盘子放到了桌子上。透过白茫茫的雾气，赵子轩瞥见了陈笑那张似笑非笑的脸。

“快吃。”陈笑说道。

赵子轩从竹筒中抽出了筷子。

“在得知了死者身份之后，我就马上想到，我是不是曾经见过死者的前男友。”

赵子轩张着嘴，马上回想了起来：“对，我们那晚演出，你来看过。”

“果然是他。”陈笑点了点头，“当时我拿着啤酒，站在靠墙的位置。他们是压轴？记得两首歌过后，他们乐队集体向乐迷统一做出了一个手势，还喊了一句话。乐迷们就像集体嗑药了一样——抱歉我不是侮辱你们的粉丝。”

“是这个吧。”赵子轩伸出左手，中指和无名指朝向手心，拇指、食指和小指依旧保持伸张的状态。

“啊对，就是这个手势。”陈笑也伸出右手做起了这个手势，“什么意思？”

“向撒旦祷告。”赵子轩说道。

“撒旦？”陈笑皱着眉，“他是个狂热分子吗？撒旦教徒？”

“也未必。现在很多摇滚乐队都会在演出时做出这个手势，乐迷们也会跟着偶像一起做。但这些乐手未必就有信仰。”

“我懂了。一种形式感对吧？”

“你可以这么理解，就是一种形式。但是他们更乐意称之为一种‘态度’。”

“那么做完这个手势，这位主唱还喊出了一句英文……”

“Satanic Salute（撒旦呼唤仪式）。”赵子轩打断了他，“是这么发音吧？”

“挺像，但记不太清楚了。你发音太清澈了，那个主唱更像是嘶吼出来的。”陈笑问道，“什么意思？”

“比如……”说着，赵子轩双手合十，虔诚一拜，“阿弥陀佛。”

“这么说来，他很可能只是一个狂热的摇滚分子，并不是什么撒旦教徒。”说着，陈笑将笔记本向前一推，重重地靠在了身后的椅背上，“我刚刚还以为，我们可以顺便端掉一个邪教团伙。”

“这种话你可不能在演出现场说出来。”

陈笑没有再说话，拿出筷子夹了一块鸭血："味道不错。"

"那他现在知道这件事情吗？"赵子轩问道，"既然你们调查出前男友的身份，想必也已经告知他了吧。"

"不是我们告知他，"陈笑夹了一筷子炒茼蒿，"这件事，是他告知的我们。"

赵子轩疑惑地看着他，随即恍然大悟："他报的警？"

陈笑用纸巾擦了擦手指，点了点头："和乐队吉他手一起报的警。"

"主唱和吉他手一起发现了主唱前女友的尸体，然后报警？"

"的确如此。"陈笑看着赵子轩，补充道，"以及两个孩子的尸体。"

赵子轩皱着眉，打开了一瓶啤酒。

陈笑看了看手表："你女朋友怎么还不来？"

"可能有事，不用管。"

"都二十多分钟了。"陈笑把身子前倾，"临近年底，特别乱。"

赵子轩拿着手机，最终还是放下："再等等吧。"

"好吧。"陈笑没再争取，"前天下午 6 点半，他们照例约好排练。乐队聚在排练室十五分钟左右，吉他手的手机响了，来电人正是主唱的前女友。"

"信息量好大。"赵子轩顿了顿，说道，"主唱的前女友，为什么会直接给吉他手打电话？莫非两人分手之后，女孩和吉他手在一起？"

"主唱也不知为何前女友会给吉他手打电话，所以点头示意接通。"陈笑装作打电话的样子，"但那边一直处于杂音喧嚣状态，喂了好多声，都没有回应。"

"排练室在地下吧？我们在地下排练室也经常连接不到信号。"

"不，他们的排练室在地上，二楼。"陈笑说道，"于是，主唱就去拿自己的手机。他说手机没电，所以到排练室第一件事就是给手机充电。开机后，屏幕上跳出五条未接来电提醒，都是前女友的。且按时间算，是振动模式没有被发现导致的漏接。于是主唱就把电话给前女友回了过去，但对方一直处于无人接听的状态。"

"因预感到前女友恐怕出事，因此两人决定上门？"

"正是如此。两人敲门没回应，再回拨女孩手机时却已关机。二人苦口婆心地向物业要来了备用钥匙，门一打开，就发现了三具尸体和满地鲜血。"

赵子轩看着面前碗里肥嫩的紫红色鸭血，皱起了眉头。

"怎么不吃？"陈笑用勺子舀起一块软糯的鸭血问道。

"'反叛者'一定会爆红吧，就像下午你给我看的那个命案剧组的案例一样。"

"除非主唱和吉他手不是凶手，摇滚乐向来都是让人积极的力量。"陈笑说道，"可目前恐怕要让我失望了。"

赵子轩瞪大了眼睛。

"那两具孩子的尸体可是重要证据。"陈笑说道，"你不好奇是谁的孩子？"

“死者现在是单身状态吗？”

“社会关系还在调查，不过关于两个孩子，主唱可是给了警方一个重要线索。”

“什么？”

“乐队的吉他手和他的前女友有染。”

“前女友的两个孩子是吉他手的？”

“主唱自述，第一个孩子是自己致使前女友怀孕后生下的。但第二个孩子，很有可能是前女友与吉他手有染后生下的。”陈笑看着赵子轩，“摇滚乐手使女孩未婚先孕，这种事在你们领域是不是特别普遍？”

赵子轩皱起了眉头：“去你的。”

手机突然响了起来。

赵子轩拿起手机看了一眼屏幕，随即递给陈笑：“她说她今天太累，就不过来了，改天聚。要我一定要替她向你致歉。”

“不必这么客气。”陈笑说道，看着赵子轩把手机锁屏，问道，“不给她回复吗？”

“啊？不用。”赵子轩将手机放回口袋，“她也习惯了我不爱回复短信。”

“真是个好女孩。”陈笑向酒杯里倒酒，“你也注意做好防护措施。”

“知道。”赵子轩接过陈笑递过来的啤酒。

“主唱咬定分手前她就与吉他手鬼混。”陈笑说道，“但吉他手却死不承认。”

“但这种事只要调查，知道真相也是迟早的事吧？”

“没错，迟早的事。”陈笑说道，“今天我同事们已经去调查了三个人的社会关系，另外第二具小孩子的尸体已经送去做 DNA 化验，相关样本采集方面，吉他手配合得很痛快。虽说主唱不是很情愿，但最终也配合了。”

“可即使孩子不是吉他手的，就算是主唱的，也不能说明凶手是他们之一吧？”

“但可以提供很有价值的证据。

“有没有一种可能，”赵子轩说道，“凶手是除他们之外的另外一个人？像这种长期追随摇滚乐队的女孩，社会关系应该也比较复杂。”

“已经去调查了。”陈笑盯着赵子轩，“这位和你同台演出过的主唱，非常可疑。”

“为什么这么说？”

“虽然案发时间是下班高峰，但仍有人在死者小区门口目击到主唱的出现。而在 19 号，案发的前一天晚上，卖苹果的小贩收摊之际曾看到披着外套、穿着睡裤的死者和穿着皮衣抽着烟的主唱在小区楼下发生争执。”

“确认没看错？”

“案发前的那个身影目击者称并不是十足有把握，她说最近这个小区附近的‘嬉皮士’越来越多了。但那位小贩却言之凿凿，说他看了死者和主唱的照片，因为那晚二人的争执比较激烈，加之主唱的重金属装扮很令人侧目，所以他印象较深。”

“争执的内容他听到了吗？”

“他说听到了女方谈到了‘抚养金’。”

“因女方以巨额抚养金作为勒索，男方情急之下杀人灭口？”

“有这个可能性。”陈笑说道，“所以这几天我主要负责盯他。”

“今晚私自旷工来喝鸭血粉丝汤，就凭你这个工作态度……”

“你知不知道，你们今晚所在的这个排练室，往上数二层，就是‘反抗者’乐队的排练室？”陈笑歪着头，“所以我今晚特意来到这个排练室，去找了负责人，看过了排练室，随后去找了你。而且你们排练室的信号不好是真的，我试过了，信号两格，但毕竟地下排练室比二层每小时要便宜二十五块钱。”

看着陈笑端起面前的汤碗仰头喝尽，赵子轩说道：“所以你今晚是执行公务？”

“对，跟你的聊天，也算是走访。而这顿饭……”说着，陈笑扬了扬手臂招呼老板娘买单，“可以作为调查经费申请报销。”

看着老板娘将小票递到桌前，陈笑掏出两张钞票，微笑着回应：“味道真不错。”

赵子轩从牙缝里吐出几个字：“我终于知道为什么这么多人骂刑警了。”

“骂狱警的也不少。”陈笑起身拿起大衣和文件包，“快走吧，要下雨了。”

六

清晨凄冷的细雨和惨淡的天色将赵子轩从睡梦中唤醒。暗自佩服刑警对于天气的敏感度，他从床头柜上摸到眼镜。姜屿正在他身边安静地睡着，赵子轩回头看了看床旁的椅子，上面整齐叠放着熨烫好的衬衫和警服裤。

走出小区，雨水仍然绵延不绝地坠落。他戴上耳机，原本晚秋宁静的雨声猝然变成了喧嚣的重金属音乐，整个世界就像行驶在水泥路上的摩托车，与尖锐粗粝的钢筋水泥摩擦出零星火花。硬碰硬，除非找到两全之法，否则只能是两败俱伤。

走进办公室，桌上摆放好了同事取来的当天的晨报。国内某女星在欧洲电影节走红毯不慎走光，一支来自于美国和加拿大的科考队伍在亚马孙河流寻找到了一个新昆虫物种，某一线男星出轨女星被偷拍。

向后翻了几页，视线中出现一行粗体标题，在粗粝的纸张上散发出油墨气息。

“这两天发生的特大入室杀人案。”同事走进门，瞥了一眼赵子轩正摊开的报纸，“公安现在正在征集线索。”

赵子轩想起前一夜陈笑提及的那位重金属乐队主唱：“这可是个大案子。”

“是啊，这可是个大案子。”同事穿好外套，“那么就交给你啦，我回去了。”

“好好休息。”说着，赵子轩指了指暖气旁边挂着的伞，“带上，有雨。”

“这么点雨应该没事吧？”虽说着，同事还是取了伞，“对了，昨天新来了个人。”

“谁？”赵子轩一下没反应过来。

“轰动一时的录音师杀人案，记得吧？”同事捂住喉咙做出毒杀状，“收押了。”

赵子轩愣了两秒，随即反应了过来：“想起来了。”

“另外，244 号情绪有些波动，你得多费点心。” 同事挥了挥手，走出门去。

雨仍在细密绵延地下着。这场初冬的雨就像是今年最后一场降雨，随即就将为这个世界换上清冷萧瑟的天色，呼唤来凛冽的寒风，迎接白茫茫的大雪。

赵子轩收拾好桌上的报纸，开始走上通道。

吃过早饭的犯人们开始劳动。在降温的这段日子里，一边等待集体供暖，一边为礼品盒盖子编织缎带。樱桃色的粉嫩礼品盒像外面世界那些陷入恋爱的少女们懵懂的心，也像分隔久居两地的人传递给远方的愿望。附着油污渍的灰色监服被钢筋铁栏围绕在中间，而礼品盒却像是默片中色彩渲染的一帧画面，格外刺眼。

四周布满铜墙铁壁，在这样一个昏暗的中雨天气，高悬的铁窗似乎分隔不开光明和黑暗，而是将整个混沌的世界混为一体。

天空响过一道悠远而沉闷的雷声。

隔着满室的灰色，一个眼神突然穿过阴雨天的白炽灯，穿过纸浆和秸秆染色制成的粉色礼物，传递了过来。

赵子轩愣了一下，却没有移开视线。那个男人身材高大，像是健身运动的爱好者；皮肤白皙，与其他如长期务农或高强度暴晒的犯人呈现出的黝黑皮肤截然不同；握着缎带的手指修长，是长期研习乐器才能修养出的优美指形。

四目相对的那一眼，男人的眼中透出一种转瞬即逝的阴鸷。

看到赵子轩也在看他，那个男人低下头去。

“这就是新来的那个犯人？”赵子轩回过头，询问昨天白天上班的同事。

“哪个？”同事顺着手指方向看去，“费可，就是那个毒杀女演员的录音师。”

“他可算是咱们这‘最不像犯人的犯人’了吧？”赵子轩说道，“还是杀人犯。”

“你怎么也学起小说里的语气了？”同事拿着保温茶杯，热水升腾起的雾气在冷空气中逐渐消失。

赵子轩没有理会同事玩笑性质的揶揄：“他情绪怎么样？”

“温顺得出人意料。昨晚进来后感觉就像下班回家的感觉，接受教育时的反应就像听导演讲戏。要知道，咱这里边新人进来第一天该吃吃该睡睡的可不多。”

“的确不多。”赵子轩若有所思地点了点头。

“晚饭后你可以找他单独聊聊，了解思想，传达政策。”

“还是算了吧。”赵子轩摆了摆手，“既然这么顺从，也就没有单独做思想工作的必要了。相比这个，听说 244 号又绝食抗议了。”

“老婆从老家寄来一封信。”同事说道，“好像要闹离婚。”

“绝食抗议也没用，难不成还盼老婆犯点事关进来，离不成这婚？”

“估计是怕女人不安于室。”同事笑了，“我要是他老婆，男人犯了强奸罪，我也离婚。”

看着暴露在冷空气中的热水逐渐变温，赵子轩没有再说话。

阴雨天的白昼，也像是黑夜般暗无天日。乌云迅速聚集在上空，灰黑色的云层如浓墨渲染，将整个天色遮掩得密不透风。

白炽灯的明亮光线穿透黑暗，将这个昏暗的黄昏衬托得更加凄冷。

临近下班，来上晚班的同事走进办公室，冬雨混合萧疏寒冷的气息扑面而来。

“真的要降温了。”同事在门口抖落着雨衣和皮鞋上的雨水和泥土，“还没走？”

“正要走。”赵子轩收拾着桌上的文件，“下午找过了244号，事情可不止老婆因男人在牢房而离婚这么简单。他当年强奸的是幼女，这女孩还是他老婆娘家亲戚的小孩，现在表现出非常严重的自闭症状。这事传得满村都是，娘家人对老婆指指点点，前段时间回家还发现一堆烧毁的纸钱灰烬摆在家门口，木门上还插着把刀。”

“真是可怜人啊。”同事感慨道，“那受害者怎么样？”

“一个未成年少女遭遇了这种事，在村子里都已经风传开了，同学们也都知道，骂她脏。”赵子轩唏嘘地说道，“现在学校也去不了，自杀了一次幸亏被发现得早，催吐加洗胃才把农药给呕出来。这件事反正我是理解244号他老婆的，农村妇女能忍则忍，不到万不得已不会提出离婚。有空你还是劝劝他吧。”

“知道了。”同事走进办公室，“一起去食堂？雨下得可不小，车都堵路上了。”

“真不巧。”赵子轩拿出手机，叹了口气，“有约了，我女朋友让我去接她。”

“像我这种单身的人可真是轻松啊。”同事笑了起来，“你玩音乐应该会遇到不少异性吧？什么时候给我介绍一位？”

“异性没有，同性倒有一位很迫切想摆脱单身状态。”赵子轩想起贝斯手。

同事隔了两秒才反应过来，急忙说：“没那嗜好。”

赵子轩也笑了，拿起大衣：“那我走啦，今晚辛苦你了。”

一走出楼门，冷风顷刻间呼啸而来。赵子轩深吸一口气，把衣领紧紧地立起。

赵子轩与姜屿约定好先一起吃饭。这里距离约定好的餐厅有十来分钟的车程，但看着街道上密集静止的车辆，千副雨刷整齐地摇摆，车灯、红绿灯和霓虹灯的光线穿透雨雾，赵子轩决定下车步行。

赵子轩率先抵达餐厅，室内温和的气流让他瞬间有了安全感。服务生递上了用热水浸泡过的毛巾，温热的触觉如同电流让他忘却了深秋的寒气。

“先生，一共几位？”

“两位。”赵子轩答道。

“那我帮您撤掉多余的餐具。”说着，服务生开始收这六人桌上的消毒碗筷。

“留两套。”

“好的。”服务生递来了菜单，“您看看需要什么。”

“等人来了再叫你。”赵子轩想了想，补充道，“麻烦先拿一瓶常温啤酒。”

啤酒开盖后端了上来。赵子轩掏出手机，开始翻阅新闻。直到姜屿的身影出现在隔着水珠和雨雾的落地窗外，门框上的风铃声清脆地响起。

“怎么这么慢？”

“实在不好意思。”姜屿脱掉毛呢外套，露出奶茶色的高领针织衫，“因为打不到车，天又实在冷，我只好又回去拿了一件厚衣服。”

赵子轩把自己因为怕迟到所以忍着寒冷逆风快走过来的抱怨话语咽了下去。他面色略不耐烦，将菜单推到姜屿面前：“你吃什么？”

姜屿的双手被冻得发红，紧紧地攥在一起。她摇了摇头：“你来点吧。”

“你什么时候可以有一些主见。”赵子轩不愠不火地吐出这几个字，随即抬高音量，对不远处的服务生招手：“点餐。”

服务生走过来，记录下赵子轩看好的两个菜名。对面姜屿紧张而委屈，小声地说了声对不起。赵子轩没有理会姜屿：“你们店有什么推荐菜？”

“我们的香辣蟹做得很不错。”服务生极力地推荐着。

“好，就要这个。”

“我可能……”姜屿小声地说到一半，摇了摇头，“没关系，你决定就好。”

赵子轩啪地合上菜单，推到姜屿面前：“刚才就让你来点餐。我上了一天班非常累，不想下班之后还要因为今天吃什么再去费心。”

“对不起。”姜屿再次低下头。

“你道歉道得够多了，不想听了。”赵子轩再次拿起菜单，“再来一份糖醋小排。”

服务生尴尬地看着，不自然地笑了笑：“好的，那我先给您下单了。”

服务生刚一远去，姜屿慢慢伸出手臂，用冻得发红的冰冷手指，试探讨好般地触摸上赵子轩的手。赵子轩没有甩开，只是轻轻地抽了出来，不带任何表情地拿出手机看新闻。姜屿慢慢收回手臂，又紧紧地揉着因寒冷而微微疼痛的手指。她看向服务员的方向，小声地说：“服务员，请您来一杯热水。”

赵子轩瞥了她一眼，又看向服务员的方向。服务员依旧笑容满面，在向邻桌客人极力推荐着菜品。

“给这边再来一杯热水。”等到服务员路过桌旁时，赵子轩叫住了他。随后又用不轻不重地语气对姜屿说道：“你这么小声，谁能听见？”

哪怕用余光都能看出服务员尴尬的神情。

蟹被香芹、笋片、红椒和花椒浸味后，热气腾腾地端上了桌。

姜屿只是局促地坐着，没有动手。

“又怎么了？”赵子轩的语气称不上耐心。

"那个……"姜屿咬着嘴唇，"我这几天生理期不能吃辣……你忘了？"

赵子轩想起之前求欢却被委婉地拒绝，最终姜屿从身后抱住赵子轩和衣而睡。

"那你刚才怎么不说？"赵子轩放下筷子，"我一个人怎么能吃完？"

"我刚才要说的，结果看到你……"

"我怎么了？"赵子轩的语气有些强硬，"我要吃了你？"

"你别这样……"姜屿的眼眶红了，"对不起，是我错了。"

"你什么时候才能成熟一点？"赵子轩把头偏向一边，"真是个愚蠢的女人。"

坐在对面的姜屿没有再说话。她的肩膀微微颤抖着，像是在极力忍耐。终于，姜屿站起了身，拿起身旁的大衣，迅速地向门外走去。

"喂！"赵子轩也随即站了起来，"你去哪里？回来！"

大半个餐厅的人的目光都聚集向赵子轩。看到赵子轩也在看他们，服务生急忙低下头，继续微笑地询问其他客人："请问您要点什么？"

赵子轩烦躁地坐回到位置。想了想，他拿出手机拨打了一个电话。

"喂。"电话接通，陈笑爽朗的声音在听筒那头响了起来。

"在忙吗？"陈笑的声音并没有刻意压低，也就得知此时他没有在开会。

"怎么说呢，很麻烦啊。我在走访。"陈笑叹了口气，"怎么了？"

"点了两人份的晚餐，但现在只有我一个人吃。"赵子轩看着服务生走来，略尴尬地把糖醋小排端上桌，"怎样，你介意来与我分享吗？对方一筷子都没动。"

陈笑似是看了眼时间："都到该吃饭的时间啦？你在什么位置？"

赵子轩报出了餐厅的地址。

"也好。"陈笑想了想，说，"正好我这边还有一些新情况要咨询你。"

"怎样都好。"赵子轩现在迫切地想找陈笑来陪自己结束这顿尴尬的晚餐。

"我嘱咐一下，我们正在小区楼下的车里。"陈笑说道，"马上过去。"

电话挂断。赵子轩收起手机，看着面前的菜已经从刚出炉时的热气萦绕变为现在的不温不火，赵子轩掏出烟盒，取出了一支烟。

"先生，这里不能吸烟。"服务员听到了打火机被按动的声音，急忙走了过来。

刚按动下打火机的赵子轩愣了一下，反应过来后火苗已经熄灭了。他若无其事地再次按动，将烟凑进火苗，吸了一口后，走出餐厅，走到了临街的台阶上。

餐厅的帆布屋檐积蓄了绵延的雨水，正淅淅沥沥地落在石板路面上。冷风愈发让人感受得真切，刚从室内暖和过来的身体再次感受到晚秋的寒气。手指间正在燃烧的烟头仿佛是唯一的热源，正将微弱而灼热的光传递给他。

街道上的交通已经疏通了不少，车辆正在有序地前行着。马路对面的住宅楼开始大面积亮起温暖的橙黄色灯火，巨大的广告牌位上用黑体字炫耀般地标注着：城郊独栋，圆您欧式宫殿的梦想。

氤氲雨雾中，陈笑的身影从模糊逐渐变得清晰。一路小跑的男人停在餐厅门口，先是停下脚步看了几秒，随后笑着招了招手。

“又吵架啦？”陈笑走上台阶。

赵子轩将烟头扔下台阶。被点燃的烟草猝然入水，发出了短促的熄灭声响。

走到桌旁，陈笑抽出纸巾擦干净手上的雨水。赵子轩刚刚点过的菜已经都被服务生端上桌，却早已没了刚装盘时的温暖热气。陈笑看着满桌的菜，连连摇头：“她可真是一口没动啊。”

赵子轩没有接他的话，而是问：“再要菜单来吧？你看看还要加一些什么。”

“真的足够了。”陈笑向两只手心哈气，“要知道队里刚毕业的那几个小孩还没怎么吃饭呢，我一会儿得马上赶回去。”

“你当年刚毕业时不也是这么过来的么？”赵子轩说，“只是早我两年毕业，但你发展得比我好。”

陈笑摆了摆手，阻止他继续说下去：“她没事吗？”

“谁？”赵子轩没反应过来。

“刚坐在这里的人儿。”陈笑指了指自己座位，“吵架后不担心她出点什么事？”

“女人生理期的坏脾气。”赵子轩装作若无其事地说道，“各自冷静下也好。”

“虽然一直没机会见面，但从你的口述中感觉她是个不错的女人。不向你要车要房，一个小狱警，做着没有什么前途的摇滚乐队。”陈笑说道，“我前女友要是有她这样善解人意，肯再等我几年……”

“这世上谁也没理由多等对方几年的。”赵子轩说道。

“也对。”陈笑笑了，拿起啤酒，“为往事干杯，喝吧。”

将杯中的啤酒一饮而尽后，赵子轩突然说道：“对了，那个犯人来了。”

“录音师？”陈笑问道，“费可？”

“就是他。”

“状态怎么样？”

“昨天我轮休，听同事说服从得有些异常。”

“看来是个安于现状的人，人就得有‘活在当下’的魄力。”陈笑将身子前倾，略微压低声音说，“这儿不能吸烟吧？”

赵子轩摇了摇头：“很累？”

“有点，虽然以前三天三夜没合眼的状况也有过。”陈笑说道，“还记得我上次去排练室找你时说的那个摇滚乐队主唱吧？”

“前女友和两个孩子死于家中。”

“没错。”陈笑答道，想了想又补充道，“这件事暂时不要跟其他乐手说。”

“放心，不用你提醒。”赵子轩答道，“那么，那第二个孩子到底是谁的？”

“已经送去做化验了。”陈笑说道，“这两天我快被队长暂停一切支援了。”

“为什么？”

“我总觉得那位主唱……”

“有嫌疑？”

陈笑点了点头。

“作为刑警怎么还这么主观。”

“在还没有明确线索的情况下，刑警的经验可是有可能起到关键作用的。”

“那你发现些什么了吗？”

“正因为没有，队长才觉得我在做无用功。”陈笑略微沮丧地说道，“更棘手的是，那位主唱有不在场证明。”

“什么？”

“通过这两天的询问，我们得知案发当晚他们的行动轨迹。”陈笑说道，“乐队原计划当天 18 点排练。主唱 17 点 50 分就抵达了排练室，抵达时已有键盘手在场。但其他乐手都迟到了，包括吉他手是在 18 点 05 分才到的。他们边调试乐器边等剩下的三位乐手。而 18 点 15 分的时候，吉他手接到了死者打过来的求救电话。”

“那么直到上门去找她的这段时间，成员全部在一起？”赵子轩说，“有没有人，尤其是主唱和吉他手曾单独行动过？”

“有。”陈笑看着笔记本，“主唱曾单独出门约二十分钟。”

“去做什么？”

“据称是买烟。”陈笑说道，“但也有一点不太自然的地方。按理说，排练室出门左转到临街两百米左右就有一个新开的烟酒商行，步行往返总共用不了六七分钟。但主唱解释说是因为一时间忘记了这家新开的烟酒行，因此绕行了三条街，才从一家街角的报亭买了包烟。另外，键盘手回忆说那天他是带烟了的，当他把‘都宝’掏出来的时候，主唱看了一眼后说太呛抽不惯，还是要去买白色万宝路。”

“有种故意为了出门而出门的感觉啊。”赵子轩说道。

“我也有这种感觉。”陈笑说道，“但我发现我果真找错了方向。死者家是第一现场，位于城郊，距离排练室路程较远，只能靠坐车抵达。还记得上次我去你们排练室吧？我是为计算从案发地到排练室的距离。在晚高峰的情况下，这一程至少要四十五分钟。”

“死亡的具体时间确定了吗？”

“初步确定是在 18 点 15 分以后，但很可能是在那之后的几分钟内，精确消息还要等尸检。死者曾先于 18 点 05 分至 18 点 12 分间数次打电话给前男友，也是至少一个孩子的生父。因其手机处于关机充电的状态，因此打电话给前男友的乐队成员。这时死者的状态应该已是十分危急，因此才想到要向吉他手求救。”

“那吉他手和她的桃色绯闻……”

“目前只有主唱一人指认二人有染。三人的共同朋友，诸如其他乐手都表示不清楚。死者与主唱分手前，其他乐手表示也曾和她共同吃过宵夜，可以称得上‘朋友’，但都属于并不涉及对方私事的范畴。”陈笑说道，“除此之外，吉他手还一口咬定主唱是血口喷人。当然，三人的其他共同社会关系我们也还在调查中。”

“交通工具呢？”

“主唱和吉他手名下都没有车，当然不排除他们可能会临时借朋友的车来驾驶，这两个人都有驾照。我们也联系了出租车公司，调查案发当天 17 点 30 分至 18 点间于案发地至排练室路段载过主唱的司机，但目前没有得到任何肯定答复。”

“会不会有一种可能，”赵子轩扯过一张纸巾，潦草地画着，“主唱反侦察能力比较强。比如从案发地至排练室这段路程，可以细分为两段甚至更多，也就是从案发地至槐西路定为 A 段，从槐西路至杨北路定为 B 段，甚至可以从杨北路至柳河商厦定为 C 段，再从柳河商厦至排练室定为 D 段……”

“这样他就可以通过驾车、骑行、出租车、公交车以及步行的方式……”陈笑若有所思地看着纸巾上潦草的草图，“干扰警方排查的视线？”

赵子轩点了点头。

陈笑依旧盯着那张纸，沉思了几秒，突然吐出几个字：“不可能。”

“为什么？”

陈笑从包里掏出笔记本，翻了几页：“找到了。无论他采取哪种方式，从案发地至排练室，一路乘坐或驾驶汽车才是最快捷的方式吧？如果他真的采取分段计划，那么无论在路线抑或是交通工具的选择上，都会浪费出额外的时间。”

赵子轩想了想：“的确是。”

“所以，这一程在晚高峰时最快都要至少四十五分钟。”陈笑说道，“我说的是单程。”

“那么……”

陈笑点了点头：“根本没有作案时间。即使这二十分钟他出门不是为了买烟，也不可能在两地之间往返。”

气氛凝滞，赵子轩用手指关节敲了敲装着糖醋排骨的瓷盆：“快吃吧，都凉了。”

“现在还没听说主唱和死者的关系的传言吧？”陈笑拿起筷子。

“目前我还没有听说过，他又不是娱乐明星。”

陈笑突然又换上了一贯的玩笑面孔：“怎么，是不是很沮丧？看着曾经和自己一样只能和别的乐队凑场的‘反抗者’突然走红，心里还是不太平衡吧？”

“要说不平衡也不是没有，”赵子轩倒了一杯酒，“毕竟他们乐队现在能租用二楼排练室，而我们只能是地下室。”

“快演出了吧？”陈笑问道，“上次听你说要编新歌？”

赵子轩烦躁地摆了摆手："完全没灵感。"

"你可一定要坚持下去。"说着，陈笑举起杯，"千万不要像我一样。警校组乐队时那么雄心万丈，但到头来还是没有坚持下去。"

"你们当时也写了新歌吧？传授一下灵感经验呗。"赵子轩笑了，"我现在快被这一首新歌给折磨疯了。"

"哪里有什么经验？"陈笑苦笑道，"即使有，那也是只属于青春那个年纪不谙世事的热血与激情罢了。"

"也对。"赵子轩说道，"毕竟也只是属于那个年纪的事。"

赵子轩低下头，面前米饭已变凉，因流失水分而失去了刚出锅时饱满的形状。

"朋友，不要这么消沉嘛。"陈笑说，"毕竟你终究还是坚持下来了。"

手机铃声突然响起，打断了陈笑的话。

正在剥蟹脚的赵子轩突然放缓了动作，隔着满桌螃蟹的残骸和餐馆食客们激昂热烈的谈话声，他听不清陈笑在说什么。

通话很短，陈笑挂断了通话。

"怎么了？"赵子轩问道。

"我得回去。"陈笑拿起大衣放在腿上，认真地看着赵子轩，"鉴定结果出来了。"

赵子轩抽过纸巾擦了擦手指。

"两个孩子，全部都是主唱的。"陈笑说道。

"这意味着什么？"

"虽然不能洗清吉他手的嫌疑，甚至都不能断定吉他手与死者没有瓜葛，"陈笑说道，"但至少可以说明，也许我的判断是正确的。你还记不记得，乐队的其他乐手在接受询问的时候那模棱两可的态度？"

赵子轩点了点头。

"你说，在同支乐队中，乐手之间会存在竞争关系吗？各个乐手，是发自心底的团结，还是在团结的假象表面之下，有着勾心斗角尔虞我诈的竞争关系？"

"踩不踩别人我不知道。"赵子轩说道，"但如果有什么事，应该还是先保自己。"

"先保自己。"陈笑回忆着，"乐队的其他成员，算是这三人共同的社会关系，他们都尽量撇清与死者的联系，用的是'不太熟''喝酒的时候见面''主唱的女朋友''没有私下交往'这类的语句。当问及对死者与吉他手是否有交往的方面时，他们的回答依旧中性，但倘若非要说偏，更偏向于吉他手与死者也是正常的朋友关系。"

"你的意思是，"赵子轩说道，"要么是实话实说，要么是想集体陷害主唱？"

"但当我们在调查三人的共同社会关系的时候，发现这条线索几乎断了。也就是说，主唱及死者有共同的朋友，但大部分都不认识吉他手。今晚有得忙了。"说着，陈笑朝服务生的方向扬起手臂："您好，买单。"

服务生依旧笑容满面地走了过来，撕下票据："买单是吗？您共消费136元。"

"给他。"陈笑指了指赵子轩。

赵子轩掏出了钱包。

"谢谢款待。"陈笑起身，"回家对她摆低点姿态，要知道，温顺的女人被惹急了可是什么事都做得出来的。"

七

推开门，家中一片黑暗。赵子轩尴尬地踏进客厅，随后轻轻地关上门并反锁。

透进窗帘的霓虹，微弱地射向床上。女友裹着被子，背对着卧室门。

赵子轩盘算好今晚在沙发上凑一夜。他从阳台将烟灰缸拿回客厅，深秋午夜的寒风随着阳台门的关合而呼啸拥进。

点上烟，电脑显示屏弹出本地天气预报，提示从今日夜间到明日白天有中雨。

此时还没什么睡意。午夜黑暗的房间内，在电脑显示屏散发出的冷光中，那个倒五芒星的图案突然在脑海中浮现起来。

赵子轩轻轻动了动鼠标，在搜索栏内敲击下"反抗者"三个字。

铺天盖地的内容顷刻间出现在网页上。乐队开始建立起自己的网站，页面上全是专场演出时乐迷们的狂热追捧如海啸般冲击向舞台的照片。

不知为何，赵子轩突然感到口干舌燥。想想还没有灵感的那首新歌，他烦躁地把烟蒂熄灭。滚动鼠标，网页上出现了《反抗者主唱最新视频专访》链接。

鼠标在静谧的午夜发出干净利落的一声敲击。赵子轩点进链接，刷新片刻后，网页上出现了一个视频，正中央播放键的图标异常显眼。戴好耳机，重型吉他的鼓噪声就响了起来。短暂的媒体片头过后，出现了主播和主唱的脸庞。

"各位金属乐迷们，今天为大家邀请来知名旋死乐队'反抗者'的主唱——瞿墨。据悉，这是其首次接受视频媒体采访！瞿老师，先跟大家打个招呼吧？"

"大家好。"主唱的脸庞一贯阴郁，"我是反抗者的瞿墨，谢谢大家的支持。"

"今天瞿老师一改平日的金属风格，一袭亚麻长袍，颇有仙风道骨的风范哈。"

主唱不自然地点了点头。

"可以理解为，瞿老师对我们这个采访很重视吗？"

主唱说道："日常生活中我就这么穿。"

"啊……"主播愣了一下，随即圆场，"但也正是瞿老师的这个习惯，才得以让众多乐迷感受到您的另一面啊，哈哈。"

视频开始播放介绍反抗者乐队简介的小片。赵子轩盯着屏幕，绚丽的黑红色彩在他的眼镜片上映出模糊的影子。

——平时就这么穿吗？赵子轩想起了两年前晚春的傍晚，即使晚风已开始趋于温柔，但那个进入排练室时正好与对方乐队打了照面的记忆中，主唱依旧是一身黑色皮衣和铆钉靴，披着长发，戴着厚重的骷髅项饰。

“平日里见多了瞿老师的舞台表演，乐迷们也对您的日常生活很感兴趣。”主播从桌子上拿起一沓打印纸，“不瞒您说，在采访之前，我们曾公开征集提问，反响可是非常热烈呢！总结后发现，事实上，大家都对您的感情状况比较有兴趣。”

“我单身。”主唱说道。

主播带头惊喜地发出一声长叹：“那么在您心中，理想的女性是什么样的呢？”

“理想女性……”主唱说道，“我希望能够遇到一位像小仙女那样的伴侣，很纯洁的那种，比较符合 Nymphetamine（蛇蝎美人）里的意象。”

“恋爱中您比较不能接受女方的缺点是什么？”

“太吵。比如我在台上演出时，她只需静静看着就好，千万别和女朋友们在台下给我拉横幅以及拍照；和女闺密外出逛街我不干涉，但不要次次都叫我过去。”

“是这样啊，女性乐迷们可要注意了哟。”主播露出了夸张的笑声。

电脑屏幕散发的冷光突变模糊，多年前的碎片回忆像拼图般闪现。在“反抗者”还没大红大紫的时代，赵子轩乐队仅有的一次和“反抗者”合并演出，赵子轩去后台收乐器时，“反抗者”作为压轴乐队演出正在台上演出，当时他看到过舞台前的几位少女。

强烈的舞台灯光从天花板投射向地面，几位少女面向舞台，背对着赵子轩。而在刚刚赵子轩演出时，这个位置还是几位男性甩头党。

演出结束后，几位少女围了上去。不像是陌生的乐迷，因为整支乐队都与她们熟络地交谈。赵子轩与他们擦肩而过的时候，听到了少女们的谈话内容。

是什么呢？赵子轩突然想不起来了。

“在这个千载难逢的机会，相信乐迷们一定都非常渴望能看到瞿老师现场秀一把的，毕竟这是瞿老师首次接受视频采访哟。”主播那慷慨激昂的声音提高了八度，“瞿老师，听说您是位全才，不仅担纲主唱和作词的重任，键盘也是非常拿手呢！在反抗者乐队崛起的前期，键盘手的重任一直都在瞿老师的肩上。应广大乐迷的要求，节目最后您可否给我们演绎一段呢？”

主唱的脸上突然闪过一丝错愕的神色。

“瞿老师？”

“键盘好久没练了，”主唱恢复到其一贯的冰冷语气，“不如就这个吧。”

镜头顺着主唱手指的方向，定格在落地窗前摆放的一台架子鼓的位置。

“哇，原来瞿老师还是一位优秀的鼓手！乐迷们有眼福了，那么我们就把时间交给反抗者乐队的主唱——瞿墨！”

听着主唱敲击鼓点的声音，赵子轩微微皱起了眉头。

——好久没练键盘了吗？赵子轩对这句话存疑。他是有键盘功底的，赵子轩知道。

在“反抗者”早期，乐队一直没找键盘手。一个乐手即使现在不从事与某乐器相关的工作，但只要掌握到一定程度，也会像习惯一般将它坚持练习下去。

主唱开始敲击架子鼓，技艺实在称不上出彩，但至少也没有什么纰漏。说实话，赵子轩完全不明白主唱要选择架子鼓的理由，这并不是他的长项。即使目前处于微妙的同行竞争关系，赵子轩以实事求是的态度来看，也不得不称赞作为一个主唱，他的键盘水平非常可圈可点。

这时，突然传来一阵惊叹。

赵子轩将目光重新回归向电脑屏幕。屏幕上，主唱手中的鼓槌猝然掉落在地。

——竟然会出现这种错误。赵子轩抓起鼠标，将进度条向前调整了几秒。

主唱敲打着虽不出彩但也不出错的节奏，突然间，鼓槌猝然滑落在地。

赵子轩愣了，随后又回放了几秒钟，这次调成了慢放模式。

他看见，主唱手中的鼓槌像离弦之箭，飞快地被甩了出去。

屏幕上的弹幕五花八门，但都剑指同一件事情：

“这种漏洞，竟然也不剪辑，故意让老瞿出洋相。”

“欸~这家媒体真是心机 boy~”

“抵制媒体，从我做起，我已经卸载 APP。”

“为什么不剪辑？为了提高点击率？”

赵子轩没关注弹幕，再次按下播放。主唱迅速反应过来，弯腰捡起鼓槌。

可能是过于紧张，离地还不及一公分时，鼓槌再次滑落在地。

“啊啊啊~好想做那个鼓槌！”

“前面说媒体是心机 boy 的别走，等等我！”

整个过程不过三四秒，主唱将鼓槌捡起，视频出现一闪而过的手部特写镜头后，主唱继续敲打下去。

赵子轩抓起鼠标，点击慢放。

屏幕上出现了鼓槌被捡起后又滑落下去的手部特写。

赵子轩再次将进度条倒回去，点击播放。

鼓槌被捡起，瞬间又滑落在地。

暂停，截图，放大。

初冬下午四点的阳光，虽不耀眼，但却温暖；虽不灼热，但却光明。

透过落地窗的阳光，透过架子鼓的光洁铁皮，投射向这只手。

——指腹，就在这阳光的沐浴下，耀出微微的闪光点。

赵子轩身子前倾，紧紧地盯着电脑屏幕。

右手指腹，就像是涂上了一层明亮的颜料，将肌肤的纹理和空气隔离开来。颜料的光泽，像太阳光反射出刺眼的光芒。

赵子轩抬起双手，不断靠近自己的脸庞。他望着自己双手的指纹，突然间脑海中闪现过几个少女站在舞台后的画面——

“小白。”穿着吊带裙的少女对同伴说，“他跟我求婚了。”

“真的？恭喜啊。”女伴说。

窗外划过一道闪电。

显示屏右下角的提示又自动弹出，用红体字特别注明了今夜本市有中到大雨。

一声沉闷而悠远的雷声响了起来。

沉默片刻，赵子轩疯了一般地拿起手机，开始拨打电话。

对方挂断。

赵子轩再打。

四声之后，对方接通。陈笑压低声音，带着愠怒的语气：“我在开会，不方便。”

“死者的社会关系中，有没有姓白的女性？名字里有白也行。”他盯着电脑屏幕。

“姓白的女性？”陈笑的声音突然提了几个八度，随即传来了翻纸页的声音，“有。白丹，死者的女性朋友。”

“她和死者关系怎么样？”

“这个友人自称关系很好，算是无话不谈的好朋友。”陈笑说道，“但是这个关系很要好的朋友浮出水面可是费了我们很大周折。死者的手机通讯录里，并没有这个女孩。我们是走访了死者生前的几处地点才联系上这位好友。”

赵子轩盯着显示屏，手指紧紧地攥在一起。

陈笑突然问道：“怎么了？”

“你们去调查一样东西。”赵子轩说道，“无论通过购物网站还是本市化妆品店，总之要证实她的确购买过这个物品。那个姓白的女孩也要调查，不排除友人相赠。”

“你疯了？”陈笑喊了起来，“你大半夜这么神神秘秘地打电话过来，也不说清楚到底怎么回事，光让我们负责调查，你这样是干扰办案。”

“我没有干扰办案的意思。我现在去找你，把可能的事情经过全部告诉你。”说着，赵子轩顿了顿，“并且这个猜测，很有可能就是真相。”

电话那头沉默了数秒。

“让我们调查的东西是什么？”陈笑问道。

“指甲油。”赵子轩坚定地说道，“透明指甲油。”

八

不远处的朋友走下出租车，整个世界就像浸泡在雨雾中，模糊得看不清彼岸。陈笑隔着大雨，举着红色的伞，醒目的红通过氤氲的雨水传到了赵子轩的视线中。

“上车。”陈笑说道。一位年轻干警拉开面包车车门，几个人钻了进去。

车门刚关闭，赵子轩突然扑向陈笑并用手臂钳住脖颈，将他死死压制在后座。

“你干什么！”陈笑猝然喊了出来。

赵子轩单手扼住陈笑的脖颈，右手迅速从陈笑的裤子左口袋内掏出手机。

陈笑猛烈地咳嗽了几声，一把抓住了赵子轩的手臂。

赵子轩没理会他，看向年轻干警和司机：“你们叫什么？”

待二人呆若木鸡地说出自己“胡”姓和“王”姓的名字后，赵子轩按动几下屏幕，随即将手机放进口袋。

一阵热烈的手机铃声突然响了起来，在这个雨夜的车内显得格外刺耳。

“哎？”司机翻开手机盖，惊讶地说，“陈队，您怎么给我打电话了？”

陈笑错愕地摸了摸口袋：“我手机去哪了？”

与此同时，司机本能地接通了电话：“喂？”

陈笑接过年轻干警递过来的包，不停地翻找着。

赵子轩坐在后座，看着窗外的雨。

“挂了。”司机木讷地将手机递到陈笑面前示意，“对方不说话。”

赵子轩从口袋中掏出一部手机，递到了陈笑面前：“给。”

陈笑长吁了一口气，但很快抬高声音：“怎么会在你那儿？”

“抱歉，刚刚失礼了。”赵子轩说道，“刚刚‘杀死’你之后，从你口袋里拿的。”

“你神经病啊！”

赵子轩镇定地从陈笑手中重新把手机拿了过来，然后把手机举起，将屏幕对着陈笑和年轻干警。屏幕上是陈笑手机的通讯录，从H开始。

“咦？”小干警喊了出来，“陈队，您没存我的手机号么？”

“存了啊。”陈笑将手机抢了回来，通讯录却已经自动翻到了J开头的联系人。

“下面，我要说我的推理。”赵子轩说道，“有点剑走偏锋，但也已经没有什么别的可能了。”

——假如。

——案发那天下午，主唱破天荒地接受了某娱乐媒体的采访。国内重金属乐手们大都曲高和寡，比较排斥接触主流娱乐平台，而他怀着某种目的应邀了。再次破天荒地出于某种目的，他没选择标志性的黑色皮衣和铆钉长靴，而是一袭亚麻长袍。这种服饰最大的特点之一就是宽松，宽松到你放几包烟进去都不会看出来。

——还是出于某种目的，他在双手上涂上了一种液体。这种液体的特性为，晾干后外人极不容易发觉，透明、无色、无味、无毒、牢固，只要不过度磨损，它可以固定在手指上至少几个小时。没错，再也没有比透明指甲油更合适的了。

——录制过程中发生了一件小意外，采访方没有提前告知主唱即兴演奏环节。乐迷们都知道主唱在乐队初期曾同时肩负键盘手的职务，因此采访方要求他现场弹奏键盘。

主唱感受着指尖传来的被一层透明薄膜覆盖的紧绷感，尽管前一天他还在家中练习着，但面对镜头，他提出要展示自己并不擅长的架子鼓。但人啊，在某种心理压力下往往容易犯最低级的错误。可能是之前从未有过这种排练，加之那呼之欲出的紧张心理，鼓槌滑落至地。毕竟是久经沙场的金属党，他镇定自若地迅速捡起，但手指间光滑的薄膜却使鼓槌再一次落地。

——结束采访后，他按照计划时间，赶到了郊区的一栋居民楼。进屋后，先是骗过房间主人，走近梳妆台前找到一瓶女主人的透明指甲油，匆忙地补涂在刚刚因手握鼓槌而脱落的指甲油残骸上，安静地等待指甲油干透。

——随即杀人。

——接着，他从尸体口袋里掏出死者手机，删除了姓氏排在吉他手姓氏首字母 H 前的闺密白丹的通讯录。为什么要删除闺密通讯录呢？死前不打给闺密求救而是转向并不太熟悉的吉他手，这不是很不自然吗？

——通过出租、公交、步行或是任何一种交通方式，在 18：00 前赶到约定的排练室。幸好，他是第二个到的。

——吉他手终于也赶到了排练室。三个人调试乐器并且等待其余乐队成员到达的期间，主唱将手伸进宽松的裤子口袋，用已经被指甲油覆盖住指纹的手指，轻轻按下了屏幕上吉他手电话的拨出键。

——吉他手接通电话，很自然地，对方没有回音。

——吉他手将来电号码保存为主唱前女友的通话记录出示给主唱看，主唱走向自己正在充电的手机，示意吉他手自己也漏接了对方的来电。

——主唱回拨过去。当然，对方没有接听。趁着吉他手看手机的空当，主唱将口袋里的手机长按关机。再一次，主唱用自己的手机回拨过去，并按动免提。

——“对不起，您所拨打的电话已关机。”

——排练中途，主唱焦躁地要求外出买烟。走出排练室，他快速步行了三个红绿灯，将从女人家中带出来的透明指甲油扔到了一个陌生街区的垃圾桶里。

——在主唱忧虑的怂恿下，两人来到位于郊区的居民楼。口袋里明明装着分手前配的备用钥匙，却告知吉他手分手后就交还了钥匙。两人向物业争取来备用钥匙，打开房门后发现了尸体以及血流成河的景象。

——主唱悲怆地扑向尸体，并大声要求吉他手和物业管理员拨打急救电话和报警电话，与此同时，不动声色地将口袋里的手机，放回了尸体的睡衣口袋里。

“以上。”赵子轩深吸了一口气，他掏出手机，将已下载好的那段关于主唱的视频采访播放给陈笑看。车窗外的雨越下越大。

“所以，死者根本不是死于 6 点 15 分以后，而是……”

赵子轩点了点头：“6 点 15 分以前的至少四十五分钟。之所以你们没找到白丹的联系方式，是因为主唱没办法以合理理由联络白丹出来，为他做不在场的人证。”

“你刚刚说的这些……”陈笑舔了舔嘴唇，“有证据吗？”

“搜集证据是你们刑警的事。”赵子轩说道，“我只是提供一个思路，以我独特的方式。”

“什么方式？”

“同为金属乐手的经验和直觉。”赵子轩说道。

陈笑盯着他看了几秒：“这回，信你一次。”

说完，陈笑看向那位年轻干警：“都记下来了吗？”

年轻干警看着摊在自己腿上的笔记本：“第一，调查死者生前是否通过任意渠道购买过透明指甲油；第二，联系此家娱乐媒体，询问节目录制起止时间等详细内容，要来原带；第三，重新联系市内所有出租车和公交车公司，调取此人是否曾经乘坐过何种交通工具的时间提前到结束录制后到18点之内的监控录像。”

“马上给局里打电话汇报。”说着，陈笑看向赵子轩，“还有什么要补充的吗？”

赵子轩摇了摇头：“没有了。”

“我现在要马上回局里。王师傅，麻烦您开车，咱先把他送回家去。”

赵子轩没有拒绝，而是继续看向窗外的雨。

“好嘞。”师傅说道，踩下了油门。

车开始在雨夜的公路上行驶起来。

“那个，”陈笑用手肘碰了碰赵子轩，“你还没有跟她道歉吧？”

赵子轩愣了一下：“你怎么知道？”

“因为我有独特的方式。”

“什么方式？”

“同为男人的经验和直觉。”陈笑笑了起来。

九

赵子轩醒来时雨已经停了，但天空仍旧是灰蒙蒙的一片。这个阴霾天气，也意味着赵子轩“魔鬼两日”连班的开始。自前天结束连续两日的休息后，今天必须要从早晨8点到夜晚8点全天候待在监区，一步也不能离开，而明天则须值一整夜的晚班。

姜屿还在卧室里睡觉，赵子轩只能半躺在沙发上休息到6点半。醒来时女友已出门，可餐桌照旧摆着两片夹煎蛋的吐司和一杯牛奶，而身上也多了一条毛毯。

打开电视，新闻频道正好播放着轰动全国监狱系统的犯人杀警越狱案已二审开庭审理的新闻。去年也是在秋季，被羁押在某县城看守所的三人杀害了值夜班的民警后越狱脱逃。虽说二审已判处主犯死刑，但赵子轩仍旧心有余悸。

——深夜单独提犯人出监区，不仅会丢了饭碗，更会丢了命。这是赵子轩进监狱工作第一天就知道的事。

想必再也找不到一个如监狱这般全天候 24 小时灯火通明的地方了。通常写字楼里只需要在阴雨天及夜晚才会亮起来的白炽灯，在这里却是常年无熄。

赵子轩走向办公室，外面的深秋寒风似乎附着在了他的外套上，黏腻的触感在干燥的室内丝毫没有减弱。这种感觉能够麻痹人的神经，使人在片刻间烦躁起来。头顶的灯光严肃而惨淡，有了之前的经验，即使出门没有雨也要随身携带雨伞。手中木柄散发着冰冷的气息，赵子轩突然停下了脚步。

——身后，似乎有一道阴鸷的视线。

赵子轩猛地转过头去。身后，空空荡荡的走廊，大理石地板在保洁人员的擦拭下甚至反射出自己清晰的人影。赵子轩闭目几秒钟，睁开眼后继续向前走去。

“来啦。”脚刚踏进办公室，同事的招呼声就响了起来。

“你来得真早。”赵子轩放下雨伞，将大衣挂在衣架上，“昨晚都还好吧？”

“没什么大事，就是有个新来的犯人喊胃疼，前后折腾了一个多小时。”

“新来的犯人？”赵子轩停下手中的动作。

“杀人的录音师。”同事比画举音杆的动作，“还是挺有名的剧组，记得吧？”

“他啊。”赵子轩点了点头，“不是装的？”

“互监小组的另外两个犯人陪他去了医院监区，刘护士看了说犯人真的患有慢性胃炎。”同事说道，“开了几服药，疼着疼着也就睡着了。今天他请了半天假。”

“知道了。”

“你还没跟他聊过吧？”

“还没有。”赵子轩说道，“怎么，情绪有波动？”

“恰恰相反，情绪平稳得可怕。”

“那不正好，有什么问题吗？”

“哪个新来的不是头几天又哭又闹又喊的，心理素质再强，在看守所时再有心理准备，换了一个环境后怎么也得有一两天适应期吧。但他给人的感觉就好像是在这待了十多年似的轻车熟路。他可是初犯。”

想起昨天另一位同事也反映过，赵子轩点了点头：“正好，我去看看他吧。”

拉开医院监室的门，床铺整洁通透，床单顺滑平整，没有任何人躺过的褶皱痕迹，更不见人的踪影。又出现幻觉了么？赵子轩揉了揉眼睛。

突然，一双手从身后伸了出来，拍了拍他的肩膀。

战栗从脚尖迅速传递到头顶，血液似乎猛烈地倒流。赵子轩回过头，身后一个犯人正在看着他：“赵队。”

赵子轩第一次这么近距离地打量着这位杀人录音师：“你怎么没在床上？”

“不习惯，下床走走。”犯人说，“你开门时没看见我？”

赵子轩微微呼出一口气：“今天早晨你是不是跟着我？我进办公室之前。”

“我？”犯人神色平静，“我怎么可能离开监区，更不用说你办公室附近。”

“算了。”赵子轩后悔刚说出的荒唐话，“前几天轮休。胃好些了吗？”

“好多了，谢谢关心。”

随即就是很长时间的沉默。他并不像其他有的犯人那样刻意讨好狱警，更不用说在沉默期间主动找话题。面前的这个人并不是因心理紧张或在监室挑事后的心虚而保持沉默。赵子轩仅用余光就知道，对方反而更加大方地盯着自己的眼睛。

“你家里的情况我大概都了解了。”赵子轩想起多天前陈笑给自己讲述这个案子时提及的这个被绑架的少年，“但儿时的不幸不能成为你去剥夺其他人幸福的借口和理由。使你陷入不幸的人，必然会被绳之以法。希望你好好改造，要知道，即使一辈子都出不去，只要是活着，就还有念想。”

说完赵子轩抬起头，犯人用一种具有侵略性的目光看着他：“儿时的不幸？”

“别误会，虽然我对你的经历也深表遗憾，但是过去的毕竟都是往事。”赵子轩说道，“在同龄人都在享受自由的童年时期，你却经历了这场丧心病狂的绑架……”

“绑架？”犯人说道。

“怎么了？”

“没错，你们警方将它定义为绑架。”犯人缓缓地说道，“但是对我而言，真正绑架我的，正是你们警方。”

赵子轩愣了几秒，随即抬高音量：“469号，注意你说话的语气！”

“假如你在一个地方生活到现在，突然有一天来了一群人，告诉你你的家不应该在这里，而应该在另外一个地方并强制性将你带走，你认为这不是绑架？”

赵子轩突然哑口无言。虽然他知道犯人这个逻辑是错误的，但是他张着嘴，却说不出任何反驳性的言语出来。这种感觉让他有些心慌意乱。

“但你并不是生就在绑架犯家庭中，是罪犯绑架并将你强行带回自己的家庭，这个行为是犯罪。而警方破获了这起绑架案，并带你回到亲生父母身边，这是解救。”

“‘这是解救’，你们都这么说。”犯人盯着赵子轩，“但为什么不尊重我的意见？我宁愿留在原来的地方——这个被你们称作贩卖人口的绑架家庭。”

“无论你怎么想，关于你童年的案件我很痛心，也深表遗憾。但你记住，这不是可以剥夺另一条生命泄愤的理由。你现在是杀人犯，别忘记你的身份。”赵子轩烦躁地站起，带着气急败坏的意味，“有什么心理波动再来找我们，先这样吧。”

赵子轩决定结束这场对话，他有一种被压制在下风的挫败感。

转身离去前，那个犯人依旧在原地，平静地看着赵子轩准备离去的身影，嘴角甚至露出一丝诡谲的笑容：“赵队，你慢走。”

直到回到办公室，赵子轩那紧皱的眉才微微平缓。同事端着茶杯凑过来：“咦，怎么了？”

赵子轩拿起桌上的茶杯。暖水壶里倾泻而出的热水向外冒出源源不断的热气，在这冷空气中升腾成白茫茫的水雾：“那个 469 号，小时候是不是被绑架过？”

“没错，算是曾经受害过的杀人犯——不过我可没有同情犯人的意思。”

“你们之前和他谈话时，有没有提及过这件事？”

“虽然不可能主动去揭人家伤疤，哪怕是个杀人犯，但这件事多少也提及过。”

“他听了这件事之后有没有愤怒的迹象？”

“我不是说过了嘛，无论和他聊什么，他都平顺温和得可怕。既不会因什么而生气，也不会因老家的生母寄过冬的衣物来而喜悦。”同事双手握着茶杯，倚靠在被铁栅栏围住的窗户旁，“说实话，这个人愤怒起来的样子我还真的挺想看看的啊，实在想象不出来他会因为什么而愤怒。不过越是平时忍气吞声的人，负能量和压抑积累多了爆发得就越可怕吧？否则他就不会杀人了。”

“谈话不是很愉快。”赵子轩很沮丧，“还是第一次有犯人敢这么跟我说话。”

同事很警觉地问：“没袭警吧？”

“他要敢袭警现在我就不会在这里了。”赵子轩说，“他顶嘴。”

“只是顶嘴啊。”同事听后长吁了一口气。

“什么叫只是顶嘴？”赵子轩放下茶杯，“顶嘴已经很严重了。”

“相比袭警，顶嘴好多了。”同事放下茶杯，“你听说过斯德哥尔摩综合征吗？”

“斯德哥尔摩综合征？”赵子轩下意识地喃喃自语着，突然想起来多天前陈笑问过自己同样的问题。

“他太典型了。”同事对着窗外阴沉的天气伸了一个懒腰，“被犯罪者绑架后却对加害人产生了依赖感，不仅协助加害人做事，甚至在有解救人出现的时候，他还会视解救人为敌人。”

赵子轩回忆着几分钟前和犯人的对话。

“好在他身上的人质情结不会干扰他被绳之以法。”同事说道，“以后谨慎提及他曾被绑架的这段往事就好。啊，今晚的联赛买哪支球队比较好呢？真伤脑筋啊。”

同事自言自语着，拉开椅子翻起了已经看过一遍的报纸。

突然，振动透过裤子布料传递了过来，赵子轩说道：“我去下洗手间。”

同事继续翻着报纸，没有抬头地嗯了一声算作是应答。

绕开监控，关上门，赵子轩摸出手机，犹豫了几秒，按下接通键：“我在上班。”

与此同时，电话那头传来乐队贝斯手的声音：“叉子，鼓手退队了。”

十

穿过雨后泥泞的土楼走到胡同尽头，就是赵子轩即将要赶去的地方。白天时商贩叫卖后扔下的菜叶和鱼鳞混合在泥土中，连同切割牛肉后淌出的血水，在寒冷夜晚时分融进蓄着雨水的土坑中。不远处的店铺招牌因年久失修，霓虹灯泡已损坏好几个，拼凑成残缺的字母。

隐隐约约的重金属旋律在冷空气中越发清晰。走进斑驳残缺的单元楼大门，走下通往地下室的台阶，死亡金属的死嗓嘶吼旋律这才真真切切地鼓噪起耳膜来。

推开厚重的隔音门，面前昏暗奢靡的灯光像是一片新世界。不知哪里的一支死亡金属乐队在舞台上演出。尽管是工作日，这座地下酒吧内仍聚集着众多人。

角落位置的贝斯手看到了赵子轩，向他招了招手："怎么才来？"

"下班后总不能穿着警服来吧。"赵子轩坐到沙发上，"为什么突然退队？"

贝斯手拿起一瓶啤酒，给赵子轩倒在杯子里："说是觉得自己才华欠缺，怕拖了乐队的后腿。你们信么？"

主唱意味深长地笑出了声，摇了摇头。

赵子轩说道："退队是大事，总得当面问个清楚。"

"他说主意已定，"贝斯手说道，"后来我苦口婆心约他今晚 8 点过来再谈谈。"

"是不是被别的队挖走了？"赵子轩问道。

"你的思维终于跟上我们的频率了。"主唱懒散地靠在沙发上，"我们猜测就是因为这个。前几天我们喝酒你没来，席间他一直在拿咱们和另一支乐队做比较。另一支乐队是玩朋克的，有可比性么？他就光说那支乐队多有才华，多有凝聚力，三天能出一首新歌，短短一个月音乐小站点击量超两万次。"

"最后还说，"贝斯手补充道，"那个乐队目前正准备把原鼓手开除，队长称赞他有才华，路子也符合乐队的风格。"

"你们当时说什么了？"赵子轩问道。

"我没吭声。"贝斯手说道，"他这话明显说给我们听的。可能是打探我们的态度，但更像是以此来寻求在队里的存在感。"

主唱打了个哈欠："早知道这样，那天晚上还不如直接让他走。"

赵子轩身体向后，重重地靠在了沙发上："但这也只是咱的猜测，别误会了他。"

"给你看个好东西。"贝斯手拿出手机翻了翻，然后出示给赵子轩，"这是他的微博，看到没，其实他早就和对方乐队互相关注了。"

"隐藏得还挺深。"目瞪口呆后，赵子轩冒出这句话。

舞台上乐队一曲唱罢，短暂的休整间隙却迎来了少有的安宁平静。

大理石桌面上的手机开始振动，屏幕亮了起来。贝斯手迅速拿起手机，却一直维持着这个盯着屏幕的动作，直到手机屏幕光再次暗淡下去。

"他不来了。"贝斯手说道。

赵子轩拿过手机，上面是一条短信：

"我不去了，这是我经过思考后的决定，退队也是反复思量后的无奈之举。谢谢你们的陪伴，无论我身在何方，都会记得昔日为了梦想和音乐奋斗的时光。希望今后你们不要找我，各自珍重，我祝愿你们的发展越来越好。对不起，再见。"

主唱看完信息后，把手机重重地往沙发上一扔："真他妈的想打人。"

看着低着头的贝斯手，赵子轩身子前倾，却不知该如何措辞："你别太难受。"

主唱从烟盒里掏出一支万宝路，点燃后慢悠悠地吐出了一口烟圈。他看着身旁的贝斯手："你是不是眼瞎？当初还非看上他。"

赵子轩微微皱了皱眉头："大维，你说话稍微注意点。"

没想到主唱抬起头，将手中未燃尽的烟头狠狠地摁在了大理石桌上，混合着玻璃杯中溢出的消失了泡沫的啤酒，烟头发出短暂局促的声音后熄灭了火光。他伸出食指指着赵子轩："你他妈的当你在审犯人？"

赵子轩也将玻璃杯放到桌上："你有病吧？鼓手要走你别跟疯狗似的乱撒气。"

主唱一下子站起身来，将桌上的啤酒拿起来直接泼在了赵子轩的头上。

舞台上，演出乐队的鼓手听到动静看向这边，节奏不小心漏掉一拍。

贝斯手也站起身，重重推了主唱一把："你疯了！"

主唱用力甩开贝斯手的手臂，低头看着头发上沾满啤酒的赵子轩："你之前挑三拣四，嫌弃我们写的歌词没力度、旋律太俗套；你大包大揽，说以后创作方面你来负责把关。结果呢？从上次到现在过去了半年，你的新歌呢？别怪鼓手离队，乐队现在完全是苟延残喘，别的乐队是新歌层出不穷，宣传铺天盖地。乐队现在半死不活，责任全在你。再这样下去，下一个退队的就是我。你当我们都是你监狱里关着的那些犯人，要对你言听计从？对不起，老子不伺候了。"

说完，主唱一把推开瞠目结舌的贝斯手，直接走了出去。

舞台上演出的乐队主唱愣了几秒，透过话筒干笑道："啊，咱们继续。"

喧嚣的重金属旋律再度响起。贝斯手站在赵子轩的面前，不知道要说些什么，只好拿出纸巾递到赵子轩的面前。

"我不走。"贝斯手小声地说道，"我不会离队。"

赵子轩慢慢抬起头，说道："对不起。"

"啊？"贝斯手一怔。

"对不起，乐队的今天都怪我。"赵子轩说道，"是我之前对你们太苛刻，对我自己却又太放纵。不怪鼓手离队，也不怪主唱刚刚的争执，是我没做好。"

记不清是怎么到家的，赵子轩走进浴室，没脱衣服直接站在了淋浴头下。冰冷的水流渗透进皮肤的刺骨凉意格外真实，也让赵子轩顿时清醒了起来。直到水流慢慢变得温暖，赵子轩才脱去衣服，痛痛快快地洗起澡来。

一个多小时前，被啤酒浇头的赵子轩在乐队群里发了一条信息。

“我辞去队长职务。”赵子轩这样说道，“并且会在一周之内创作出新歌。”

将洗干净的头发吹干后，赵子轩披上一件外套，坐在了电脑前。

指着刻度九的时针岿然不动，而分针自动跳到了六，姜屿还没有到家。

打开电脑，赵子轩点进了摇滚论坛。冷静下来后，他不认为立下的“一周之约”是冲动所为，那杯冰冷而不友好的啤酒虽不是愉快的回忆，却把他浇醒了。

——他必须要开始创作。

将音响的输出调到合适频率，赵子轩开始逐一播放其他乐队发布至论坛的小样。赵子轩打算了解一下所谓竞争对手们的近期水平，知己知彼，心中有数。

发布者可能是乐队队长，也可能只是成员；队长可能是主唱，也可能是位小提琴手或马头琴手。为了招揽更多听众和点击率，他们可能会在小样前放上一段故事，有底气的放上乐队海报，有经验的放上经调色处理的演出照片，有情怀的便讲一个声泪俱下的段子。跟帖可以是不明所以的褒奖或不明所以的谩骂。回帖的这些金属党或者伪金属党中，听过甚至哪怕只是听说过这支乐队的不足一半。

没有什么太令人惊艳的旋律。赵子轩有些沮丧，同时也长松了一口气。虽然他没有通过这些音乐找到灵感，但至少嫉妒心理也不会作祟。

下拉着页面，能令他有兴趣点击一窥究竟的帖子越来越少。直到翻页键按动几十次，在全论坛倒数几页中，一个标题出现在视线里，滚动鼠标的手停下了。

《你们听说过那个录音师杀人事件吗？辛苦找到的凶手的乐队》。

赵子轩怔了几秒，点击了进去。

页面上方显示帖子浏览人数寥寥无几。发布者用系统随机分配的“用户 ×× 号”做账户名，没上传头像。看了看发布时间，是在杀人后的不到一周时间内。

“想必大家都看过那个大名鼎鼎的电影剧组命案的新闻了吧？杀人凶手是录音师，名叫费可。因与死者（剧组的漂亮女演员哦）发生争执，后策划毒杀之。费可组建过金属乐队，乐队在他被逮捕后解散。他们的单曲好难找，下面发几首。”

文字下面便是几串网页链接。

赵子轩点开发布者的头像，系统自动弹出“请先注册再进行用户查询”的字样。

赵子轩深吸了一口气，按照系统提示依次完成了注册。返回刚才的页面后，发布者的个人信息显示在了屏幕上。发布者没有头像，没填写个人资料。注册时间就是发布帖子的当天，而发布记录除了这一条之外，再没有任何发帖或回帖的信息。

点击开音乐链接，系统自动跳转至播放网页。乐队名称叫作血色蒂里湖，乐队头像选取了张纯黑色的图片。按动播放键，他掏出了一支烟点燃。

一段呓语伴随迷雾海岸的浪潮从音响中传了出来。夜幕下的大海上空飘浮起一阵白茫茫的雾气，远处的海洋深邃不见底，从深海涌上的海浪向沙滩上拍打着。

伴随着未知的梦呓声，暗潮汹涌的海底似乎有声音在召唤着他，赵子轩感觉自己正向海洋深处走去。远处的月光凄冷而惨淡，却像是带着一种强大的神秘力量，吸引他一步步走向深处。

带火星的烟灰从烟头处脱落，猛然落到了赵子轩的手腕上，这细微而灼热的疼痛让他霎时从幻觉回到现实。无名指凑近眼角，指尖肌肤感受到湿润的触觉。

——赵子轩哭了，他从来没有因为听一首乐曲而悲伤到流泪。

直到门口传来钥匙在锁孔中转动发出的清脆声响，一阵室外的冷空气伴随门的开启而拥进屋内。高跟鞋踏在木地板上，脚步声明显停顿了一下。

门被关上了，屋内又恢复了温暖稳定的气息。

换好拖鞋的姜屿走进客厅，看到的是黑暗的房间、发出清冷光线的显示屏、桌子上堆满用过的纸巾、摆满烟头的烟灰缸以及靠在椅子上闭着眼睛的赵子轩。

姜屿愣在原地。赵子轩听到了声响，睁开眼睛，转过头看着姜屿。

黑暗中，两个人面对面，谁也看不清对方的表情。

突然，赵子轩站起身，迅速抱过还在错愕中的姜屿，猛然抓过她的头发，把她拥进怀中吻了上去。姜屿瞪大双眼，赵子轩抱起姜屿，狠狠地把她扔在了沙发上。

网页上的链接还没有关闭，音响也还在开着。血色蒂里湖乐队的歌曲已经开始循环播放。在那片迷雾潮汐的涌浸声中，赵子轩脱去姜屿的衣服。姜屿原本僵硬的身体慢慢变软。在血色蒂里湖如梦呓般的旋律下，赵子轩感觉到体内似乎有一座蓄力已久的火山，即将等待一场铺天盖地的喷发。女人冰冷的双手紧嵌在自己的腰间，就好像要延伸进皮肤，与自己的血管、骨骼和内脏融为一体。

姜屿闭着眼睛，慢慢感受身上这个男人的气息。室内仅有的一点光线，全都被赵子轩的身体隔离在外，直到眼前一片黑暗。

“明晚我值班，”过了半晌，赵子轩抬起身子，“后天早晨回来的时候帮你带药。”

“知道了。”隔了几秒，姜屿的胸口缓缓起伏着。

十一

在连续几场阵雨后，这个城市迎来了初冬难得的晴日。太阳透过密不透风的云层，从几千英尺外将光线传递到大地的每个角落。

——唯独传递不到这里。赵子轩看着眼前的大门，走了进去。

对于昨晚，赵子轩如何也想不起来听着血色蒂里湖的歌曲时的心理状态。他只记得回家的姜屿在黑暗的房间内慢慢走到自己的面前，就像在寒冷世界里带来了一片温暖的灯火。他全身被这片灯火照耀得发热，只想跳进这片光芒中。

姜屿睡下后，赵子轩进入很久没点开过的音乐制作软件。之前诸多没有灵感的逃避借口，全在这一刻被抛之脑后。拨开迷雾后的阴影森林像是没有尽头，赵子轩穿行其中，幽谷、海峡、草原、高山、河流和冰川都像是带着光芒一般，吸引他在键盘上敲打下一个个音符。

到凌晨4点，赵子轩已经写完了新歌的歌词和整首曲子的旋律。这首歌是为了纪念利迪策惨案中，在集中营里被毒气杀害的八十八位孩子。他在保存时跳出的文件名框里敲几下《血色海德里希》几个字。

回到办公室后的赵子轩泡了杯咖啡，看着从杯中升腾起的水蒸气，赵子轩再次想起了费可那张似笑非笑的脸。

赵子轩找到贝斯手的电话，拨了过去。响了五六声后，对方才接通起来。

"你还在睡？"赵子轩看了看手表，"都已经快11点了。"

"昨天睡得晚。"贝斯手有气无力地说道，"啥事？"

赵子轩说道："我把新歌发你邮箱里了。"

"新歌？"贝斯手像从床上突然跳起来一般，"你写完啦？"

"也没有全部完成，具体细节等咱们排练时再完善。"

"那还等什么啊，赶快约起。"贝斯手兴奋地喊了出来，赵子轩不由得把手机听筒微微离开耳朵，"今晚怎么样？"

"在此之前，"赵子轩苦笑道，"咱们得先找个鼓手，你们帮我物色吧。老规矩，能够接受每周三次排练的，靠谱、有乐队和演出经验，能够进队后马上进入状态。"

"鼓手啊，"贝斯手说道，"有有有。咱什么时候见面？今晚怎么样？"

"等等，"赵子轩疑惑地说道，"找好鼓手了？"

"是啊，就在我旁边呢。"

"你不是刚起么？"刚说完，赵子轩张着嘴，"你不会是……"

"哎呀呀，快点说今晚能不能见面，能不能见面！"贝斯手匆忙欲盖弥彰，"再晚可就真赶不上演出了。"

"今天我是白天半天外加值夜班。"赵子轩想了想说，"要不下午，替我把大家都叫上吧，正好迎接一下你身边这位。"

"还不是你想的那种关系。"贝斯手的音量突然变得很低。

昨夜为了新歌加班加点之后，赵子轩就好像完成了一件终身大事般轻松。大概12点半左右，他拍了下同事的肩膀："你的自行车借我用用。"

同事看了他一眼："你晚班？"

赵子轩点了点头，接过钥匙，骑车来到位于两三公里外的一家家常菜馆。

中午的家常菜馆没有晚上热闹，晚餐时间这里窗外灯火辉煌，店内满地虾蟹残骸，三教九流或挺着大腹或斯文彬彬地汇聚至此，桌上摆着一打燕京啤酒，地上往往还有一箱。烟灰漫天飞舞，烟雾缭绕在白炽灯的光芒下。人们用醉酒的语气寒暄着十五年前的同窗情谊，或是八卦谁家老婆红杏出墙，或是讥讽谁又新买了一部好车。

然而现在，这里完全没有这番市井气息。

——总有一些地方是无法暴露在阳光下的。比如这类家常菜馆，即使经过洗手间拖把的连夜冲洗，地板上也还混合着一些不明呕吐物的干涸痕迹，油渍长年累月渗透进桌布，甚至渗入桌板纹理，直到墙面似乎都反射出油类特有的黏腻。

赵子轩跟老板打了声招呼，找个靠角落的位置坐下。这时，门口的自动感应设备又一次响起。赵子轩抬起头，笑了：“嗨，小青年们。”

走在前面的贝斯手笑了起来，露出洁白整齐的牙齿。他走到桌旁，指着跟在自己身后那个比自己高大半头的文身男孩：“冥子，可能是未来的队友。”

赵子轩看着这个健硕的男孩，初冬却只穿了件单薄的棉质衬衫：“除了队友……”

“啊，”贝斯手爽朗地笑了起来，“我男朋友。”

赵子轩想了半天不知说什么，只好拍了拍贝斯手的肩：“他们都通知了吗？”

“都在路上。”贝斯手接过了赵子轩递来的菜单。

“发给你的歌听了么？”赵子轩小心翼翼地问。

贝斯手啪地合上菜单：“今天主要是想跟你说这事。你蛰居已久，一直以为你江郎才尽，没想到是手上攒着干货，准备一时间蓄势爆发。”

赵子轩长松了一口气，脸上不自觉浮现出笑容。

“叉子——斯斯——”一声气沉丹田的壮吼从菜馆门口传了进来，径直走到桌旁，看着坐在靠里的那位陌生男孩，对贝斯手大声喊道，“你对象？”

前台的服务生小妹向他们的方向看了一眼，很快低下头去。

“你快坐下。”贝斯手急忙拉过主唱。

“今天我得坐在叉子旁边。”说着，主唱拉过赵子轩身旁的椅子，“上次在酒吧那事，得跟你道个歉。姑娘！这边来箱啤酒！”

“没事，我也没往心……”

“都是大老爷们，不搞那些磨磨唧唧的。一瓶酒，干了，以后还是好兄弟。”主唱拿起一瓶刚搬过来的啤酒，用牙咬开，仰头而尽。

窗外是偏远郊区初冬正午的景色，所有成员到齐后，贝斯手说道：“主要两件事。第一，见见新的乐队成员，至于冥子能不能留在队里成为鼓手还得看大家意见；第二，我们一直愁苦的新歌终于有眉目了。叉子不负众望，独自完成了歌词和旋律，我都发到大家邮箱了，今天讨论讨论，然后就要排练磨合。”

“这首新歌完全可以做演出压轴。”主唱说道，“太酷了，我来的路上一直在唱。”

赵子轩没想到，自己昨夜搜索了血色蒂里湖的作品后竟然能获得那么强烈的灵感，沉积在脑海中的旋律和情感似乎在一时间喷薄爆发出来，没有与原曲一丝重合抄袭的地方，却又像是一脉相承一般，在黑暗寂静中唱出最喧嚣的力量。

“叉子？”贝斯手小声喊他。

赵子轩回过神：“谢谢大家。”

“有没有必要去排练室，看看冥子的水平？”贝斯手小声翼翼地问道。

“没什么必要吧。”节奏吉他说道，“我们看了他以前演出的视频，技术很硬。”

“下次排练直接叫过来就行了。”主唱又开了一瓶酒，“只是有一点，我们乐队呢，开明宽容、求同存异，你俩人——我们不管，但你本身就爱迟到，以后真组一个乐队了，一迟到就是两个人可不行，我们伺候不起。”

“我们还没发展到同居的地步。”贝斯手反驳道。

“那每次排练前晚上你俩不能见面。”主唱看了眼贝斯手，“怎么，还敢瞪眼？”

贝斯手赌气地扔下筷子：“知道了。”

主唱夹了一块排骨到碗中：“天冷还是吃炖菜最舒服，生来一副北方人的胃。”

这时，电话铃声响起，大家下意识地摸向自己的手机。直到赵子轩掏出自己正在振动的手机示意大家：“陈笑。”

赵子轩按下接听，那头传来陈笑特有的笑声：“按照我的推测，你现在没上班。”

“你怎么知道？”赵子轩边说，边夹着自己面前的小炒肉。

“我记得你的轮休表，今天是你值晚班，可以放半天假。”陈笑说道，“我昨晚11点路过你家楼下的时候，看到你家中没开灯，像你这种没事12点以后才睡觉的主儿，一定选了今天下午的假。”

“神人。”赵子轩说道，“什么事？”

“致谢。”陈笑说道，“向你致谢，郊区那个案子破了。”

赵子轩夹菜的动作停顿了一下：“结果呢？”

“反抗者乐队的主唱因涉嫌故意杀人，已被批准逮捕。正是那个雨夜你提供给我们的线索，死马当活马医，顺这条藤摸瓜，对方直接招了。”

赵子轩看着面前正大口吃肉的主唱和在一侧卿卿我我的贝斯手与新鼓手。

“还在听吗？”

“在听。你呢，现在哪里？”

“蜀西街附近。”

“蜀西街啊。”赵子轩下意识地喃喃自语，“离我们不远。”

主唱抬起头：“陈笑？叫过来啊。”

赵子轩点点头：“那个，我跟乐队他们在一块儿，来了个新鼓手。你吃饭了吗？”

“吃过了。”陈笑俏皮地说道，“有新成员？”

“嗯，贝斯的……”赵子轩看了一眼还在给鼓手夹菜的贝斯手，小声地说，“对象。”

陈笑在那头咀嚼着这句话，半晌后恍然大悟地说道：“男的？”

“嗯，男的。”赵子轩说道，“来吧，既然是致谢，好歹登门拜访表现一下诚意。”

放下电话，赵子轩点了支烟：“他这就过来。”

“那个小警察？”贝斯手突然抬起头。

赵子轩没有应声。他抽着烟，酝酿了半晌，终于开口："还记得'反抗者'吧？"

"什么者？谁？"主唱问道。

"不是谁，是支乐队。"赵子轩提醒，"两年多前在酒吧演出时一个场。"

主唱端起酒杯，眯着眼睛想了半天，"哦，反抗者。"

"最近挺红的。"新加入的鼓手补充道。

赵子轩点了点头："那个乐队主唱……杀人了。"

话音刚落，一桌剩下四人全都抬起了头。

"不是吧，真的假的？"主唱放下酒杯，"杀人？"

"嗯，杀了三个。"

"三个？"主唱继续追问道，"怎么回事啊？"

"具体情况我也不太清楚，一会儿得问陈笑。"赵子轩说道，"应该是杀了自己的前女友和自己的两个孩子。"

在之人无不震惊。既震惊于那个在舞台上穿倒五芒星长发死嗓、与无数自愿献身的追随者发生一夜情的男人竟然育有两个孩子，又震惊于他像真的继承了死金的血脉，不知是蓄谋已久还是因为那阵涌上心头的冲动以致杀红了眼。

陈笑很快就到了。刚进门贝斯手就兴奋地又要去拥抱他，赵子轩拦下了。

"没事，今天没去命案现场。"陈笑摊了摊手。

"不是你碰没碰尸体的问题。"赵子轩像是看好戏一般地说，"人家有家属了。"

陈笑恍然大悟地打量着冥子："原来的被你们踢了？"

"自愿离队，疑似跳槽。"赵子轩言简意赅。

"请去掉'疑似'两个字。"主唱补充道。

陈笑爽朗地笑了起来。他对着赵子轩递过的菜单摆了摆手，拿起酒杯："好久不见，我先干了。"

一杯酒落肚，陈笑眯起眼睛："你们也是神人，大中午跑出来喝酒。"

"新歌创作出来了。"赵子轩说道，"加之吸纳了新成员。我们要痛改之前的懒散状态，全身心投入到演出的排练之中。"

"原来如此。"

"那个，"赵子轩碰了碰陈笑的手臂，小声地说，"你来之前我跟他们提了反抗者乐队那事，没关系吧？"

"没事，已经批准逮捕了，估计摇滚杂志和论坛很快就要出专题了。"

"他全招了？"赵子轩小心翼翼地问道。

"最初当然不可能那么顺利。但是在如山的铁证以及'坦白从宽，抗拒从严'的攻势下，他全都招了。"陈笑说道。

"铁证？"赵子轩愕然，"可上次我提供给你们的只是我的推测，并没有确凿的信息。说实话，我上次想的那些推理，我自己都不知道如何找到证据。”

“没错，虽然你的推理是可能的，但是其中没有任何指向他是凶手的证据，我们也费了不少脑筋。”陈笑说道，“但这是个方向，顺着这个方向想下去，我们最终死马当活马医，策划了一出戏。”

“一出戏？”赵子轩大惊，“你们怎么做到的？”

“我们用陌生号码给他发了条短信，伪装成死者对面楼的住户——死者客厅窗外的确面对着另外一栋楼，当然那栋楼的独居男性住户被我们暂时保护起来了。我们伪装成一个陌生人，案发时刻恰好打开窗户准备欣赏风景，却没想到正好观看到对面房间内发生的一切。”

“目击证人啊。”

“并不是真正的目击证人，而是伪装的目击证人，目的是让他心慌并露出破绽。”陈笑顿了顿，故意吊足胃口，“如果你杀人后收到这个信息，你会怎么做？”

“你得先把题干补充完整，发给主唱的短信内容是什么？”

“很简单，封口费。”陈笑说道，“否则就要以证人的身份向警方举报。”

“拿钱封口，这倒可以说得通。”赵子轩点了点头，“对面住户询问物业拿到主唱的电话号码也是可能的，以要钱封口的名义，来信者自称目击到现场，我会相信这种可能性。但此事发生在报警后，警方的自导自演也不是不可能。对方给了我两条路，要么出钱消灾，要么一毛不拔坐以待毙，毫无疑问，肯定要选择前者。我会联系他，但是在探清对方底细之前，我得先求自保。我不会用自己的手机号码联系他，很可能去黑市买张卡，公用电话也不保险。先探清对方的虚实，即使对方真目击到这一切，我也可以咬定自己从未拨打过电话，电话录音无法成为决定性证据。”

“你果然有做凶手的潜质。”陈笑竟似是赞许般地点了点头。

“注意影响哦小警官。”贝斯手提醒，“你这副赞许模样可不像个警察。”

“揭示谜底吧。”赵子轩问道。

陈笑敲了敲面前的杯子，赵子轩急忙拿一瓶新啤酒打开，给陈笑倒满。

“短信发完后不久，我们就接到了主唱的来电，但未经私人同意，电话被录音。他没自我介绍，而是开门见山询问我是几单元几楼几室的住户。我们大方地将信息告诉他，并在犯罪心理学专家的建议下，尽最大可能让他清楚我们只是想要钱而已，只是钱的数目一直谈不拢。等到第二次通话，我们很快确认了对方位置，并派警力追踪此人。在此期间，我们一直派便衣在小区盯梢。我们最初设想，主唱会为探清虚实而潜入死者小区查看究竟，但他非常狡猾，迟迟不肯露面。”

“他也不甘心给对方住户打钱。”赵子轩说道，“像他这种久混乐队的人，应该深知给了这一次就会有下一次的无底洞道理。”

“没错，所以我们使用了最后一招。”陈笑说道，“我们给他发了一条短信，‘你离开小区没有？我们有必要面谈。我保证不报警也不录音，希望你也能这样。’”

“什么意思？凶手重新回到作案现场？”

“并没有，所以这次很快收到对方的问号。”陈笑说道，“我们再次发信息过去，‘你不是在她家吗？刚看你把帘子掀起来了。’”

赵子轩想了半天，才恍然大悟道：“障眼法？”

“其实死者家中根本没有人。”陈笑点了点头，“就是为了给凶手施压。随后我们收到凶手短信，他仍心存侥幸怀疑死者家窗帘被拉开是警方调查现场所为，但我们一口咬定目睹了有且仅有一个便衣男子，身高、体貌、发型都尽量与吉他手外形靠拢的方向描述。”

“利用了主唱给吉他手泼脏水后心虚恐被报复的心理？”

“是的。这一次，等到凌晨2点多，我们终于发现目标进入了小区。我们没有在第一时间行动，而是在他进入单元楼后才将单元楼门包围起来，并有一小批人随主唱上楼。强制破门，发现了从头发到手指全副包裹的主唱。此时他已如丧家之犬，完全没有了昔日在舞台上的神采。”

赵子轩感慨道：“他果然有钥匙。”

“是啊，他果然有钥匙。当晚带回去后，我们抛出死者家的钥匙、与‘勒索住户’的短信往来、案发当天从死者家至排练室的出租车监控录像、垃圾桶内的一瓶被卖家证实为自家所卖的指甲油及指甲油购买记录、邻居对死者离世前二人争执的目击口供等问题，逐步将他的心理压垮。只不过，”说到这里，陈笑顿了顿，“最终，当我们拿出早先做的那份DNA鉴定，告知他死去的两个孩子全部是他亲生的时，他的反应很大。他一直怀疑老二是否为他亲生，被前女友以高价赡养费相威胁时，因此冲动杀人，夺去了两个亲生骨肉的性命。”

所有人一阵唏嘘。

“因此，他全都招了。并且，请求法院尽快审理，求得一死。”

气氛一时间变得很凝重。

“他应该，”赵子轩张口，只觉得喉咙发干，“不会到我这来了吧？”

“没任何缓期执行的可能。”陈笑说道，随即看了看围绕在桌旁的其他人，却也都是一副沉寂的模样，“实在抱歉，今天原本是你们乐队双喜庆贺之日，却被我带来的这个案件破坏了心情。”

“哪里的话。”主唱说道，可就连一贯豪爽潇洒的他此时却都唏嘘不已，“那么，那乐队算是废了？”

“不会废，甚至可能会更红。”赵子轩说道，“等到媒体报道后，国内摇滚论坛和杂志都会大肆采访。这次事件，绝对是炒红‘反抗者’的绝佳机会。”

“还有那个电影剧组。”陈笑说道，“因为录音师恶性杀人，剧组的关注度却比先前提高了好几番。假如同样是这个剧组，在某天被曝出默默资助贫困大学生若干年，抑或是英勇跳水救下意外落水少年——哪怕是因为见义勇为而死，消息估计也只能火那么几个小时，被大家在微博上点着蜡烛说句‘走好’或安慰句‘上帝想听摇滚乐了’。但只要是坏事，尤其是杀人，那简直会成为所有人津津乐道的谈资。现在的人似乎特别喜欢围观陌生人的不幸，甚至哪怕不惜为陌生人制造不幸。”

“真讽刺，出轨明星反倒是天天见报。”贝斯手愤愤地说道，“像之前去世的那个演员，还不是死后才出名，真不知若地下有灵他会怎么想。”

“演员？”冥子说道，“你说的是李难吧。”

“对，李难李难。”主唱猛地放下酒瓶，“小时候还追过他的剧，我初恋可喜欢他了。”

“哟哟，暴露年龄了。”贝斯手和众人笑成一团。

赵子轩也微笑着望向众人。在喧杂嬉闹中，陈笑碰了碰他的手臂，低声问道：“提到录音师，他怎么样了？”

赵子轩心中涌动起一阵复杂的情绪。那次他前去探望犯急性胃炎的费可，和他的交谈犹如有魔力一般，被他牢牢掌握着主动权，把“犯人与狱警”这对关系中等级更高的赵子轩压得喘不过气来。但昨晚，分明是在费可创作的音乐中他莫名兴起，又是在血色蒂里湖的呓语中创作出被乐队褒奖的新歌。

“他……挺好的。”赵子轩酝酿着如何措辞，却最终决定放弃，“很顺从。”

“这样啊。”

“陈笑，”赵子轩张口，“你之前跟我说过，他童年时期曾经被绑架过，对吧？”

“是的，童年时期被人强行绑走后并囚禁了七年。”

“七年……”赵子轩计算着这个时间过程，又想起费可在监区坚定纠正他并非绑架，“直至他的青春期？那么，他对于‘绑架’是不是并不排斥？”

“岂止并不排斥，简直是‘认贼作父’。”说着，陈笑感慨地看着窗外，“啊，说到绑架犯，据说还是个文化人。”

“知识分子？”

“具体我就不知道了，好像是搞艺术的。”说着，陈笑歪着头看向赵子轩，“你们艺术家是不是都有这种怪癖？”

赵子轩皱了皱眉头。

“当年审这案子的时候我还没来局里。不过，被绑走并与犯人共处的几年时间里，他已经对绑架犯产生了依赖和亲情。由于被绑时年龄较小，他甚至已经忘记了自己原有的生活是怎样的。”说到这里，陈笑突然前倾身子，凑向赵子轩，小声地说道，“并且经过调查发现，这些年，费可经历过绑架犯的……那个……”

赵子轩一脸狐疑。

“那个……就是，”陈笑做了个手势，“……性侵。”

赵子轩睁大了眼睛，说不出话来。

“在费可的认知观念里，被绑架犯‘性侵’理所应当，是他与绑架者间的自愿协议。”陈笑看着微皱着眉头的赵子轩，“所以当警方突然出现在绑架犯家中并进行逮捕时，一位老刑警蹲下身告诉青春期的费可‘你被解救了，你自由了，你可以回家了’的时候，费可表现出超出年龄的狂躁。他不认为自己在这场关系中是被害方，他认为他被绑架、被性侵都是他‘自由’选择的结果，何况他已把绑架犯当作亲人，他不认为还有什么地方是家。”

“你们后来带他去做心理疏导了吗？”

“当然。我们先是联系上了费可的亲生父母。见面的情景怎么说呢，就好比电视偶尔报道的‘失踪男孩误入丛林被狼收养，多年后返回都市却完全没有人类特征’的狼孩一样，他对亲生父母极为戒备，会流露出恐惧的眼神，并保持强烈的自卫意识。这么说吧，假如真有什么举动威胁他的话，他会毫不犹豫地进攻。”陈笑说道，“我们带他去做心理疏导，无法从源头扭转他这段在人生最重要的七年间所遭遇的不幸，但多少已经可以让他‘看上去’像个正常少年一样，上学、生活，直至自立。”

下午2点，家常菜馆的老板骑着电动车慢悠悠地来到店里。老板年轻，只有三十多岁，不知这一桌大都是乐手，拿了把吉他坐在吧台前唱起了民谣。旋律简单明快，没有花哨技巧和惊艳歌喉，却在这个下午衍生出时光匆匆的情愫。

“老板，”主唱感慨道，“没想到你也是个文艺青年。”

“小伙子，现在文青是个骂人的词。”老板说道。

初冬夜幕降临得越来越早，在下午4点半左右的时候，路上的市井气息就开始浓厚起来。一群提前几十分钟早退的人们聚集在大街上，准备奔赴家中、娱乐场所或是另一场加班。陈笑3点前有事已经先走一步，赵子轩等人也决定散局。乐队暂时约定明天傍晚排练新歌，实则是见识并考核一下新鼓手的水平。看着饭点前开始忙碌起来的菜馆，乐队五个人分手告别。

骑着自行车回去的路上，赵子轩竟然嗅到了阔别已久的树木清香。深秋的树木只能是日渐凋萎，但他却感受到了一种强烈的生命力量。

路过街角，赵子轩瞄到了路旁一家店的招牌，思考了几秒，转身掉头而回。

走进药店，赵子轩直奔胃药专柜。在医师的建议下，他挑选了几盒胶囊和冲剂，走向收银台。掏出钱包后，他看到了嵌在钱包内层随身携带的一枚避孕套。他停顿了一会儿，向女医师说道：“我再要一盒毓婷。”

结完账，他要了两个塑料袋，出门骑车奔向单位。

十二

原本只须在晚 8 点前到达单位的赵子轩，在晚餐前便抵达了办公室。他没别的去处，正好提前到单位整理新歌。今晚将值班十二个小时，这是一场持久战。

赵子轩闭上眼睛，回味昨夜创作出的旋律情感，内心好不容易按捺下的骚动又蓄力起来。赵子轩深呼吸，想着歌曲旋律的惨案背景，热血从全身直冲向头顶。

那袋胃药安静地躺在赵子轩的包中。赵子轩怎么也想不明白为何会对费可产生了兴趣，以至于在狱警与罪犯这对关系中出于权力方的他，为了想要听处于下游的费可的故事，而专门买来胃药，以此作为契机接近，甚至是讨好。

不，不是讨好。赵子轩甩着头，尽量将这个念头从脑海中抛除出去。他是狱警，没任何必要和可能去讨好一个双手沾血的罪犯。自己只是因拜他乐队所赐，获得灵感创作了新歌，聊以表达自己的感谢之情；抑或是借机了解一下费可儿时异于常人的经历，获取一段大部分人没有经历过的情感心理，来扩充一下自己的视野。

对，就是这样。赵子轩自我安慰道。

夜幕降临，还没到赵子轩的工作时间。他拿出记事本，重新将早已篆刻在脑海中的歌词读了一遍。这次，一幅幅他没经历过的画面像胶片一般，惨烈而流畅地出现在脑海当中。像是人性深处永无止境的欲望与贪婪，战火的狂虐与暴动，权力的争夺与更迭，每种情感都带着独有的色彩，卷携着高地上呼啸而过的狂风，掠过洼谷处尸横遍野的血水，穿过雾，刺过雨，铺天盖地地涌向赵子轩的头颅。

他咆哮了一声，推开笔记本，重重地靠在了椅背上。

——他成功了。

歌词全部创作完毕，他不用也不会再修改了。这场畅快淋漓的旅程让他获得了精神上的高潮，他此时只觉得口干舌燥，全身疲软无力。

摸到桌上的矿泉水，拧开瓶盖，他仰头喝下去大半瓶。冰凉的液体滑入喉管，融入温暖炙热的胃里，让他顿时冷静了下来。

他放下瓶盖，双手仍止不住地痉挛。他用力搓动双手，企图将温度升高，又用力掰自己的手指。这是小时候他的妈妈教给他手指抽筋时的应急处理办法，可于事无补。赵子轩索性将双手甩开，任由它们享受由中枢神经传达的本能痉挛反应。此时此刻，再没有什么比享受这场酣畅淋漓的精神高潮更重要的了。

稍稍冷静后，赵子轩隐约听到新闻播报。收看新闻是犯人们每日的必修项目，当节目结束，全国大部分三口之家等待的八点档黄金时间电视剧片头曲响起，交班的时间就到了。整理好警服，摘掉下午外出时佩戴的耳钉，赵子轩又猛喝了半瓶水，现在他手指的痉挛已经好多了。

犯人们打起乒乓球球，先前妻子闹离婚的 244 号已经画起工笔画，美其名曰修身养性。问及家庭最新进展时，244 号镇定淡然地说离了，孩子归女方，父母和几兄弟在老家守着，现金赔得精光，但房子和金杯车总归是没全让女方拿走。

“赵警官，我不怪她。”244 号边调墨边说道，“我自己做的孽，我自己承担。男人在牢里蹲着，做了那么挨千刀的事，走到哪里都被人戳脊梁骨，要是我也离婚。”

赵子轩低头看着宣纸，244 号正在勾勒一座高山，笔锋顿挫有力，线条刚硬流畅，不像是言不由衷时能维持的超脱心态。

赵子轩拍了拍肩膀离开了。距离 9 点熄灯时间还有近一个小时，他计划好要在这段时间满足他那颗好奇的心。今晚一切依旧正常，赵子轩松了口气，回到办公室，从包中拿出那袋下午买好的胃药，小心翼翼地放到了警服外套的口袋里。

径直来到阅览室，他知道费可在这里。自打进来之后，费可再没有碰过乐队。同事反映，本打算说服费可在一个多月后的小型联欢汇演上演奏一段吉他，但被费可“坚定地婉拒”了。那么，所有文娱时间，他所在的地方只有阅览室。

阅览室人很少，穿越回古代就是“清水衙门”。空间不大，几排书架上的书籍也未摆满，从门口就可以看清阅览室全部情形。

费可背对门口，坐在最里面的桌旁看书。不知为何，赵子轩的心脏竟然开始剧烈地跳动起来，没来由的紧张感霎时间从心脏蔓延至全身。他小心翼翼地靠近，就在即将接近费可时，背对着他的人突然头也不转地说了声：“赵警官好。”

赵子轩刚刚迈出的左脚停顿在半空，隔了好几秒才缓缓落地。

眼前的人似乎是见身后突然没了动静，转过头：“赵警官？”

赵子轩尴尬地笑了笑。他绕过费可走到对面的位置：“你怎么知道是我？”

费可指了指耳朵。

“什么？”赵子轩没懂。

“听。”费可放下手臂，“我可以通过听你们的脚步声，从而判断是哪一位警官。”

强烈的惊悚骤然遍布全身。赵子轩抬起头，正对着紧紧盯着他眼睛的费可，随即费可嘴角上扬，又露出了他那似笑非笑的表情。

赵子轩舔了舔嘴唇，告诉自己不能慌张。他低头看着费可：“看什么呢？”

费可将胶皮书籍翻向封面，上面烫金的字体赫然刻着《康熙字典》四个大字。

赵子轩想起还握着挡箭牌。他刻意背对监控，从警服内侧拿出胃药递给费可。

“这是什么？”费可并没有接过来。

“药。”赵子轩仍然伸着手，尴尬地将药举在半空中，“上次你胃炎犯了。”

应该是看到了药盒上的名称，费可歪着头，看着赵子轩：“赵警官，医务室有药，等我这些药吃完了再去申请就好。你没必要冒着这种风险关照我。”

赵子轩失语，但他必须要说点什么。拿着药盒的手臂还悬在半空，手臂皮肤微微泛起一层鸡皮疙瘩：“你拿着。”

费可眯起眼睛，像在细细打量赵子轩。伴随着微妙对峙的细小喘息，空气内暗潮涌动。《康熙字典》泛黄的书页被轻轻吹起一角，费可突然笑了，将药盒接了过来。

“那谢谢赵警官费心了。”

“不客气。”赵子轩说道。但紧接着他就意识到必须要再找些什么话题继续下去，但此时他已经想不到该如何开口。

费可也不看书，也不说话，他就歪着头看着赵子轩，带着那双似笑非笑的眼睛。在外人看来，这正是一个虚心虔诚听教官训话的犯人。

“其实，我很想感谢你。”赵子轩感到口干舌燥，不自觉地舔了舔嘴唇。

“感谢我？”就连费可也愕然。

“我无意中听到了你的……你以前的乐队，血色蒂里湖的歌。”赵子轩回想起昨夜第一次听到那阵梦呓时的惊艳，“不瞒你说，前段时间我一直为乐队的新歌创作而苦恼，听了你的作品后茅塞顿开。”

费可微抬下巴，沉默半晌后说道：“血色蒂里湖，对，我以前的乐队。”

“如果你不介意的话，我很乐意能与你在音乐方面有些交流。”赵子轩说道，却全然没有意识到潜意识当中，他已将自己放在相对下游的位置了。

“我不介意，怎么会？”费可露出一丝神秘莫测的笑，“我的作品能给赵警官你提供灵感，是我的荣幸才对。”

“灵感，没错，是灵感。”赵子轩突然想起了什么，“我的作品刚刚创作出歌词和部分旋律，希望你能给我提一些意见和建议。”

“没问题。”费可盯着赵子轩看，“荣幸之至。”

歌词初稿昨晚一气呵成，而今天，赵子轩一到办公室便将记忆中的歌词一字不落地誊在了记事本上，傍晚时那场酣畅淋漓的精神高潮让他把原有词稿修改得一塌糊涂，各种填涂删除记号让整页歌词看起来像高中数学草稿纸。回到办公室的赵子轩撕下一页白纸，将涂满记号的歌词，公正地誊写在了白纸上。

回到阅览室，费可仍旧在看《康熙字典》，进度已经从九画翻到了十画。

“没有关系，赵警官。”费可看了一眼赵子轩，似乎就看破了他心中所想。费可合上了《康熙字典》，把书不轻不重地往身边一推，“不介意的话，我可以看看。”

费可坐在椅子上，赵子轩站在一旁，把那一页歌词递给了费可。这个场景，更像是学校里，犯了错的学生诚惶诚恐，递给老师一份自己写的检查。

费可低头看歌词，全程微微皱眉。而赵子轩心中也的确泛起了诚惶诚恐的情感，他顺手也拉开椅子，坐在了费可的对面。

“我听说，”赵子轩忍受不了这样沉默的气氛，“你也喜欢 Eternal tears of sorrow（永恒悲伤之泪乐队）？还有 Forest of Shadows（阴影森林）……抱歉，我没有打探隐私的意思。”

“对啊，喜欢。”费可抬起头，“喜欢到可以为了它们杀人。”

“注意态度！”赵子轩本能地喊出这句话，音量比二人的交谈明显提高不少。话音刚落，赵子轩冷静下来，“现在是法治社会，你必须清楚你现在在哪儿。”

费可像玩弄猎物的野兽，看着面红耳赤的狱警：“我清楚我在哪，监狱。”

赵子轩被他盯得全身不自在，急忙低下头去。

费可嘴角上扬，将歌词稿还给赵子轩：“写得很好。”

“真的吗？”听到这句话，就像是心中大片迷雾阴霾被扫去一般，“放心了。”

“赵警官这新歌是为了出专辑？演出？接受采访？”

赵子轩急忙摆摆手：“到不了出专辑的程度，只是联系好场地演出。不瞒你说，这是我们乐队第一次专场，我们总想至少要安排一首新歌。酒吧催得紧，时间又临近，可我们的新歌才刚刚有眉目。如果保质量的话，不知能不能如实保证演出。毕竟乐队不出名，没什么可以跟酒吧谈是否能够延期半个月的筹码。”

“那个酒吧叫什么？”

“禁酒令。”赵子轩说道。

“禁酒令。”费可又笑了，“我没有办法与外界沟通。如果你不介意攀上罪犯的关系，可以去禁酒令找老板，姓吴。你跟他说你是‘费可在里面的教官’，然后你尽可以提需求，时间也好、酬劳也好，甚至是分票分销制度，老吴都会满足你。”

赵子轩有些目瞪口呆。半晌，他却只问出来一句话：“这样假公济私不太好吧？”

“那你就说是我的朋友，帮过我的朋友。”费可说道，“我刚来这边，不太清楚规章制度。如果可以，我亲手给老吴写张字条，他就明白你是谁更不会追问你。”

赵子轩不太敢马上答应：“你和他关系有那么好？即便他知道你现在……”

“即便他知道我现在身陷囹圄，”费可顺着赵子轩难以启齿的话继续了下去，“也不会影响我们的交情，我信任他。”

赵子轩开始对费可口中的“交情”产生了浓厚兴趣。这样一段即使对方是罪大恶极的杀人犯、可能再也无法相见的交情究竟是怎样的？听到费可谈及与他人的友情，赵子轩竟然涌起一阵莫名的酸楚。他被吓了一跳，急忙打算换话题。

赵子轩先前就知道费可出生在工薪阶层，如果不是在儿童时期被拐走，作为独子，他完全可以拥有一条不同的人生道路。但那条路一定会比现在更好吗？在外人眼中，费可如今是罪大恶极的阶下囚，再没有一条路比现在更糟糕了。但除去犯罪这一点，有金属乐陪伴的人生在费可心中是最好的，赵子轩知道。

“你想家吗？”赵子轩问道。

费可抬起头看他，眉毛微微一挑：“家？你指的哪一个？”

这倒出乎赵子轩的预料。虽说费可儿时曾被迫与绑架犯共同生活七年，但被警方解救后还是他顺利回到城中与生父生母团聚。那时他已有了一个亲生弟弟。接下来的十多年，他转入当地初中，随后升高中，继而以音乐特长生的身份考入大学并进入剧组。毕竟已经回归逾十五年，即使费可心中再多不认可，也不可能否决现在的家。但是，费可年近而立，却依旧把绑架他的那个地方当作家。

“你问城里的那个吧？生我的。”费可顺手拿过旁边的《康熙字典》，不依据“宀”的目录索引，而是直接翻到286页，“但提想念，其实我是想念那个小屋。”

“就是那个绑架……”犯字还未说出口，赵子轩便看到费可直面自己的目光。他顿了顿，想换个不太刺激的词语，却怎么也找不到可替代的同义词。

“对，就是那里。我还有个姐姐，你知道吧？”说着，费可抬起头看向赵子轩。

“这我倒没听说。”赵子轩摇摇头。陈笑并没提及绑匪的家庭状况，不过想到倘若是缺男丁，绑个回去也说得过去。

“进来后，我时常梦到家。但不是生我的那户，而正是你们所谓‘绑架’的那户。”

“你的亲生父母对你不好吗？”赵子轩想起收监后，曾有位花甲女士前来探望，他知道费可父母一直支持费可读书等爱好，包括为他置办钢琴和吉他，送他去参加挥金如土的考前培训和竞争激烈的艺术考试。想到自己一直想通过艺考进入音乐学院就读，却没能得到家人的支持，赵子轩想不通为何这些都无法打动费可。

“不，很好。”费可微微抬头并望向天花板，“他们尽最大能力来支持我，我都知道。假如我没杀人，会尽我作为法律意义上儿子的义务，在他们年老后赡养他们。”

“法律上儿子的义务？”赵子轩重复着，“可道德上，你从未把他们当作亲人？”

“他们抚养了我，我以后赡养他们，这算是亲情吗？”

“这仍是法律的范畴。”赵子轩喉咙吞咽了一下。

费可点了点头，他微微伸直了腿：“好在这些年，我对警方的怨恨已经少了很多了。十八岁之前，我一直认为正是他们才让我骨肉分离。现在虽然没了多少怨恨，但每每想到他们将我爸强行带走，押解进警车；我姐姐吓得躲到水缸里不敢出声；强迫我走进一个我没有任何归属感的楼房中的情景，我仍然会无比伤心。”

说完，费可突然前倾身子，小声地说：“赵警官，你知道我爸爸现在在哪里吗？”

赵子轩当然知道他说的爸爸指的是谁：“不，我不知道。”

“这样啊。”费可很失落地向椅子后面靠去。

那一刻，赵子轩的心脏骤然紧缩，血液在某一刻似乎停止了流动，那种缺氧后的酸楚感受让他一惊，自己怎么会有这种心疼的感觉？

铃声刺耳响起，赵子轩猛地回过神，费可拿着那一袋胃药：“谢谢赵警官的关心。期待新歌早日编排，如果禁酒令那边不太顺利，我可以现在就给老吴写张字条。”

“不用，”赵子轩说道，“不用那么急，现在这样反而更能给我们压力。”

“那么，我先回监室。”费可指了指门口。

回到办公室，赵子轩拿起剩余的半瓶矿泉水猛喝。他很想把水全部浇在头上，但最终还是控制住了这种不理智的冲动。他很想逃离这里，想到一会儿还要去监室点名，费可是会早早睡觉，还是会和其他犯人闲聊女人，抑或是在他去监室的空当躲去洗手间偷偷抽一支烟？他又开始好奇起来。

事实是接下来的半个小时什么也没发生。赵子轩和同样值夜班的同事去查监，在费可所在的监室里，费可没有睡，也没有看书、闲聊或是抽烟。他静静地坐在床上，看着赵子轩等人来后，便安静地钻进了被子里，相比他左右躺着的其他犯人显得格格不入。

赵子轩叫来监室的一位犯人，点到即止："469 号刚进来，你们少找他的麻烦。"

"长官，我们没找过他麻烦。"舍长委屈地说，"这里就他一个大学生，平时就叫他帮忙给家里写个信什么的，要是这也不行，以后我们不找他写了。"

"这个没事。"赵子轩伸出手指做着手势，"别动粗。"

"您放心。"

赵子轩又看了一眼费可，他已经躺进被子里，让赵子轩看不清他的表情。

十三

久违的暖阳圣洁地洒向人间，透过叶片凋零殆尽的街旁树木投射向水泥路面，却带给人无比安宁的心情。路边两侧的小摊贩正忙着为上班族制作早餐，铁板上鸡蛋和火腿加热后冒出的白色雾气，让这份清晨的市井气息格外宁静。

赵子轩走进家中，正好碰见涂唇膏的姜屿。

"下班啦？"姜屿一丝不苟地涂完下唇，将两片嘴唇轻轻相抿，"一定很累吧？"

赵子轩扬起手中的包子，出炉的温热使塑料袋沾满小水珠："吃了早餐再走吧。"

姜屿有些受宠若惊，看得赵子轩心神不定，他急忙打开包："对了，这个。"

赵子轩伸过手，手心中摆着一枚小小的药盒。

"谢谢你记得去买。"姜屿笑了起来，"我正想着一会儿上班路上去一趟药店。"

赵子轩被姜屿这句无心的话说得有些愧疚，但此时他也再没有力气安抚姜屿了："吃完早餐吃药，我要先睡了。"

他匆匆洗漱完毕钻进卧室，躺进了温暖舒适的被窝里。他拿起手机给贝斯手发短信，今天起他将有两天的假期，是时候该开始排练了。

摘掉眼镜，赵子轩闭上眼睛，但突然，费可那张脸出现在脑海当中。赵子轩急忙睁眼，但眼前只是他熟悉的雪白天花板。赵子轩深呼吸，蒙上被子睡了起来。

一觉醒来已是下午 4 点。每个夜班后的白昼，他都要睡到这个时间左右才肯罢休。他走到客厅喝了杯水。手机上已有贝斯手回复的信息："下午 5 点半，排练室见。"

说是 5 点半，但其实通常 6 点钟左右人才能到齐。过去相当长的一段时间，整个乐队都心照不宣地各自工作甚至寻找下家。这次的新歌创作，让整个乐队似乎看到了重新崛起的希望。

果然当赵子轩 5 点 20 分到排练室时，贝斯手和鼓手男友已先行抵达。随后十分钟内全队到齐，就连一向懒散随性的主唱也踩点抵达。这是首次没有迟到的排练。

不仅如此，乐队首先按照旋律走向合了一遍。主唱说他和这首新歌特别有缘分，这两天的编曲旋律有了很多灵感，吵着让大家先跟着他的思路合一遍。

“斯斯，你对象挺行啊。”主唱看着鼓手，“首次排练就能跟上节奏，有缘分。”

吵吵闹闹间，赵子轩笑了。他之前从没有见过自己的乐队有这样的活力氛围，先前的排练气氛还不如排练后的一顿烧烤啤酒放得开。仔细想想，这还是都归功于新作品问世。想到这里，他又想起了血色蒂里湖和费可。

看着主唱还在与其他成员认真交谈，赵子轩偷拿出手机：“今晚有空吗？”

陈笑秒回：“请我吃饭？”

“对。”像是生怕陈笑反悔，他又多打一句，“8 点半，我乐队排练室门口碰面。”

“没问题。”

赵子轩放下手机，看着身高近一米九的壮硕鼓手一脸严肃认真地给主唱打着节奏，他笑了出来。

8 点 35 分，乐队收工。主唱感慨道：“今天收获颇丰。”

赵子轩收拾着琴箱，主唱拍了拍他的肩膀：“一起去宵夜。”

“真不巧。”赵子轩拉上琴袋，“我约了陈笑。”

“小警察？”贝斯手跳了出来，“一起叫上啊。”

“今天还真不行。”赵子轩把琴背在身上，“我和他有事要谈。”

走出门外，陈笑正守在门口。他穿着不算厚的风衣外套，冷得直向手心里呵气。

“久等了。”赵子轩走上去，“今天排练很有进展，多拖了几分钟。”

“没关系。”陈笑笑了起来，“很有进展？”

“嗯，新歌写出来了。”赵子轩看着路边一家还在营业的新疆餐馆，“这家行吧？”

“我都没问题。”陈笑说道。

两个人走了进去，如旧点了六瓶啤酒，三十串烧烤和两碗面食。

“你可以开门见山。”陈笑张口，还是不停地搓着冷得发红的手心，“今天主动约我，一定不只是吃饭这么简单。”

“既然你这么爽快，我又怎么好意思跟你客套呢？”赵子轩打开一瓶啤酒，先是倒在了陈笑杯中，“不瞒你说，今天我的确有事要找你。但这事我还没想好怎么说，你先别逼问我，让我自然地进入一下状态。”

陈笑一脸疑惑。

“精神疾病的相关诊断证明好做吗？”赵子轩问道。

“怎么突然想起来问这个？”陈笑吓了一跳。

“最近看了本外国文学，欧美那边的法律好像和咱们不太一样，好奇而已。”赵子轩撒了个谎，“看书里说，即使有最先进的技术支持，目前对于精神疾病的判断也是有局限性的吧？假如一个人犯罪后想以精神疾病为由为自己开脱，有可行性吗？”

“看他想要一个什么结果。精神病人在不能辨认或控制自己行为时造成的危害结果，经法定程序鉴定确认的不负刑事责任，但要由他的监护人严加看管和治疗。间歇性的精神病人在精神正常的时候犯罪要负刑事责任，尚未完全丧失辨认或者控制自己行为能力的精神病人犯罪也要负刑事责任，但可以从轻或减轻处罚。”

“我看那本小说里引用了一九七三年发生在瑞典的那起银行抢劫案，”赵子轩小心翼翼地说道，生怕陈笑发现什么端倪，“就是人质被劫匪绑架后却对劫匪产生了依赖感，其中一名人质甚至还在绑匪服刑期间与其订婚。”

“就是斯德哥尔摩综合征。”陈笑轻轻咬下一块竹签上的羊肉，“你那儿不是还关着一个吗？幼年对前来解救的警察表现出极强的反抗意识，后来杀人的录音师。”

赵子轩歪头，做出经思考后恍然大悟的神情：“对，就好比他。假如他在判决前提出要申请精神方面的鉴定，他能否脱罪，或者说从轻或减轻处罚？”

陈笑一脸古怪地看着他：“你当是个心理障碍都能算作精神病呢。先不说他这份鉴定能不能下来，就算是真的鉴定他有人质情结，这种心理障碍也不能影响判决结果。他杀了人，跟人质情结无关。没跑。”

赵子轩心中怅然若失，五味杂陈，却碍于在陈笑的面前，只好还是摆出了一副“原来如此”的状态。想到必须要把这个话题继续下去，他又说道：“我昨天找那个犯人聊了聊，他说，绑架他的那户人家，还有一个姐姐？”

“姐姐？”陈笑想了想，“啊，是的，绑匪的亲生女儿，可能绑匪还想要个男丁，就绑来了他。”

“那绑匪落网后，这个小姑娘在哪里？”

“被送到当地福利院了吧？也可能是被亲戚收养了。记不清了。”陈笑说道，“这个案子发生的时候我还在初中，天天攒钱买 Beyond 的 CD。你问这个做什么？”

“没什么，只是好奇。”赵子轩急忙说道。

“哦，我还想你要是有事，我可以去局里问队长。”陈笑低头夹起碗里的牛肉。

赵子轩当即后悔，却又不好反悔：“那个绑架犯呢？现在是死是活？”

“活着。”

“还在服刑吗？”

“刑满了，好像是。”陈笑喝着啤酒，“具体信息别问我，这案子不是我负责的。”

“那他知不知道养子杀人犯罪的事情？”怕陈笑起疑心，他又补充了一句，“一个搞艺术的绑架犯父亲，教出了一个搞艺术的杀人犯儿子，我对这事挺好奇的。”

“不知道他是否知情，毕竟他不在本地服刑。”

“不在本地？”

“对啊，他绑架男孩后回到了他老家，在案发地服刑。”

“案发地在哪？”

“不太清楚，好像是南方。”陈笑放下酒杯，“你今天怎么打听起这些来？”

赵子轩正打算岔开话题，突然熟悉的声音由远及近：“叉子——小警察——”

抬头往门口一看，乐队正走来。贝斯手腻在陈笑身旁：“小警察，你好呀。”

为了躲避贝斯手的亲密，陈笑急忙打出杀手锏：“我刚从案发地过来，这次是腐败了半个月的尸体……”

“我不信你没洗手就吃饭。”贝斯手狡黠一笑。

陈笑又向窗户边靠了靠：“你男朋友他也在呢。”

“没事，他不吃醋。”说着，贝斯手看了一眼鼓手，“是吧？”

倒是主唱拉开了缠在陈笑身边的贝斯手：“转了几家馆子，还是想到这来吃烧烤。知道你俩有事要说，我们到旁边桌吃去。陈警官，一会儿我过来敬杯酒。”

陈笑对主唱的印象一直都不错，他给主唱做了个 OK 的手势。

“你看你这两天还有没有时间。”主唱突然想起了什么，“刚我们四个一直盘算，虽说新歌进展不错，但毕竟很快就要演出。既然要保质量，咱们时间就很紧张。酒吧好不容易得来的专场机会，要想跟对方推迟几天时间，咱真张不开这个嘴。”

想起费可前夜说过的话，赵子轩最终还是开口：“这两天我一个朋友说他跟禁酒令老板交情不浅，他让咱去找老板。只要提他名字，咱们就只管开条件。”

“不是吧？”主唱一副大开眼界的表情，“这么够意思？”

赵子轩点了点头：“他是这么说的，不像是跑火车。”

“那你把你那朋友叫过来啊，如果这事能成，咱请他喝酒。”

“他，”赵子轩摇了摇头，“不太方便。”

“依他时间，真能帮咱这个大忙，即使他只有凌晨 4 点有空，咱也得奉陪啊。”

“他在国外，暂时回不来。”赵子轩只得打出这个借口。

“这样啊，那行吧。”主唱说道，“那什么时候等他回国，咱一定要好好谢谢他。”

“好。”赵子轩五味杂陈地应答着。

“那咱什么时候去禁酒令谈？”主唱兴致勃勃。

不知为何，赵子轩并不是很想让主唱出面：“这两天吧，具体时间再联系。”

“那行。”主唱不疑有他，揽着贝斯手等人，“那我们去邻桌，一会儿过来敬酒。”

确认乐队已入座之后，赵子轩心里打鼓，却又不知道该怎么办。

“你女朋友呢？”陈笑拿纸巾擦了擦手，旁边已经积攒了十多根竹签。

此时赵子轩根本不想谈什么女朋友，他必须要把话题引到费可身上。赵子轩鼓起勇气：“其实，刚刚我跟乐队他们说帮助我们的那个‘朋友’，就是费可。”

这句话信息含量太大，陈笑消化了很久很久。中途赵子轩想要继续解释些什么，被陈笑的一个手势给拦下了。

“不是吧？”陈笑消化完毕，音量提高了很多，“你让犯人帮你忙，这事要被查出来你是要吃处分的！”

赵子轩急忙安抚陈笑，他凑近陈笑，小声地说：“这事目前只有他、我和你知道，大家只要都不说，就查不出来的。”

陈笑一脸古怪：“你没病吧，这么幼稚的话你也说得出来？”

“他可能只是想让我在监狱里多关照一下他，他自然不会跟别的犯人讲。”赵子轩小心翼翼地说，“只要你和我都不说……”

“是，他直接一封实名信放进举报箱，他拿个检举有功，这岂不是比被你关照来得更实在？”陈笑皱紧眉头，一字一字地说，“我提醒你，别犯浑。”

赵子轩方寸大乱。他原本并没有想告诉陈笑禁酒令的事情，没想到费可的私事一件都没有打听出来，反而被半路杀出的乐队成员勾着说出了这件事情。但此时脑中混沌的赵子轩失去了判断逻辑，他郑重其事地说：“拜托你帮我个忙，对你来说只是一个小忙。回去之后向局里参与过当年那个绑架案的队长打听一下，当年绑架费可的犯人如今关在哪个监狱、还有多久刑满。这对你来说只是小事一桩。”

赵子轩的手臂悬在半空，透过杯中晶莹剔透的啤酒，他看到陈笑扭曲的脸。

“赵子轩，我很严肃地提醒你。”陈笑坐直了身子，一脸威严地对他说，“你知不知道你现在在做什么？”

“事情不是你想的那样，他不只是帮了我这一次。”赵子轩微皱眉头，“你别摆出那种平时审犯人时的脸色给我看。”

陈笑被这句话说得没了脾气：“你在监狱系统，应该比我更谨言慎行才是。一不留神，犯人做出了什么举动，连你们监狱长都要停职，那时还能有你的好日子？”

“我说了，事情不是你想得那么复杂。”赵子轩语气烦躁了起来，“就是个小忙，你就说帮不帮，我把你当朋友，是朋友你就帮我这个忙。”

“我正因为把你当朋友，所以才提醒你千万别犯浑。因为受了犯人一点小恩小惠，却假公济私、暗度陈仓，插手犯人的事，答应犯人一个看似无伤大雅的请求，你这正落入了犯人的圈套。”

“什么小恩小惠？”赵子轩啪的一声放下了酒杯，“就算是小恩小惠，人家都肯帮我这个忙，你这个口口声声说是我朋友的人呢？我又没提出什么过分的请求吧？你做的还不如一个犯人。”

四周的空气寂静下来，赵子轩用余光都能瞄到陈笑气得全身颤抖。他心中也略带有丝丝愧疚，但更多的还是对于陈笑不肯帮他的不解。

“你是说……”陈笑将全身的战栗抑制下去，“我不配做你的朋友？”

“现在看来，”赵子轩转过头，再也不看向他，“的确如此。”

几秒的沉寂后，突然冒出一声清脆刺耳的声响。陈笑将啤酒瓶和酒杯甩向地面，玻璃碎片混合着啤酒流淌得到处都是。陈笑抽出五张钞票，站起身来。

赵子轩知道陈笑在盯着自己看，想听自己解释是因为赌气才说出如此伤人的话语并道歉。但赵子轩偏过头去，安静地看着窗外。

三秒后，陈笑转身离开。

邻桌闻声而看向这边的乐队成员面面相觑，犹豫再三，主唱走了过来：“怎么了？怎么了这是，都快三十岁的爷们儿了还跟个小姑娘似的玩吵架？”

赵子轩强颜欢笑，眼圈泛红。但就连他自己都不知道，他此时的酸楚，是因为伤了好友的心，还是因为好友不肯帮自己的委屈。

服务员急忙过来打扫地上的玻璃碎片和啤酒。贝斯手也跳了过来，拽起了赵子轩的手臂：“既然跟小警察该说的说完了，就可以来我们这桌啦。”

赵子轩被他们拽着只好跟去。他指着陈笑放在桌上的钱对服务生说：“这桌的账，以及摔碎的一个玻璃杯。”

看着桌上的五张钞票，服务生低声念叨：“也用不了这么多。”

赵子轩强颜欢笑，乐队也绝口不提不悦之事，免得给他心中添堵。鼓手率先举起酒：“这是我第一次跟你喝酒。咱们共同努力，把乐队做得越来越好。”

赵子轩笑了笑，将自己杯中的酒一饮而尽。头有些疼，喉咙也酸楚得说不出话来。他沉默了一会儿，还是跟大家说：“抱歉，我有些不舒服，先走了。”

主唱明白了过来：“那行，咱不差这一次。”

赵子轩点了点头，拿起风衣，与大家告别。

十四

路上冷风迎面吹来，灌得赵子轩喘不过气。勉强睁开的眼睛被强风刮得刺痛，像要流出泪来。回到家中，姜屿看到赵子轩的表情，小心翼翼问道：“怎么了？”

“今天心情不好，不想说话。”赵子轩忍住烦躁的情绪，尽力平静。

“怎么了？”姜屿一脸紧张，用手拉住赵子轩的手臂。

赵子轩皱着眉头，不轻不重地甩开了：“你去睡觉吧，别跟我说话。”

姜屿安静了下来，赵子轩没力气顾及她的情绪，径自躺到了沙发上。

“那……”姜屿小声地说道，“我去给你热杯牛奶。”

“不用！”赵子轩抬高音量打断了她。情绪积累似乎到了临界点，他怕再拖下去，迟早要把所有的负能量全部倾泻在姜屿身上：“你快回卧室，求你。”

“我无法丢下你不管。”

“你别让我说太难听的话。”赵子轩说道，“我现在很想打人。”

姜屿没有动。

“你在我视线里让我觉得很恶心。”依然还是能感受到女人伫立在眼前的阴影，想了想后，赵子轩吐出这个音节，“滚。”

姜屿转身离开了，几秒后响起了卧室门被关上的声响。

四周无比地寂静，这个黑暗的夜泛出一种纯粹的美，纯粹的诡谲与妖娆。

赵子轩起身，迅速地打开电脑。他熟练地在键盘上敲打文字，在搜索引擎的输入栏上敲下“精神疾病患者刑罚”“精神疾病患者免责范围”等字样。

网页在 0.004 秒内迅速显示出十余万条相关信息。赵子轩依次点开，却发现自己需要的信息寥寥无几。他痛苦地用手撑住头部，摘下眼镜揉了揉发红的眼睛。

手机屏幕亮了起来，在这个黑暗的环境中格外显眼。赵子轩看了一眼来电显示，犹豫了片刻，还是按下了接通键。

“这么晚打扰你实在抱歉。”听筒那头传来同事充满歉意的声音，“我有一个请求，我的准岳父明天出院，你也懂的，我想献下殷勤。明天……能不能咱俩换个班？”

想到明早要去禁酒令，他尽量平静下来：“实在对不住，明天上午我有约了。”

“不，不是白天。”同事说道，“你忘记了，我是明晚的夜班。想到老人出院后可能要涉及很多麻烦的手续和安排，我是想让你帮我晚上……”

“实在对不起啊。”同事话还未说完，赵子轩便匆匆打断，“我也不知道我明天白天会忙到什么时候，会不会影响到晚上的时间。所以，抱歉。”

赵子轩疲惫地挂断电话，站起身走进浴室。他打开水龙头，就这样直接站在水温还未转热的水流下。冰冷的触感倾泻而出，浇淋在自己的皮肤之上。

突然，赵子轩睁开眼睛，视线里是液化水珠聚集而形成的一层薄薄雾气。他扯过一条毛巾擦了擦手，飞快地回到客厅，拿起手机，拨通电话。

“喂，是我。”清澈水珠流到额头，剩下的聚集在发梢，“你找到同事换班了吗？”

“还没有。”

“这样。明天夜班是吧？”赵子轩用手背抹了一下额头的水，“我替你。”

“真的可以吗？”同事的语调明显明朗了起来，“那我回头请你吃饭。”

“吃饭的事另说。但我只能替你夜班，白天不行。”

“嗯，就是夜班，你 8 点以前到就可以。”

“好。”赵子轩戴上了眼镜。

赵子轩挂掉电话，刚才的搜索结果仍旧显示在屏幕上。页面已经被拉至最下，上面显示着一条条网友所谓的“回复”——

“你要犯罪吗？”

“现在精神病果然是免死金牌啊，哈哈哈。”

“明天就让我爸去给我做个精神疾病鉴定书，这样以后杀了人也不用怕。”

“年轻人，你还小，想清楚，千万别做害人害己的傻事。”

“你有精神病？那就早去看心理医生啊，别祸害别人。”

赵子轩啪地关上了网页。打开收藏了许久的音乐小站，他点击了播放键。随着血色蒂里湖那阵如梦幻般催眠的呓语，赵子轩看着黑暗中透出星点光亮的窗外，脑海中闪过了一个念头，转瞬即逝，却又无比坚定。

——他要救费可。

十五

赵子轩勉强睁开眼，透过被睫毛遮住的缝隙，微弱的光线照射进眼睛，不远处的厚重窗帘遮住了午夜城市路灯和霓虹散发出的光线。

不知道为何今天半夜就会醒。赵子轩向床头柜摸起了手机，才意识到自己已在客厅沙发上睡了一夜。看了眼屏幕后，他疑惑地起身。当他拉开窗帘那刻才意识到，原来11点已是中午，而并非深夜。

窗外光亮不刺眼，此时的天空黑云压顶，整个天色压抑得令人喘不过气来。他起身去喝水，路过卧室还是停下了脚步。卧室门关着，姜屿应该已经去上班了。

雷声响过天际。

赵子轩走进楼梯。禁酒令分为地上一层和地下室，演出现场就在开凿于地下的空间内。他已经习惯居身于没有窗户密不透风的环境，这样他更有安全感。

白昼时分的酒吧多少显得冷静。四周墙壁被粉刷成深铁锈红，黑色的大理石桌和深色木地板泛着冰冷的金属气息，墙壁上贴满了世界各国的电影海报，来自东欧、中亚抑或是南美的光影将时光衬托得格外古老，顶灯周遭挂了一排骷髅头骨装饰。

“那个是真的。”一个声音响了起来。

赵子轩猝然转身，身后的男人指了指墙壁上的那排骷髅，上面似乎泛着一层黄褐色疑似人体组织干涸残留下的液体。

看着下意识跳了几步远的赵子轩，来者不禁低声笑了出来。

“骗你的。”来者拉开散台旁的一把高脚椅，向赵子轩做了一个请的手势。

赵子轩走过去坐了下来：“抱歉，半个小时前才仓促给你打电话。”

“没有关系，听说你是费可的朋友，这些都是应该做的。我姓吴，吴野。”他笑了一下，“电话里你说过，这应该不是我们第一次见面。”

“之前和乐队来过一次，商谈来专场演出的事情。”

“冒昧地问一句，”吴野掏出一盒烟，示意赵子轩，“抽吗？”

“那不客气了。”赵子轩点点头，掏了一支出来。

“你是费可什么阶段的朋友？”吴野按动打火机，向赵子轩嘴中的烟凑了上去。

赵子轩吐出一口烟雾，心中思忖着该如何跟眼前的酒吧老板阐明自己和费可的关系。最终，他决定实话实说：“我是他的狱警。”

吴野眯起了眼睛，似乎在消化着这句话的含义。几秒后，他恍然大悟地站起身：“你们乐队毫无压力去排练就好，什么时候准备好了给我电话，我随时安排你们在最近的周末黄金时段演出。宣传事宜及费用我们全部负责，我们这边是门票含一人份酒水，但你们乐队演出时的门票分销抑或是给你们抽成我们可以再……”

“都好，这些都由您来安排就好。”赵子轩吃惊地打断了吴野的话语，“不，别误会，我的意思是，这些事情都拜托您全权处理。麻烦了。”

吴野笑了，笑容里满含从容和淡定的意味：“别客气，既然是费可的朋友。”

赵子轩此时心中很想打探清楚面前这个男人和费可的关系，但更多的，是想通过这个男人去了解费可过往的历史，他曾经的故事，他过去的坎坷，和他所经历的绝望。但此时赵子轩张着嘴，却一句话都说不出来。

手机响了，吴野看了看屏幕短信：“时候不早了，我一会儿还有事。赵警官，今后你们乐队若肯赏光，欢迎随时来我们酒吧演出，随时随地，我会为你们安排最优质的周末黄金时段。只是需要拜托你……”

“我知道。”赵子轩说。

“请让我说完。”长发及肩的吴野突然换上一副郑重面容，“拜托你，请善待他。”

走出禁酒令，赵子轩还是不太适应刚从黑暗环境中走出来外面骤变的光线，虽然这阴郁天气的光线并不强烈。赵子轩手握黑伞，这是刚刚离开禁酒令时吴野塞给他的。

“可能随时要下雨，你还是拿着为好。”吴野诚恳地说道。

“那个，需要给他带句话吗？”赵子轩说道，“或者生活物品，不能是电子产品。”

“这样，赵警官，不知道这么安排是否给你添麻烦。如果你见到费可，问他现在缺什么，让他开个单子给我，你们过目筛选一下哪些能够带进去，无论是口头或是书信形式，下次您来酒吧告诉我。”

“这个没问题。”想了想监狱的规定，但赵子轩还是点了点头，“话呢？”

吴野低下头想了想：“不用额外带话了。我想说的话，他心里都知道。”

握着手里的黑伞，狂风骤然吹响，将隆冬早已凋零的枯树枝干吹得摇曳。突然，赵子轩想起了陈笑。他用力地甩了甩头，烦躁地皱着眉，想把这个人的面庞在自己的脑海中挥出去。

阴着天，赵子轩看着这个山雨欲来的世界，城市化街道带来了如雨后春笋般拔地而起的钢铁森林，葱郁的钢筋枝干架起了密不透风的树阴，泛出昏黄的色调。

十六

“你怎么来了？”走进办公室的同事看到在桌旁翻报纸的赵子轩，诧异地问。

“林荫让我跟他换个晚班。”赵子轩回道。

“约会？”

“接准岳父出院。”

“那跟约会也差不多。”同事拿起水杯，“准备红包吧。”

“什么红包？”赵子轩回过头。

“都准岳父了，离办酒席还能远？”

赵子轩没再搭话。临近下午，报纸清香的油墨已经消失殆尽。翻到娱乐版块，又是一行黑体大字映入眼帘：《命案剧组再踏征程，片期暂定明年国庆档》。

赵子轩深吸一口气。报道上讲，剧组斥重金请来美国录音大咖前来把关后期音乐，身披多部奥斯卡提名光环的作曲大师包装音乐，以求呈现最佳的视听效果。

赵子轩啪的一声合上报纸，还是没能控制住从喉咙处呼之欲出的喘息。

“怎么了？”同事听到异样。

“没事。”赵子轩吸了下鼻子，“感冒。”

夜晚 8 点如期而至。同事换下警服，向赵子轩挥了挥手：“走啦。”

“外面可能会下雨。”

同事仰头看了看窗外：“这十几分钟里应该下不起来吧？”

“还是带上伞好，有备无患。”

看着同事走出门去，赵子轩挥手以示告别。听到门被关闭的声响，赵子轩深吸了一口气，重重地靠在了椅子上。他仰着头，看着惨白的天花板。正中间的白炽灯发出的强烈光线刺得他睁不开眼睛。

文娱时间，赵子轩照例来到了阅览室。这个平日里人烟最为稀少的地方，一眼就能望见费可的背影。赵子轩拉开费可对面座位的椅子，坐了过去。

费可抬起头，却也并没有流露出额外的神色，小声地说：“赵警官好。”

原本酝酿开场白的赵子轩被这声沙哑的问好吸引去全部注意力：“感冒了？”

费可摇了摇头：“没事。”

赵子轩低下头，费可手中的书停留在第一页的位置。

“文娱时间二十分钟左右了，以你的速度不可能才看到第一页，到底怎么了？”

“不是因为没看进去，而是刚看完别的，才拿起这本新的。”

“那好。”赵子轩伸出手，突然把费可面前的这本书合了起来，他感觉到这次自己掌握了丢失了许久的主动权，“这本书的第一页讲了些什么。”

费可沉默了几秒，说道：“我真的是才开始看。”

赵子轩笑了，他很喜欢占据主动权的感觉，就像现在这样。他没有理会费可刚刚的回答，而是径自说道：“今天中午我去了禁酒令，见到了吴野。”

费可抬起头。

“托你的福，他很快就答应了我们乐队的请求，并许诺我们今后可以随时随地联系他预约演出时间。”赵子轩说道，“这次，真的不知道该怎么感谢你才好。”

“别客气，举手之劳。”费可说着，但赵子轩却读出一丝强颜欢笑的意味。

“你怎么不问问我，吴野现在还好吗？”

“不用问，我知道他现在很好。无论何时他都能活得潇洒，他有这个能力。”

“这么自信？”

“不是自信，而是相信他。我把他当朋友，我信任他并且了解他。”

“朋友……”赵子轩喃喃自语道，随即又想起了那个中午在禁酒令没有向吴野问出口的问题，“其实我一直很好奇，你和他究竟是怎样认识的，或者说，你们究竟在一起经历了什么，才能够让你们两个有这么彼此心照不宣的交情？”

“这并不重要。”费可低下头，似乎是想把这个话题终结，“对了赵警官，今天你怎么来了？今天你应该是轮休吧。”

“啊，林警官家中有急事，我跟他换了一次班。”

“也就是说原本三天后的晚班你就不来啦？”费可歪着头。

这一刻，赵子轩无比欢欣。这意味着费可不仅记得自己的上班周期安排，甚至还有可能会因他不能值晚班而感到失望。赵子轩就是这样解读的，并且异常喜悦。

“费可，你……”

“赵警官。”费可一瞬间眼圈周围已经泛红，“昨晚，我梦见我姐姐了。”

这一次，赵子轩脑海中本能地浮现出多年前看着父亲实施绑架的小女孩。

——我梦见我回到了童年时期的小木屋。

——我梦见冬日午后，爸爸在老黑白电视上放电影。姐姐从水井里挑水回来，阳光透过纸窗映到她的侧脸上，那一刻她比电影上的女演员还要好看。

——我梦见在那里度春节，我贴春联写福字，爸爸在包饺子，姐姐还在饺子里放了一枚硬币。这一切就跟我在那里度过的七个春节一样。

——躺在床上，我是被鞭炮声吵醒的，家里却全是一片阴森凄惨的白色。

——我梦见我姐姐死了。

赵子轩震惊地听费可回忆昨晚的梦。费可抬起头，直直地看着赵子轩：“我梦见她死了，仿佛被海浪包围，眼睛合不上，就那么直直地看着我。”

赵子轩被费可盯得毛骨悚然，后背冷汗猛然滑落，手臂上泛起一层鸡皮疙瘩。

“赵子轩。”费可突然抓住赵子轩的手臂，这么叫他。

赵子轩吓得全身战栗，猛地将手抽了出来，下意识地大喊了一声。

“赵子轩，赵警官——你。”费可抬起头，看着赵子轩那张惊慌失措的脸，“你，能不能告诉我，她现在活着还是死了？”

这一刻赵子轩心中有许多话想说。他想告诉费可昨晚自己就已问过公安部门的朋友，向他询问多年前这起案子后她姐姐在哪家福利院；他想告诉费可他爸原本被判了十年，因为表现良好，如今很有可能减刑刑满出狱；他想告诉费可甚至他有一种冲动代替他前去找人；他想告诉费可此时此刻自己心涌一阵无力感……天知道他有多想帮助费可，但他却什么都做不了。

赵子轩深吸了一口气，他很想畅快淋漓地大喊出来。

“赵警官，我很想很想……”费可说着，“去见她一面。”

抬起头，迎面撞见费可那炙热的眼神。赵子轩心一沉，用尽力气喊了出来。

窗外的雷鸣声不期而至，轰轰烈烈地响彻天际。

猎猎大风从平流层横冲直撞，吸收容纳了天地间的灰尘与颗粒，坠落向苍茫大地。透过钢筋水泥和金属铁网，绕过警备层层的铜墙电网，传递进赵子轩耳中。

他骤然推开椅子，头也不回地冲出门去。

十七

赵子轩奔跑着，脱下警服拿在手中。天地间的倾盆大雨狂泻而下，沉闷而悠远的雷鸣响彻苍穹。狂风巨力掀起停靠在街道两侧的单车，吹断生长了一整年的树木。脚下迅速积聚起来的雨水像是不断涨潮的海浪，即将把他淹没在这个夜晚。

他一路狂奔，跑向一个二十世纪九十年代的住宅楼，在楼宇门口不停按动301室的按钮，发疯似的拍打着锈迹斑斑的单元楼门。

“我是赵子轩，你下来，你下来，我有话要对你说，我求你下来。”

赵子轩不停地拍打，不停地按着按钮。电子按钮被启动后亮起红色的指示信号，在雨夜里发出了嘈杂的提示声响。楼宇门啪的一声打开，随即听到楼道里传来的开门及脚步声的混响，以及感应灯亮起的通明灯火。

赵子轩打开单元门，却依旧站在门外，脚步声由远及近越发清晰，直到一个人影出现在他的面前。陈笑披着大衣，一脸诧异地看着门外站着的赵子轩。

“你……”陈笑跑上前去，急忙说道，“去家里说吧。”

“不用，”赵子轩抹了一把脸上的雨水，气喘吁吁地说道，“我来其实就是想……”

“对不起，昨天的事情怪我。”陈笑笑了，又恢复了一如既往的明朗笑容，露出洁白整齐的牙齿，“我不该那么仓促地责怪你，我……”

“我来其实就是想拜托你，”赵子轩打断了陈笑，“拜托你一定帮我查到多年前那个绑架费可的犯人，现在关押在哪里。”

陈笑的笑容停顿在脸上。

楼道里的感应灯自动熄灭了，四周一片黑暗。寂静的楼道外，是天地间倾斜而落的倾盆大雨，哗啦啦的像是在呜咽。

“陈笑我求你，我求求你。”赵子轩全身湿透，伸出手臂抓住陈笑的手，“咱俩从高中起就认识，直到现在。看在这么多年朋友的交情上，求求你帮帮我，请你一定要帮我查到这件事情，我求你现在就查，我可以等，我全身都被淋透了，我不去你家，怕踩脏你家地板，我可以在外面等，没有关系的。我求你，拜托你单位的同事，或者是你的领导，最好直接找当年负责这起案子的老刑警，随便什么人都可以，我求你一定帮我查到这件事情，我求求你陈笑。”

陈笑愣在原地，没有表情地听赵子轩语无伦次地说着，却还是滚动喉结，低下头，小声说道：“你先来家里，先来喝杯热水，冷静一下。”

“我不，我不去。我是翘班出来的，按下指纹刷了卡跑了出来，现在警报应该已经响了，那群犯人们都还在那里，我跑出来之后就直接来找你了，我一会儿马上还要回去。”赵子轩喉咙干哑，雨水倾泻到他的头上，顺着头发滴落得满脸都是，“陈笑，你帮我查，我拿你当朋友，你帮我查，我求求你……”

“你，跑出来？”陈笑大声喊出来，“晚上 9 点半，你跑出监狱，你他妈的疯了！”

“我跑出来的时间不长，警报我回头想办法，你如果担心犯人们可能会暴动，就请帮帮我，我就在楼下等，你手机呢，你，你用我手机，用我手机。”赵子轩哆哆嗦嗦地从口袋里掏出手机，暴露在空气中的手机顷刻间被雨水浸染，“你用我手机，现在就打电话，你拿我当朋友的话，就尽快帮我问，别让我回去得太晚。”

陈笑伸出拳头，做了一个深呼吸，朝赵子轩的胸口打去。

这一拳打得并不重，陈笑知道。早在警校时期就已经学过的搏击与格斗，他熟知怎样出拳可以直击要害，而怎样出拳可以毫发无伤。赵子轩一个踉跄退后了好几步，勉强站稳后咳嗽了几声。他又走上前来，没有一丝怒气：“你可以打我出气，只要你开心就好，你开心了就可以帮我，我求你，快来不及了。”

冷雨降临到屋檐，透过挡雨板，也滴落到陈笑的头发和肩膀上。他一字一字地说道：“我，正是把你当朋友……”

雨水越下越大，大得让赵子轩听不清陈笑后面的话。他听到“朋友”二字，脑海中顿时出现了费可和吴野。他想，这一刻，他是多么羡慕费可和吴野的友谊，那是一段真正的友情，他嫉妒他们。

赵子轩站在原地，一瞬间突然冷静了下来。他看着面前陈笑皱着眉的表情，那面容扭曲到令人厌恶。赵子轩安静地说道：“我明白了。”

陈笑满脸痛心的表情复杂到极点。

“我明白了。”赵子轩安详地说道，“你说得对，你根本就不配做我的朋友。”

陈笑愣了两秒，剧烈颤抖的肩膀像是因为寒冷而瑟瑟发抖。他扬起手臂，这一次用尽了全身的力气，狠狠地打了赵子轩一个耳光。

赵子轩捂着脸，笑了。用一种莫名的眼神盯着陈笑，那眼神里似乎包含了怜悯，也似乎包含了释然。他慢慢放下手，头也不回地转身离去。

他没有回头，而身后的陈笑也似乎没有离开。

黑暗的大雨当中，身后楼宇门的自动响应灯，一直没有再亮起来。

十八

隆冬时分的凌晨 3 点，赵子轩从沙发上醒来。

毛毯已经滑落到地板上，四周遍布着空的啤酒瓶。电视屏幕显示着躁动不安的雪花点，嘈杂的灰白色在黑暗的凌晨泛出寒冷的气息。

他勉强起身，不小心踢到了空啤酒瓶，瓶口流淌出了冰冷清澈的啤酒液体。

昨晚他匆匆地回来后便关上了手机，警报和犯人的事都没有再考虑。他看着此时散落在脚边的近十个空啤酒瓶，一阵欲裂的疼痛感又迅速遍布头部。

赵子轩转过头，目光停留在依旧关着门的卧室。他走过去打开门，透着窗外划过的一道闪电映照出的光亮，卧室里并没有人。

也就是说，姜屿今晚没有回来。

赵子轩走进浴室，直接站在水龙头下面。冰冷的水流似乎让他的酒醒了不少，他回忆着姜屿在他记忆中最后一次出现的画面，他们吵架了，他骂了她，还打了她一耳光。他擦干被雨水淋湿后黏连在一起的头发，换上了一件干燥的白色棉布上衣，走进客厅，按下手机的开机按钮。

赵子轩被电视屏幕无信号的雪花点扰得心烦意乱，他拿起遥控器，漫无目的地换台，终于切换到了还在播放的午夜新闻。

手机开机，没有姜屿的信息。赵子轩拨打姜屿的电话，那头传来电子女声冰冷的空号提示音。赵子轩瘫坐在沙发上，心中盘算着最后一次见姜屿的时间。

突然，赵子轩猛地抬起头，快速地按下了手机按键。

"你好，我要报案，我的女朋友已经消失超过三十个小时。"

"请详细说明情况。"

"我姓赵，与女朋友同居，失踪前我动手打了她。我……"

纷乱的中东局势快报结束，电视里的新闻突然切换了画面。

"下面滚动播放一条新闻。前日，在位于苍县光山景区西五公里处，因铁路隧道建设发现了一具尸体，尸体已成白骨化。经初步鉴定，尸体为女性，骨骼探定已死亡八年以上。意外坠落或蓄意杀人未明，警方现正于案发地调查当中。据悉，光山景区为国家 4A 级风景区，近两日进景区西侧高速公路将部分封锁，请有计划前往的游客自行绕路。有关案件的进一步进展，本台将会密切关注。"

赵子轩的头部突然传来一阵剧烈的振动，仿佛震得五脏六腑都要脱体而出。还在与 110 通话的手机重重地摔落在了木地板上，伴随着电视上经马赛克处理后的尸体搬运视频画面的突然切换，赵子轩的眼前一片纯粹的黑暗。

十九

梦醒来的时候，赵子轩勉强睁开双眼。四周似乎还是他最熟悉的环境，没有窗户的空间就像是个密封的匣子，一年四季看不到阳光和月色，看不到朝霞和黄昏，看不到风霜和细雨，看不到树木和繁花。

眼睛适应了这样的光线，这的确是他最熟悉的环境，空旷局促，潮湿阴冷，没有窗户，没有光线，没有判断辨明时间的依据——但这里，却又不是监狱。

胸口涌上一阵气息，令赵子轩不禁咳嗽起來，四壁随即传来绵柔漫长的混响回音。他猛地站起身，疯狂地查看着四周，仰望着全都由水泥砌成的天花板。

“现在是凌晨 0 点 29 分。”

身后传来熟悉的声音，依旧透过墙壁传来绵柔的混响。赵子轩猛地回过头，身后的桌子上——

费可正一脸狂狷邪魅，诡谲地看着自己。

赵子轩低下视线，看向费可的脚。那里空荡自由，没有脚铐。

费可跳下桌子，拍了拍手。他按下身旁一个录音机的播放键，喧杂的重金属声音伴随着忧伤的大提琴倾泻而出：“赵警官，你应该也听过这首歌吧？”

“请告诉我这是怎么回事。”

“什么？”

赵子轩看向四周铁壁：“这是哪里，我为什么会在这里，你为什么会逃出监狱？”

费可笑着，慢慢地走近了赵子轩。

赵子轩又被他盯得毛骨悚然，泛起一层鸡皮疙瘩。但伴随这些生理反应的同时，是从内心升腾起的最本能的恐惧感。

费可走到赵子轩面前，停顿了几秒，猛地伸出腿，用力踢向他的小腹。

尽管赵子轩没有上过警校，但他也知道攻击技巧的玄妙。陈笑那一拳看似用尽全力但实则毫发无伤，而费可这一脚看似波澜不惊却实则伤入肺腑。

抹下嘴角溢出的液体，黏稠的血液遍布手背。被这一脚踢倒在地后，赵子轩想要踉跄地起身，却再次被费可用力踢倒。费可拿着手上的绳子，熟练而用力地从他的前胸缠绕到后背。麻绳编织得密度紧实，勒在皮肤上的顷刻，就压破了皮下表层的毛细血管，周遭泛起细密的红色印痕。

把赵子轩绑得动弹不得之后，费可喘着粗气站起身。

“赵警官，你真的什么都不记得了吗？”费可掏出一支烟叼在嘴里，同时又拿出一支向赵子轩示意，“抽吗？”

赵子轩仰头看着他：“你为什么会在这里？你为什么不在监狱里？”

“真不记得了？”费可疑惑地蹲下身，“是你放我出来的啊。”

脑中像将胶片剪辑的蒙太奇，一格格地将碎片式的画面拼凑在了一起。

——暴雨午夜，全身湿透的狱警和熬红了眼睛靠在监室墙壁旁的犯人。

——电闪雷鸣，拿出钥匙打开铁栏的狱警和嘴角上扬尾随而出的犯人。

——狂风呼啸，按动指纹开启门禁的狱警和身后穿上便装低头而出的犯人。

——树枝摇曳，经电子扫描后打开大门的狱警和紧紧拽住他手臂的犯人。

——高楼电网，跨门而出不停奔跑的狱警和身后快步逃离的犯人。

——乌云笼罩，拿出钥匙打开房门的狱警和全身湿透站在门口的犯人。

——黑暗侵袭，脱掉衬衫擦干头发的狱警和脱掉衬衫局促低头的犯人。

——雷电交加，四目相对和突然快步走上前抱住狱警的犯人。

“你昨天喝了十二瓶啤酒，我高估了你的酒量。”费可吐出了惨淡的烟雾。

赵子轩很想大喊一声，却发现喉咙扯得心肺疼痛欲裂，竟然发不出一丝声音。血腥的味道堵在喉咙处，阻挡了内心那一声绝望的大吼：“你为什么要这么做？”

“你记得吧？”费可说道，“我提示你，非典，苍县，风景区西五公里。”

赵子轩张着嘴，却说不出话来。

“我还要再提示你一些吗？比如……”

“你别说话！”赵子轩猝然地喊了出来，他睁大了眼睛，直视着前方的费可。

——非典后，民生凋敝，人迹冷清。苍县国家4A级风景区西五公里。

——未经修缮的原始小道，仅能容纳一人通过的宽度，高悬在河流溪涧之上。

——毕业假期爬山走在小道上，顺手拿起新购入的单反拍摄了一张照片。拐过弯，迎面撞见走来的一个女人。

——收起单反，侧过身子，本能地想靠近山壁的里侧走过。对面的女人本能间也想靠里行走，却被反应速度先人一步的男性抢先。片刻的调整后，女人收回向里侧迈出的左脚，仓促地落在了小道的外侧。

——手肘向外，似乎触碰到了什么，那种撞击的感觉异常真实。

——片刻的惊慌失措，片刻的人影无踪。随即是重物撞击到山崖乱石上沉闷的声响。

赵子轩脑海中浮现起了那个画面。站在小道上向下仰望，潺潺的溪涧和原始石块上，鲜血顺着峭壁向下游流淌，绵延不绝地在阳光下浮动着。

“她就是我的姐姐。”费可看着赵子轩，认真地说道。

赵子轩大吼一声，双眼通红。

“赵警官，你听说过斯德哥尔摩症候群吗？”

赵子轩沉默不语。

“对，你想到了。就是你所谓的绑架犯的亲生女儿，绑架我的共犯，也是我的姐姐。”费可说道，“我呢，爱她爱到死。”

赵子轩抬起头：“你是怎么知道这件事的？”

“那次苍县之旅，我和她是幽会。幽会你懂吧？其实我就在不远处。”

“那你为什么不报警？”

“报警？报警有用吗？淡季的户外风景区，加之非典时期民生凋敝，周围人烟稀少，没有任何监控设备。即使我顺利抓到你去派出所，证据呢？有人证吗？有物证吗？更何况你们在山崖之上，我在山脚下，这中间隔着至少十分钟的路程，我要如何追赶得上一个亡命之徒？”

——其实人生活在这个世界上，只要不是与世隔绝，一定能找到他社交活动的蛛丝马迹，比如何人某月某日去过某地，比如某人何年何时毕业工作。

——没有证据，但人们又总想祭奠亡灵。

——我只能以身试法。

——查到行凶者容易，真正绝望的是如何将行凶者绳之于法。

——人生三十多年，该爱的爱了，该恨的恨了，可以同归于尽了。

——我可以查到你的身份，查到你的位置，可以安排一场戏，以此接近你，出现在你的视线当中。

——为此，我不惜杀了一个与这件事无关的女人。我想为警方留下一个心思缜密的凶手的印象，但又必须马上提供给警方一个纰漏，让警方马上注意到我露出的马脚，将我批准逮捕。

——我特意选在这个剧组里杀人，就是因为我知道在这个案发地杀人后，可以收监进你的监狱。

——我设计了层层机关，安排了金属摇滚乐这个可能与你唯一的共同语言。

——然后，我接近你，了解你，可以将我无法在阳光下、在法庭上对你的裁决，自行在黑暗中实行。

——现在，到时候了。

“该上路了。”费可说道。

“你知道那是一场意外！”赵子轩眼睛通红。

“意外又怎样！”费可的怒气也全都涌上胸膛，“死了就是死了。”

这一回，赵子轩哑口无言。

“你于我而言有两个身份，赵子轩是凶手，但赵警官……”说着，费可退后两步，这副神情里没有任何虚张声势，而是从内心本能处涌上来的原始诚恳。

“赵警官，谢谢你的照顾。我给你磕头了。”费可跪了下来，伸出手臂，深深地在地上长拜不起。

“费可。”赵子轩喉咙哽咽。

费可依旧跪拜在地上。

“费可你不要这样，你听我说。”赵子轩仓皇失措。

短暂的几秒钟寂静后，自动播放的下一首曲子播放了出来。

费可站起身，拿出一把锋利的匕首走向赵子轩，眼神里当然是愤怒和怨恨。但同时，还有一丝感激和一丝悲悯：“昨晚你来监狱之前，我正好看完一整本《康熙字典》。我杀完你，然后自杀。”

“费可，你等等……”

“已经等了很久了。”

“费可，你听我说。”

费可扬在半空中的手臂突然停顿了一下。

突然，一声巨大的声响传了过来。整个空间剧烈地震动着，很快复归了平静。

赵子轩安静地闭上了眼睛。

一群荷枪实弹的刑警冲了进来，站成了密集的一排，枪口对准着正中央。

“费可，放下武器。”

费可手中的刀被突然冲上来的警察一脚踢飞，耳畔是剧烈震动的声响。

赵子轩慢慢地睁开了眼睛。

门外的强烈光线照耀下——

逆着光，一排刑警正中央的陈笑，如释重负地看向了赵子轩。

二十

“事情就是这样，苍北监狱在编狱警赵子轩利用上班时间，私自协助犯人费可越狱。逃离后，费可欲杀赵子轩未遂。以上是案件初步结果，汇报完毕。”

局长示意陈笑坐下：“联系苍北监狱，暂停赵子轩的一切工作。狱长陈明及相关责任人一并上报。”

“那个……”陈笑举手示意，“事实上，费可绑架赵子轩案发前不久，赵子轩曾经报警，他的女友姜屿已失踪逾三十个小时。”

“这样，一组负责调查赵子轩协助费可越狱一案；二组负责调查费可绑架赵子轩并杀害未遂一案；三组主要负责调查八年前这起光山景区白骨女尸案；小顾，你带人去调查赵子轩女友失踪事件。”

“局长。”陈笑站起了身，“对不起，我申请避嫌。”

“什么？”

“我申请避嫌。其实，赵子轩是我多年的好朋友。”

局长点了支烟，抽了几口：“那你和小顾对调，你去调查赵子轩女友失踪的案子。”

陈笑点了点头。

带着两名街道派出所的民警，进行了短暂的交接后，陈笑开始走进赵子轩所租住的小区。这是他第一次来赵子轩家中，却没想到已是这样的情形。

陈笑从未见过姜屿。虽说相识的近十年间，他带到赵子轩面前的女朋友换了一个又一个，但是却从来没有见过这个陪伴在赵子轩身边多年的年长女友。不是因为没提过，而是从来都没有机会。对方可能是位夜场女郎，不知是否涉及毒品和色情服务。这一点很久之前从赵子轩的提及中就可以猜测出来，只是他从没说破过。

陈笑走进单元楼，戴着手套，拿出刚刚从物业那里得到的备用钥匙，插进锁孔。

陈笑深吸了一口气，转动钥匙。门开了。

出现在眼前的是已经两天没有人住的客厅，此时在窗外正难得明媚的阳光的照射下泛起了微微的灰尘。他们戴上手套脚套，三人一同走了进去。

整洁的布艺沙发，整洁的茶几；明亮的木地板，明亮的窗户。

走进卧室，平整的床单就像是赵子轩做好奔赴末日准备一般，展示着具有仪式感的顺滑纹理。一双大码男士拖鞋，孤独地摆放在门口处。衣橱里一排男士衬衫、针织衫和棉布T恤散发着樟脑球的独特清香，抽屉里的男士内衣和袜子整齐码放，阳台上挂着的男士裤子，散发着柔顺剂的味道。

“毛发和皮屑采集。”指着床单，陈笑继续走向了浴室。

浴室内，一支牙刷，一个牙杯，一支男士洁面乳，一瓶洗发液，一条毛巾。

打开还未来得及倾倒的垃圾桶，陈笑拿出镊子，对着身后的警察说道：“垃圾回收。”

走出单元门，陈笑深吸了一口阳光空气，刚才他已经快被压抑得喘不过气来。

陈笑走到百货商场二楼的柜台，柜台小姐正笑容满面地为一个顾客进行唇膏试色。

陈笑出示了警察证。

“那天是工作日，客人比较少，我也的确有印象，因为那个客人实在有些古怪。他应该是要给女朋友挑选唇膏，但是他却不跟我交流，而是一直在自言自语，就像是对着空气在说话一样。”

陈笑皱起了眉头。

“要给女朋友挑选唇膏吗？”妆容精致的柜台小姐浅笑道，“想要什么色系？咱家今年限量色到货了，有这种梅子紫色，还有这款艳珊瑚色，膏体带闪。”

男人转头看着旁边：“你喜欢什么颜色？”

柜台小姐以为他在对自己说话，却发现男人目光处是空荡荡的一片。

男人依旧把头转向左侧：“这个紫色喜欢吗？不好意思，她不太喜欢。”

专柜小姐略显尴尬地笑了笑，把手腕收了回来。

隔了约半分钟，男人一直在凝视着左侧，神情中充满着宠溺：“你喜欢就好。”随即看向那几排色彩斑斓的唇膏，“不再看看别的了？”

专柜小姐看向男人的耳朵，那里并没有蓝牙耳机。

男人看向专柜小姐：“那麻烦您开票吧，包一下这支。”

“啊……好的。”专柜小姐将票递给男人，“收银台在那边，直走二十米然后右拐。”

“谢谢。”男人伸出手，在空气中拍了两下，似乎就像在拍向女朋友的肩膀位置。

“我当时以为是活见鬼。”柜台小姐一脸诚恳地对陈笑说道。

走进一家川菜馆，陈笑对服务生出示了警察证：“请叫你们的经理来。”

经理翻开了当月的考勤表后说道："如果真的是13号那天晚上，那天的确是我值班。警察先生你要找的这个人，我也的确是有印象。"

"能麻烦你们调取一下监控录像吗？请配合。"

"好的。"值班经理说道，"稍等。"

服务生走到赵子轩的身边，交谈了几句之后，将桌子上六人份的消毒碗筷撤掉了四副。很快，服务生递来了菜单，接着又端上来了一瓶啤酒，打开盖子，随一次性塑料杯一起端到了赵子轩的面前。

赵子轩掏出手机。随后是长达近十分钟的沉默，直到赵子轩突然抬起头，像是看着一个人由门口至桌旁的行动轨迹一样目视着空气，直至目光停留到自己对面的座位。然而那把椅子并没有被拉开。像说了些什么，赵子轩的面色突然略不耐烦，一把将菜单推到了对面的座位，并向远处的服务员招了招手。

"他应该是在询问店里的主打菜式。"值班经理和负责招待的服务生说道。

陈笑面无表情，继续看着录像。

谈着主打菜式，赵子轩抬起头看向对面的座位，啪地合上菜单，推到了对面。

"好像是说'道歉没用，你道歉得够多了'之类的。"服务员回忆道。

"你们确定对面没有人？你们再想想，会不会是记错了？"

"当服务员两年多，第一次遇见这么诡异的客人，绝对不会记错。"服务员很无奈，"他点了一份香辣蟹，还点了一份糖醋小排。虽说他要求留下两个人的餐具，但他对面一直都没有人。当时我好尴尬，只好说先给他下单。"

接下来，赵子轩一直在对着对面的空气说着什么。不时偏过头，像是因话不投机而不想看向对方，也偶尔皱起眉头，像是在和对面的空气据理力争。终于，赵子轩站起了身，看向餐馆大门口的位置，大声地喊着些什么。

"他的声音很大，周边几桌客人全都在看他。"服务员指着暂停的画面，"就是在对大门喊，'你他妈的去哪里''快回来'之类的话，就像女朋友吵架先行离席一样。"

大半个餐厅的目光都聚集向赵子轩。赵子轩转过头，服务生急忙低下头，继续微笑地询问其他客人。他随即烦躁地坐回到位置。拿出手机。贴近耳朵。

陈笑大口地喘着气："行了，就到这里吧。"

"不继续看了？"值班经理按下了暂停。

看着定格画面，陈笑的眼睛一阵刺痛。

——接下来这个电话，赵子轩即将要拨打给自己。十几分钟后，陈笑就如期而至。

"嗯，就到这里吧。"

值班经理张口："警察同志，还有什么需要我们配合你做的……"

陈笑双手扶住值班经理的肩膀："拜托你再好好想想，他当时的对面真没有人？"

值班经理被警察突如其来的肢体接触吓得不轻："对面真的没有人。我们和邻桌客人都可以作证，他就一直对着空气说话，对着空气吵架，指着空气怒气冲冲。”

眼前一片模糊。陈笑站稳，恢复了一贯的淡定和冷静：“谢谢你们。”

二十一

“经初步调查，根据赵子轩家中的物品痕迹、毛发、皮屑及卫生纸体液鉴定，赵子轩的生活中并无任何女性居住的痕迹。根据对赵子轩社交生活及社会关系的走访，赵子轩并没有女友。经对全国名为姜屿的人员调查，并无符合此人的身份信息。综上，姜屿为赵子轩臆想出的女友。”

陈笑深吸一口气，手指不停地痉挛。他用力握紧手指，直到手指关节发白。

他写上了最后一句话：

“建议为赵子轩申请精神疾病司法鉴定。”

写完最后一个字，陈笑用力地扔下笔，将报告向远处重重地一推。他趴到桌子上，过了很久抬起头，走到窗边，打开了窗户。

十二月了，一年中最寒冷的季节即将来临。

窗外的寒风呼啸着吹过，在这样一个静谧的夜晚。

陈笑打开音响，格式化了平克·弗洛伊德和蝎子，格式化了迷幻摇滚和硬摇滚，开始播放着一首多年以来和赵子轩见面时一直争论不休却迟迟不听的死亡金属。

窗户上倒映出了自己那张疲惫的脸。身后是整个房间昏黄的台灯光亮，在这样寒冷的午夜显得格外温暖。渐渐地，陈笑似乎在玻璃上看到了赵子轩的样子，那个高中时代穿着校服的师弟，跑到高三年级自己的班门口东张西望。

“你找我？”十八岁时快被高考忙到焦头烂额的陈笑，抬起被汗水黏住数学试卷的手臂，叼着笔，疑惑地看着面前的这个少年。

“师哥，在同一个学校找到喜欢摇滚的人不容易。”赵子轩说道，“我叫赵子轩，高一（6）班。和外校的朋友们组了支乐队，欢迎师哥随时加入。”

“这样啊。”陈笑眯起了眼睛，笑眯眯地看着他，“我只喜欢听，不会弹。”

“那没关系，能一起聊聊也很好啦。”青涩的赵子轩向陈笑伸出了手，“欢迎师哥和我翘课去排练室喝酒。”

“哈？”陈笑大笑了起来，“你成年了没有，还翘课，还喝酒。”

“你别这么一副说教面孔。那说定啦，这周六补课结束后你来我班找我。”

“喂，我要高考。”陈笑看着转身离去的安静少年，“喂，我要高考。喂。”

话虽如此，周六补课后，陈笑还是乖乖地出现在了高一（6）班的门口。

两年后，大家收起了 MP3 和 MP4，黑白屏幕手机已不再仅存储两百条短信，还可以充当影音播放器。

“又翘课了？”陈笑在篮球场旁的公用电话旁，拿着一瓶冰镇汽水仰头喝下半瓶，

“你快高考了吧？”

“我想报音乐学院。”赵子轩谨慎地说道，语气里带有微微的烦恼。

“音乐学院？”陈笑咽下最后一口橘子味汽水，“很棒啊。”

“但很难考。本身国内招收吉他专业的高校就不多，加上我没有任何专业的器乐培训，我认识的很多考生在小学毕业前都已经钢琴十级了，吉他只是我的爱好，乐理方面我可是一塌糊涂。”

“去试试嘛。”陈笑换上一副郑重其事的严肃表情，“哥跟你说哦，我也是很想走音乐这条路的，只不过资质和天赋实在比不上你。你可一定要加油，替我完成这个梦想。”

赵子轩说道：“你最近怎么样？训练一定很累吧。”

“刚打完篮球回来。啊，是很累。”陈笑说道，“但拜你的鼓励所赐，我已经在警校里组了一个自己的乐队。”

“你也有乐队啦？叫什么名字？扒歌还是原创？”

“只是警校同学的文娱活动，小打小闹而已。但我们现在是向着原创发展的，最近在扒蝎子和老鹰的歌。”

“啊，”赵子轩故意一脸讽刺，“没劲。”

“喂，什么叫没劲？”陈笑也换上一副据理力争的语气，“你们扒的那个黑暗安息日就有劲？奥兹就有劲？”

“对啊。”

“Mr. Crowley,what went on in your head.Mr. Crowley,did you talk to the dead……”陈笑在电话那头夸张地唱了起来。

多年后，陈笑的乐队早已经解散，而直至解散，他们都没有写出一首原创歌曲。赵子轩没有考音乐学院，而是报考了一所位于西北的海拔两千米的高原城市的高校，就读人力资源管理专业。

“为什么解散乐队？”赵子轩问。

“老了，躁不起来了。”陈笑说道，“你呢，最近怎么样？”

“在高原打半小时篮球要休息两天。”赵子轩如实说道，“老了，躁不起来了。”

两人先后回到了家乡，一个毫无意外地进入了公安局，一个漫无目的地混了几年后，最终还是回到家乡参加市公务员考试，报考了狱警岗位。

“回来啦？”初秋的那个夜晚，陈笑时隔多年后第一次看到赵子轩。

“嗯，回来了。”赵子轩说道。

“不走了？”

“嗯，不走了。”

深冬的风在这午夜时分猎猎作响。看着倒映在窗户玻璃上幻灭的光影，望着这个灯光一盏盏暗淡下去的沉睡的城市，陈笑痛痛快快地哭了出来。

二十二

在手心上哈着气，陈笑终于走进这片依旧是高楼电网的大院。不同于监狱，这里植被丰茂，即便隆冬季节，松柏也依然苍翠葱郁，焕发出一种迎接新生的气息。

陈笑手握鉴定结果：赵子轩因失误将一女性游客撞入悬崖致其死亡后，受到强烈刺激，诱发精神分裂，将仅有一面之缘的死者的体貌特征融入想象后臆想为自己的同居女友，并取名为姜屿。两个月前，因受多年前遭死者生父绑架的犯人费可诱导而再次发病，期间利用职务之便协助犯人越狱，并险被犯人杀害。因考虑他协助犯人越狱时处发病状态，故开除党籍，取消编制，剥夺进入公务员系统之权利，定期前往精神病院接受治疗，不予追究刑事责任；另一起由犯人费可提起的过失致人死亡案因证据不足，不予立案。

松柏中央的长椅上，赵子轩正孤零零地坐在那里，望向眼前的风景。

陈笑径自坐在赵子轩身边："嗨，好久不见。"

赵子轩回过头，也笑了："嗨，好久不见。"

"这几天感觉怎么样？"陈笑强忍住泛红的眼圈，"看你好像胖了一些。"

"有吗？"

"好像是。不过胖点好，你太瘦了。"

气氛又陷入沉默，层叠的松柏被东风一吹呼啦啦地响。

"虽然现在尘埃落定，但该走的程序还是得走。再等等，过段时间就好了。"

赵子轩没有说话。

"你有没有想过……"陈笑小心翼翼地问道，"接下来你要做什么？"

"我想专心做乐队。"赵子轩也小心翼翼地说道，"现在很想专心做乐队，首场专场演出这周末就要进行。"

"要不要推迟？"陈笑建议道，"我怕你的身体会吃不消。"

"不。"赵子轩坚定地摇了摇头，"不推迟。"

"也对，毕竟无论是资质还是天赋，你都要比我高很多。"

"陈笑。"赵子轩开口。

"嗯？"

"对不起。"隔了很久，赵子轩说道。

看着他的侧脸，陈笑想起多年前高中时代来到风扇叶轰鸣且燥热教室门口的少年。

陈笑强忍住泪水，把头别了过去："说什么呢。"

二十三

周末夜晚，禁酒令里纸醉金迷灯红酒绿。那排宣称是真人的头骨里亮起了蓝色的灯，透过头骨空洞的眼窝，投射到对面的铁锈红色墙壁上。黑色的大理石桌泛着冰冷的金属光泽，人声鼎沸中，酒精的奢靡气息在空气不流通而微微缺氧的地下室里格外引人昏昏欲睡。

晚 9 点的钟声响了起来，带来沉闷而带有神圣的仪式感。瞬间现场所有灯光全部熄灭，四周顿时寂静了下来。

“晚上好，现在为大家带来今晚的第一首歌。”

鼓声响起，赵子轩轻轻地弹出了一个和弦。

赵子轩抬起头，听众站满了舞台前的整个酒吧。地下室没有窗户，涂着妖艳唇膏的哥特女人拿着红酒杯，戴着唇环饰满臂文身的黑金男人吐出香烟烟雾，白茫茫的烟圈一缕缕袅袅上升，飘到舞台的最上空，融入到头顶的聚光灯中央。

陈笑站在最后一排，拿着酒，一脸骄傲地做出赞许的神色。

赵子轩也笑了。

——原以为，杀人后想逃脱罪责，是需要等待二十年刑事诉讼时效期满；

——没想到，拜这位录音师所赐，将错就错只用了八年时光就安枕无忧。

舞台上，赵子轩大笑了起来。上天待自己真是不薄，原计划要搭上自己的小半生，活在装疯卖傻的阴影里，为此还要臆想出一个与那位摔死的女人体貌相仿的女性角色作为恋爱对象，还要在公众场合忍受别人像活见鬼一样异样的神情，直到十五年甚至二十年之后的刑事诉讼时效期满。这种日子简直是受够了。没想到只用了八年，丢了一个铁饭碗，却换回来了余生的好时光。

从这刻起，我就自由了。

这个世界，是多么的美妙啊。

强光舞台下的鼎沸人声构成了一片密不透风的阴影。尼古丁和酒精交错缠绵，甚至还有一丝大麻叶的味道。喘息和呼喊从台下的听众阵阵传来，争夺着相对密封的地下室现场仅有的氧气，共同呼出二氧化碳。这里，简直就像一个棺材，里面关着众多已经癫狂了的人们。大家还没醒，还没到砸开棺材的时候。

赵子轩突然喘了几口粗气，感觉大脑缺氧。

眼前出现的重影明灭闪现，停下拨动琴弦的手指，整个地下室旋律溃不成军。

赵子轩用力地甩了甩头。

——舞台下，那个身影又带着那惯有的狂狷邪魅的笑，诡谲地看着自己。

赵子轩手中的拨片猝然脱离手指，坠落在地。

酒吧一片哗然，乐队成员纷纷停下来看向赵子轩。

“不好意思啊，我们出了一点状况……”主唱不明所以，临时救场。话音还未落，赵子轩面容扭曲地一把抢过话筒，摘下吉他扔到主唱的怀里。

“陈笑，陈笑。”赵子轩眼神空洞，目视前方，大声地喊着在最后一排的陈笑。

拨过层层的人群，陈笑焦急地从最后一排冲向舞台前。

“怎么了？”陈笑皱着眉。

“陈笑，费可他在哪里？”

“费可？”陈笑反问道，“被抓了啊，就在监狱里。”

“不，他没被抓到，我刚刚看见他了。”

“说什么呢。”陈笑用力说道，“费可就在监狱里没错的，他因为缓期执行期间计划越狱及袭警，正在等待审理，立即执行应该没跑了。”

“立即执行？”赵子轩松了一口气，蹲在了舞台上。长长地深呼吸后，他把话筒递还给主唱，捡起落在效果器上的拨片，把吉他重新抱在了怀里。

“刚刚我们吉他手出了一点小状况。来，让我们听见你们的躁动——”主唱寥寥数句，顺利自如地切换到黑嗓，伴随成员默契的配合，有条不紊地开始第二首歌。

赵子轩闭上眼睛，享受这首《血色海德里希》。眼前又浮现起那一幅幅如同胶片般的画面，惨烈而流畅。像人性深处永无止境的欲望与贪婪，战火的狂虐与暴动，权力的争夺与更迭，每种情感都带着独有的色彩，卷携着高地上呼啸而过的狂风，掠夺过洼谷处尸横遍野的血水，穿过雾，刺过雨，铺天盖地地涌向他的头颅。

赵子轩畅快淋漓地大吼一声，睁开眼。

这一次，舞台下一片黑暗。

费可站在中央，诡谲狂狷地笑着：

——赵警官，你听说过斯德哥尔摩综合征吗？

斯德哥尔摩之光·终

故事六

埃德蒙顿的雨

The Rain of Edmonton

一

醒来发现这是一个下雨的清晨，窗外的天空有种乌云笼罩的阴霾，灰黑色的公路两旁是亚寒带冬季的针叶森林，整夜的雨水冲刷着冬季的寂冷。北萨斯喀彻温河流过这座城市的时候给这片寒带大陆添了水雾，在冬天冰冻成霜。来之前我看到了凌晨 5 点的落基山脉，大片壮丽的山峦在云蒸霞蔚的似血夕阳里寥廓而悲怆。埃德蒙顿似乎是个笼罩在冷寂阴霾中的城市，很快，今年的第一场雪就要来临了。

赵天奇正在院子里冲洗车辆，天际是墨蓝色的，整夜的雨混合着灰尘落在车上。

打开收音机听早间新闻，我转过头透过窗户看到了远方的海。埃德蒙顿十一月的海，冰冷的深蓝色延伸向天际。通常寒风吹过来时，海鸟就会随着海浪的起伏涌动飞向灰暗的天空。

早间新闻说一群地质学家和考古学家日前去非洲南部赞比西河中游的巴托卡峡谷区探险，在最西段的魔鬼瀑布遇险，伤亡暂不明确；说人们在巴西和阿根廷边界的伊瓜苏河附近发现了新的生物物种；说位于地中海沿岸意大利南部西西里岛卡塔尼亚的埃特纳火山最近开始蓄势喷发。

这是我来到加拿大的第六天，在此之前赵天奇已经在埃德蒙顿住了一年。曾经我以为从这里去加利福尼亚的某家汽车旅馆是多么近，以为我可以在冬季降临前穿越整片国土到达最北的埃尔斯米尔岛看古老结晶岩构成的山原。

曾经我也以为，只要到了这里，就可以把想讲的话都说出来。

这个时候赵天奇站起身："车冲好了，我们上路吧。"

这个清晨我们要去北萨斯喀彻温河，这算是我来到加拿大后的第一次公路旅行。车载音响播放着瑞典阴暗金属乐队的《Eternal Autumn》（《永恒的秋天》），荒寂的公路两旁是清冷的针叶森林和路灯。昨夜失眠时听午夜电台，离异的女主播讲起了她在耶路撒冷的纪行。她说原本以为那里只有大片沙漠和连天战火，可当开车进入老城区的公路时竟发现那里没有任何战争、饥荒和疾病卷携而来的阴霾。柏油公路、路灯和延伸向天际线上的纯净苍穹，都寂静得就像古犹太人和古阿拉伯人从未登上过这片古老的大陆。

赵天奇把吉他放进后备厢。北萨斯喀彻温河像极了午夜电台中的以色列和巴勒斯坦的死海，破晓前的天际微微泛出苍白的灰暗，荒原贫瘠得没有草木生长。赵天奇面对着河水坐了下来："一九四七年，在死海北部的库纳兰，几个牧童在寻找失散的羊群时，突然发现了藏在洞穴中的《圣经》古代手抄本。那些被称为死海古卷的文献都是自公元前二世纪中叶到公元六十八年活动在纳库兰地区的犹太教埃塞尼派的藏书。所以你看，这片贫瘠的荒原在遥远的过去，就曾经是人类文明的发祥地。"

那晚我们在河畔搭了帐篷，并燃起一堆篝火。那个漫长的夜晚有着厚重的云层，意味着明日将迎接一场暴雨或风雪，像极了曼彻夫斯基导演的《暴雨将至》里盘旋在仇恨和爱情里暗无天日的阴霾天空——

"Though I walk through the valley of the shadow of death，I will fear no evil, for you are with me."

尽管我穿越被死亡阴影笼罩的山谷，但我毫不畏惧，只因你与我同在。

二

我婉拒了赵天奇邀请我住在家中的提议，并在相邻街区租下了一套房子。

"既然来加拿大散心，你就准备一直在埃德蒙顿，不去别的地方看看？"他问我。

原本想说出口的话还是没有说出来。

每天下午3点的天空湛蓝清澈，那段时间我学会了如何分辨泰国香米和中国糯米，学会了如何将葡萄、黄桃和百香果熬成粥。经常出入的蛋糕店里，老板娘教会我面粉和鸡蛋以什么比例调和才能松软。先前在国内"远庖厨"的我，竟然在这座时光无限漫长的城市钻研起烹饪来。

除了偶尔给院子里的曼陀罗和蔷薇浇水，那段时间我把心思全放在画画上。我抱着画板在阳光下穿过几条街区去公园画一幅素描，也临摹了数世纪前让•雷诺阿、莫奈、马奈等大师关于法国蒙马特红磨坊的作品，此外还把熟宣铺在艳阳时的玻璃上拓了一幅唐代仕女图。

来往于书画装裱店几次后，我和老板也渐渐熟络起来。这个男人来自天寒地冻的北欧，在我第一次踏进店铺时就看到悬挂在大门上的油画，壮丽的极光绚烂地绽放在苍穹上，针叶林像忠诚的战士般伫立于北极圈。

他告诉我那是他的家乡，位于斯堪的纳维亚半岛北部北极圈里的拉普兰地区。那里是极地气候，每年的大部分时间都笼罩在漫长而寒冷的冬季里。

芬兰的拉普兰地区在北极圈内，但并不是冰天雪地，而有数不尽的湖泊、江河、溪流和森林，还有上苍最为辽阔湛蓝的馈赠——伊纳里湖。

他家和所有拉普兰人一样，以捕鱼和猎鹿为生。拉普兰人生活在帐篷里，人们在河边的湿地上搭建起几根木桩，随后在空中用桦树木、鹿皮和草搭起密不透风的家。他儿时就住在伊纳里湖的北面，那里有原始松林、桦林和沼泽。小时候他跟随父亲去捕猎，那里随处可见麋鹿、山猫和狼獾，以及鲦鱼、鳟鱼、鲈鱼和北极鲴鱼。

他的未婚妻在魁北克，这就是他来加拿大的原因。早些年他在赫尔辛基开过美术画廊，在捷克布拉格广场上给游客画像赚钱，甚至和一群非法商贩倒卖过盗窃来的作品。那时他此生最大的梦想就是在欧洲某个城市举办一场个人画展，画展里有北极圈的极光，有拉普兰人在伊纳里湖岸边的帐篷，有魁梧的拉普兰人在黄昏时提着捕捉来的驯鹿和狼獾，有壮丽神秘的纳维亚半岛的冰雪山原和针叶林。

后来他落魄了。或者说自从他告别家乡到其他欧洲国家打拼后就一直在落魄着，只是过去他不以贫困和潦倒为苦。那时几个文物贩子找到他并神秘地掏出了一个十六世纪中叶意大利佛罗伦萨的彩纹陶盘，他爱不释手。后来他用这些年在公园广场给游客画像的所有积蓄买下了彩纹陶盘，在得知它为仿制品后如坠冰窖。

可当他抱着那个曾经令他感动得热泪盈眶的仿制品时，心中对那些文物贩子依旧没有恨意。只是，他已经不知道要怎么生存下去。

“你能理解那种心情吗？”他在画廊里对我说，“你的面前摆着一个十六世纪意大利佛罗伦萨的彩绘瓷盘，抚摸着上面的图案，会觉得时光刹那间倒流回了五个世纪前。在文艺复兴时期的夜晚，美术家正在蜡烛和煤油下给盘子上釉。你的手指覆盖着他的指纹，你的肺呼吸着那个夜晚的风，你就像是回到了五百年前。”

因为居无定所，他不得不在风雨交加的午夜找到一个容身之所。他朝前方的车行隧道走去，跌倒在潮湿的苔藓上。他把大衣脱了下来，将那个彩绘陶盘紧紧护在了心脏位置。

那晚他遇见了未婚妻，一个加拿大魁北克的女摄影家。她原本要到赫尔辛基拍摄二战时期纳粹屠杀犹太人的集中营遗址，因为突降暴雨便躲进了隧道，夜幕上划过的闪电恰好映亮男人沉睡的脸庞。

女人上前去摸了摸他的脸，雨雪在他的睫毛上凝结成薄薄一层霜。目光向下挪移，她看到了曾在文艺复兴时期工艺美术品图谱上瞻仰过的、收藏于伦敦维多利亚·阿尔巴特博物馆里的彩绘陶盘。即便是赝品，他却依旧视若珍宝。

她掏出便笺和笔，留下了自己在芬兰的住址和电话，连同几张钞票放进了男人僵硬得没有知觉的手里。

正是这位女摄影师的雪中送炭，让男人在黎明之后重获希望。那之后他便画了一幅《雨夜》，像古老自然愤怒之语的闪电在苍穹上翻云覆雨，而他和她就在被闪电映得无比光明的阴影中。

自从画被挂在某个画廊后就获得了观赏者们的极大好评，评论家们毫不吝惜地称赞其突出“人性”，而这也正是文艺复兴时期的艺术家们所最崇尚的精神。

不久之后，他的作品被送去参展，逐渐有众多学院派教授带着学生们前来参观，他也开始收到来自五湖四海崇拜者的书信膜拜。在众多画廊的邀请和推荐下，他尝试将作品送去权威的官方比赛参评，并最终获得年度最佳新人奖。

一切似乎来得太快，他还没有做好心理准备。他还是习惯流浪在没有疾风骤雨的漫长夜晚，也习惯于在阳光微醺的午后去公园里等到夕阳落山。可如今他仅是透过窗帘，便能看到前来说服自己为其作画的画廊老板、私人收藏家和美术馆馆长成群守在家门前。

午夜时分，他偶尔会想起那位女摄影师。

那个雨夜女人写下的电话号码他一直随身携带，可却一直没有勇气拨打过去。

不久后，他终于举办了一场真正属于自己的画展。

无论主办方如何劝说，他都执意把《雨夜》放在展厅最显眼的位置。众多业内人士前来捧场，见此便纷纷打听起这幅画背后的故事。

而这些参观者中，就有那位魁北克女摄影师。

多年以后，他们就这么相遇了。

画廊的角落里有一架维多利亚风格的古典钟楼，钟盘被他绘上《圣经》故事。下午4点的报时猝然响起，悠远的钟声就像上帝在进行一场末日审判。

“你为什么要从北京来埃德蒙顿？”他问我。

“见人。”

“谁？”

我没有说话，起身去挑选准备装裱的画框。窗前摆放着布面纤维板，上面叠加着杂乱无章的颜料线条，他说这是临摹杰克逊·波洛克的《1948年第5号》。

“你居然临摹抽象表现主义。”我说。

“其实不是临摹抽象表现主义的画，而是抽象表现主义的精神。”他端起颜料盘，“二战前，世界艺术的中心在哪？”

“巴黎。”我说。

“可二战后的世界经济文化重心就转移到了美国。从文化上说，抽象表现主义摆脱了欧洲现代主义的模式，又代表了美国民族自由和民主精神扩张；从美术角度看，继承了现代主义的血脉，又开拓了欧洲从未有过的、通过自身律动表现生命特质的创作形式。”

“可你画得并不像。”我看着《1948年第5号》的原作影印说。

“谢谢。”他笑了，他说如果以他现在的心境去临摹抽象表现主义，绝对会是一幅和原作截然不同的作品。

“那你抛弃在芬兰的荣誉来加拿大，就是因为她吗？”我问。

“对。”

“那你为什么不是去魁北克，而是来埃德蒙顿？”

“马，你在埃德蒙顿多少天了？”

“一个星期。”

“你爱这里吗？”

“我和你不一样，我对埃德蒙顿本无感情。”我说。

“这是座逃避现实的城市。当你走南闯北流浪过很多地方后，倘若你想找个地方停歇一段时间，你来到埃德蒙顿就再也不想走了。我在这里的很多个夜晚都会梦到我的家乡，梦见拉普兰的极光和我家的鹿皮帐篷。童年时冰天雪地的河流流淌过我的记忆，我骨子里有着对故土的归属感。无论是眼下我和它隔着一片大西洋和北冰洋，或是日后我坐船驶向麦哲伦海峡和好望角，我都感觉故土在我心中是无比真实。”

傍晚前我回到家，开始思考起我来埃德蒙顿的意义。

在国内时我记住了他家对面的哪家商铺会在午夜 1 点打烊，也记住了街拐角旁哪个小酒吧在黎明破晓时仍然营业。

很多个午夜，我都想心一横跑到埃德蒙顿。但眼下终于来了，那些呼之欲出的话却随着这冰冷的气温压了下去。

来埃德蒙顿前我曾起誓一定要开车去加州公路旅行，那时正是我们迷恋《加州旅馆》最为疯狂的年代。

“我做梦都想沿着沙漠公路行驶。”隔着大洋和海域的电话，他的声音透过电流和信号传了过来，“你可一定要来陪我。”

可当我真的踏上这片土地，才发觉一切是有多不现实。

晚间电视正在播天气预报。播报说今夜到明天会有亚寒带高压登陆太平洋东岸带来降水。落基山脉会阻挡部分降水，沿着山脉上升的冷气流会让未来几日的埃德蒙顿大幅度降温。

我打开窗户，骤雨前狂风猎猎作响，大片阴霾的灰暗云层笼罩在夜幕上，似乎预示了明日的阴雨暴雪天气。

对面的窗户一片黑暗，他还没有回家。

打开门后，潮湿的冷风霎时迎面吹来。看着这座寂静而安详的城市，我却根本不知道往哪个方向走。赵天奇早就说过埃德蒙顿的夜晚很寂静，这座城市的人们总是习惯伴随着夜幕入眠。所以在这个暴雨即将袭来的夜晚，这片寂寥和极冷才能感受得分外真切。

我到家后不久，赵天奇背着吉他敲了敲门，他抖落着外套上被风吸附的尘土：“还没睡？”

“没有。”听着突如其来的悠远雷鸣，我看了看夜空，“要下雨了，快回家吧。”

昏暗的灯光下，他转身离开。

隔了二十分钟，他拿着一瓶酒走进我家。

“不想做饭了，来你这蹭点吃的。”他说着，就坐到了桌旁。

晚饭时他细细碎碎地讲起摇滚乐队里发生的事。乐队只有他是华裔，余下的皆是加拿大籍学生。他们在学校附近找到排练室，偶尔也会去酒吧演出。那天傍晚酒吧的门被叩响，原以为是女友前来的贝斯手打开门，没承想迎接他的却是从背包中搜出一包海洛因的警察。

气氛沉滞了下来，沉默许久后他抬起头："还有，其实我——"

"不早了，你该回去了。"我说。

窗外骤雨猛然跌落，将窗户击出濒临破裂的声响。

"好。"他点了点头。

直到对面的窗内亮起了柔和的灯火，我拿着伞走出家门。雨势不大。从遥远太平洋吹来的冷风夹杂着午夜深沉寂寥的寒冷水雾弥漫在黑暗的街道上，未眠的人们亮起灯火，昏黄的光芒透过窗户，在雨夜里模糊了眼睛。

还在国内的某个清晨我收到他的短信，他复述了前夜和如今同样情景的梦。

"我好像还梦见你了。"他回复的速度很快，"你来跟我分析分析，难不成咱俩要去穷街陋巷拍黑色电影？"

我不知道回复什么，但又不忍就此中断对话："可能只是一张专辑封面。"

"哪张专辑？我马上去听。"

"不记得了。"我忍住了内心的躁动。

雨越下越大，周遭似乎陷入了无止境的黑暗。

"睡了吗？"我掏出手机发短信给他。

"还没。"他回复得仍是很快。

"我刚才也做了同样的梦。"我说。

寂静的城市笼罩在氤氲雨雾中，提示音骤然响起。

"可能只是一张专辑封面。"他说。

三

接下来几日迎来了漫长的雨季，庞大而古老的温带大陆笼罩在冰冷的雨水中。傍晚时分华灯初上，古典钢琴的音阶如水般流淌出来，透过巴洛克式雕花铁窗，我看到了一个光线昏暗的舞室。

走进这个对外开放的房间，红黑色调在昏暗的灯光下更显沧桑。墙壁上挂着数世纪前的油画，斑斓的色彩像极了毕加索或塞尚的作品。

这个傍晚我认识了这位来自遥远的西班牙的女人，她说她曾在蒙马特高地的红磨坊里跳过舞，而在埃德蒙顿的舞厅内也有一份舞者工作，从零点钟声敲响时至次日的黎明破晓。

"你来埃德蒙顿做什么？"她拿出一瓶红酒。

“见一个人。”

“男朋友？”她挑了挑眉毛。她穿着酒红色的针织衫，别着一把金属吉他胸针。

“还不是。”我摇了摇头，“在这里喝酒真的可以吗？会不会影响你的生意？”

“我这里哪有生意啊？”她笑了，“你可是第一个来这里的人。”

多年以前，一个威尼斯男人因对爱情绝望而离开意大利前往西班牙。最后一天的午后，他前往为纪念耶稣十二圣徒和收藏战利品而建的圣马可大教堂。公元九世纪的冰冷建筑，见证着长达千年的肆虐战火和冷漠灾难。

他站在广场前，迎着阳光抬头仰望教堂中间的穹顶，手持《马可福音》的圣马可雕像旁围绕着六尊飞翔的天使。入口处的四座公元前四世纪的青铜马像复制品，由威尼斯人在公元一二〇四年从君士坦丁堡掠夺而来；取材于《旧约》的画作镶嵌在圆形天花板上。他揉了揉眼睛。

令人类为之狂热的战争、侵略和掠夺都是为了什么？

沿着贯穿城市的水路前行，看着这座即将离别的古老城市，黄昏前的太阳格外暖人。

抵达巴塞罗那是在傍晚，他用整个夜晚流连于城中的幽暗之处。午夜咖啡厅和小酒馆亮着令人迷醉的灯火，花园里狂野热情的人们正在即兴舞蹈。

午夜的旧城墙上，浓烈热情的石榴花盛开如火。停驻在午夜酒吧前，他敲了敲门。

开门者是个女人，她优雅深邃的眼睛令男人一时间竟忘了开口。他用蹩脚的西班牙语简要告知其来自意大利，想在巴塞罗那找一份工作。

在画廊里，女人连同父母正在探讨伊冈·席尔的表现主义、莫迪里阿尼的矫饰主义和迪安德烈亚的超写实主义。父亲是威尼斯本地交响乐团的指挥家，母亲曾是落基山脉旁歌剧院的小提琴手，女人从小被要求练习弗拉明戈，已经在巴塞罗那小有名气。

“你会画画？”父亲问道。

“是的。”

“那好，我们剧院正好缺少一位画匠。”

男人开始作为纪录画师出入剧院，他的作品被金色相框装裱好挂在剧院走廊上，和剧院艺术家们的演出照片一起。

拿到酬金后，他跑去了当地集市，他早就看中了一双精致的陶瓷舞鞋。男人背着画板，小心翼翼地拿着包装盒前去画廊找她。巴塞罗那下午 4 点的阳光透过漂亮的巴洛克式雕花铁窗，女人穿着洁白的芭蕾舞裙，圣洁得宛如拉斐尔笔下的圣母。

男人承认对一切美的事物都没有抵抗力。

待到夜幕降临，女人走了出来，男人急忙迎了上去：“我来接你回家。”

他很清楚自己爱上了她。未来的道路就像那庞大寂寥天际下的雄伟山脉，另一头哪怕是暴雨雷电都无法阻止他狂热的攀爬。他忘不了女人额头上在阳光下浮动的栗色发丝，忘不了她陶瓷般光洁的皮肤，忘不了她深邃如西斯廷圣母般的眼睛。

明知尾随非坦荡之举，更会玷污爱人纯洁的信任。雷鸣从遥远的天际传来，不同于威尼斯阴霾乌云下的连绵细雨。这黑暗夜空，让他感觉到如深渊般的恐惧。

她原来是舞厅的脱衣舞女。

那晚男人在舞厅门口等到深夜，大雨的雾气模糊了灯红酒绿。耳畔倾盆的暴雨声遮盖住了世间的草长莺飞，但却无法阻挡肮脏而绝望的把酒言欢。

他从未接触过精神疾病患者。

午夜的大雨中，他把那幅阳光下穿着洁白芭蕾舞衣的画像撕毁。

多年以后，女人来到母亲位于落基山脉脚下的家乡开的一间舞室。人们总是习惯于将事情按照自己的臆想进行判断，人生终究也是梦一场。

——十七岁时，她知道自己患有精神分裂症。

“我和你不一样，你太冷静理智了。”她又拿出一瓶酒，“人生原本就那么短，没人能规定我如何活。”

“可是你放不下。”我说。

“你爱他吗？”她岔开了话题，“那个让你从中国跑到埃德蒙顿的男人。”

房间里燃着几支红色熏香，在黑暗中散发出令人微醺迷醉的香气。

“你说得对，我太理智了。”我低下了头。

那晚我没有回家，在她的邀请下同她去了舞厅。我坐在角落，看那些目光贪婪的男人喝着龙舌兰，把钞票塞进了她的胸罩里。

她会为下个月的房租而不得不额外工作吗？她会将挂满华丽羽毛的赤裸上身凑向闪着贪婪欲望的男人吗？男人们把烟头熄灭在她身上的时候，她会疼吗？

雨水将整条街道冲刷得亮如白昼。走进化妆间，古旧的紫罗兰壁纸在漫长的年岁里退去了昔日华丽的色彩。她正在平静地卸妆，洗净铅华后的皮肤泛着纯洁的光泽。

“你都看见了，晚上我就是一个廉价的舞女。”她将头发轻轻散开，“可我喜欢我选择的人生方式。”

午夜电台的那位女主播又开始了新一天的节目。她说她从前一直在寻找一个人，可以陪她在阿根廷潘帕斯草原的牧场上看黄昏，可以陪她在天寒地冻的挪威听一场死亡金属，可以陪她从维多利亚湖向上游走过整条穿越埃及的尼罗河。

可是当她离婚后，独自穿越约旦河西岸、戈兰高地、巴基斯坦并最终抵达以色列的耶路撒冷时，她才发觉这种壮美只有独享才不辜负。

埃德蒙顿雨后的清晨来临了。

四

海鸟从遥远的天际线处飞来，绕过北萨斯喀彻温河升腾起的水雾，也带着世间纯粹寂静的蓝色。

赵天奇带着一个亚裔女孩，经过我家门前时打招呼。

我吐出一口烟雾，算作回应。

他并没有马上离开，像是逼迫般地等待了几秒钟，随即指着女伴："我女朋友。"

"你好。"我扬了扬手。

——他的演技太拙劣，但我没有当面揭穿。

"天冷，抽完就快进去吧。"他说道。

"好。"

关上门后，我将窗帘微微扬起缝隙。伴随落日仅存的余晖，女伴不知何时已经完成任务离开，而他却久久地停留在原地。

用了一支烟的工夫确认他离开后，我出门又走到了那家工艺美术品装裱画廊，偶然间突然想念起那幅《雨夜》来。

一整排画廊、古董商店和工艺品商铺在打烊后泛起了幽暗的光。我走到画廊门口，玻璃橱窗内正展示着数世纪前的乐谱瓷盘、约翰·休斯顿和巴兹·鲁赫曼版的红磨坊海报，还有莫奈、让·雷诺阿、马奈等大师来到蒙马特后所画作品的仿制品。

他拿着色彩斑斓的油画调色盘打开门："来啦。"

我点了点头："让我在你这里待一会儿。"

这还是我第一次走进他作画的房间。昏暗的光线下，墙壁上挂满了塞尚、修拉等印象派大师们的仿制品，桌子上摆满了十八世纪风格的陶瓷人偶和路易十四时代的高跟鞋，而最引人瞩目的则是让·雷诺阿的《红磨坊街的舞会》。

"我果然不适合谈恋爱。"我说。

"你和他都是。"男人言简意赅地评价道。

落地灯昏黄的光线洒在他执画笔的手上，令人有种恍若隔世的感觉。

"你曾经有没有因未婚妻的事而陷入对爱情的绝望？"我问道。

"那就让我来告诉你我不去魁北克找她的原因。"他仔细地添完最后一朵云霞，放下画笔，"认识她之后，我便接触了那门完全不同于美术的艺术。摄影和美术在某种意义上是一脉相承的，比如构图、色彩和比例。但是在美术面前，摄影太年轻了。真正成熟的摄影技术才两百多年，但美术呢？自人类文明初始就诞生了。人类最早在洞穴里留下的岩画、祭坛上祈祷降雨的彩绘花纹，都古老到和巫术一般沧桑。从人类怀着对大自然的敬畏开始无休止征服的那刻起，而美术自然也就应运而生。在美术面前，摄影就像是个小孩子，浮躁而喧嚣。"

"所以？"

“所以，我无法安心下来欣赏一幅摄影作品。我总觉得在那么真实到可怖的影像背后，是对人类商业利益赤裸裸的彰显。然而她这辈子的梦想就是去中东地区做一名战地记者，拍摄出伊拉克、伊朗、沙特阿拉伯、科威特等地区因战乱而饱受摧残的同胞，她永远无法放下她的相机。现在，你懂了吗？”

“我懂了。”我说道，“突然想回国了。”

“我也是那种人，可以为了她穿越冰冷的洲际线和寂寥深沉的大洋，可以徒步翻越烈日下的沙漠和棱角桀骜的山脉。”他说。

——曾经我也以为只要有你，我就无所畏惧。

五

我很快搬了出来，夜幕就像《荷马史诗·伊利亚特》中描述的阿喀琉斯死去时那个昏天暗地的黑色。

很久之后，一条延伸向黑夜的荒芜公路出现在我脚下，两旁是一排通宵营业的小旅馆，墙体因年代久远而斑驳，成人保健用品商店和霓虹灯奢靡昏暗的洗浴中心的招牌格外醒目。少了色情服务场所的纸醉金迷，却多了一丝破旧和颓废的古老韵味。光线微弱摇曳，空气里弥漫着诡异的味道。破旧肮脏的窗户里散发的除了昏暗的灯光，还有此起彼伏的呻吟与喘息。

这里聚集了一群吸毒的无业人员、流浪者、从事色情服务的女性和逃犯。

一个短发女人的背影走进我的视线。她穿着酒红色碎花上衣，前胸的扣子脱落了两个，左耳有三个耳洞，挂着哗啦作响的银质耳环，背着破旧的木吉他，全身散发着狂野的吉卜赛女郎才有的风尘韵味。

“打扰了，酒吧怎么走？”

她依旧是一副桀骜不驯的面孔，长期的流浪生涯给她平添几丝痞气，她戏谑地笑着：“问路？”

我从她的语气中感受到不敬与倨傲，正准备转身离开，她一下抓住了我的手腕：“我可以带你去，不过你得请我喝酒。”

这个流浪女吉他手带我走了很长的路，途中我看到面容憔悴却依旧强颜欢笑的女人穿着紧身短裙站在路灯下等待男人前来讲价钱，也看到了瘦骨嶙峋的男人背着破旧编织袋低头弯腰步履蹒跚。

“你知道这是什么地方吗？”她问。

“不知道。”

“流浪者聚集区。”她突然神秘兮兮地凑了过来，“很多人吸毒哦。”

这件事本身还不足以令我惊奇，但我偏偏被她那突如其来的偷袭吓得不轻，她却毫不在意：“你快看右边！”

右边是一个灯光暧昧的普通色情服务场所。

“怎么了？”我问。

“不是让你看妓院，是让你看那家妓院的招牌！”

霓虹灯组成的招牌因年久失修，破裂的灯泡看起来斑驳不堪。

“Stairway to Heaven？”我说道，“有什么问题？”

“哈哈，妓院叫‘天堂的阶梯’，多么生动啊。我下辈子要是男人，肯定天天只来这家妓院。”

…………

“所以你也听过齐柏林飞艇的那首同名歌曲咯？”

“听过。”

“我跟你说，我曾经为了去英国找他们差点死在黑货车上，太刺激了。”

…………

“你喜欢法国的文学吗？”

“喜欢。”

“喜欢谁？”

“爱弥尔·左拉、安德烈·纪德、马塞尔·普鲁斯特、米歇尔·福柯、司汤达、阿尔弗里·缪塞、阿尔贝·加缪。”

“你也喜欢福柯？你也喜欢加缪和纪德？”

这个文着两条花臂的流浪女吉他手在我身边张牙舞爪喋喋不休地谈论起她曾在巴黎偷窃扫荡书店的丰功伟绩。路边流浪汉们三五成群蹲着抽烟，在我们经过的时候纷纷吹起了口哨。

在她的带领下我终于来到了巷子尽头的幽暗小酒吧，上面还闪着 Glowing Path（光辉道路）的招牌字样。墙壁上挂满了 Black Sabbath（黑色安息日）、Aerosmith（史密斯飞船）、Led Zeppelin（齐柏林飞艇）、Deep Purple（深紫乐队）、Sex Pistols（性手枪）和 Scorpions（蝎子乐队）等摇滚乐队的海报。

走到靠近窗户的桌旁，流浪女吉他手打了一个响指，侍者端过来两大杯啤酒。

干杯后的她竟然反常地安静了下来。昏暗的灯光下，她说道：“这是我今年待在埃德蒙顿的最后一个晚上。”

六

她曾在法国巴黎的流浪者救济中心做义工。

巴黎有很多流浪者，且大都聚集在塞纳河畔的亚历山大桥洞里。政府给予的社会救济金足够满足最低消费，此外政府还出资设立了流浪者救济中心，为每位流浪者提供干净的床位和餐座。

但救济中心的床位总是住不满，即便用车辆批量运载流浪汉至此，他们也还是会逃回塞纳河的桥洞里。温暖干净的救济中心每到固定时分便会关闭铁门，流浪汉们说大门关闭的那一刹那，就像是监狱对待罪犯般将他们囚禁起来。

她做义工时耳濡目染了诸多见闻。

“逐渐我明白，很多流浪者根本不是贫困的乞讨者，他们仅仅想过流浪生活而已。”她喝了口啤酒，“在他们看来，没有什么比自由更让他们义无反顾。”

每逢她没有任务的夜晚也会去亚历山大桥洞，衣着破旧简陋的人们喝着啤酒抽着烟，有的在唱歌，有的在沉默。月光笼罩在塞纳河畔，河水将月光折射出恍惚的阴影。风骤起，卷携着枯叶和烟蒂而去，呜咽之声就像是疲惫旅人的哭泣。

很长时间里她都无法理解这些流浪者，他们中大都没必要来过这种饥寒交迫的生活，可依旧身无分文地踏上旅途。她曾在冬季随着巡逻警察来到桥洞，政府为防止寒冷时节出现流浪者意外死亡事件，便派警察将受寒冷饥饿侵蚀的人们带回到救济中心。

桥洞里有一对做爵士乐的恋人。男人是萨克斯乐手，女人则是名蓝调歌手。女人似乎天生为爵士乐而生，她的嗓音低沉沙哑，性感迷人得令人情难自已。

这对恋人以组合的形式演出，他们曾从伦敦转到西雅图，又从雨城去了罗马，随后流浪到蒙马特，并最终抵达巴黎市区。

在蒙马特时他们结伴去圣心教堂祈祷，去画家聚集的小丘广场吹风，去爱墙涂鸦。终于有一天，男人联系到当地一家色情歌厅：“他们老板听过你的歌，愿意付两倍的酬金。”

女人明白作为蓝调歌手在这座繁华都市立足需要付出什么代价。

最后，男人还补充了一句：“我们没钱了，你必须去。”

蓝调歌手还是爱着萨克斯乐手的，这份爱里包含的隐忍战胜了内心的抵触和反抗。经过了沉默，她选择了顺从。

然而她的清高孤傲在灯红酒绿的世界里格格不入。最终他们向政府申请了救济金，来到了塞纳河上的桥洞。

无意间，萨克斯乐手结识了独居在巴黎市郊的贵妇。贵妇将他领到位于海边的别墅里，傍晚时他们在二楼俯瞰着深蓝色夜幕下的海浪，以及海岸线上星罗棋布的别墅群。她打开红酒，桌子上摆满地中海红鱼、鱼子酱、蟹和龙虾。贵妇要求他吹奏一曲萨克斯助兴，而乐手的目光却停留在她眼角充满了寂寞与欲望的细纹和涂满粉底的松弛肌肤。

很多时候，她脖颈间昂贵奢华的紫水晶项链闪烁的光芒会刺痛他的眼睛。

长年累月的奔波和饥寒交迫的流浪让蓝调歌手患上了慢性胃疾，无数个夜晚她都会被这阵疼痛折磨得翻来覆去。

阴霾的午后，她沿着香榭丽舍大道前行。经过路旁的梧桐树时，一阵痉挛从胃部传递到五脏六腑。

他是名黑人足球运动员，是法国西南部波尔多俱乐部的替补球员。他童年时期在阿尔及利亚踢足球，那时便坚定了要来法国的梦想。这里是欧洲联队中接纳第三世界国家球员最多的国度，但等待他的却是漫长的替补席生涯，从球员被罚下的那一刻到短暂的终场。

直到对阵摩纳哥队，他第一次被列入了首发阵容。

那日初上场时他便身陷恍惚，仿佛是迷醉于这突如其来的眷顾。上半场波尔多以0∶1落后，教练盯着他眉头紧蹙。

就在这时，摩纳哥队又进一球。

此时距离终场已不足二十分钟，教练攥紧的拳头逐渐松开，他做好了失败的准备。

然而，一片如疾风骤雨般的欢呼声过后，绿茵场上奔跑的黑人运动员将球不偏不倚地射进门框。

教练揉了揉眼睛。

此时距离终场还有十二分钟。

很快，那位第一次首发出场的黑人运动员再次贡献了一次进球。

第八十六分钟追平摩纳哥队，在伤停补时阶段再没有给对手反超的机会。也是从这一场奇迹般的比赛开始，他迎来了职业生涯的巅峰。

他跟随效力的球队来到巴黎，明日将对阵巴黎圣日耳曼球队。

傍晚时分他走出球队下榻的酒店，风中似乎夹杂着阴雨降临前潮湿的水汽，游船的汽笛声隐约从远处的塞纳河畔传来。

就在那排梧桐树旁，隔着被雨雾模糊了的墨镜片，他看到一个苍白的女人倒了下来。

那晚他带蓝调歌手去了餐厅。她低头吃饭时强忍住泪水，也强忍住告知对方这是半个月来第一次饱腹。

——如果有一日我将死，我只想在死前告诉你，我流浪过很多地方，也唱过很多首歌。可在我最饥寒交迫的绝望夜晚，是你的出现让我可以为你以身赴死。

“你家在哪？”吃完饭后，黑人球员问她。

蓝调歌手摇了摇头。

“那你男朋友呢？”

蓝调歌手咬住嘴唇。

“你在巴黎住在哪？”

蓝调歌手声音低沉，柔和慵懒得像是孤立了时光：

“塞纳河，桥洞。”

那是他第一次去亚历山大桥，流浪汉们聚集的情景一如他到法国前那个炎热贫寒的家乡故土。寒冷时分，他们穿着破旧单薄的衣服，嘴唇被冻得乌青，可因疲惫而深陷的眼眸又是那么的明亮。

“我啊，也是很久以后才明白，即便在最寒冷的夜晚，他们的眼眸也依旧明亮的原因。”女吉他手顿了顿，“他们一直把自由奉为自己的最高信仰。”

那晚他把弱小的蓝调歌手抱在了怀里，她瑟瑟发抖的身体在他炙热宽阔的怀中逐渐安稳，并向他讲述了萨克斯乐手的背叛。凛冽的寒风吹进桥洞，似乎能刺进人的骨髓。

他垂下眼帘，看见她苍白失血的嘴唇因撕咬而渗出血迹。

他俯下身子，慢慢用自己炽热而颤抖的嘴唇亲吻了上去。

——我恨不得把一切都给你，我的温度、地位、声誉、荣耀，统统都放下，我恨不得把心掏出来给你。

第二天在比赛的上半场，他吃了一张黄牌。

心中就像架起了一面无形的鼓，扰得他心烦意乱。他像困在阴影森林中的野兽，在绿茵场上横冲直撞。

要平复情绪，他自我催眠。

又是一阵剧烈的痉挛，眼前的幻觉好像带他回到了童年时代因父亲吸毒而乌烟瘴气的房间。他无边无际地奔跑起来，撞散了注射器、撞洒了毒品，将打火机踩在脚下，燃起熊熊烈火。

裁判出现在他面前，出示了一张红牌。

在清晨的雾霭中，萨克斯乐手满身酒气回到桥洞。贵妇醒来后从镶钻首饰盒里掏出一张卡，这是他在无数次麻木的机械运动中唯一渴求的终点。

他浑浑噩噩地回到桥洞，隐约听见晨雾中的游船拉响了汽笛，这让他分辨不清是现实还是梦境。

蓝调歌手面前摊开的行李箱似乎在向他示威。她整齐摆放好的胸罩、内裤、丝袜、短裙和风衣在这个清冷的早晨，以挑衅的姿态整装待发。

他开始后悔自己从前的粗暴和冷漠。

“我要离开。”她说。

晨风吹了过来，带着一整夜与贵妇耳鬓厮磨肌肤之亲后沾上的香水气息。

他走上前去把她抱在怀中。感受着这阵熟悉而陌生的气息。她哭了出来。

——我曾经深爱过你。

我们从巴黎一路流浪，走过雨季时的西海岸，也看过夕阳西沉的黄昏。每次演出时我都在想，此生或是逃难或是流浪，天涯海角我必相陪。

为此我可以忍受你的残忍、你的暴戾、你喜怒无常的举止、你乖张狂狷的言谈。我可以忍受在极寒气候中拧开冻结成冰的金属水管为你洗衣做饭，也可以忍受在颠沛流离的旅途中与贫寒为伍。

但这些都过去了。

萨克斯乐手眼睛通红，跪在了蓝调歌手面前。

这是她第一次看到这个向来狂野的男人以最卑微的姿态乞求她留下来。

“可我爱上了别人。”蓝调歌手说道。

漫长的沉默过去，声嘶力竭的怒吼从乐手的胸腔中发出。他抓起歌手的头发，猛然向坚硬的墙面撞了上去。手被震动得逐渐麻木，温热腥甜的液体缓慢流淌而出，鲜红的颜色混合着模糊意识中忧伤的低吟涌到他面前。

直到死，他都没听到蓝调歌手因疼痛而发出哪怕丝毫叫喊。可曾经忧伤的低吟，却在那之后长久地萦绕在他的梦里。

“她就出生在埃德蒙顿。”缓慢拨着吉他琴弦的女吉他手说道，“也死在这个季节，每年这时我都会来到埃德蒙顿，去市郊的墓地看看她。”

那晚陪我喝完一杯酒后她便要离开，走之前摘下一只耳环送我留作纪念。

“很廉价，收下吧，说不定是这辈子最后一次见面了。”她说道，“但明年这个时候我还会来埃德蒙顿，相信这一年我又将听说很多故事。”

“我可能不会再来了。”路灯下，我对她说。

“为什么？”

我开始不再愿意提及我来埃德蒙顿的原因。

“好吧，好吧。”在凌晨4点的光影里，她紧紧拥着我，“一定要好好珍惜你的爱人。”

七

当晚我留在 Glowing Path，角落正好将我隐藏在阴影中。太阳升起之前，老板径自走到酒吧门口，在门外挂上 Closed（关门）的牌子后关上门。

重新走进酒吧的老板看到我后惊呼了一声上帝。

“我猜你这里缺人手。”我说。

他从雪柜里拿出两瓶啤酒，递给我一瓶：“但我没办法跟你签合同。”

就这样，我在 Glowing Path 里暂住下来，这个酒吧从午夜0点营业到清晨6时。当看到瘦骨嶙峋的人飘过来时，老板会告诉我不要害怕，并教我如何分辨他们是贫穷还是吸毒。

即便在白昼，他也习惯于紧锁门窗。当我逐渐熟悉这里的环境后，我们两人便慵懒地度过了无数个辨别不清是白昼还是黑夜的午后。

“这个酒吧看上去赚不了多少钱嘛。”我已经逐渐习惯与他插科打诨，“你为什么还要开下去？”

“因为我想在埃德蒙顿一直待下去啊。”

“你爱这里？”

“不，我恨这里。”

——我竟然跟随了这样一位逻辑混乱的老板。

偶尔他会带我走出酒吧闲逛，真的只是闲逛。白昼时穿过吸毒者和色情服务者聚集的街道，这里安详得像是沉睡在阳光中的婴孩，连呼吸都是微弱的，从骨子里散发出古老而沧桑的气质。经过 Stairway to Heaven，白昼时妓院的牌子从来都没有亮起过。

这是我来到埃德蒙顿后度过的最安宁沉静的时光。

“我是个同性恋哦。”这是他第一天就告诉我的话。

每天和我的皮肤黝黑肌肉强健的同性恋老板喝酒散步的日子平静无比，每个午夜零点，他都会准时打开酒吧大门等待顾客的光临。

“去调个酒。”

“我技术不好。”我说道，“1 盎司樱桃糖浆我会兑进去 4 盎司伏特加。”

“马马虎虎就行了嘛，反正都是些可以直接拿酒精灌下去的客人。”

“这样小心我投诉你。”

“女人真是麻烦啊。”话音未落，他已经亲自清洗起酒匙来。

坐在吧台前，我们两个总是以观察顾客为乐趣。他会和我打赌，比如哪个是要用今晚的欢愉换取一星期酒钱的女人，比如角落里的哪个男人背着妻子包养了四个还是六个情人。

“每个人都有选择自己生活方式的权利。”沮丧地将赌输后的硬币递到我手心后，他说道。

八

这天夜里酒吧的门被推开，一个憔悴的女人径自坐到吧台前。

“每个凌晨来酒吧喝烈酒的女人都处在痛苦绝望的困境，可困境的原因呢？无非是感情和生活。”和他的白人新男朋友短信调情着，老板看了看那个女人，“你看吧，一会儿她肯定要找个男人为这杯酒买单。”

“别说的你好像很懂女人。”

“我以前也是喜欢女人的。”他说道。

打量着面前的这个女人，我和老板站在了同一战线。

——意外的是，她自己买了单。我在接钱时露出了片刻犹豫，正是这片刻的犹豫让她微醉的脸上出现一抹得意的微笑：“你以为我没钱是不是？”

老板做出让我不要理会的唇语。我默不作声地收下钞票，她眼神迷离朱唇轻启：“我刚杀过一个人，我现在有的是钱。”

她有一位在外经商的丈夫。巴西的橡胶、印尼爪哇岛的重金属稀土、菲律宾的金鸡纳霜和卢旺达的咖啡，他都会去涉足，他的足迹遍布了广阔寂寥却又百年悲怆的亚非拉大地。他了解身陷水深火热中的人们在面对工业革命后的殖民时不屈不挠顽强奋斗的血泪史，但这位资本家却背道而驰。

他格外在意雇佣工人们的感受，十九世纪初期芝加哥工人为争取八小时工作制的示威游行之举印刻在他的脑海，他从不拖延工人们的工作时间，加班也是全凭自愿。毫无悬念，他的产业越做越大。

这个年长他两岁的女人陪他一路走来。多年以后，昔日的风韵优雅都被岁月所湮灭。

“你们中国女人这辈子是为什么而活？反正我是为男人而活，直到现在通讯录里的号码都不足十个。我明明把全部都给了他，可他为何还要去找别的女人？”

空荡荡的仿古别墅只有她一人居住。漫长的时光里，陪伴她的只有百年前的古董留声机、地中海文明时期的雕塑、维多利亚时代的古典窗帘和路易十四时代的黄金烛台。

她拉开抽屉，将丈夫从各国带回的礼物一件件摆在床上。

惹火的性感内衣。

弹性很好的丝袜。

纯羊驼毛披肩。

南非血钻戒指。

太阳镜和拎包。

丰乳霜。

…………

——还有两盒写着法国制造怀疑是女用春药的东西。

我眼前这个混合着印尼和荷兰血统的女人，有着东方女性的神秘优雅和郁金香国度的浪漫性感，就像是泰姬陵上空的一道风。

多年以前，一位少女在印尼爪哇岛上的普兰班南寺院前给她信奉的佛灵献礼。她的家族世代生活于此，凭借热带雨林的气候优势开始漫长的种植水稻和香料的历史。从少女记忆初起，她的生活就被那近乎于极乐世界烟雾缭绕的香气包围。

可少女出生在十九世纪初，这就意味着她注定要在爪哇千疮百孔的街道和人们悲愤苦痛的劳作中，承载起这个动荡年代国仇赋予她的家恨。

时值不足十七岁的荷兰男孩随父亲来到了印度尼西亚，并亲眼看到父亲领导的荷兰殖民当局用一把长刀砍下印尼反抗者的头颅。他从未料到人类的自相残杀是如此可怕，那之后的很长时间，反抗者身首异处的身躯都会出现在他的噩梦里。

相比那些血腥，更可怕的是殖民当局在杀人后的冷漠麻木。他们的眼神空洞得像是布娃娃。杀掉低等动物，换取如山金矿——这的确是“高等人类”的生存法则。

人类真是可怕，童年时期他就这么想。

某个午后他跟随父亲进入种植园。

“要么缴纳人头税，要么拿出全年两成的时间为宗主国政府服徭役，你们来选择。”

父亲对待种植园主蛮横残酷的态度让他很陌生。

目光游离的瞬间，男孩看到了紧紧攥着园主衣袖躲在其身后的少女。

戴着手工编织的草帽，袖口和裤腿随意地挽了起来，双脚浸泡在水稻田中，眼神里充满着不符合她这个年纪所应承担的仇恨。

后来这个宗主国的男孩，和在热带雨林中被香薰缭绕的少女最终成婚，并生了一个女儿。

女儿自小信奉佛教，她憧憬着有朝一日去印度、尼泊尔、越南、柬埔寨、老挝和中国拉萨这些佛教圣地朝拜，一步一叩首。

女儿爱上了一个加拿大男人，男人是基督教徒。

在第一次幽会时男人就吻了她，这一吻简直让她发狂。

她放弃了自己的国度、憧憬和信仰，跟随这个让她抛弃那些庙宇和檀香的男人，穿越了整片太平洋，飞过笼罩在朝霞中的落基山脉，定居到了这个叫作埃德蒙顿的城市。

他们也生了一个女儿。

这个女人现在坐在我面前："从我祖母那一代开始，婚姻中都是女人做出了妥协。祖母忍受国土被侵略的屈辱嫁给了祖父，母亲抛弃了国度和信仰并随他来到加拿大，而现在是我。"

拉开衣橱门，丈夫已经僵硬的尸体直直地倒了下来。

"回家之前我就报警了。"她说道，"谢谢你陪我度过自首前的这三十分钟。"

窗外的警笛声由远及近地传了过来。

九

回到 Glowing Path 已是上午，老板正滑稽地踩在桌子上撤海报。

"你在做什么？"我抬头看他。

"如你所见，撤换海报。"他擦了擦额头上的汗，"你来了太好了，快来帮忙。"

"为什么要撤海报？"

"晚上有个埃德蒙顿本土乐队来演出。"

"来这演出的乐队太多了，怎么从没见你这么勤快？"

"你不知道我和这个乐队的感情。我没跟你说过这里之前曾被警察盘查过吧？他们正排练着，警方直接从贝斯手的背包里搜出了毒品。乐队吉他手听说我招了个中国女孩，非要让我安排一场演出。"

他的话语逐渐模糊。

"嘿，你还好吗？"他拍了拍手，跳下桌子。

"他们什么时候来？"

"今晚，所以快来帮忙。"

逃离出酒吧的我盘算起今晚供我躲避的地方，我想起那个芬兰人的画廊，便不停地跑了过去。

熟悉的橱窗如今散发出寒意逼人的清冷。

犹豫着，最终还是推门走了进去。正门对面的位置已不再是《雨夜》，一幅巨型婚纱照悬挂于上，教堂前的新人笑得无比开心。

“画廊原来的主人呢？”

“搬走了。”陌生女店主说。

“搬到哪里去了？”

“离开埃德蒙顿了。”她充满歉意地看着我。

站在赵天奇家门口，我仰起头看着夜幕降临。那扇熟悉的窗户里没有透出任何光线，就像要在午夜钟声敲响时迎接一场审判。

——我正以一种逃避的姿态，来直面我的爱人。

快到 Glowing Path 时下起了雨，雨中的埃德蒙顿如此安详。

那晚我一直坐在 Glowing Path 的门口，却始终没有进去。

零点降临，酒吧内的喧嚣戛然而止，缓过神的我匆忙起身，这时酒吧的门被推开，赵天奇走了出来。

午夜昏暗得像是海岸线上漫无边际的雾气。

加拿大北部岛屿中最北段的埃尔斯米尔岛上有个叫作阿累尔特的城镇，那里是北纬82°，距北极不到八百千米；

四千年前，有一部分古代爱斯基摩人从西伯利亚经过白令海峡到达阿拉斯加。

这里有着北极罂粟，有着黑曾湖这片广大荒原上的绿洲。

当太阳融化朝南山坡的积雪时，在周围明亮耀眼的白色衬托下，埃尔斯米尔岛上裸露的灰黑色山岩显得庄严而肃穆。

这里是除了南极洲和格陵兰岛外，面积最大的冰川。

这样冰冷的地方像是个白雪帝国，收容了所有上帝流放出的有罪的人。

在从这里到达世界极点的一路上——

苔藓和地衣，却突然迎来了从地平线上升起的太阳，融化开亘古的冰原。

直到世界的尽头。

十

在那场绵延多日的大雪停歇之际，我踩着厚重的积雪，来到一片寂静的墓园。

积雪在我脚下化开，阴霾灰暗的天空下，墓地种植着大片松柏，世界浸润在满眼的苍翠之中。黑色大理石的墓碑整齐排列。世上恐再无他地比这里更令人心神安详，这里是私情爱欲和人性消亡的终点。

冷风卷起枯叶从教堂门前吹了过来，在阳光中上下飞舞。在这冰冷的岩石和纷飞的落叶下，大雪陪葬了他们的亡灵，伴着他们在这里长眠。

我慢慢地走过被积雪覆盖的墓园，墓碑因融雪的缘故潮湿斑驳。远远看去，被白色的雪笼罩的墓碑就像不肯超度的亡灵一样贪恋人间。

我看着每块墓碑上的铭文，并依次走了过去。

终于我看到了她，那位埃德蒙顿蓝调歌手。

我想起流浪女吉他手说过的话，蓝调歌手从法国被运到了加拿大并安葬在她的故乡。萨克斯乐手后来以故意伤害致死罪被起诉，但只被判了三年徒刑。原因是他在杀她时，心中包含着强烈爱恋的成分，虽然这份爱恋过于粗暴和极端。

在法国，一切因为爱情的过错和罪恶都可以被包容，哪怕违背了法律和道义。

在这个阳光逐渐黯然散去的下午，我站在她的墓碑前。被拂去的积雪落到墓碑下，像是包裹住安葬她的棺椁，给她在苍茫大地上做了个白色的花圈。

到最后积雪全被擦去之际，一缕日落前的天光透过密布的乌云照射下来。墓碑上的照片清冷地笑着，我眼前似乎浮现起她昔日在舞台上慵懒性感的声音，以及临死前咬破嘴唇不肯求饶的倔强。

身后的松柏林中发出一阵窸窣声响，一个身影向我走了过来。

竟然是 Glowing Path 的老板。

——我看着他黑色的皮肤，和曾因足球运动员身份而锻炼得发达健壮的肌肉。

他向我点点头，把吉他放到了蓝调歌手的墓碑下：

“我就是那个黑人足球运动员。”

十一

雨雪将埃德蒙顿笼罩。每当傍晚降临，树木、商铺、酒吧和画廊都亮起了温暖炫目的霓虹灯，到处是人们为了欢庆圣诞而张灯结彩的热烈。

离开埃德蒙顿前，我最后一次走进画廊。

“你来了？”在已改成婚纱摄影的店铺中，女店主站起身，“你找的那个芬兰人回来了。”

短暂的沉默过后，我几近喜极而泣。

“我不知他住在哪里，但我知道他明天要去什么地方。”

说着，女店主递给我一张纸，上面是他画的一座教堂。

雪后的教堂在阴霾天际下格外沧桑，山坡上种满紫罗兰和蔷薇。教堂旁有座殖民时代的阁楼建筑，木质楼梯地板因年久而泛着潮湿的水纹。听说住在阁楼里的人每逢傍晚就能听见穿过氤氲雨水的教堂钟声，打开窗户，鸽子始终在教堂顶端盘旋。

管风琴清越的声音传来。

鲜花粉饰着阶梯，听说这对新人都是受洗的新教徒。我坐在教堂最后一排，看着摆放在前面的竖琴和管风琴，以及盛装有圣水的祭坛。教堂两侧的穹顶绘有色彩璀璨绚丽的琉璃瓦，似乎在讲述千年前的《圣经》故事。

钟声敲响，穿着婚纱的女人挽着男人的手臂缓缓走了进来。婚纱就是不久前我在橱窗里看到的那件，镶饰的华丽璀璨的钻石总是让我想起拉普兰的星空。长长的裙摆沿着新娘的轨迹迤逦前行，我第一次觉得婚礼进行曲是如此刺耳。

新郎转过身来，并不是他。

我能辨认出他们就是挂在原本是《雨夜》位置上的照片中的恋人。

教堂回荡起《圣母颂》，神父指引着他们如何向天主叩首，如何向神父和亲人行礼，如何在祭坛上用圣水来见证对彼此忠贞不渝的信念。

在雨果的《巴黎圣母院》中，吉卜赛的男女会将手腕静脉割破，将鲜血处紧紧贴合，象征着血肉相融，永世不会分离。不管是哪个民族的婚俗，这神圣的时刻彼此交换的都是没有一丝原罪的纯洁灵魂。

“新郎可以吻新娘了。”神父慈爱地说道。

我的身旁笼罩下一片阴影。

他没有顾及管风琴和大提琴的猝然停下，也没有顾及亲友的惊讶和神父的质问。他踩着刚刚伴随新娘入场时洒下的玫瑰花瓣，一直走向教堂的深处。

看着那个穿着婚纱的女人，多年以前在赫尔辛基的隧道里，正是她为已经陷入绝望的自己带来了光明；多年以前在个人画展上，正是她看到这幅画后泪流满面；多年以前冰天雪地的魁北克，正是她陪伴自己站在法国殖民时代遗留下来的古建筑下；昔日自己赌上全部许诺，此生一定要给她个教堂婚礼。

此刻，他站在女人的面前，视线越来越模糊。

——就此注定了此生的虚无与漫长。

“祝你幸福。”他说。

十二

我在埃德蒙顿的最后一夜下起了大雨。白昼时我走过那个芬兰男人已经关闭的画廊，我曾多次将自己的画送去装裱，曾在那里彻夜喝酒或是与他探讨亨利·马蒂斯和克劳德·莫奈谁更注重人性。

乐谱瓷盘和拜占庭风格的工艺品摆在黑暗当中，像酒瓶在古旧时光中发出的低吟；我想起那个雨时傍晚途经的弗拉明戈舞室，那位患有精神分裂症的舞者我再也没有见过，尘封多日的门上用漂亮的花体西语写着招租广告，巴洛克式雕花铁窗早已锈迹斑驳；那条有着叫作天堂的阶梯的妓院和流浪者聚集的街上，我遇见来自巴黎有着吉卜赛女郎般风情万种的流浪吉他手，她在酒吧里讲起曾在巴黎流浪者救济中心做义工时的见闻；后来我在墓地见到曾收留无处可去的我的 Glowing Path 老板，他在落满积雪的苍翠墓园中将吉他砸碎；那个自十九世纪初荷兰和印尼殖民时代起就注定悲伤的女人，在时光中迷失了自己的国度和信仰。

我站在埃德蒙顿圣诞节前的街道上，看着人们的华丽狂欢。终于傍晚降临，我回到了赵天奇的家。

我看到窗户中透出一丝温暖的亮光，突然感觉身边的一切人群与浮华逐渐模糊起来。我就这么站在这个朔风凛冽的空旷荒原里，那扇窗户里的灯火像是在长河上氤氲的雨雾，再也散不开。

你是谁。

我很多次梦见过你。

在非洲纳米比亚的纳米布沙漠和大西洋水域之间绵延数百千米长的海岸线，在冰岛雷克雅未克的盖歇尔和斯特罗克间歇泉灌溉下的冰原，在布隆迪东非湖区中的卡盖拉河注入地中海的尼罗河沿岸。

很多次在我梦到这些地方的时候——

我多么渴望，你都与我同在。

埃德蒙顿的雨·终

故事七

库斯科城邦

The City of Cusco

一

夜晚，黑暗的云层迅速在天空中聚集，高楼电网和城市灯火交织在空中，冰冷的电流穿越钢筋铁甲，就像遮住日月星辰的金属森林。拔地而起的高楼宛如古树的参天枝干，在交错盘杂的枝丫中直指苍穹。

还是第一次站在这么高的地方。苏墨抬头看了看顶上的夜幕，灰暗的乌云遮住数光年以外的恒星，繁华的城市化进程像一把利刃直插这片苍茫土地的心脏，不知远古时这里曾是浪潮迭起的海洋还是战火肆燃的大地。

看着对面的风景，被渲染的橘红色的温暖灯火透过窗帘的纺织布料和窗棂的金属铁框，在夜空凉风中，整齐地从四面八方映入苏墨眼中。窗帘内的人仿佛在这个华灯初上的夜晚跳舞狂欢，浮动的人影隐约映在窗帘上，似乎在高傲地嘲笑孤独的苏墨。

苏墨向前又走了几步，几近水泥楼顶的边缘。他微微前倾向下看去，楼下聚集着众多走街串巷的小商贩，他们身旁摆一辆推车，头顶亮一盏风灯，在腾起的白茫茫烟雾中翻煮着汤圆、抄手、麻辣烫和莲子羹等食物，吸引了无数匆匆而来的夜游神们。旁边似乎是家由废旧工厂改造的酒吧，绚丽的霓虹灯透过锈迹斑斑的工厂酒吧大门，冷漠地见证着金属乐队的更迭和酒客听众的往来。喧嚣的金属吉他声从门口传来，穿过街道两侧的林木和鳞次栉比的商铺，在冷空气中逆流上升，隐约传到了苏墨的耳畔。

这一刻，他算是真正明白了“热闹是他们的，我什么也没有”这句话的道理。

——差不多到时候了，该上路了。

想到这里，苏墨深吸了一口气。他站立在楼顶的风中，闭着眼抬起脚准备向前迈一步。

突然间，头顶似乎画过一道亮如白昼的闪电，云层灰黑，紧接而来的便是巨大的轰鸣，像是从远方天际传来的巨大雷声，又像是钢筋水泥瓦解时的断裂声。大地剧烈地摇晃了起来，苏墨睁开眼睛，猝不及防地摔倒在了地上。身下的水泥楼顶开始出现巨大的裂缝，对面的大楼在大地之上摇晃，舞动在窗帘上的人影似乎也开始四处逃窜。停驻在街道两侧的车辆宛如长龙，环抱古树的人们眼看着要随同树干一起分裂。苏墨环顾四周，本能地紧紧攥着通向楼下的救生楼梯扶手，手心里冰冷的汗混合着铁锈，一起涌进了流血的伤口中。随即而来的巨大轰鸣声和下坠感让他对此刻的黑暗感到无比的恐惧。

——地震了。

二

陶鸢被推门时风铃摆动的清脆声响惊扰，还未来得及吃完盘中仅剩的蚝油生菜，就感觉仿佛笼罩在一片突如其来的阴影中。

“打扰啦。”陌生的男人微微弯腰，“能拼个桌吗？”

倒是父亲很快反应过来：“请便。”

“谢谢。”陌生男人径自坐下，陶鸢咬着菜叶，用余光瞄了瞄他胸前的标志。

“一盘孜然羊腿，再来一份蛋炒饭。”陌生男人轻轻将菜单推了回去。

热气腾腾的羊腿和一小碟孜然被端上桌，就连父亲也下意识地看了看摆放在他们这一侧的两盘素菜。

“啊，好像点多了呢。”男人似乎感觉到异常，“不介意的话，请帮我解决一些吧。”

陶鸢的目光顿时发亮。

“这怎么好意思？”父亲礼貌地推辞。

“否则也是浪费，是不是啊小朋友？”男人笑眯眯地看着陶鸢。

陶鸢本能地看向父亲，见他并没有强行禁止，便扯了一大块肉夹入自己的碗中。

“好乖的孩子。”陌生男子不像是在客套，“多大了？七八岁？”

“九岁了。”父亲突然支支吾吾起来，“我的钱包前两天丢了，所以这两天也只能将就。”

“无碍。”陌生男人果断地打断了父亲，像是一眼就看透其中的谎言。

未被当众拆穿的父亲如释重负。或许是人到中年的缘故，两个年纪相仿的男人相对而坐，就连点菜的价码都关乎男人重要的面子和尊严。

“您还有朋友要来吗？”父亲看着眼前那只羊腿，“只是一个人的话，这是否有些太……”

“奢侈？”陌生男人哈哈大笑。

“在县城里，肯进餐馆独自点一只羊大腿的人也是不多吧？”父亲小心翼翼地说，“在我们那边，这是只有婚俗庆典时才有的待遇。”

“你不是县城的？”陌生男人再次招呼服务员前来，“既然我们有缘，不妨喝一杯吧。”见父亲面露难色，陌生男人补充道：“我请。”

一斤白酒摆在了羊腿残骸旁。

酒过三巡后，两个身处异乡的中年男人开始口若悬河滔滔不绝起来。

“真是羡慕你的职业啊，像我们这种没什么文化的人，自然也只能卖苦力了。”

“别说丧气话，人各有志嘛，走一个。”

两个男人推杯换盏间，陶鸢百无聊赖地吃着带筋骨的羊肉。

一斤白酒已经见底，陌生男人急忙再添了一斤。

“那我就不客气啦。”见陌生男人主动给自己斟满酒，脸色开始泛红的父亲说。

“女孩子这么大了不好养吧？”陌生男人不自觉地看了陶鸢几眼，“长得可真标致，她妈妈一定也是个美人。”

“谁说不是呢，男人拉扯女儿可真是不容易。都说要富养闺女，可你也看出来了，我哪里有那种条件。”父亲摆了摆手，“可惜她妈妈过世得早。”

蚝油生菜里的脱水虾米早已被陶鸢挑拣得一干二净，见陌生男人没留意自己，她偷偷将羊腿上的肉又撕下来一块。

“啊，说起来拉扯女儿长大成人，”见父亲已经喝得面色潮红，陌生男人依旧笑眯眯地说，“我堂亲家的小孩比你女儿大一岁，刚淘汰下一批衣物——说是淘汰，其实也是没穿过几次的款，我正愁怎么处理掉它们呢，真是头疼啊。”

“吃了你的羊腿也喝光了你的酒，怎么好意思再要你堂亲家小孩的衣服？”

“反正放在车上也是碍事，不如让令爱随我去拿吧，也正好可以试试尺寸。”说着，陌生男人指了指餐馆窗外。

父亲向远方看去，那里的确停着一辆皮卡。

跟随陌生男人的陶鸢走上车，后座的确放着一包袱衣物。

“快来试试看吧。”陌生男子打开了包袱。

身上的单衣早在上个月开始就明显感觉无法御寒，陶鸢犹豫片刻，接过了男人递来的女款棉衣。

“要先把衣服脱掉才好穿哦。”陌生男人指了指陶鸢身上的单衣，还未来得及做出什么反应，陶鸢就被陌生男人压在了身下。

“我会给你爸爸钱的，这么看来他也不亏。”男人边说边解开腰带。

陶鸢被男人的重量压得喘不过气来，脑中一片空白之际，头顶突然传来一声沉闷的钝器敲击声，声波的涌动险些震碎她的耳膜。

她的脸庞似乎被温热的液体所浸染，空气里弥漫着令人作呕的血腥味道。男人直直地倒在自己身上，他身后举着半截白酒瓶的父亲被血喷溅了一身。

陶鸢瞪大了眼睛，撕心裂肺地喊了起来。

是父亲扔下手中的锋利玻璃，将她从尸体的怀中拉了出来，并用尽全身力气将她推向皮卡车外。

“一直向南跑，两公里外有个派出所，你去和警察说你爸爸被人伤害致死，你再带警察回到这个地方来。”

陶鸢愣在原地。

“快去。”父亲的酒似乎全醒了，“一会儿人就该多了。”

“我们还会再见面吗？”陶鸢问。

父亲没有说话。

沉默了几秒，陶鸢转身向南方飞快地跑了过去。

身边的气流暗潮涌动，在这凉夜扶摇直上，陶鸢停下脚步，不可遏制地喊了出来。

这一声像是震动了大地，周遭突然开始剧烈地摇晃。拦腰折断的树木横插进古老的土地，又将陶鸢甩到了地上。

她转过头，远方响起一阵洪亮的轰鸣，如同雨季的雷电。熊熊烈火吞噬着那辆皮卡车，陶鸢终于明白了眼前的一切。

——地震了。

三

费也将吉他琴箱放到身旁的砖地上，面前的便携式桌子上摆放着热气腾腾的烧烤。他皱眉开了瓶冰啤酒，仰头一饮而尽。

身旁传来喧嚣，先是个手臂和大腿都有文身的男人快速跑来，撞倒了费也身旁的半打空啤酒瓶后跑进胡同深处，几个男人迅速跟了进去，随即传来踢打声。

“以暴制暴真是令人讨厌。”费也皱着眉头，愤愤地咬了一口牛肉。

“刚才的事千万别放在心上。”对面的贝斯手安慰，“那种乐队迟早会被收拾。”

费也叹了口气，回过头看着路对面这家由废旧工厂改造的酒吧，他刚从酒吧现场被赶了出来。

“明明可以通过音乐来决定双方的地位，为什么非要用暴力解决？”费可以也还是越想越气，十多分钟前，两支金属乐队在酒吧相遇，醉酒的对方像是原始的野兽一般通过暴力地将费也驱逐出来，似乎无声地宣告这里是他的地盘。

“还流血么？”贝斯手看着费也的嘴角，“还是少喝酒，酒精不利于伤口愈合。”

费也摸了摸嘴角，干涸的血液残留在伤口上。他点燃一支烟，用力将脚边的一个空啤酒瓶狠狠地向远处踢去：“真是俗气的谱子。”

啤酒瓶被猛地踢到了楼层底商的水泥石阶上，发出了沉闷的声响。突然，面前的啤酒瓶开始剧烈地晃动，费也不可置信地看着身边的一切，鳞次栉比的商贩推车也在剧烈摇晃，固定于上的灯泡摇摇欲坠。楼上住宅区阳台上摆放的凤仙花盆猛然落下砸在地上，树木原本发达的根系渐渐裸露在空气中。费也和贝斯手纷纷趴到地面上，街对面的金属酒吧就在费也的眼前轰然倒塌，原本绚丽的霓虹灯泡纷纷碎裂，混合着工厂大门的斑斑锈迹，四分五裂地瓦解在地面之上。

一刻钟前被对方用暴力驱逐出来、直到刚还在愤怒抱怨的费也，眼睁睁地看着惊慌逃窜的对方主唱用力拨开前面的听众，却被倒下来的门梁重重地砸倒在地。

四

姜寒气喘吁吁地跑进这条穷街陋巷，用手捂着胃部靠墙瘫坐下来。掀开背心，他腹部的文身露出大片瘀青，没有血，但五脏六腑都感觉到破裂般的疼痛。

路灯光芒投射在大地上，简陋石砖堆砌成的路上散乱着商贩叫卖时扔下的腐烂菜叶和鱼鳞。宰杀牛羊淌出的血水渗入砖头纹理，被野狗叼走的生肉四处零散。面前突然笼罩下来小片阴影，一双脚让姜寒抬起头，他的目光变得如金属般冰冷。

“你不是很傲气吗？”对方猛然抓住姜寒的背心，抬手一耳光将其打翻在地。四人站在姜寒的对面，如雷声般沉闷的拳头全部涌向了姜寒的身体。

“杂种，说话。”对方首领拍打姜寒的脸，却迎来姜寒阴鸷的目光，“还敢瞪人？”

警笛声穿过胡同和街区，在夜晚的冷空气中越来越近。

“报警了？”对方警觉地抢来姜寒的手机，他们用手捂着姜寒的嘴，直到警笛声渐行渐远，更加密集的拳头如同疾风骤雨倾泻而来。

内脏似乎即将碎裂，血液从心脏涌向喉咙，姜寒猛地咳嗽了起来。

突然，姜寒身下似乎开始地动山摇，身旁的垃圾桶猝然倒地，生活垃圾散落一地，蝇虫四处飞窜。拳头停留在半空中，姜寒对面插满玻璃碎片的围墙摇摇欲坠，终于伴随灯泡的暗灭猝然倒塌。砖墙瓦解时发出的剧烈声响似要震破姜寒的耳膜，他咳出一大口血，随即而来的是整个世界的黑暗。

不知多久，姜寒慢慢睁开了双眼，隐约能看到一束光。耳畔如死般的寂静，远处隐约传来痛彻心扉的嘶喊。姜寒试着活动了一下四肢，腹部的痛感仍旧剧烈，他试着用手把压在身上的石板推开，踉跄地站了起来。

眼前景象让姜寒难以置信。围墙轰然倒塌在地，其中一人的手臂在废墟之外无法动弹，而另外一人的脖颈裸露在外，被石墙上砸下来的玻璃碎片割断了喉咙。

姜寒踉跄地回过头，自己靠的那堵围墙倒塌后正好和一旁的垃圾箱构成了一个夹角。他用手背擦去嘴角的血，耳旁传来一阵微弱的呻吟。他循声走向围墙废墟，发现刚刚扇自己至少十耳光的男人躺在废墟里，双腿根部被石板压住，血早已经染红了衣服。

“救我。”男人伸出手，一把抓住了姜寒的脚踝。

又是一口热流从心脏处向上涌来，肺部撕裂的痛感让姜寒忍不住咳了起来。别说补上一刀，就是这样放任不管，不出半个小时他也会因失血过多而死，这一点姜寒知道。他轻轻甩开脚踝，但男人似是用尽死前最后的力气紧紧地抓住他。

蹲下身，姜寒捡起身旁的玻璃碎片，重重地插了下去。

整个世界都如同世界末日时的废墟，姜寒转过身，头也不回地向前走。

五

宋斯冷静地跑出房门，在黑暗的走廊里轻车熟路地跑向电梯门口。他早已戴着鸭舌帽把23层所有的监控破坏掉，在电梯门口，他摘下沾血的脚套，小心翼翼地绕过刚狂奔出来时滴落的死者的血液，迅速地向地反方向的消防通道跑去。

宋斯打开消防通道的门，窗外是明亮的红色灯光。还未看清楼下的情况，警笛鸣声就由远及近地传来。宋斯愣了一下，出警速度比他预想的要快至少五分钟。

他强迫自己冷静下来，现在处于23层，警方应该是分两队分别从电梯和消防通道两处挨楼层盘查。警力有二十人左右，每楼层依次排查，最多二十分钟就能发现在通道处坐以待毙的自己；而假如分两队包抄且同时排查，时间恐怕会快到几分钟，但这也就意味着每个楼层恐怕只有两名警力，他至少可以通过时间差随机应变。

他困在死角听着四周动静。很快电梯门的提示音就传了出来，寂静的走廊内发出清晰的混响。对讲机的电流穿过空气和金属铁门，传到了宋斯的耳中："23层，23层，发现血迹，疑犯在电梯门口消失。请求增派警力。"

自动感应灯已被宋斯随机破坏了九层，他原本计划假如自己拥有足够多的逃跑时间，在依次下楼时并不能依次亮起灯。20层及以上的四个楼层自然是全被破坏掉，这样室外如果恰有目击证人，至少能伪装成作案现场在19层的假象，同时楼层既然无法全部亮起响应灯，也为警方推测自己逃跑速度制造极大的困难；而倘若未拥有足够的逃跑时间，自己身在23层的高处，也能在消防通道感应到警方的盘查进度。

但眼下，警方的速度显然是比他预想得快了许多。作案多起，宋斯第一次感觉到危机。警方至少到达了17层以上，这样下去不出两分钟就要正面交火。

宋斯靠在墙上，上膛声无疑是给警方最佳的信号，他在黑暗中双手抱头——

一切都要结束了吗？

突然，周遭开始地动山摇。宋斯紧紧地抱着头，巨大的晃动让他差点瘫坐在地上。在晃动中他睁开眼，发现似乎这剧烈的摇晃并不是来自于警方。最多相隔三个楼层开外传来对讲机下达"快速撤离"的电流声指令，宋斯在黑暗中看不清周围的环境，只感觉到消防通道内的天花板开始剧烈地掉落石灰，他被晃动得滚落下台阶，隔着窗户，看到整个城市已是一片混乱。

"地震了？"宋斯心中冒出了这个念头。

还未看清远方夹杂着黑色浓烟的冲天大火，眼前的整个世界就已趋于黑暗。

六

"过！"导演喊道。

剧组此时就像一个城邦。堆满沙粒泥土的大地构成了布景主体，用灰色颜料和泡沫塑料制作的水泥街道穿越在城邦中央，两侧是整齐苍翠的灌木盆栽和绿叶植物。一侧的高层建筑顶端的天台上悬挂着威亚，19层以下的其中十四个楼层的消防通道亮起了响应灯，楼下摆着一排小商贩的推车，汤圆、抄手和夫妻肺片的食材连同胡椒和八角熬出的香辣汤底撒得满地都是，从此处延伸进去的胡同曲折冗长，路灯将垃圾桶和旁边摆放着的一条死鱼照出了长长的阴影。

地震摧毁后的场景戏份已经在另一个全为废墟布景的摄影棚内拍摄完毕，今日终于将五位公民在地震前夕各自的戏份杀青。后续开展的城邦戏份今夜还要再拍两场，否则延误导致的场地和器材费用又将是一笔不小的支出。想到这里，导演先招呼各职员来取刚送到的盒饭用餐，随即拿着剧本，走出刚拍摄连环杀人犯的大楼。

这个称不上影视基地的拍摄地是导演辛苦在城郊深山处找到的，据说原本要被投资建成私人红酒庄园，但后来不知为何成了烂尾工程。这里人迹罕至，却成为剧组节省成本的理想场地。导演耗费很长时间才联系烂尾楼的负责人，苦口婆心地说服对方允许自己将其作为拍摄场地并一次性支付了全额的租金。

傍晚夜空的乌云迅速聚集起来，拿着剧本，导演走进与主场地相隔两百米的废弃工厂，剧组里群众演员众多，因此将此地安置为了演员休息室。

导演走进工厂大门，将盒饭递给四位演员："晚上还很辛苦，快吃吧。"

这时，门口传来窸窣声响，服装师刘野一路小跑："下雨了，这鬼天气。"

"吃完了？"导演问。

"把晚上的服装先确认一下，我想请假回家。"服装师说道，"孩子病了，高烧不退。"

"记得是女儿？"看着比一米八三的自己矮半个头的服装师如此心急，导演自然不忍心扣留，他接过第六七两场的服装表，"下雨了就早些回去，辛苦了。"

"服装都在三号车上，"在得到导演的确认指令后，他拍了拍手，"那我走啦。"

"多陪陪孩子。"导演扬了扬手，拿着服装表和剧本重新走进大门。

突然，巨大的轰鸣声骤然响起，身侧玻璃剧烈晃动，玻璃碎片哗啦啦地撒向了冰冷的水泥地面。几台锅炉岿然不动，四周砖墙却轰然倒塌。摔倒在地的四位演员惊恐地看着面前的一切，导演用目光示意所有人趴着向锅炉处移动。靠近大门那侧的墙体轰然瓦解，升腾起的尘土将世界笼罩得暗无天日，剧烈的咳嗽声伴随着来自地壳深处的磅礴力量，全部涌向了五个人的周遭世界。

七

雨后的清晨带着潮湿气息，浸润着苍郁的树木。苏墨醒来，走向隔壁房间，床单的褶皱处似乎还遗留着体温，在这个细雨氤氲的清晨显得格外伤感。

苏墨揉了揉太阳穴，循着隐约窸窣的声响走向厨房。

"醒了？"陶鸢转过头。

苏墨应答一声。案板上摆放着德式香肠，榨汁机旁散落着椰子壳。乳白的椰汁透过椰肉，缓缓地流淌到了带有细密绒毛的深褐色椰壳上。

“9 点之前你得到。”指示器开关灭掉后，陶鸢拿出两个玻璃杯。

苏墨看着陶鸢将乳白色混合着固体椰肉的液体缓缓倒进杯中。

喝完椰汁，苏墨起身准备离去。

“拿把伞吧。”站在门口，陶鸢微笑着递去一把雨伞，发间的耳环在风中叮当作响。

苏墨接过了伞，转身走向那片氤氲的雨雾。

八

夜幕降临，从酒店套房落地窗向外望去是大半个华灯初上的繁华城市。刑侦人员正在清理房间痕迹，唐满倚靠在窗前，沉默地听同事们感慨这个周末的好江景。

尸体就靠在书桌旁的椅子上，呈一种狂欢舞蹈的姿势，双腿向内并拢，左手低垂在地，而右手肘关节向内弯曲，无力地摆在椅子上。桌面上摆放着一只白色骨瓷咖啡杯，杯内咖啡已经变凉，尸体左手边约五十厘米开外滚落着一根鸡翅。尸体面色青黑，鼻孔和嘴唇皆有凝固的紫红色血块。

“初步断定是三氧化二砷中毒，死亡时间六个小时以上。”韩进在一旁说道，“毒来自于鸡翅，咖啡未检测到毒物痕迹，咖啡杯外沿未检测到死者唾液。”

听着鉴定，唐满严肃认真地看向地上的尸体。

“真是可怜，”韩进惋惜地说，“还是一位即将成名的导演。”

蹲下身端详尸体的唐满听闻此话抬起头：“导演？”

“没错，他的纪录片《尼采之死》被选入电影节主竞赛单元，而且还是被影评人最看好的一部。”韩进看着唐满露出难得的错愕，不禁问道，“怎么了？”

唐满沉默着，更像是喃喃自语般：“又是位导演。”

“又是？”

“没什么。”说着，唐满站起身示意韩进。

韩进凑近用相机迅速拍摄了几张照片，随即皱眉，本能地向后退了两步。

“喂。”唐满看着这个年轻人，“这都已经是你出过的第三个现场了，你对尸体的反应要不要这么大？这才只是死了六个多小时而已。”

韩进紧紧攥着文件夹，死活不肯再向前走去。

“这具尸体只是物质，懂吗？”说着，唐满指着一旁的鸡翅，“它很快会变成二氧化碳和水，本质上就跟这鸡翅是一样的。”

韩进瞪大眼睛，突然弯下腰干呕起来。

“呕吐袋在那边。”唐满摇了摇头，不再理会韩进的生理反应，“个人信息呢？”

“楚鹏，三十九岁，以拍纪录片为生。”隔着纸巾，韩进说出几个模糊的信息点，

“后天电影节颁奖，因此今天住到这个酒店。”

“监控调查了吗？”

“调查了 11 点至 14 点的监控录像。”韩进看着笔记本，“的确有人在中午 12 点 57 分出现在门口。”

“身份没调查出来？”

“目前不能完全确定。”韩进说道，“应该是个送餐员，13 点 01 分就离开了。”

“送餐员？”唐满的眼睛向远处看去，“伪装的吧。”

“不排除这个可能性。调查了死者生前的通话，并未查找到手机电话订餐的拨出号码。当然也有可能是利用酒店房间的座机、网络订餐或在门店约定时间送餐的。”韩进看了看文件夹，“这些都去调查了，等待结果还要一段时间。”

唐满点头，却露出似笑非笑的面容：“还是有些蹊跷。”

“什么？”韩进不明所以。

“这个死亡时间的节点。你想，作为本次电影节风头最盛的导演，突然在颁奖前夕在酒店被毒杀，这个时间点实在令人生疑。”

“我已经要来了这次最终入围主竞赛单元的五个作品名字。”说着，韩进向唐满扬了扬手中的纸，“三名是外国导演，分别来自阿尔及利亚、伊朗和秘鲁，而中国导演入围了两名，另一个是拍摄《利马男孩》的导演苏墨。”

“苏墨？”

“没错，我也怕搞成乌龙所以特意确认了好几遍。”说着，韩进收起单子，“苏墨说他曾在秘鲁利马修行，向印加古城致敬。”

“这四个导演和死者有什么交集吗？”

“下午询问过，这个圈子可能比咱们想象得冷淡许多。并不是同样作为导演，就可能会有私交甚至合作的机会。更有甚者，导演与导演之间可能会互相诋毁，活脱脱是电影界的‘文人相轻’。”

“是那个中国的导演，”唐满记下了这个名字，“和死者生前都没交集吗？”

“据初步调查，苏墨说两人应该听说过彼此的名字，但从未有任何交集，更不要提见面。我上网搜索过，他们各自在不同领域内创作，娱乐媒体报道也没发现两人同框的迹象。”韩进顿了顿，“今天上午，是他们五个人第一次见面。”

“上午五个人见过面？”

“没错，是电影节主办方在颁奖典礼前举行的小型见面会，早晨 9 点开始，部署一下流程。没有通知媒体到场，另外三位外国导演各带着一位翻译。”

“都说了些什么？”

“只是礼节性的交流。其实想想也能明白，像他们这种彼此较量的场面，就像体育赛场上开赛前双方选手礼节性的握手环节一样，表面上是发扬‘友谊第一比赛第二’的抛出这个质数。但费也有更大野心，他要做陶鸢心中的唯一。并且他知道自己在陶鸢的心中，一定和别的男人有所不同。

费也擦了擦身体，陶鸢裸体躺在床上问他："被赶出酒吧是怎么回事？"

费也怔了一下，但还是把晚上在第二十三条军规里发生的状况和盘托出。

"真是过分啊。"陶鸢躺在床上说道，"你能忍？"

"那能怎么办？"费也苦笑道，"虽然就音乐的角度，我敢保证我们的金属乐比他们的流行旋律强上一百倍，但那晚他们人多，吉他手又处在对女主唱的追求期，光是那些狂热歌迷们的讨伐就足够让我们受得了。"

"不行，这可不行。"陶鸢从床上翻坐起身，望向天花板。

大约两星期后的一晚，费也突然接到陶鸢电话，虽说两个星期内去了她家两次，但除去付钱做爱，陶鸢还从未主动联系过费也。

"十五分钟内马上到上次见面的地点来。"陶鸢在电话里这么说道。

费也只用了不到十分钟就赶到了路灯下，夜晚的宵夜排档人气火爆，陶鸢正在那里喝着啤酒，招呼着刚下出租车的费也坐过来。

"什么事？"费也看着摊铺桌上琳琅满目的烧烤和啤酒说道。

"如你所见。"陶鸢从竹签上夹下来一块羊肉，"宵夜。"

"可是……"费也很疑惑地看着面前的一切，"你平时不是从不吃这些东西吗？"

"偶尔为之，无伤大雅。"陶鸢举了举手中的酒杯，"不喝吗？"

"哦，我喝。"费也急忙开启了一瓶冰啤酒，将啤酒倒入了自己面前的杯中。

就在这时，冲天声响在从费也身后响了起来，那沉闷的枯木燃烧声和撕心裂肺的尖叫声一度让他觉得耳膜被震裂。陶鸢白皙的脸庞也被这火光映照得微微泛红。陶鸢继续喝了一口啤酒："咦，你不吃吗？"

费也目瞪口呆，他猛地站起身，整个第二十三条军规酒吧被包围在火海当中，那片被火光染红的天际下，吉他手灰头土脸地跑了出来，而木质门梁恰好被燃得摇摇欲坠，最终轰然倒塌，永恒地抚慰着那个本可以拥抱寂静夜晚的身体。

陶鸢平静地吃完从竹签上夹下来的最后一块羊肉后擦了擦手："怎么了？"

费也面对着陶鸢，用力吞咽了口水："这事……是你做的吧？"

陶鸢没有否认，也没有承认。她看着费也的眼睛："你不是该高兴吗？"

"报复的快感的确是有，可是……"费也回过头，依旧是不可思议地看着身后那片被火海包围的废墟，"你是怎么做到的？"

"吃完了吗？"陶鸢站起身，拍了拍手，"吃完了就赶快回去吧，警察和消防员应该很快就来了，不想惹麻烦的话就快走。"

那晚，费也当然支付了 3467 元，霸占了陶鸢一夜。费也的脑海中整晚都闪现着在那冲天的火光下，哥特女主唱提着长裙哭花了妆跑出来的样子，还有曾殴打他的吉他手被正掉下来的门梁不偏不倚地砸中的样子。

“酒吧里有监控，你这样做会不会有危险？”洗完澡后，费也这样问。

“那你替我去自首？”陶鸢翻过身，一脸笑意。

“假如你真的有危险，我自然不会让你独自去承担。”费也抚摸着陶鸢光滑的背部，“但我的意思是，你到底是怎么做到的？”

“你猜呢？”

“以你聪明的个性，自然是装扮为一个看演出的乐迷，在酒吧里边抽烟边把烟头扔在地上。这样即便是发觉，也无法断定是哪一位乐迷做的。”费也慢慢思忖着，“但是这样也不足以在短时间内烧毁整个酒吧，木质地板如果没有易燃物，即使不踩灭也很难起火，摇滚现场几乎人人都是烟鬼，但却不会把现场化为废墟。”

“说对了一半哦，的确是烟头。”陶鸢笑了，“我把燃烧的烟头轻轻放到一团卫生纸里，在演出开始前专门走到舞台边，吉他手那个时候正在调试乐器，我边跟他表达了我对乐队的仰慕，边轻轻把这团卫生纸塞到了琴箱里。”

费也目瞪口呆。

“吓到啦？”陶鸢一脸认真地问。

“有点，我最初以为你只是想给吉他手点教训，但没想到竟然要了酒吧里所有人的性命。你应该很清楚，琴通电后会发生什么。”

“酒吧里的所有人又如何？”陶鸢爬过来，将头靠在费也的腿上，“费也，你曾经说过的吧？那晚针对你的不仅是那支乐队，还有拥护他们的乐迷。今晚是他们乐队的专场，谁让那群歌迷非要跟随这样的一支乐队，要怪也只能怪他们粉错了人。”

“话虽如此，”费也张了张嘴，可过了半晌才说出话来，“但是，罪魁祸首是那个吉他手，可他即使有错，也错不至死吧？”

“你错了，我没认为他罪大至死。”陶鸢平静地说道，“是他自寻死路。假如当时他没有对我起色心，也很容易就会发现我的小动作吧？要知道，当时他看见我的时候眼睛都发直了。费也，这就是欺负你的人。口口声声说要为乐队女主唱赴汤蹈火，可还不是很快就动摇了？像这种人，真是咎由自取。”

说完，陶鸢躺在了费也的腿上。费也低头看着腿上这个美艳女人，心中涌出一阵连自己都说不清楚的情愫。

十

费也边弹琴边温柔地看向陶鸢，这段晚餐后的时光仿佛被无限放慢。3467 元对费也不算是一笔大支出，但是数个 3467 元叠加在一起就有些令人吃不消了。特别是费也越来越发现他已经离不开陶鸢，恨不得能够一个月拿出十万元以便天天和陶鸢在一起。

很快，陶鸢走过来，用手轻轻覆上了正在跳动的琴弦。落地灯下，费也眼看着陶鸢蹲下身，以半跪的姿态温柔地解开自己的腰带。

费也放下吉他，一把抱住陶鸢向卧室里走。身上的衣服被面前的这个女人一件件温柔地脱下，费也只感觉到全身越来越热，他亲吻着陶鸢的身体，迫不及待地想要开始将自己的力量全部施加到这个女人身上。

就在这个时候，电话铃声响了。

陶鸢愣了一下，用手挂断了电话："对不起哦，我忘记了静音。"

"没有关系。"这个小插曲显然没有浇灭费也心中的火焰，他继续抚慰着陶鸢的敏感地带，却又被戛然而起的电话铃声所打断。

陶鸢的通话音量一直保持在最低一格，以至于在如此寂静的夜晚，费也也无法辨识出听筒那侧的言语。陶鸢吐字言简意赅，"喂""好的"等没有任何信息的话让费也仿佛直入冰窖。

"什么事？"看着陶鸢一脸平静地挂断了电话，费也迫不及待地问道。

"我现在要马上出去一趟。"

"什么？"费也大吃一惊。从共度过的几夜来看，陶鸢时刻保持着无比敬业的态度——虽说以"敬业"形容陶鸢对她而言过于轻慢了些，但陶鸢和他在一起时从不会突然改约的事实还是让费也感到无比值得信赖。

"到底发生了什么？"费也问道。

"涉及别人的信息，不能跟你讲。"陶鸢拿起衣服穿了起来，"对不起。"

"别的客人吧？"费也的心中微微泛酸。

"如果是你发生了不好的事，你也不希望我讲给别人听吧？"这一次，陶鸢没再穿连衣裙，而是选择了一条长裤，"不泄露任何客人的隐私，这是我的职业底线。"

"话虽如此，可是……"费也欲言又止。

"今晚算作工作失误，你可以和我一起走，我不收你今夜的费用。"陶鸢说道，"或者留在家中等我回来，如果我早于10点前回来，收你一半费用怎样？"

大约是从费也第四次来找陶鸢时，陶鸢就已经允许他先做爱再付款了。陶鸢曾解释过说费也与自己相识的旧友相像，但仅凭相像也无法取得这样的待遇吧？因此费也心中仍旧窃喜，他把这理解为是陶鸢对自己的信任。

而眼下费也呆呆坐到床头，静静看着陶鸢穿戴完毕。她今天没化妆，把头发梳成马尾，背上双肩包，穿上一双运动鞋。这和费也之前见过的陶鸢完全不同。

"那你是默许在家等我回来咯？"正要开门的陶鸢折回到费也的身旁，"但说不定会很晚哦。"

沮丧感油然而生，费也急忙扯过了旁边的床单盖住了下体，小声地说道："要不，今晚我还是回去吧。"

"也好。一切主动权都在你。"